DAS LEBEN IST KURZ

EIN MISTY-ISLE-KRIMI
BUCH 1

J M DALGLIESH

Übersetzt von
ANNA-CHRISTINA MAINHART

ISBN 978-1-80080-706-8

EXKLUSIVES ANGEBOT

Wenn Sie das **KOSTENLOSE** eBook erhalten möchten, das <u>exklusiv</u> für Mitglieder meines Leserclubs verfügbar ist, besuchen Sie meine Website oder folgen Sie dem Link am Ende des Buchs.

Das rebellische Mädchen – *eine KOSTENLOSE Novelle aus der Hidden-Norfolk-Reihe, verfügbar auf*

Garantiert ohne Spam. Sie können sich jederzeit abmelden.

DAS LEBEN IST KURZ

SCHOTTISCHE NAMEN
PERSONEN UND ORTE

Personen:
  Ruaridh – (Ruer-iy)
  Èibhlin – (Eve-leen)
  Mhari – (Vh-ari)
  MacEachran – (Mack-Eck-ran)
  Catriona – (Cat-treena)

Orte:
  Portree – (Por-tree)
  Benbecula – (Ben-beck-u-lar)
  Kensaleyre – (Ken-sal-ayre)
  Carinish – (Car-in-ish)
  Trotternish – (Trott-er-nish)
  Waternish – (Water-nish)
  Dunvegan – (Dun-veh-gan)
  Raasay – (Raa-see)
  Isay – (I-say)
  Uist – (Yoo-uhst)
  Edinbane – (Eee-din-bane)
  Airdrie – (Air-dree)

SCHOTTISCHE AUSDRÜCKE

Slàinte – Prost
Scunner – Nörgler, Jammerlappen
Aye – Ja
Ceilidh – Tanzabend zu traditioneller, schottischer Folkmusik
Laddie – Jungchen
Loch – See / Meeresarm

PROLOG

WÜRDE NICHT EIN kühler Wind über Loch Dunvegan pfeifen, könnte sie fast glauben, an einem Strand im Mittelmeer zu tanzen, auf dem der feine Korallensand unter ihren Füßen im Mondlicht leuchtete. Hier war das Wasser klarer als sonst wo auf der Insel, und wären sie in Südeuropa, wäre die Küste gesäumt von Villen, Hotels und Restaurants. Doch auf Waternish, einer Halbinsel im Nordwesten von Skye, war das Wasser das ganze Jahr über kalt, und selbst nach einem heißen Sommer trauten sich ab Oktober nur noch die hartgesottensten Schwimmer hinein.

Obwohl die Sonne gerade hinter dem Horizont verschwunden war, würde es noch ungefähr eine Stunde hell bleiben. Zumindest was das Wetter betraf, war dieser Sommer für die Inselbewohner ein guter gewesen. Doch auch wenn der Zustrom an Touristen seit Jahren anschwoll, hatte das versprochene Wachstum für die Gemeinde seit dem Bau der Brücke zwischen der Insel und Kyle auf dem Festland vor vier Jahren – der seit vierhundert Jahren bestehende Fährverkehr wurde dadurch beendet – noch nicht eingesetzt. Wie auch zuvor kamen die Leute auf die Misty Island, wie die Einheimischen Skye nannten, nur jetzt eben etwas schneller. Die Insel wandelte sich, und ihrer Meinung nach hin zum Guten, selbst wenn das nicht alle so sahen, wie sie wusste.

Als das Lied zu Ende ging und die Musik aufhörte, trug der Wind das Gemurmel einiger Gespräche und Gelächter bis zu ihr. Im Dämmerlicht sah sie, wie Dougal sich mit dem Shuffle beschäftigte. Entweder wunderte er sich, warum die Musik aufgehört hatte, oder er wollte ein anderes Lied als das nächste in der Reihe auswählen. Wenn er es nicht schaffte, dann war es das mit der Tanzmusik. Dougal musste immer die neuste Technik haben, und er war nicht glücklich, bis nicht alle wussten, dass er die besten Geräte hatte.

Sie setzte sich auf dem Hügel ins Gras. Hinter ihr ragte der *Ghrobain* in den Himmel, ein einsamer Berg über Coral Beach, dem Korallenstrand. Als sie aufgeregte Rufe und Jubelgeschrei von den wenigen hörte, die den kurzen Aufstieg auf den Hügel gewagt hatten, um den prachtvollen Sonnenuntergang über Duirinish zu bewundern, drehte sie sich um. Da sie den Ausblick schon einige Male genossen hatte, hatte sie dieses Mal darauf verzichtet.

Auf unsicheren Beinen schlenderte Roddy herüber und ließ sich neben ihr ins Gras fallen. Er hielt ihr eine Flasche hin. Als sie ablehnen wollte, drückte er sie ihr einfach in die Hand.

„Slàinte", prostete er ihr zu und stieß klirrend seine Flasche an ihre.

Anstatt zu trinken, lächelte sie nur und umklammerte die Flasche.

„*Alles in Ordnung, junge Dame?*", erkundigte sich Roddy in einem Tonfall, mit dem er immer ihren früheren Physiklehrer, Mr. McClintock, nachahmte. Dabei zog er auch eine Augenbraue hoch und bemühte sich nach Kräften, genau so zu schielen, wie der Mann selbst. Warum dieser ein Glasauge gehabt hatte, war an der Schule ein heißes Thema gewesen – eines, das nie restlos aufgeklärt werden konnte. Höchstwahrscheinlich war die Wahrheit durchaus bekannt, aber wahrscheinlich war der Grund wesentlich banaler als all die Ursachen, auf die sie gekommen waren, und war deshalb verworfen worden. Lieblingstheorie war, dass er als Nebenjob Sprengstoff herstellte und unvorsichtig gewesen war. Die Tatsache, dass der Mann Ende fünfzig war und sich nicht einmal das Hemd ordentlich in den Bund stecken konnte, führte nur dazu, dass die Teenager diese Theorie für absolut glaubwürdig hielten.

„Es geht mir gut", erwiderte sie leise.

„Echt? Das klingt nämlich gar nicht nach der Isla, die wir alle kennen und lieben."

„Warum bist du noch hier, Roddy?"

Mit gespielt schmerzlich verzogenem Gesicht sah er sie an.

„Tja, ich wollte nur sehen, ob es dir gut geht, aber wenn du so drauf bist, verziehe ich mich wieder."

Lächelnd stieß sie ihn mit der Schulter an. „So habe ich das nicht gemeint, und das weißt du auch."

Er lächelte sie an, dann wandte er sich wieder den anderen zu, die sich in der Nähe um ein Feuer versammelt hatten. „Warum ich noch auf der Insel bin?"

Isla nickte. „Es kommt mir vor, als würden alle von der Insel weg wollen."

„Das stimmt ja auch!", erwiderte er und nahm einen Schluck Bier.

„Alle behaupten das, aber nicht alle meinen es auch so", sagte sie seufzend und hob ebenfalls die Flasche an die Lippen. „Wäh ... Roddy, was ist das?" Sie hielt die Flasche hoch und versuchte, das Etikett zu entziffern. „Das ist ... es ist..."

„Herrlich? Köstlich?"

„Widerlich!"

„Aye, das auch", meinte Roddy grinsend. Unbeirrt trank er

noch einen Schluck. Nachdem er sich die Lippen mit dem Handrücken abgewischt hatte, schnalzte er mit der Zunge. „Der Nachgeschmack bleibt wirklich hängen, was? Wie Hundesabber."

„Der wird mir den ganzen Abend im Mund bleiben", erwiderte sie. „Ernsthaft, wo hast du das her?"

„Erinnerst du dich an das Bierbrauset für zu Hause, das meine Mum letzte Weihnachten Dad geschenkt hat?"

Sie nickte.

„Das ist es. Na ja", meinte er und neigte den Kopf zur Seite, „zumindest das erste Fässchen, das er gebraut hat."

„Es ist eklig, Roddy. Absolut scheußlich."

„Was denkst du, warum er es mir überlassen hat?", meinte Roddy zwinkernd. Er lehnte sich näher zu ihr und zeigte mit der Flasche auf die anderen, die zur Musik, die wieder lief, tanzten. „Wie ich sehe, hast du dich beliebt gemacht", sagte er und deutete unauffällig auf einen Jungen. „Hat er das wirklich verdient?"

„Ian?"

Roddy nickte. „Er hat Mist gebaut, das weiß er auch. Ich fürchte, du hast sein Herz gebrochen."

„Tja, wenn er sich für mich interessieren würde, dann hätte er Ashlee nicht küssen sollen, oder?"

„Ach … Sie hat sich nur auf ihn gestürzt, um dir eins auszuwischen."

„Nun, das hat sie geschafft", erwiderte sie und trank noch einen Schluck.

„Amer Kerl", sagte Roddy kichernd. „Er hat sich heute Nachmittag Mut angetrunken, um sich an dich heranzumachen. Leider hatte er keine Ahnung, dass weibliche Eifersüchteleien und die Anstandsregeln seine Ex dazu bringen würden, einen Keil zwischen euch zu treiben."

Isla schnaubte spöttisch. „Wenn er noch nicht über sie hinweg ist, dann verzichte ich darauf."

„Armer Kerl", wiederholte Roddy. „Allerdings ist er inzwischen ein kleiner Scunner. Dass er sich Mut angetrunken hat, rächt sich jetzt."

„Das hätte er nicht tun müssen", sagte sie. „Er hatte mich schon um den Finger gewickelt."

„Echt jetzt?", fragte Roddy mit offenem Mund und schockiert hochgezogenen Augenbrauen. „Ganz schön kess … aber pass bloß auf, dass das nicht der Sittenwächter der Insel, Pastor Matheson, zu hören bekommt."

„Pfff … schieb ab", meinte sie und stieß ihm den Ellenbogen in die Rippen. Stöhnend beschwerte sich Roddy. Bei der Erwähnung ihres Vaters wurde sie melancholisch und spielte geistesabwesend mit der Flasche. „So habe ich es nicht gemeint."

„Ich weiß!"

„Gut, dann ist ja alles klar."

„Aber …", setzte Roddy an und verzog gekonnt das Gesicht.

„Aber was?"

„Musstest du mit so ziemlich jedem Kerl hier rummachen?"

„Bist du jetzt mein Vater oder so?"

Er schüttelte den Kopf. „Sogar Alex ist das aufgefallen."

„Gut. Vollidiot."

„Er oder ich?"

„Alex natürlich", beruhigte Isla ihn lächelnd.

„Eigentlich sollte er ja glücklich sein mit … wie heißt sie noch mal?", fragte Roddy und suchte das Grüppchen ab, ob er Alex' neue Freundin erspähte. Das orange und gelb flackernde Licht des prasselnden Feuers beleuchtete die Gesichter.

„Catriona", half sie ihm emotionslos aus.

„Aye ... so heißt sie. Erst seit letzten Frühling auf der Insel und schon krallt sie sich die Wankelmütigen."

„Du musst sie nicht schlecht machen, nur damit es mir besser geht, Roddy."

„Tue ich nicht." Mit entschuldigend ausgebreiteten Armen sah er sie an. „Ich vertraue nur niemandem, der ... von wo ist sie noch mal?"

„Airdrie."

„Aye. Das sagt doch schon alles, oder?"

Lachend legte Isla den Kopf an seine Schulter. „Das ist nett von dir."

„Ich weiß. Du verdienst es zwar nicht, aber ich bemühe mich."

Einige Minuten lang hörten sie schweigend den Wellen zu, die sachte am Strand brachen. Unter dieses Geräusch mischte sich das Lachen der anderen, die gemeinsam das Ende des Sommers feierten, bevor sich ihre Wege trennten. Manche gingen an die Universität, andere begannen eine Lehre, und ein paar wenige, darunter Isla, hatten noch keine Ahnung, was sie mit ihrem Leben anfangen sollten.

„Also, warum bist du noch hier, Roddy? Ich meine, dir steht doch alles offen."

Als Isla sich aufsetzte, rutschte auch er in eine bequemere Position. Plötzlich wirkte er erwachsener, was gar nicht zu ihm passte.

„Wohin sollte ich denn gehen?"

„Wohin auch immer du willst. Ich dachte, du würdest das Angebot aus Glasgow annehmen."

„Himmel nein! Wer will schon in Glasgow leben? Alles voller Leute ... und es ist schmutzig ... ich würde nie wieder die Sonne sehen", meinte er und winkte mit zwei Fingern in Richtung des orangen Leuchtens am Horizont.

„Im Ernst, warum hast du es nicht angenommen?"

Roddy zupfte den Klebstoff herunter, mit dem das ursprüngliche Etikett an der Flasche befestigt gewesen war, bevor sein Vater sie neu befüllt hatte.

„Dad braucht mich. Das Geschäft ... es ist zu viel für ihn allein."

„Zwingt er dich zum Bleiben?", erkundigte sich Isla ungläubig.

„Nein, ganz im Gegenteil. Außerdem ist das Leben in der Großstadt nichts für mich", seufzte Roddy. „Kannst du dir vorstellen, mich nicht jeden Tag auf dem Wasser zu sehen?"

„Deine Schwimmhäute würden austrocknen und abfallen", spottete sie.

„Ganz genau." Er lehnte sich zurück und stützte sich auf die Ellenbogen. „Und du?"

Sie zuckte mit den Schultern.

„Das ist keine Antwort, Isla. Was wirst du machen?"

„Keine Ahnung. Wirklich nicht."

„Trittst du in die Fußstapfen des großen Mannes?", erkundigte sich Roddy, ohne die Frage sarkastisch zu meinen.

„Ich in der Kirche?"

Roddy lachte. „Nein, ich meinte deinen Bruder. Ob du auch zur Uni gehen willst ... in die hellen Lichter der Stadt, Alkohol, Drogen und Rock 'n Roll ... oder Tanzmusik, Clubhouse ... oder wie auch immer man das heute nennt?"

Sie lächelte. Roddy hatte die Angewohnheit, immer nur das Beste zu sehen. Darum mochte sie ihn so gern.

„Keine Ahnung", wiederholte sie leise.

„Tja, aber eins weiß ich genau", meinte Roddy, setzte sich auf und holte tief Luft.

„Und das wäre?"

„Das Leben ist kurz, junge Dame."

Isla seufzte auf. Als Roddy es hörte, wurde er ernst. „Nein, das ist definitiv nicht die Isla, die ich kenne. Ist wirklich alles in Ordnung?"

Sie winkte ab und atmete durch. „Es geht mir gut, ehrlich."

„Nein, tut es nicht", meinte er und kniete sich besorgt hin. „Du hast schon den ganzen Tag miserabel ausgesehen."

„Roddy, lass gut sein!" Sofort hatte sie ein schlechtes Gewissen, schließlich machte er sich nur Sorgen. Sie umklammerte seinen Arm und drückte ihn sanft. „Bitte, lass gut sein."

Widerwillig nickte er und schürzte die Lippen. Als er sich wieder setzte, schauten sie schweigend über das Wasser.

„Hast du Lust, nach Lampay zu schwimmen?", fragte er und zeigte auf die Insel.

„Bist du wahnsinnig?", erwiderte sie kopfschüttelnd.

„War nur so eine Idee", meinte er, schniefte und nahm einen Schluck Bier. Als Isla sich wieder an ihn lehnte, legte er ihr tröstend einen Arm um ihre Schultern und zog sie an sich.

„Was würde ich nur ohne dich machen, Roddy?" Er antwortete nicht. Schweigend betrachteten sie die feiernden Leute. „Was würde ich nur tun?", flüsterte Isla.

„Wir könnten hier sitzen bleiben und über gute Zeiten reden", schlug Roddy vor. „Oder wir singen ein trauriges Lied, trauern unserer Jugend nach, während wir ins Erwachsenenleben stolpern, und jammern darüber, wie schön alles war, bevor die jungen Leute von heute alles kaputt gemacht haben."

Lachend stand Isla auf. Sie griff nach unten, schnappte sich Roddys Hand und zog ihn hoch.

„Wir sollten zu den anderen, singen, tanzen und ein bisschen Spaß haben!"

„Echt?", fragte Roddy mit düsterer Miene. „Ich dachte eigentlich, es wäre gut, sich mal alles von der Seele zu reden."

KAPITEL EINS

RASEND SCHNELL TIPPTE Kelly etwas auf der Tastatur. Nur der Himmel wusste, was sie da schrieb. Ihr war bewusst, dass er sie beobachtete. Sie hatte das Talent, den Kopf so zu drehen, dass sie jemanden unauffällig aus den Augenwinkeln heraus beobachten konnte.

Er sah auf seine Armbanduhr und nur zur Sicherheit auch auf die Wanduhr. Die Zeit stimmte.

„Er lässt Sie rufen, wenn er soweit ist", meinte sie, ohne hochzublicken. Ihr Timing war unheimlich.

„Ich habe nichts gesagt", erwiderte er.

Kurz hielten ihre Finger über der Tastatur inne und sie blickte ihn an. „Sie wollten fragen."

Dagegen konnte er nichts sagen. Sie hatte recht. Nachdem er tief Luft geholt hatte, überlegte er sich, nach unten in die Kantine zu gehen und sich einen Kaffee und vielleicht ein Sandwich zu holen.

„Und denken Sie nicht einmal daran, wegzugehen, Detective Inspector. Dadurch wird es nur schlimmer."

Als DI Duncan McAdam in stillem Protest beide Hände hob, erlaubte sich Kelly ein knappes Lächeln, bevor sie wieder die übliche matronenhafte Miene aufsetzte. Der DI streckte die Beine, stand vom Stuhl auf und schlenderte durch das Büro. Er betrachtete die Bilder an den Wänden, als würde er sie zum ersten Mal sehen. Im Rücken spürte er Kellys Blicke.

Als er sich umdrehte, schaute sie zur Seite, allerdings eine Sekunde zu langsam. McAdam ging zu ihr hinüber und lehnte sich an die Tischkante. Kelly sah erst ihn an und ließ dann den Blick zu seinem Hintern wandern. Der DI rührte sich nicht. Stattdessen lehnte er sich verschwörerisch zu ihr und schaute in den Flur. Ein uniformierter Beamter lief gerade an der Tür vorbei.

„Ist er heute gutgelaunt?"

Stirnrunzelnd sah Kelly ihn an.

„Also eher nicht?"

„Er ist in … professioneller Stimmung."

Das war keine Hilfe. Der alte Herr, wie ihn alle nannten, war immer professionell, zumindest was sein Verhalten betraf. Zu Beginn seiner Karriere hatte Duncan McAdam den Rat bekommen, immer herauszufinden, wie sein Vorgesetzter tickte. Anfänglich hatte er diesen klugen Rat in den Wind geschossen. Später, als er das versucht hatte, konnte er immerhin erraten, was sie wollten, schaffte es jedoch nie, dieses Wissen zu seinem Vorteil zu nutzen. Bis jetzt zumindest.

„Warum will er mich eigentlich sprechen?"

Desinteressiert sah Kelly ihn an und schüttelte den Kopf.

„Kommen Sie, Sie müssen es doch wissen", insistierte er. „Ihnen kann in diesem Büro doch gar nichts entgehen …"

Die Tür öffnete sich und der alte Herr trat heraus. Duncan McAdam hüpfte vom Tisch und nickte dem Detective Chief Superintendent zu.

„Guten Morgen, Sir."

„Das wird sich noch herausstellen."

McAdam lächelte. „Für mich ist es ein guter Morgen. Ich habe nämlich gleich einen Parkplatz gefunden. Und das an meinem ersten Tag zurück bei der Arbeit. Ich sollte Lotto spielen."

DCS Mullen musterte ihn. Duncan McAdam konnte nicht sagen, ob er nur genervt war oder ihn einfach nicht ausstehen konnte. Allerdings bezweifelte er, dass das einen Unterschied machen würde.

„Kommen Sie herein, DI McAdam."

Der DCS drehte sich um und ging wieder ins Büro, ohne den DI noch eines Blickes zu würdigen. Dieser schnalzte mit der Zunge und schaute mit hochgezogenen Augenbrauen zu Kelly. Mullen hatte beinahe seinen ganzen Titel ausgesprochen. Fast kam es ihm vor, als hätte er vor seinem Vater gestanden, nachdem dieser ihn dabei erwischt hatte, wie er im Alter von acht Jahren Kekse aus der Dose stibitzt hatte.

„Ich fürchte, ich stecke in Schwierigkeiten", flüsterte er, streckte den Rücken durch und stiefelte los. Kelly lächelte. „Noch irgendwelche Tipps?"

„Vielleicht weniger Witze?"

„Dann bin ich wirklich in Schwierigkeiten", meinte er und eilte ins Büro.

„Machen Sie die Tür zu, McAdam."

Er tat, wie gebeten. Als Duncan McAdam vor dem Tisch stehenblieb, signalisierte sein Vorgesetzter, dass er sich setzen sollte. Die Augen des alternden Leiters der Kripo fixierten streng den DI. DCS Mullen lehnte sich vor, stützte sich auf den Ellenbogen ab und faltete die Hände.

„Wie geht es Ihnen?"

Die Frage überraschte den DI. Mullen hatte noch nie Wert auf Befindlichkeiten gelegt. Er war von der alten Schule. Einer der wenigen, die es noch gab. Die nächste Generation an Führungskräften drängte nach, und diese verbrachte genau so viel Zeit in Managementkursen wie bei der Polizeiarbeit.

„Ich … nun, mir geht es gut, danke, Sir."

„Nervös, weil Sie wieder hier sind?"

Mit hochgezogenen Augenbrauen schnalzte McAdam mit der Zunge und überlegte, was er darauf am besten antworten sollte. „Nein … ist ja nicht das erste Mal." Letzteres sagte er mit einem kurzen Lächeln, das er sofort wieder bereute. DCS Mullen fuhr sich mit der Zunge über die Unterlippe. Die Geste verriet immer, dass er sich ärgerte. McAdam würde viel dafür geben, einmal gegen diesen Mann Poker zu spielen. Wenn es notwendig war, konnte er die Reaktionen seines Vorgesetzten deuten, nur zufriedenstellen konnte er ihn nicht. Meistens kam McAdam die Erkenntnis viel zu spät, um etwas daran zu ändern.

Mullen öffnete einen Aktenordner vor sich und überflog das oberste Dokument. Wie McAdam ihn kannte, hatte er es bereits gelesen und wusste vermutlich auswendig, was darin stand. Er versuchte, den Kopf so zu drehen, dass er einen Blick darauf erhaschen konnte, wurde aber beinahe ertappt, als Mullen hochsah. McAdam lächelte unschuldig.

„Soweit ich weiß, haben Sie sich gegen eine Berufung entschieden. Bleiben Sie dabei?"

Der DI nickte. „Meine Entscheidung steht."

Mullen wandte sich wieder dem Aktenordner zu. McAdam verrenkte sich den Hals, um das Dokument – vermutlich von der Disziplinarkommission – zu sehen.

Der DCS atmete tief durch. „Die Kommission hat entschieden, es bei einer mündlichen Verwarnung zu belassen. Diese Entscheidung bleibt für sechs Monate in Ihrer Akte."

„Das war mir bewusst, Sir, aber danke, dass Sie mir das noch mal gesagt haben."

Streng sah sein Vorgesetzter ihn an.

„Ihr Verhalten ... entspricht nicht dem, was ich von einem Beamten unter meiner Führung erwarte, DI McAdam."

Dieser wurde verlegen, weil er nicht wusste, was er darauf sagen sollte. Er hatte die Entscheidung der Kommission akzeptiert und war froh, dass es vorbei war. Zumindest der offizielle Prozess war abgeschlossen. Die Konsequenzen allerdings ... bekam er immer noch zu spüren.

„Ich verstehe, Sir. Ich werde mich bessern."

DCS Mullen kniff die Augen zusammen. Zweifellos überlegte er, wie ernst McAdam es meinte. Tief einatmend schloss Mullen den Aktenordner und tippte mit zwei Fingern darauf.

„So sei es, die Angelegenheit ist damit erledigt."

McAdam, der die Miene seines Vorgesetzten betrachtete, kam im Stillen zu einem anderen Schluss. Er lächelte nur freundlich.

„Nun gut, zu etwas anderem", sagte Mullen. Bei diesen Worten zerschmetterte McAdams Hoffnung, schnell wieder aus dem Büro zu kommen, wie auf Felsen. „Die Kollegen aus dem Norden haben Sie angefordert, DI McAdam."

Überrascht sah er ihn an. „Mich? Aber warum denn?"

„Das weiß der Himmel, McAdam, aber wir müssen ja alle die Anordnungen von irgendjemandem ausführen, nicht wahr?"

„Ich war zwei Monate weg, wie –"

„Sie waren zwei Monate lang suspendiert, McAdam ... das war kein Urlaub."

„Ich versichere Ihnen, dass ich mich nicht habe gehen lassen, Sir."

„Bestimmt haben Sie das nicht", erwiderte Mullen unverhohlen skeptisch. „Ich habe die Anforderung in Ihrem Namen angenommen. Nachdem Ihre Fälle ohnehin anderen zugewiesen wurden, während Sie ... weg waren, brauchen wir Sie hier nicht."

Die letzte Bemerkung versetzte Duncan McAdam einen schmerzhaften Stich. Als Mullen es bemerkte, lächelte er entschuldigend.

„Wir brauchen Sie *im Moment* nicht", korrigierte er sich. Trotzdem hatte der DI das Gefühl, dass er die erste Formulierung absichtlich so gewählt hatte. „Sie verstehen das sicher. Außerdem ist das eine gute Gelegenheit, dass Sie außerhalb des Goldfischglases namens Glasgow wieder in Schwung kommen."

Dass der Großraum Glasgow, der immerhin vierzig Prozent der Gesamtbevölkerung des Landes beherbergte, als Goldfischglas bezeichnet wurde, hörte McAdam zum ersten Mal. Allerdings war bekannt, dass Mullen zu Übertreibungen neigte.

„Hm …", erwiderte der DI, „wohin genau soll ich?"

„Nach Hause, DI McAdam." Lächelnd legte Mullen die Hände flach auf den Tisch. „Sie kehren eine Zeit lang nach Hause zurück."

McAdams zerschmetterte Hoffnungen wurden pulverisiert. Mullen studierte seine Miene.

„Ich dachte, Sie würden sich freuen, nach Hause zu können … zu bekannten Leuten. Wahrscheinlich hat sich kaum etwas verändert, seit Sie weggezogen sind."

Genau darin lag das Problem. Das war mitunter einer der Gründe gewesen, warum er weggegangen war. Die Aussicht, auf die Insel zurückzukehren, stimmte ihn nicht froh. In diesem Moment schossen ihm viele Fragen durch den Kopf. Er stellte jedoch keine einzige. Einige mehr hätte er vielleicht sogar stellen müssen. Stattdessen brachte er nur ein erbärmliches Wort hervor.

„Warum?"

Mullen lehnte sich zurück. Je länger er McAdams Leiden beobachtete, desto besser wurde seine Laune. „Weil Sie darum gebeten wurden. Ich nehme an, weil Sie von Skye stammen. Sie wissen besser als die meisten anderen, wie die Leute von der Insel so ticken."

„Sir?", fragte der DI unsicher, ob das ein Kompliment oder eine Beleidigung gewesen war.

„In so kleinen Gemeinden halten die Leute zusammen. Jeder kennt jeden … gegenüber Menschen von außerhalb sind sie misstrauisch."

McAdams Erfahrung nach war das eher ein Mythos. Wo auch immer er gearbeitet hatte, hatten die Menschen dem vertraut, was sie kannten, und dem, was sie nicht kannten, eben nicht. Dabei war es egal, ob das Kleinbauern auf einer abgelegenen Insel waren oder das Carlton hier in Glasgow. Vertrautes war gut, Unbekanntem brachte man Misstrauen entgegen.

„Einem der ihren sind sie eventuell aufgeschlossener gegenüber", sagte Mullen. Duncan McAdam wurde bewusst, dass er nicht mehr zugehört hatte. „Es sollte nicht länger als eine oder zwei Wochen dauern, höchstens vielleicht drei."

„Tut mir leid, Sir. Um welchen Fall handelt es sich eigentlich?"

„Erinnern Sie sich an das Mädchen, das vor ungefähr zwanzig Jahren im Sommer verschwunden ist?"

McAdam musste nicht lange in seinen Erinnerungen kramen. Dieser Fall hatte die gesamte Insel erschüttert. Ein junges Mädchen hatte sich in Luft aufgelöst, niemand hatte je wieder etwas von ihr gehört. Eine groß angelegte Such- und Rettungsaktion zu Land und zu Wasser war gestartet worden, nachfolgend hatte die Polizei ermittelt. Damals hatte man keine Spur gefunden, und auch bis heute nicht, soweit er wusste. Er war noch ein Junge gewesen, gerade auf dem Sprung in die höhere Schule. Der DI erinnerte sich, wie seine Eltern verhalten darüber gesprochen hatten, wenn sie dachten, dass er und seine Schwester sie nicht hören konnten. Um den Fall rankten sich bis heute Gerüchte und Klatsch.

„Isla Matheson", sagte McAdam leise. Der Name kam wie aus der Pistole geschossen, obwohl er seit Jahren nicht mehr daran gedacht hatte.

„Richtig", erwiderte Mullen und nickte nachdrücklich. „Nun, man hat sie gefunden." Erwartungsvoll sah der DI ihn an. Er musste die Frage nicht aussprechen. „Vor drei Tagen wurde ihre Leiche entdeckt. Ein DNA-Treffer in der Datenbank hat für Klarheit gesorgt, die Angehörigen wurden bereits benachrichtigt."

„Wurde sie ermordet?"

„Genau das möchte das Ermittlungsteam herausfinden, McAdam", sagte Mullen, setzte sich auf und zeigte zur Tür. „DCI Jameson erwartet Sie noch heute."

„Heute?", wiederholte der DI laut, während seine Gedanken wild rasten. „Ich meine ... ich muss das mit meiner besseren Hälfte besprechen."

Fragend zog Mullen eine Augenbraue hoch.

„Ich kann nicht einfach so losfahren, ohne ihr Bescheid zu sagen ..."

Sein Vorgesetzter warf einen Blick auf die Uhr. „Sie könnten in weniger als vier Stunden dort sein, also haben Sie genug Zeit, Ihre Angelegenheiten zu regeln."

Als Mullen ärgerlich reagierte, zuckte der DI innerlich zusammen. Vielleicht war es gar nicht so schlecht, eine Weile wegzukommen. Allerdings bedeutete die Rückkehr nach Skye, dass er vom Regen in die Traufe kam. Mullen war das einerlei. Tatsächlich schien er sich sogar an McAdams Unwohlsein zu freuen.

„Ja, Sir. Ich werde ... mich heute Nachmittag auf den Weg machen."

„Sehr gut." Wieder signalisierte er zur Tür. „Das wäre

alles, DI McAdam." Duncan McAdam wurde aus seinen Tagträumen gerissen. Er sah hoch, nickte und stand hastig auf. Mullen wandte sich seinem Bildschirm auf dem Tisch zu und tat, als müsste er sich um etwas kümmern. Eigentlich wollte er den DI nur schnellstmöglich loswerden.

„Lassen Sie sich Zeit auf Skye, McAdam. Ein Tapetenwechsel ist wie ein Urlaub, nicht wahr?", rief Mullen ihm noch nach, als er die Tür erreichte.

Der DI, der den Türknauf so fest umklammerte, dass die Knöchel weiß hervortraten, sah zurück und lächelte so überzeugend wie möglich. „Aye, Sir. Ich freue mich darauf."

„Sehr gut", wiederholte Mullen und schaute zur Seite. McAdam ging aus dem Büro und schloss vorsichtig die Tür. Als er hochsah, blickte Kelly ihn lächelnd an. Sie stand auf und nahm einige Papiere mit, die sie mit einer großen Büroklammer gesichert hatte. Als McAdam zu ihr kam, reichte sie ihm den Stapel.

„Ihre Reiseroute, Unterkunft, Kontakte und alles, was Sie für die Reise brauchen."

Als der DI die erste Seite überflog, entdeckte er die Hotelreservierung. „Immerhin ein anständiges Hotel", meinte er grinsend.

„Ich wurde angewiesen, Sie in einer Frühstückspension unterzubringen, aber ich verrate es keinem, wenn Sie es auch nicht tun", meinte sie flüsternd. Als sie zwinkerte, musste McAdam lachen.

„Vielen Dank, Kelly. Ich mochte Sie schon immer."

Als das Telefon auf ihrem Tisch klingelte, hob sie den Hörer ab.

„Ja, Sir, ich werde es ihm ausrichten." Sie legte auf und sah McAdam verlegen an. „Er meinte, Sie sollen sich nicht mit Schwatzen aufhalten."

Duncan McAdam salutierte mit den Papieren in der Hand,

formte ein tonloses *Danke* und ging hinaus. Draußen auf dem Flur dachte er an seine Heimkehr. Die Rückkehr auf die Insel war nicht das Hauptproblem – obwohl er gut darauf verzichten konnte – da er im Laufe der Jahre einige Male dort gewesen war. Das Timing war eher problematisch.

Niemand sonst war im Flur. Duncan schaute auf die Uhr. Wenn er Natalie jetzt anrief, erwischte er sie noch vor der Arbeit. An die Wand gelehnt nahm er das Handy heraus und atmete tief durch, während er die Nummer wählte.

„Hey, ich bin's", sagte er. „Wie geht's?"

„Was ist los?"

„Was meinst du?", fragte er perplex.

„Dieser Tonfall heißt normalerweise, dass du gleich eine Bombe platzen lässt."

„Äh, nein…", stammelte er, obwohl er genau wusste, dass sie recht hatte. "Aber ich muss tatsächlich mit dir reden –"

„Ich wusste es. Du bist den ersten Tag zurück und schon wieder suspendiert, oder?"

„Nein …"

„Was ist es dann?"

Glasgower hatten etwas an sich, dass Duncan gleichermaßen hasste und liebte, je nachdem, ob er am kürzeren Ast saß oder nicht: die schonungslose Ehrlichkeit. Und Natalie teilte reichlich davon aus.

„Ich muss weg."

„Weg?", fragte sie. Ob genervt oder nur neugierig konnte Duncan nicht sagen. „Weg wohin?"

„Syke … wegen eines Falls."

„Und das musst ausgerechnet du sein?" Die Frage klang eindeutig anschuldigend. „Weil der große Dunc McAdam der einzige Polizist in Schottland ist, der einen Fall am Arsch der Welt übernehmen kann?"

„So ist es nicht", erwiderte er in bemüht ruhigem und neutralem Tonfall, „außerdem habe ich keine Wahl –"

„Man hat immer eine Wahl, Dunc. Immer."

„Tja, dann rede du doch mit meinem DCS, wenn du meinst."

„Wann fährst du los?"

„Heute. Sobald ich gepackt habe."

„Und was ist mit der Geburtstagsfeier für meinen Dad am Wochenende?"

„Verdammt …" Duncan schnitt eine Grimasse. Das hatte er vergessen, allerdings konnte er ohnehin nichts tun. „Das werde ich nicht schaffen."

„Ach, tatsächlich, aye?"

Diesen Tonfall kannte er. Er befürchtete das Schlimmste.

„Ich weiß, der Zeitpunkt ist ungünstig …"

„Nein, Duncan. Der Zeitpunkt könnte nicht besser sein."

„Wirklich?", fragte er mit gesenkter Stimme und nickte einem Kollegen zu, der an ihm vorbeikam.

„Aye, so ist es. Ich helfe dir sogar beim Packen."

Genau das hatte er erwartet.

„Das würdest du für mich tun?", fragte er und wappnete sich.

„Aye, du brauchst dir keine Gedanken zu machen. Ich stelle deine Koffer vor die Tür."

„Komm schon, Natalie. Ich habe dir ja gesagt, dass ich keine Wahl habe –"

„Tja, wenn du nicht allen auf den Schlips getreten wärst, dann würde die Sache jetzt vielleicht anders aussehen", erwiderte sie. „Ich wäre nicht sauer auf dich und dein Boss würde dich nicht in die Verbannung schicken."

Duncan musste zugeben, dass sie rechthatte. „Nat–"

„Nein. Du hast genug gesagt, Duncan. Deine Sachen kannst du dann vor der Tür abholen, ich stelle alles raus, bevor ich zur Arbeit muss. Viel Spaß auf Skye, lass dir ruhig Zeit dort, du Scheißkerl!"

Sie legte auf. Mit geschürzten Lippen ließ Duncan das Handy sinken und starrte seufzend auf den Bildschirm.

„Lief ja ganz gut", murmelte er und stecke das Handy ein. „So im Großen und Ganzen."

„Alles in Ordnung, Dunc?" McAdam hörte die vertraute Stimme seiner DCI, Lyndsay Scott, die auf ihn zu kam. Lächelnd und nickend sah er sie an. „Wann fährst du los nach Skye?"

„Sobald ich meine Klamotten von der Straße aufgelesen habe, nehme ich an." Fragend blickte sie ihn an, doch er winkte nur ab. „Ich muss noch packen und fahre dann nach dem Mittagessen los."

„Dein erster Tag verlief nicht ganz wie geplant, nehme ich an."

Duncan runzelte die Stirn. „Sag mal, weiß eigentlich jeder auf dem Revier Bescheid, dass ich nach Skye muss?"

Sie grinste. „Nur die, die informiert wurden. Es wird dir guttun, Duncan. Du kannst dich sammeln und alles auf die Reihe bekommen."

„Jetzt klingst du wie der alte Herr", meinte er und nickte in Richtung des Büros des Chefs.

„Halte mich auf dem Laufenden", sagte Lyndsay und ging weiter.

„Mache ich." Duncan drückte sich die Handballen auf die Augen und fuhr dann mit den Händen über das Gesicht, während er nach oben sah. „Nach Hause zurück", murmelte er und klatschte sich auf die Wangen. „Jesus, Maria und Josef."

KAPITEL ZWEI

GEGENÜBER DER BUSHALTESTELLE am Somerled Square entdeckte Duncan einen freien Parkplatz. Mitten in der Touristensaison käme das einem Lottogewinn gleich, und selbst jetzt war es zu dieser Tageszeit ein Glücksfall. Der blaue Himmel und strahlende Sonnenschein täuschten. Als er aus dem Auto ausstieg, spürte er sofort den schneidend kalten Wind.

Als Duncan McAdam sich umschaute, stellte er fest, dass sich kaum etwas verändert hatte. Die Bäume um die Sitzgelegenheiten in der Nähe dies Kriegsdenkmals waren gewachsen, und einige der Gebäude hatten den Besitzer gewechselt. Restaurants und Bars trugen andere Namen, aber von außen sahen sie unverändert aus. Die Lodge of St. Hilda gab es auch noch. Der Schaukasten, in dem stolz die Verbindung zu den Freimaurern präsentiert wurde, stand davor. Allerdings hatte sich das cremefarbene Papier in den Jahren in der Sonne zu einem rauchigen Grau-Braun verfärbt.

Das Bild seines Vaters, wie er den Mitgliedern nach ihren Treffen eine Strafpredigt hielt, stieg vor seinem inneren Auge auf. Duncan hatte sich oft gefragt, ob sein Vater eigentlich nur eifersüchtig gewesen war, da er niemals würdig genug für eine Einladung befunden wurde, oder ob er wirklich nichts mit der sogenannten Geheimgesellschaft – die ihre Treffen auf offener Straße bewarb – zu tun haben wollte.

Ein Reisebus rumpelte die Wentworth Street entlang. Vorsichtig fuhr er über die schmale Straße mit den auf der linken Seite geparkten Autos und bog langsam um die Kurve bis in die Bushaltestelle. An der erhöhten Plattform hielt er an. Aus den geparkten Autos, den nahegelegenen Läden und Cafés strömten Menschen mit Rollkoffern oder Reisetaschen. Innerhalb weniger Minuten waren alle aus- und eingestiegen, und der Bus fuhr wieder los.

Duncan McAdam schaute am Bus vorbei zum Polizeirevier und warf einen Blick auf die Uhr. Die Strecke von Glasgow bis hierher hatte er schneller als erwartet zurückgelegt. Das milde Wetter hatte ihm eine wunderbare Fahrt durch Glencoe beschert. Nur einen Monat früher hätte er langsam hinter einer Schlange an Touristen, Reisebussen und Motorradfahrern herfahren müssen. Obwohl der Tourismus in den schottischen Highlands beinahe das ganze Jahr lief, machte er gegen Jahresende eine Pause. Noch hatte Duncan eine Stunde Zeit, also beschloss er, sich umzusehen.

Er überquerte den Parkplatz, ging über die Straße und am Sheriff Court vorbei. Vor ihm stand ein altes Gebäude, jetzt ein Hostel für Reisende, in hellgelb mit dunkelblauen Akzenten, was an die berühmten Reihenhäuser an der Quay Street im alten Hafen von Portree erinnern sollte. Duncan wandte sich nach links und hielt hinter dem Gebäude inne, um über den Busparkplatz und das Wasser der Bucht zu blicken, in der einige kleine Boote vor Anker lagen.

Während er nach links in Richtung Bank Street schlenderte, donnerte der Verkehr an ihm vorbei. Die meisten nahmen diese Straße, um das Stadtzentrum zu vermeiden und weiter zur Ostküste der Insel nach Staffin zu fahren. Nach einer engen Kurve zur Bosville Terrace weitete sich die Landschaft, und Duncan konnte über die Bucht von Portree, den Hafen und die Meerenge von Raasay bis zur Insel in der Ferne sehen. Sah man die Insel nicht, konnte das nur zwei Gründe haben: entweder schüttete es oder es würde gleich schütten.

„Diesen Gang würde ich überall erkennen!"

Als Duncan McAdam die laute Stimme hörte, drehte er sich um und entdeckte am Eingang eines kleinen Supermarkts einen Mann mit einer Tüte in jeder Hand. Der Mann eilte zwischen den Autos, die sich durch eine enge Kurve zur Bosville Terrace schlängelten, über die Straße zu Duncan. Es dauerte einen Moment, bis dem DI bewusst wurde, dass er ihn kannte. Trotzdem wollte ihm der Name nicht gleich einfallen. Erst als der Mann mit wildem, rotem Bart grinsend vor ihm stehen blieb, erinnerte er sich.

„Archie Mackinnon", meinte Duncan ebenfalls grinsend. „Wie geht's dir, Kumpel?" Als er ihm die Hand hinstreckte, starrte Archie darauf, ließ spöttisch die Tüten fallen, schlang die Arme um Duncan und hob ihn mit Bärenkräften hoch. Duncan, der knapp einen Meter achtzig groß war und in den besten Zeiten um die neunzig Kilo wog, war überrascht, keinen Boden unter den Füßen mehr zu spüren. Allerdings war Archie schon immer unglaublich stark gewesen.

„Kleiner Dunc!", meinte Archie grinsend und stellte ihn wieder ab. Duncan, der froh war, wieder auf festem Boden zu stehen, trat einen Schritt zurück. „Was machst du hier?"

Duncan musterte seinen Freund. Er hatte noch starke Ähnlichkeit mit dem jungen Mann, der er gewesen war, als sie sich zum letzten Mal gesehen hatten, kurz bevor sie den Schritt in die große, weite Welt gewagt hatten. Das jungenhafte Grinsen und schelmische Funkeln in den Augen hatte er sich bewahrt. Nur das Gesicht unter dem lockigen Haarschopf, der trotz Mütze in alle Richtungen abstand, und dem

Bart verriet, dass das Alter ihn nicht verschont hatte. Schulterzuckend schaute Duncan sich um.

„Ich bin wegen der Arbeit hier."

„Aye, und was machst du so?"

Duncan betrachtete Archie von oben bis unten. Er trug eine fleckige Jeanshose und eine Allwetterjacke, die schon bessere Zeiten gesehen hatte. Da seine Füße in Gummistiefeln steckten, nahm Duncan an, dass er noch immer viel Zeit im Freien verbrachte. Bestimmt arbeitete er auf dem kleinen Hof seines Vaters oder hatte inzwischen einen eigenen. Allerdings fragte er sich, was er sonst machte, um etwas dazuzuverdienen, wie es viele der Kleinbauern taten.

„Ich ... arbeite im öffentlichen Dienst", erwiderte Duncan, der nie gerne verriet, dass er bei der Polizei war. Sobald die Leute das wussten, sahen sie ihn anders an, und meistens waren sie auch sofort auf der Hut.

„Für die Gemeinde? Hattest du nicht studiert ... was war das noch gleich?"

„IT."

„Aye, richtig ... Computerzeug. Gibt es da für dich in Portree viel zu tun?", fragte er skeptisch. Die Frage war berechtigt, in Portree gab es kaum moderne Industrie.

Duncan schüttelte den Kopf. „Das mache ich schon lange nicht mehr."

„Überrascht mich nicht", meinte Archie kopfschüttelnd. Das irritierte Duncan, obwohl er nicht genau wusste, warum eigentlich. „Ich habe dich sowieso nie für einen Nerd gehalten."

„Nein, da hast du schon recht", sagte Duncan und schaute an Archie vorbei auf der Suche nach einem Grund, das Gespräch zu beenden. Während der Schule waren sie Freunde gewesen, aber nun, nach all den Jahren, sah er keine Gemeinsamkeiten mehr zwischen ihm und dem großen Kerl, der vor ihm stand.

„Hm ... der Highland Council, also?", meinte Archie und kratzte sich am Bart. Duncan nickte nur schweigend. „Tja, ich hoffe, du kannst was gegen all die Leute tun, die auf die Insel kommen."

Fragend sah Duncan ihn an. „Leute? Welche Leute?"

Wieder schüttelte Archie den Kopf. „Na ja, Leute eben. Im Grunde sind sie schon in Ordnung ... na ja, einige zumindest. Mir geht es mehr um die Menge. Das Fremdenverkehrsamt hat wieder zu viele auf die Insel gelassen. Seit Jahren geht das schon so. Es sind einfach zu viele für die Straßen ... und die Läden und einfach alles. Das ganze Jahr über geht es rund."

Duncan rümpfte die Nase. „Tut mir leid, Archie, aber das ist nicht mein ... Aufgabengebiet."

„Ah ja, verstehe, Dunc." Er wirkte enttäuscht, und Duncan glaubte, sich vor einer Jammertirade gerettet zu haben. „Wie lange bleibst du?"

Duncan zuckte mit den Schultern. „Ein paar Tage ... vielleicht eine Woche."

„Spitze. Dann gehen wir nachher auf ein Bier." Duncan wollte nicht zusagen. Selbst wenn er die Zeit dazu gehabt hätte, was er bezweifelte, hatte er keine Lust, mit Archie in Erinnerungen zu schwelgen. Dieser hatte allerdings ganz andere Vorstellungen. „He, weißt du was? Im Macnabs gibt es heute einen Ceilidh. Warum kommst du nicht vorbei? Wir trinken ein paar Bier und quatschen darüber, was wir in den letzten Jahren so getrieben haben."

„Äh ... na ja, ich bin gerade erst angekommen –"

„Unsinn! Wir haben uns jetzt seit ... was, fünfzehn Jahren nicht mehr gesehen? Komm schon!"

Duncan lächelte. „Na gut, ich werde sehen, was sich machen lässt."

„Das will ich hören!", sagte Archie und drosch Duncan so hart auf den Arm, dass er die Balance verlor.

„Aber versprechen kann ich nichts", warnte Duncan ihn mit erhobenem Finger. „Ich muss erst … zur Arbeit und so weiter. Wenn ich es schaffe, dann schaffe ich es."

„Prima! Wo übernachtest du? Ich könnte –"

Um nichts in der Welt wollte Duncan diese Information preisgeben, also hob er die Hand, um Archie zu unterbrechen. „Ich bin dann so um … acht da. Klingt das gut?"

„Perfekt", erwiderte Archie strahlend und nickte. „Ach … Duncan, es ist echt schön, dich wiederzusehen."

Duncan lächelte. „Ja, das ist es wirklich." Auf dem schmalen Bürgersteig schlüpfte er an Archie vorbei und streckte einen Daumen hoch. „Bis später dann, ja?"

„Bis dann, Dunc."

Duncan McAdams überquerte die Straße und eilte auf die Wentworth Street zu, um direkt zum Somerled Square und in die relative Sicherheit des Polizeireviers zurückzukehren.

Im Revier ging er zum Empfang und drückte auf den Summer. Kurz darauf schob ein Zivilbediensteter die Milchglasscheibe zur Seite und musterte den DI.

„Was kann ich für Sie tun?"

McAdam zückte den Dienstausweis. „DI McAdam aus Glasgow. Ich soll mich bei DCI Jameson melden."

„Wissen Sie, wohin Sie müssen?", erkundigte sich der Angestellte. McAdam schüttelte den Kopf. Im Revier war er noch nie gewesen, zumindest nicht als Polizist. „Setzen Sie sich, ich hole jemanden, der Sie hinbringt." Er zeigte auf die Stühle, die aufgereiht an der Wand hinter McAdam standen. Der DI dankte ihm und setzte sich. Mit einem dumpfen Geräusch schloss sich das Glasfenster.

McAdam musste nicht lange warten, bis sich die Sicherheitstür zum Revier öffnete und ein Mann herauskam, der sich suchend umschaute. Dieser war gute einen Meter neunzig groß und schlank. Beim Gehen hielt er den Rücken gerade, ein sicheres Zeichen, dass er beim Militär gedient hatte. Seine Haare waren kurz geschnitten, was die beginnende Glatze nicht verbergen konnte, und er trug einen dichten Schnurrbart, der in den späten Siebzigern, in denen er kaum über das Teenageralter hinaus gewesen sein konnte, höchst modern gewesen war. Während er McAdam betrachtete, blieb seine Miene stoisch. Mit einem knappen Nicken begrüßte er den DI.

„DI McAdam?", fragte er kurz angebunden und etwas barsch.

„In Person", erwiderte er, stand auf und schüttelte die ausgestreckte Hand des Mannes.

„DS Alistair MacEachran. Willkommen in Portree." Während des festen Händedrucks sah er McAdam in die Augen. Dabei hatte dieser das Gefühl, gemustert zu werden. „Anstrengende Fahrt gehabt?"

„Ach, von Glasgow bis hierher ist es nicht so schlimm."

„Aye. Sind Sie schon einmal auf Skye gewesen?"

„Ist eine Weile her", erwiderte McAdam, während sie durch die Tür traten und weiter in die Tiefen des Reviers vordrangen. „Aber ich finde mich zurecht."

Als sie die Treppe ins erste Stockwerk hochgingen, spürte er MacEachrans Blick auf sich ruhen.

„Ah ja, den Akzent der Insel hört man heraus."

Der DI lachte. „Ja, den wird man nicht mehr los. Was ist mit Ihnen? Sie sind nicht von Skye. Aus dem Glasgower West End?"

„Nein", entgegnete er. „Dumbarton."

„Ah, aus dem altehrwürdigen Königreich Strathclyde", meinte McAdam mit einem Seitenblick auf den DS. Der Detective Sergeant sah ihn an, als versuchte er herauszufinden, ob sich der DI einen Scherz auf seine Kosten erlaubt. „Da ich ja in der Nähe lebe, habe ich einiges aufgeschnappt."

„Ach, tatsächlich … aye?"

McAdam kam zu dem Schluss, dass man mit MacEachran keine Scherze machte. Der Rest des Weges zur Kripo verlief in Stille. Kurz vor dem Einsatzzimmer verlangsamte der DS seine Schritte und blieb ein paar Meter vor der Tür stehen.

„Nur damit Sie Bescheid wissen, die Besprechung hat schon angefangen", sagte er leise und blickte sich im Flur um, ob sie alleine waren. „Der Chef hat angenommen, dass Sie früher kommen."

McAdam nickte. Er war sich sicher, dass er sich nicht in der Uhrzeit geirrt hatte. Soweit es ihn anging, hatte er sich nicht verspätet. Natürlich hatte es eine Weile gedauert, bis er all seine Sachen im Auto verstaut hatte. Natalie hatte nicht übertrieben, sie hatte seinen Koffer vor die Tür gestellt. Tatsächlich hatte sie alles, was ihm gehörte und er in den zwei gemeinsamen Jahren in ihre Wohnung gebracht hatte, hinausgeworfen. All das befand sich jetzt in seinem Auto.

„Danke für die Warnung."

„Gern geschehen. Jameson ist ein kleiner Scheißer …", wieder sah er sich um und senkte die Stimme zu einem verschwörerischen Flüstern, „unter uns gesagt."

Ohne eine Antwort abzuwarten, öffnete er die Tür zum Einsatzzimmer. McAdam folgte ihm. Ein schick gekleideter Mann im Maßanzug und mit perfekt gestylter Frisur stand in einem recht überfüllten Raum. Für McAdam war nicht ersichtlich, welche der Polizisten Einheimische und welche von anderswo angefordert worden waren. Obwohl Portree die Hauptstadt war, verfügte sie wegen ihrer geringen Größe nur über ein kleines Kontingent an Kripobeamten, deshalb stammten vermutlich die meisten von außerhalb. Die gesamte Bevölkerung von Skye belief sich vermutlich auf nicht mehr als fünfzehntausend Menschen. Wenn er allerdings bedachte, was Archie ihm vorgejammert hatte, mussten die Touristen für einen gewaltigen Zustrom sorgen.

„Wir haben die offizielle Bestätigung", sagte der Mann und schaute in die Runde. McAdam nahm an, dass das DCI Jameson war. „Die Leiche, die draußen bei Waternish gefunden wurde, ist eindeutig als jene von Isla Matheson identifiziert worden. Die junge Frau wurde 1999 als vermisst gemeldet. Durch den Vergleich der DNA-Proben, die uns die Familienmitglieder gegeben haben, bleibt kein Zweifel." Ein Raunen – McAdams hörte eine Mischung aus Schock und Wut heraus – ging durch den Raum. Der DCI musste lauter sprechen, um die versammelte Mannschaft zu beruhigen. „Ich weiß, das ist ein Schock für Sie alle, vor allem für die Einheimischen, die die Gemeinde und vielleicht sogar die Familie Matheson kennen, aber ich möchte Sie bitten, Emotionen aus dem Spiel zu halten. Wir müssen herausfinden, wie die junge Frau zu Tode kam. Auf dieses Ziel müssen wir uns konzentrieren."

Als der DCI in die Runde schaute, blieb sein Blick kurz an McAdams hängen, der zusammen mit DS MacEachran ganz hinten stand, bevor er den Blick weiter schweifen ließ.

„Wie gesagt, die Todesursache ist immer noch Gegenstand der Ermittlungen", sprach Jameson weiter. „Wir sollten also unser eigentliches Ziel nicht aus den Augen verlieren."

„Und das wäre?", murmelte MacEachran.

„Nämlich herauszufinden, was ihr zugestoßen ist", führte Jameson aus.

Mit hochgezogenen Augenbrauen warf MacEachran einen Seitenblick auf McAdams. „Sie verstehen jetzt, warum er das große Geld macht, oder?"

Der DI musste sich ein Grinsen verkneifen.

„Ich möchte, dass sich vorläufig alle an ihre zugewiesenen

Aufgaben halten", redete Jameson weiter. „Die Leute von der lokalen Kripo gehen die damaligen Zeugenaussagen durch, von den Freunden und der Familie von Isla Matheson und von jedem, der zum Zeitpunkt ihres Verschwindens befragt wurde. Eventuell erinnern sie sich jetzt anders an die Dinge. Ich weiß, das ist eine banale Aufgabe, aber selbst die kleinste Information, die damals versäumt oder übersehen wurde, könnte sich als äußerst wichtig herausstellen. Und Sie sind am besten dazu geeignet, sich in die Denkweise der Einheimischen einzufühlen." Wieder schaute er in die Runde und stellte mit einigen Blickkontakt her, bevor er sich wieder an alle Versammelten wandte. „Für alle anderen gilt, dass wir weiterhin die Bewegungen bekannter Sexualstraftäter und gewalttätiger Verbrecher nachverfolgen und die damaligen Informationen mit der aktuellen Situation in Verbindung bringen. Bleiben Sie wachsam … und ich bin sicher, dass wir den Mörder fassen."

„Wie Sie sehen … ein kleiner Scheißer", meinte MacEachran, während er sich zu McAdam beugte. „Wir müssen die Drecksarbeit machen, während seine Drohnenarmee an Supersoldaten im Höhenflug Hannibal den Kannibalen jagen darf."

Fragend sah McAdams ihn an. MacEachrans Miene änderte sich und er lächelte verlegen.

„Bildlich gesprochen, natürlich."

„Ich bin aus Glasgow gekommen, stamme aber von der Insel. Bin ich jetzt ein Supersoldat oder etwas anderes?"

„Das wird sich noch herausstellen, Laddie."

Seit Jahren hatte McAdam niemand mehr *Jungchen* genannt. Innerhalb der Polizei von Skye schien es nicht so förmlich zuzugehen. Entweder das oder MacEachran hatte wenig Respekt vor den Rängen. Er fragte sich, was davon wirklich zutraf, aber wahrscheinlich letzteres, wie er annahm.

„Detective Inspector McAdam?", sagte Jameson und kam

zielstrebig auf ihn zu, während sich die Besprechung auflöste. Im Einsatzzimmer breitete sich geschäftiges Treiben aus, als alle zu ihren Tischen zurückkehrten.

„Ja, Sir", erwiderte McAdam und schüttelte die Hand des DCI. „Tut mir leid, wenn ich mich ein bisschen verspätet habe. Anscheinend bin ich nicht rechtzeitig über die Uhrzeit informiert worden."

„Gehen wir in mein Büro, Detective Inspector", sagte Jameson und nickte MacEachran knapp zu, der die Geste gleichermaßen erwiderte. Als sich die beiden ranghöheren Beamten wegdrehten, hätte McAdam schwören können, das Klacken von Absätzen und ein Aufstampfen zu hören, als wäre MacEachran in Habt-Acht-Stellung gegangen. McAdam schaute zurück und erwartete halb, dass der Mann auch noch salutierte – was er nicht tat. MacEachran war bereits einige Meter entfernt und begrüßte einen Kollegen. Seine Stimme war deutlich über jenen der anderen zu hören.

KAPITEL DREI

DCI Jameson betrat sein Büro, einen kleinen, vom Einsatzzimmer abgegrenzten Raum, und ging zu seinem Schreibtisch.

„Schließen Sie bitte die Tür, DI McAdam", sagte er, während er sich setzte. Sofort nachdem der DI die Tür geschlossen hatte, wurde es stiller, doch das Klingeln der Telefone und ein Gemurmel waren im Hintergrund trotzdem noch zu hören. Da es in dem beengten Zimmer keine weitere Sitzmöglichkeit gab, musste er stehenbleiben. „Hatten Sie eine gute Fahrt?"

„Sehr gut sogar, danke, Sir."

Jameson fixierte ihn mit einem Blick, den McAdam nur schwer deuten konnte.

„Dann ist es verwunderlich, dass Sie so spät zur Besprechung gekommen sind." Als McAdam antworten wollte, wechselte Jameson Tonfall und Tempo, und winkte ab. „Egal. Sie sind ja jetzt hier. Sie habe ich als Verbindungsglied zwischen meinem Team und ...", stirnrunzelnd, als würde er nach dem richtigen Wort suchen, sah er hoch, „ ... den Kollegen vor Ort vorgesehen."

Duncan McAdam war perplex. „Sind wir nicht alle im selben Team, Sir?"

Missbilligend schaute Jameson ihn an. „Selbstverständlich sind wir das, DI McAdam. Allerdings gibt es eine Hierarchie ... stellen Sie es sich wie ein aktives und ein reaktives Team vor, oder wie Team A und Team B, wenn Ihnen das lieber ist."

McAdam lächelte. „Ich verstehe, Sir."

„Und Sie sind der Kapitän von Team B, DI McAdam." DCS Jameson lehnte sich zurück und musterte Duncan McAdam, während er die Finger verschränkte und die Knöchel knacken ließ. „Ich brauche jemanden, der für mich Augen und Ohren unter den einheimischen Kollegen ist." Er lehnte sich vor und zeigte auf ihn. „Und diese Rolle übernehmen Sie."

„Wäre der heimische DI nicht besser dafür geeignet, Sir?"

Jameson schüttelte den Kopf. „Nein, McAdam, das geht leider nicht. DI Johnston fällt längere Zeit aus. So schnell kommt er nicht zurück, bestimmt nicht, bevor wir den Fall gelöst haben."

„Sie klingen sehr sicher, Sir."

„Das tue ich immer. Eine positive Einstellung ist bei dieser Art von Arbeit unschätzbar wichtig. Denken Sie nicht auch?"

Duncan McAdam nickte, obwohl er selten einen lange dienenden Polizisten getroffen hatte, der durch das jahrelange Waten durch menschlichen Abfall nicht auf den Boden der Realität geholt worden war.

„Augen und Ohren", sagte McAdam laut.

„Ganz genau. Also, erinnern Sie sich an den Fall? Isla Matheson verschwand, als Sie noch auf der Insel waren, richtig? Damals ging das durch die Medien. Muss so um die Jahrtausendwende gewesen sein?"

„Aye, stimmt", erwiderte McAdam. „Kurz vor der Jahrtausendwende 1999, denke ich. Allerdings war ich da gerade erst im ersten Jahr des Gymnasiums."

„Woran erinnern Sie sich?"

Er zuckte mit den Schultern. „Nicht viel. Laut Gerüchten, die am Schulhof die Runde machten, war sie von Aliens entführt worden." Als Jameson keine Miene verzog, beschloss der DI, keine Witze mehr zu machen. Er räusperte sich. „Soweit ich mich erinnere, hatten meine Eltern damals Angst um mich und alle anderen Kinder der Insel. Es war nicht wie heute. Wir waren an Touristen gewöhnt, an neue Gesichter, die in den Sommermonaten kamen. Trotzdem hatte sich das Leben in dieser Gegend seit Jahrhunderten kaum verändert. Hier auf Skye war man abgeschirmt von den Dingen, die in Glasgow oder Edinburgh passierten. Und seien wir mal ehrlich, die Menschen in der Stadt denken, dass sie etwas Besseres wären und alle anderen, vor allem die Menschen aus den Highlands, würden in der tiefsten Provinz leben und den Tag damit verbringen, die Schafe zu vögeln …", als Jameson die Augen zusammenkniff, wurde McAdam bewusst, dass er unabsichtlich den Mann vor sich beschrieben hatte, „… Sir."

„Was wollten Sie noch über die Einheimischen sagen?"

„Aye, genau. Die Menschen hatten Angst. Es kam schon vor, dass gelegentlich jemand untertauchte, aber ein so junges Mädchen … das war ungewöhnlich. Und ich hoffe, dass das nicht zur Norm wird, Sir. Ich weiß noch, dass die meisten, ich eingeschlossen, dachten, dass sie einfach mit ihrem Freund weggelaufen sei und in ein paar Tagen wieder auftauchen würde. Aber als die Tage vergingen, bestand meine Mutter darauf, uns, also meine Schwester und mich, zur Schule zu bringen und auch wieder abzuholen. Andere Eltern taten es ihr gleich. Inseln sind oft seltsame Orte –"

Jameson schnaubte. „Das glaube ich Ihnen sofort."

„Ich meine, jeder kennt jeden. Wir alle wissen, wer ein

schräger Vogel ist … und wem man aus dem Weg gehen sollte. Wer gerne trinkt", was auf die meisten zutraf, wie er bei sich dachte, „und wer einer Rauferei nicht abgeneigt war." Er zuckte mit den Schultern. „Solche Leute hat man einfach gemieden. Aber die Menschen bekamen Angst. Ich glaube, die Polizei hat damals ihren Freund befragt. Außerdem machten Gerüchte und Klatsch die Runde."

„Er wurde verhört, ja", bestätigte Jameson, während er den offenen Aktenordner vor sich betrachtete. „Alex Macrae. Allerdings hat er ausgesagt, dass er und Isla Matheson sich getrennt hatten und er in einer neuen Beziehung war." Jameson zuckte mit den Schultern und blätterte gedankenverloren die Seite um, bevor er wieder McAdam ansah. „Er sagte, dass er darüber hinweg war und keine Ahnung hatte, wo sie sein könnte. Anscheinend hat sie am Abend vor ihrem Verschwinden eine Szene gemacht."

„Eine Szene?", hakte McAdam nach, dem Tonfall und Wortwahl des DCI nicht gefielen.

„Ja, sie hat mit allen jungen Männern aus dem Grüppchen geflirtet. Sie wissen ja, dass sie zuletzt auf einer Strandparty gesehen wurde?"

„Ja, Sir. Am Coral Beach, Richtung Dunvegan."

„Genau … eine Art *Übergangsritus* unter den einheimischen Teenagern. Haben Sie das auch gemacht, als Sie in dem Alter waren?"

Duncan McAdam erinnerte sich an die späteren Teenagerjahre, an das Chaos, das er und seine Freunde oft über die Inselbewohner hereinbrechen hatten lassen. Innerlich schauderte er. „Wahrscheinlich, Sir. Haben wir das nicht alle gemacht?"

„Ich könnte nicht behaupten, dass ich jemals etwas für Alkohol und Drogen übrig hatte", entgegnete Jameson überheblich. Das glaubte McAdam ihm aufs Wort. Der DCI wirkte so geradlinig wie ein Besenstiel ... und uninteressanter.

„Waren Drogen im Spiel, Sir? Ich erinnere mich nicht, dass das damals ein Thema war."

„Sie haben Recht, das ist nur eine Annahme meinerseits. Gut erkannt, McAdam."

„Es ist üblich, dass die Jugendlichen am Ende des Sommers Dampf ablassen, Sir. Hier auf der Insel laufen die Dinge anders. Wenn man eine höhere Ausbildung anstrebt, muss man auf das Festland ziehen, und wenn man in der Industrie oder an einem modernen Arbeitsplatz tätig sein möchte, muss man auch die Insel verlassen. Hier gibt es nichts. In Schottland spielt sich alles in Glasgow, Edinburgh und dazwischen ab." Wieder zuckte er mit den Schultern. „Eine solche Party ist ein Schlusskapitel in einem Leben, das man höchstwahrscheinlich für immer hinter sich lässt."

Nachdenklich nickte Jameson einige Male. „Nun, jemand lief der ... jungen Dame ... über den Weg, und diese Begegnung wurde ihr zum Verhängnis."

„Ist das der Schwerpunkt der Ermittlung Sir?"

„Im Moment sind wir offen für alles, McAdam. Und deshalb möchte ich, dass Sie die einheimischen Detectives im Auge behalten, während sie noch einmal die Personen befragen, die Isla Matheson kannten und Zeit mit ihr verbrachten. Als sie vor zweiundzwanzig Jahren verschwunden ist, kam nichts ans Licht. Aber nachdem nun so viel Zeit vergangen ist ..., vielleicht hat jemand etwas gesehen, was damals für unwichtig erachtet wurde."

„Und dafür war es nötig, dass ich hierher komme?"

Wütend starrte Jameson ihn an, die Bemerkung gefiel ihm gar nicht. „Haben Sie etwas Besseres zu tun, als den mysteriösen Tod eines jungen Mädchens zu untersuchen, Detective Inspector?"

„Nein, Sir."

„Gut, denn wir haben ein totes Mädchen in der Leichenhalle, und ich möchte herausfinden, wer dafür verantwortlich ist."

„Gilt das als gesichert, Sir? Dass sie vor zweiundzwanzig Jahren ermordet worden ist?"

„Dass sie gestorben ist, ja", erwiderte Jameson. „Aber, wie Sie in der Besprechung erfahren hätten, wenn Sie nicht zu spät gekommen wären und zugehört hätten, ist die Todesursache noch unklar."

„Aber jemand hat sie vergraben", meinte McAdam stirnrunzelnd. „In welchem Zustand ist die Leiche?"

„Laut Pathologen, der am Wochenende aus Glasgow gekommen ist, gut erhalten – dank des Torfanteils im Boden. DS MacEachran kann Ihnen eine Kopie des Berichts geben."

McAdam überdachte die Informationen. Wenn Isla Matheson in jener Nacht gestorben war, dann gab es nur zwei mögliche Szenarien: entweder war sie in der Dunkelheit zufällig einer gefährlichen Person über den Weg gelaufen, oder, was er für wahrscheinlicher hielt, jemand von der Strandparty hatte die Polizei über den wahren Hergang der Ereignisse belogen. Er dachte an seinen damaligen Freundeskreis zurück und hielt es für wahrscheinlich, dass das auf mehr als eine Person von jener Party zutraf.

McAdam wurde bewusst, dass er in Gedanken versunken war. Fragend schaute der DCI ihn an.

„Tut mir leid, Sir. Was haben Sie gesagt?"

„Ich habe gefragt, ob Sie sonst noch etwas brauchen", wiederholte er. „Und das war eine rhetorische Frage."

„Verstehe", erwiderte McAdam lächelnd. „Dann lege ich los, Sir."

Als er sich zum Gehen wandte, rief Jameson ihn zurück.

„Sir?"

Jameson holte tief Luft und schürzte dann die Lippen, bevor er ausatmete. „Eigentlich wollte ich das nicht sagen, McAdam, aber Sie wirken wie ein Mann, der schonungslose Ehrlichkeit zu schätzen weiß."

Dem DI war nicht klar, warum das auf ihn zutreffen sollte, trotzdem wartete er gespannt ab.

„Ich möchte ganz offen sein, McAdam. Sie waren für diesen Fall nicht meine erste Wahl. Ich hatte Tommy Gibson angefordert."

McAdam kannte ihn. Gibson war ein guter Detective, wenn auch ein bisschen gekünstelt ... Plastikpolizisten nannte man sie. Polizeiabsolventen, die rasant aufstiegen. Es war auch genau das Gegenteil von dem, was ihm in Glasgow gesagt worden war.

„Allerdings war er nicht verfügbar ... anscheinend." Enttäuscht seufzte Jameson. „Deshalb sind Sie hier." Letzteres klang eindeutig so, als wäre Duncan McAdams Anwesenheit statt Tommy Gibsons eine gewaltige Enttäuschung.

Er lächelte. „Deshalb bin ich da, Sir."

Jameson nickte reumütig. „Sie sind einer von ihnen, McAdam. Einer von der Insel. Das kann sowohl ein Vorteil als auch ein Hindernis für mich sein." Demonstrativ fixierte er den DI und wackelte mit dem erhobenen Finger. „Halten Sie die einheimischen Kollegen unter Kontrolle ... sie sollen meinem Team nicht im Weg sein. Dann haben wir den Fall bestimmt schnell gelöst. Und Sie ... können nach Glasgow zurück." Jamesons Blick blieb auf den schweigenden McAdam gerichtet. „Alles klar, DI McAdam?"

„Glasklar, Sir."

„Gut. Sie können gehen."

Als Duncan McAdam die Tür öffnete und der Lärm aus dem Einsatzzimmer ihn einhüllte, hatte Jameson sich schon anderen Dingen zugewandt. DS MacEachran, der ihn aus

Jamesons Büro kommen sah, stieß sich vom Tisch ab, an dem er sich mit einer jungen Frau in Geschäftskleidung unterhalten hatte, und kam zu ihm.

„Sie sind also in meinem Team?", meinte er mit einem wissenden Lächeln.

„Ins B-Team verbannt", erwiderte McAdam.

„Was? Heißt das, dass alle anderen hier", er ließ den Blick durch das Zimmer schweifen, „Team A sind?"

„Anscheinend, ja."

„Das ist doch Schwachsinn. Ich bin aus dem zweiten Bataillon. Im Reserveteam war ich nie ... was glaubt er, was ich bin? Einer aus 4 Para?"

Die militärischen Bezeichnungen sagten McAdam nichts, bestätigten aber seine erste Annahme, dass MacEachran irgendwann in der Armee gewesen war. Der DI sah sich um. Überall herrschte geschäftiges Treiben, und er wollte nur ein ruhiges Plätzchen, um die gesicherten Fakten des Falls durchzugehen.

„Können wir irgendwohin gehen ...", meinte McAdam, „... egal wohin, nur nicht hier bleiben?"

„Ich könnte ein Sandwich vertragen", erwiderte MacEachran. Er schaute auf die Wanduhr. „Und ich weiß genau, wo wir eins bekommen."

Bei der Erwähnung von Essen bekam McAdam Hunger, und ihm wurde bewusst, dass er seit dem Frühstück nichts gegessen hatte, so stürmisch war der Tag verlaufen. Nachdem er morgens aufgestanden war, hatte der erste Tag auf dem Revier seit Monaten vor ihm gelegen. Und jetzt, kaum acht Stunden später, befand er sich zurück auf Skye mit einem Auto, das mit seinen Besitztümern vollgestopft war, und musste einem zwei Jahrzehnte alten Mysterium auf den Grund gehen, noch dazu mit einer Menge Menschen, die ihn höchstwahrscheinlich gar nicht hier haben wollten.

„Was zu essen klingt gut", sagte McAdam. „Gibt es hier irgendwo einen Pret oder Subway?"

MacEachran schnaubte höhnisch. „Sicher, dass Sie von der Insel stammen?" Entschuldigend zuckte der DI mit den Schultern. „Pret …?", fragte er lachend.

„Schätze, es gibt keinen", entgegnete McAdam und schlüpfte mit einem Arm in die Jacke. „Gehen Sie voraus, Guru."

MacEachran lachte. „Alistair ist vollkommen ausreichend."

Fünf Minuten später saßen sie in einem Pick-up und fuhren aus der Stadt und vorbei am größten und gleichzeitig einzigen richtigen Supermarkt in der Hauptstadt der Insel in Richtung Westen zum Fährhafen bei Uig, an dem der Verkehr mit den Äußeren Hebriden abgewickelt wurde. So weit mussten sie aber nicht fahren. Alistair MacEachran bog von der Hauptstraße ab auf ein Industriegelände am Rand von Portree. Im Vergleich zu jenen in Glasgow war es kein großes Gelände, aber definitiv weitläufiger, als Duncan sich aus seiner Zeit auf Skye erinnerte.

Seit er weggezogen war, hatte sich die Insel weiterentwickelt, und das nicht nur im Tourismus. Sie kamen an zwei Holz- und Baufachmärkten vorbei, und Duncan McAdam entdeckte ein paar Gebäude von Beratungsfirmen sowie einige, die er nicht zuordnen konnte. Allerdings wirkten alle, als machten sie ein gutes Geschäft.

„Hier auf dem Berg tut sich ja wirklich etwas", flüsterte Duncan einen Satz aus einer alten, amerikanischen Fernsehsendung, die er lange vor Streaming- und Pay-TV-Diensten während der Schulferien angesehen hatte. Sie spielte gegen Ende des neunzehnten Jahrhunderts, und selbst damals, als er sie gesehen hatte, waren es schon Wiederholungen gewesen.

„Wie bitte?"

Kopfschüttelnd blickte McAdam zu MacEachran. „Nicht wichtig."

Auf einem Parkplatz an der Durchfahrt zwischen vier Gewerbeeinheiten hielten sie an. In einem der Gebäude befand sich ein Fertighausanbieter, der mit der erhöhten Nachfrage nach schnell zu bauenden, modularen Häusern warb, die dem rauen atlantischen Wetter standhalten konnten, das die Insel täglich heimsuchte. Da den Einheimischen nur wenige Ressourcen zur Verfügung standen, um selbst ein modernes, isoliertes und effizientes Haus zu bauen, waren Fertighäuser sehr beliebt. Jedes Mal, wenn Duncan nach Hause gekommen war – was nicht oft passierte – sah er überall auf der Insel diese neuen Häuser.

„Wir sind da", meinte Alistair.

„Wo denn?", fragte Duncan und betrachtete die wenigen Autos, die vor den Gebäuden standen. Alistair schaute auf die Uhr, und wie aufs Stichwort kam ein kleiner, roter Transporter um die Kurve und hielt am Parkplatz vor ihnen an. Dreimal ertönte die Hupe, bevor die Fahrerin ausstieg und die Seitentür aufschob, um das Innere des Lieferwagens zu enthüllen.

„Wir sollten uns beeilen", meinte Alistair, öffnete die Tür und kletterte hinaus. Aus den Gebäuden in der Nähe strömten richtiggehend Menschen heraus, und alle gingen schnurstracks auf den kleinen, roten Lieferwagen zu. Auch Duncan stieg aus und beeilte sich, um zu Alistair aufzuschließen. Der Sandwich-Transporter war gut gefüllt mit Brötchen, Gebäck, Schokoladenriegeln und anderen Snacks und Getränken. Hinter Duncan und Alistair bildete sich schnell eine Schlange. Als dem DI der Geruch von heißem Essen in die Nase stieg, lief ihm das Wasser im Mund zusammen. Er entschied sich für eine Hühnchenpastete. Der knusprige Teig war mit kleingeschnittener Hühnerbrust und Gemüse gefüllt.

„Das beste Restaurant der Stadt", meinte Alistair, während er von seinem Brötchen abbiss. Duncan griff nach der Geldbörse und fluchte. „Was ist los?"

„Ich habe meinen Geldbeutel in meinem Auto vergessen."

„Typisch Glasgower", erwiderte Alistair lachend und holte seinen Geldbeutel heraus, um die Rechnung zu bezahlen. Duncan bedankte sich, und zusammen gingen sie zum Pick-up zurück. Beim Wagen angekommen schnalzte Alistair missbilligend mit der Zunge, woraufhin Duncan stehenblieb. „Das essen Sie aber nicht in meinem Pick-up."

Als Duncan nach unten blickte, sah er Teigbrösel auf der Jacke und dem Pullover darunter. „In Ordnung." Er stellte die Getränkedose auf die Motorhaube, legte eine ungeöffnete Chipstüte daneben und nahm noch einen Bissen von der Pastete. „Also, was halten Sie von dem Fall?"

Mit hochgezogenen Augenbrauen neigte Alistair den Kopf zur Seite. „Ich glaube, Jameson zieht das alles falsch auf."

„Inwiefern?", hakte Duncan nach und biss wieder von der Pastete ab.

Alistair wirkte nachdenklich. „Mir egal, was er in der Besprechung gesagt hat, aber sie durchkämmen Schottland auf der Suche nach einem Serien- oder Sexualstraftäter und hoffen, dass sie einen finden, der damals, als Isla Matheson verschwunden ist, in der Nähe der Insel war ... und das glaube ich nicht."

„Nein? Warum nicht?"

Er schnaubte. „Können Sie zwei und zwei zusammenzählen?"

Duncan zuckte mit den Schultern.

„So gut wie ich also", meinte Alistair grinsend. „Aber gehen wir mal die Fakten durch. Isla Matheson geht mit all ihren Freunden auf die Party, so weit so gut. Sie trinken, haben Spaß, und irgendwann im Laufe des Abends entfernt sie sich ungesehen von der Gruppe. Niemand bemerkt, dass sie weg ist, und niemand sucht nach ihr." An den Pick-up gelehnt imitierte er mit den Händen eine Explosion. „Puff! Das Mädchen verschwindet spurlos!" Er schüttelte den Kopf. „Isla Matheson muss ihrem Mörder, der genau zu diesem Zeitpunkt anwesend ist, über den Weg gelaufen sein ... damit wäre sie der größte Unglücksrabe der Welt ..."

„Zumindest der Insel", warf Duncan ein.

„Aye, richtig. Tja, ich bin schlecht in Mathe, deshalb und aus unzähligen anderen Gründen muss ich die Drecksarbeit auf dieser wunderschönen Insel erledigen, anstatt irgendwo anders ein Top-Unternehmen zu führen, aber ich sage Ihnen ... jemand, der an diesem Abend bei der Party gewesen ist, muss wissen, wer sie ermordet hat, und meiner Meinung nach hat diese Person das Wissen zwanzig Jahre lang für sich behalten. So etwas frisst einen von innen auf."

Mit vollem Mund und der restlichen Pastete in der Hand zeigte Duncan auf Alistair und hielt sich die freie Hand vor den Mund. „Sie haben schon zwei Mal erwähnt, dass sie ermordet wurde. Wissen Sie mehr als der Rest von uns, weil Jameson meinte, dass die Todesursache noch unbekannt ist?"

„Aye, aber wer hat sie dann vergraben?"

Duncan neigte den Kopf zur Seite. „Auch wahr."

„Mir kann niemand weismachen, dass sie eines natürlichen Todes gestorben ist und sich dann selbst begraben hat. Manche von uns auf der Insel sind nicht dämlich." Lächelnd zwinkerte er. „Und ich stamme nicht einmal von der Insel, aber ich bin schon lange genug da, dass ich ein bisschen was an Überlegenheit eingebüßt habe."

„Was das Vergraben angeht, ich dachte eigentlich dasselbe", sagte Duncan. „Waren Sie damals am Fall dran, als Isla Matheson als vermisst gemeldet wurde?"

„Nö, das war lange vor meiner Zeit. Damals bin ich noch auf Befehl Ihrer Majestät aus Flugzeugen gesprungen."

„Okay." Duncan aß das letzte Stück der Pastete, leckte die Finger ab und wünschte sich, er hätte eine zweite gekauft. Der Transporter hatte schon geschlossen, zweifellos machte sich die Fahrerin auf den Weg zum nächsten Halt irgendwo in der Stadt. Er sah zu Alistair.

„Haben Sie die Leiche gesehen?"

„Aye, als sie gefunden wurde und nachdem sie herge-bracht wurde. Armes Mädchen. Was für eine letzte Ruhestät-te ... es gibt keinen schöneren Flecken Erde auf der Welt, aber dort begraben zu liegen ... ohne dass die Familie etwas über ihren Verbleib weiß." Er schüttelte den Kopf. „Nein, das ist einfach nicht richtig, ganz und gar nicht richtig."

„Ist sie noch auf der Insel? Ihre Leiche, meine ich?"

„Aye."

„Können wir hin, damit ich sie sehen kann?"

„Schätze, das wäre möglich."

„Na dann fahren wir los."

„Sie wollen sie jetzt sehen ... gleich nach dem Essen?", fragte Alistair mit gerümpfter Nase, als hätte er etwas Ekliges gerochen.

„Haben Sie nicht im Militär gedient?"

„Als Fallschirmjäger, aye. Zweites Bataillon. Es gibt keine besseren Männer in der britischen Armee."

„Dann haben Sie bestimmt Schlimmeres gesehen, oder?"

„Aye, aber ich habe nicht Halt gemacht, um bei dem Anblick zu Mittag zu essen. Das wäre schräg gewesen."

„Ach, ich habe eine unverwüstliche Konstitution", entgeg-nete Duncan und klopfte sich mit der Faust auf die Brust, „nicht wie ihr verweichlichten Städter." Er seufzte. „Vielleicht hätten wir einen Ex-Soldaten der Königlichen Marine anheuern sollen."

Ein kleines Lächeln umspielte Alistairs Lippen. Schweigend zeigte er auf den Pick-up und signalisierte, dass sie einsteigen sollten. „Königliche Marine … dass ich nicht lache", murmelte er grinsend.

Das Timing hätte nicht besser sein können. Als Duncan die Autotür schloss, klatschten die ersten Regentropfen der nächsten Schlechtwetterfront auf die Windschutzscheibe. Doch die Witterung änderte sich so schnell auf der Insel, dass nach diesem ordentlichen Regenguss die Sonne scheinen könnte, wenn sie an ihr Ziel kamen.

Genauso gut konnte es aber auch sein, dass das Wetter noch schlechter wurde.

KAPITEL VIER

NACH EINER KURZEN Fahrt hielt Alistair MacEachran den Pick-up am Parkplatz eines nichtssagenden, einstöckigen Gebäudes an. Es gab nur Platz für sechs Autos, und Duncan betrachtete das Gebäude. Das moderne, rechteckige Fachwerkhaus war weiß verputzt und hatte drei gleichmäßig verteilte, quadratische Fenster entlang der Seite und eine braune Plastiktür in Holzoptik.

„Die Leichenhalle", erklärte Alistair und zeigte auf das einzige andere Auto am Parkplatz. „Und das ist unser Pathologe." Als der DS den Motor abstellte, stieg der Mann aus dem anderen Wagen aus und kam zu ihnen, um sie zu begrüßen.

„Hallo, Alistair", sagte der Pathologe im typisch breiten Akzent der Insel und schüttelte die Hand des Mannes, bevor er McAdam betrachtete. Der Pathologe war klein, aber korpulent und hatte, abgesehen von einer Stirnglatze, strohige rote Haare, die deutlich von Grau durchzogen waren. Über den Ohren standen sie widerspenstig in alle Richtungen ab.

„DI McAdam", stellte Alistair ihn vor. „Er hat die Zivilisation verlassen und bleibt ein oder zwei Wochen bei uns."

Der DI schüttelte die Hand des Mannes. „Duncan

McAdam", sagte er freundlich. „Ich bin aus Glasgow gekommen für eine kleine Weile."

„Craig Dunbar", erwiderte der Pathologe lächelnd. „Freut mich, Sie kennenzulernen."

„Dr. Craig Dunbar", korrigierte Alistair, doch Dunbar winkte ab. Alistair neigte den Kopf zur Seite. „Stell dein Licht nicht unter den Schemel, Craig. Die Buchstaben vor deinem Namen hast du dir schließlich verdient. Er soll ja nicht glauben, dass du nur der Hausmeister bist oder so."

„Diese Buchstaben sind bedeutungslos, wenn ich nicht gerade bei einem Symposium bin oder vor Gericht aussagen muss!", entgegnete Dunbar lächelnd und schlug den Kragen hoch. „Kommt, gehen wir hinein. Ich wünschte, das Wetter würde sich heute für das eine oder andere entscheiden."

Der Pathologe schloss die Tür auf und führte sie hinein. Im Gebäude war es kalt, wenig überraschend in einer Leichenhalle könnte man denken, aber sie standen erst im Eingangsbereich. Die beiden Detectives folgten dem Pathologen einen Flur entlang. Dunbar schloss noch eine Tür auf, öffnete sie und bat die beiden hindurch. Als er das Licht einschaltete, erwachten einige Neonröhren über ihnen flackernd zum Leben.

„Also, helft mir auf die Sprünge", sagte Dr. Dunbar und schaute von Alistair zu Duncan McAdam. „Weswegen sind wir hier?"

Alistair nickte in Richtung seines Kollegen. „Der Chef will die Leiche von Isla Matheson sehen."

Dunbar sah den DI an und nickte einfach. Ohne nach dem Warum zu fragen, drehte er sich um und führte die Detectives durch eine weitere Tür. Dahinter befand sich der Kühlraum, in dem die Leichen gelagert wurden. Es gab nur sechs Stahltürchen, die jeweils mit einem riesigen Griff gesichert waren.

„Also … mal sehen", meinte Dr. Dunbar und zeigte auf

jede der Türen. „Eins … zwei … und Nummer vier", sagte er und öffnete die vierte Tür mit einem triumphierenden Grinsen. „Da haben wir sie." Er umfasste einen Griff und zog die Bahre heraus. Da die Schienen gut geölt waren, glitt sie samt der Leiche mühelos heraus. Der Pathologe ging ans andere Ende des Raums und kam gleich darauf mit einer Schachtel forensischer Handschuhe und einigen Einwegmasken zurück. Er zog ein Paar Handschuhe heraus und reichte die Schachtel an den DI weiter, bevor er sich der Leiche zuwandte. Dunbar zog die Handschuhe an und zog dann vorsichtig den Reißverschluss des Leichensacks auf. „Es tut mir leid, dich zu stören, meine Liebe", sagte er. „Wir sind gleich wieder weg."

McAdam, der die Handschuhe nur als Vorsichtsmaßnahme anzog, da er nicht die Absicht hatte, die Leiche zu berühren, trat vor. Der Anblick schockierte ihn. Er musste zweimal hinsehen, um sicherzugehen, dass wirklich Isla Matheson vor ihm lag. Das Mädchen war über zwei Jahrzehnte lang vermisst worden und trotzdem sah sie so aus, als wäre sie erst kürzlich verstorben. Als Dr. Dunbar seine Überraschung bemerkte, lächelte er wissend.

„Ich weiß. Wunderschönes junges Mädchen, nicht wahr?"

Der DI war sich nicht sicher, ob wunderschön eine treffende Beschreibung war, aber der Pathologe hatte recht. Isla Matheson hatte ein fein geschnittenes, beinahe engelsgleiches Gesicht mit hohen Wangenknochen und einer schmalen Nase, die sie zu einer klassischen Schönheit machten. Wären nicht Haut und Haare verfärbt, könnte man leicht glauben, dass sie nur schlief.

„Das ist … bemerkenswert", flüsterte der DI. „Sie ist so …"

„Gut erhalten", beendete Dunbar seinen Satz. „Ich weiß. Das liegt an der Erde. Der Ort, an dem sie gefunden wurde, gleicht einem erhöhten Sumpf." Fragend schaute McAdam ihn an. „Eine natürliche Senke, in der sich aufgrund der Beschaffenheit des Geländes das Wasser sammelt … das Boden saugt es auf wie ein Schwamm … und weil es nur langsam abfließt, verrotten Pflanzen nur langsam. Mit der Zeit sammelt sich Torfmoos und bildet eine Art Hügel, der wiederum das Regenwasser aufsaugt. Und wie Sie vielleicht bemerkt haben, davon haben wir hier reichlich."

„Und deshalb … ist die Leiche so gut erhalten?", fragte McAdam.

„Nun, nicht nur deswegen. Die Erde enthält nur wenige Mineralien und noch weniger Sauerstoff …", er holte Luft, „… und wenn Sie dann noch die niedrigen Temperaturen so weit im Norden mit berücksichtigen, dann agiert der Boden wie ein natürlicher Kühlschrank. In so einer Umgebung zersetzt sich eine Leiche extrem langsam." Er runzelte die Stirn. „Ganz perfekt ist das System aber nicht. Kurz nachdem eine Leiche darin vergraben wird, gerbt die Säure Haut, Haare und Nägel."

„Ist sie deshalb so rötlich-braun?"

„Richtig, DI McAdam. Und wenn das Torfmoos abstirbt, was jede Saison vorkommt, bevor es erneut wächst, setzt es ein Kohlenhydratpolymer namens Sphagnan frei. Es bindet Stickstoff, was wiederum das Bakterienwachstum hemmt und somit eine Leiche noch weiter mumifiziert." Bewundernd zog er die Augenbrauen hoch. „Unter den natürlichen chemischen Reaktionen ist das eine ganz besondere. Die Wirkung ist vergleichbar mit dem, was Archäologen in den letzten paar Jahrhunderten an uralten Menschenopfern in Torflandschaften in ganz Europa ausgegraben haben." Düster betrachtete er die Leiche. „Wäre das arme Mädchen in einigen tausend Jahren gefunden worden, wäre bei diesem Prozess das Kalzium aus den Knochen abgebaut worden, und sie wäre ganz flach", der

Pathologe drückte die Hände zusammen, „und formlos gewesen. Wirklich traurig. Allerdings glaube ich natürlich nicht, dass dieses reizende Mädchen geopfert wurde, um irgendwelche heutigen oder antiken Götter zu besänftigen."

„Noch hat sich keine Todesursache feststellen lassen", meinte McAdam. „Ist das richtig?"

Stirnrunzelnd schüttelte Dunbar den Kopf. „Nein, leider noch nicht. Das gibt mir ein Rätsel auf, ehrlich gesagt. Ich habe keine Anzeichen äußerlicher Gewalteinwirkung gefunden." Er gestikulierte mit den Armen. „Die Opfer der Vergangenheit wurden erdrosselt, erwürgt oder erstochen … ihre Kehlen wurden durchgeschnitten … sie wurden erhängt oder sogar erschlagen." Mit zur Seite geneigtem Kopf betrachtete er Isla Mathesons Gesicht, als würde er es zum ersten Mal sehen. „Manchmal mehreres davon, aber nichts davon ist dir zugestoßen, nicht wahr, meine Liebe?"

„Gibt es Anzeichen auf einen sexuellen Übergriff?", erkundigte sich McAdam.

„Nein", erwiderte der Pathologe kopfschüttelnd. „In diesem Zusammenhang habe ich nichts entdeckt. Und bevor Sie fragen, nein, es gibt keine Spurenmaterialien eines potenziellen Angreifers. Nach zwanzig Jahren in einem Torfsumpf ist keine forensische kriminologische Analyse mehr möglich. Ich kann nur Schätzungen und Annahmen abgeben … und in diesem Fall bin ich ziemlich ratlos, ehrlich gesagt."

„Aber den Zeitpunkt des Todes können Sie mit relativer Genauigkeit bestimmen?"

„Nun ja, ich kann Ihnen nicht sagen, was sie am Tag ihres Todes im Fernsehen verpasst hätte, DI McAdam … aber ja, ich kann mit relativer Sicherheit sagen, dass sie um den Zeitpunkt ihres Verschwindens gestorben ist."

Alistair blieb knapp hinter McAdam stehen. Er konnte mit Leichtigkeit über ihn hinweg sehen. „Dann ist es ja logisch, dass sie nach dieser Nacht niemand mehr gesehen hat, wenn sie schon tot war. Keine Sichtungen in öffentlichen Verkehrsmitteln, keine Abhebungen vom Konto … also ist es schlüssig, dass sie um den Zeitpunkt ihres Verschwindens ermordet wurde."

„War sie bei guter Gesundheit?", erkundigte sich McAdam an beide gewandt. Alistair MacEachran kannte den Fall und Dunbar hatte die Autopsie durchgeführt.

„Soweit ich weiß, fehlte ihr nichts", erwiderte Alistair. „Die Familie meinte, dass sie kerngesund war."

Der DI sah den Pathologen an.

„Ich bin mit meiner Arbeit noch nicht fertig", sagte er. „Nachdem es keine offensichtliche Todesursache gibt, muss ich weiterforschen. Die Gewebeproben habe ich zur weiteren Analyse nach Glasgow geschickt, da ein fittes, gesundes Mädchen nicht einfach so stirbt, außer natürlich sie litt an einer Krankheit, von der wir – und die Familie und ihr Hausarzt – nichts wissen. Ich habe ihre Krankenunterlagen gelesen, darin war keine Erkrankung vermerkt." Stirnrunzelnd schüttelte er den Kopf. „Deshalb bin ich ja ratlos." Lächelnd schaute er zwischen den beiden Detectives hin und her. „Keine Sorge, ich werde noch einige Zeit mit dem Mädchen verbringen und zweifellos eine Lösung finden."

Noch einmal betrachtete Duncan McAdam die Leiche und schürzte gedankenverloren die Lippen. Er hatte sie persönlich sehen wollen. Das war etwas, was er immer versuchte, sofern es möglich war. Man konnte sich stundenlang Fotos anschauen, aber so schockierend sie auch sein mochten, man fühlte nie so mit dem Opfer mit, als wenn man es selbst sah. Viele Detectives zogen es vor, sich nicht darauf einzulassen, was er durchaus verstand. Man musste eine bestimmte Distanz vom Opfer wahren, und sich vor den Emotionen und dem Trauma abschirmen. Allerdings war es bei Duncan

McAdam so, dass genau dieser Schmerz ihn anspornte. Dieses Mädchen brauchte jemanden, der sich für sie einsetzte, und ob es ihm gefiel oder nicht, dieser Jemand war er.

„Danke, dass Sie sich so kurzfristig Zeit für uns genommen haben, Dr. Dunbar", meinte McAdam. Nickend trat er von der Leiche zurück und zog sich die Handschuhe aus. „Ich denke, wir sind fertig."

„In Ordnung", erwiderte der Pathologe, zog vorsichtig den Reißverschluss des Leichensacks zu und schob Isla Matheson wieder in die Kühlkammer. „Zeit, wieder schlafen zu gehen, meine Liebe."

Duncan und Alistair eilten zurück zum Pick-up. Um sie herum heulte der Wind und der strömende Regen peitschte ihnen ins Gesicht. Beide schwiegen, bis sie im Auto saßen.

„Sie sieht so aus wie an dem Tag, an dem sie verschwunden ist", sagte Duncan leise. „Ich kann mich an die Bilder, die an Laternenmasten geklebt und in den Zeitungen veröffentlicht wurden, noch ganz genau erinnern."

„Aye ... das bringt mein ..." Alistair beendete den Satz nicht, aber es war klar, was er hatte sagen wollen, „... dass jemand von der Insel dem Mädchen das angetan hat und dieser Jemand noch frei herumläuft, während wir darüber reden."

„Sie glauben wirklich, dass es ein Einheimischer war?"

Alistair lachte humorlos. „Wie ich zuvor sagte, sie hätte unglaubliches Pech gehabt, draußen bei Dunvegan einem Verrückten über den Weg zu laufen, vor allem nachts."

„Statistisch wäre es möglich", warf Duncan ein.

„Aye, statistisch gesehen weiß man auch, wie viele Furunkel man am Hintern hat, bis man vierzig ist, aber das muss nicht immer stimmen, oder?"

Duncan zog die Augenbrauen hoch. „Interessanter Vergleich. Wusste gar nicht, dass so etwas auch erfasst wird."

„Davon habe ich noch eine ganze Menge zu bieten", sagte Alistair seufzend. „Nicht dass meine Meinung etwas wert ist. Jameson und sein Team ziehen ein historisches Schleppnetz über die Insel, bildlich gesprochen, und sie sind fest entschlossen, damit jemanden zu fangen. Er glaubt nicht, dass es ein Einheimischer gewesen ist."

„Wie kommen Sie darauf?"

„Weil er die Ermittlungen unter den Einheimischen uns überlassen hat", erklärte Alistair mit einem wehmütigen Lächeln. „Wenn er auch nur entfernt daran glauben würde, dass der Mörder noch unter uns ist, glauben Sie dann wirklich, dass er das uns Landeiern anvertraut hätte?" Er schüttelte den Kopf. „Niemals! Wir müssten Parkknöllchen austeilen, Achtjährigen in den Schulen Selbstverteidigung beibringen oder irgendetwas anderes tun. Egal was, nur damit wir abgelenkt sind."

Während Alistair den Motor startete, schnell zurücksetzte und zur Kreuzung an der Hauptstraße fuhr, dachte Duncan über das Gesagte nach.

„Welche Gründe würden gegen einen Einheimischen sprechen?", erkundigte er sich in Manier eines Advokaten des Teufels.

Mit durchgedrückter Kupplung hielt Alistair den Wagen an Ort und Stelle an und dachte nach. „Es gibt nur ein Opfer", meinte er schließlich, bevor er auf die Hauptstraße abbog. „Wenn ein opportunistischer Mörder die Chance genutzt hätte, warum sollte er mit einem Opfer zufrieden sein? Nehmen wir an, die Person hat zum ersten Mal gemordet, nachdem wir keinen Serienmörder auf der Insel hatten – wenn man die abwesenden Vermieter der Leerstände nicht mitzählt – und normalerweise, wenn jemand diesen Schritt gemacht und das erste Opfer getötet hat, dann kommt das Verlangen kurz darauf wieder zurück. Niemand, der krank genug ist im Kopf, so etwas zu tun, ist mit einem Mord zufrieden."

„Nein, solche Menschen morden wieder", bestätigte Duncan. „Und wieder … und wieder, in immer kürzeren Zeitspannen zwischen den Opfern."

„Und nach zwanzig Jahren müssten es mehr Opfer sein als nur eines", sagte Alistair. „Also … betrachten wir den Fall aus Jamesons Perspektive. Wenn der Mörder kein Einheimischer war, sondern ein Tourist oder ein Saisonarbeiter … jemand auf Durchreise, dann wäre es logisch, dass diese Person nicht mehr hier ist."

„Ein Opfer", wiederholte Duncan. „Klingt logisch."

Mit zusammengekniffenen Augen warf Alistair ihm einen Seitenblick zu. „Aber Sie halten davon auch nichts, oder? Ich sehe es Ihnen an."

Duncan neigte den Kopf zur Seite. „Es ist eine kleine Gemeinde … damals war sie sogar noch kleiner. Die Insel hat sich geöffnet, aber wenn jemand um den Zeitpunkt des Verschwindens von Isla Matheson abgehauen wäre, dann wäre das aufgefallen und die Einheimischen hätten darüber geredet."

„Genau nach so jemandem sucht Jameson", sagte Alistair. „Jemand, der davor da war und kurz danach weggegangen ist."

„Wenn die Person eine Strafakte hatte, dann hätte sie schnellstmöglich von der Insel weg wollen, nachdem Isla Matheson verschwunden ist", meinte Duncan. „Vorzugsweise bevor zu viele Fragen gestellt wurden. Und garantiert vor dem Auffinden der Leiche."

„Was nie eingetreten ist", fügte Alistair hinzu. „Bis jetzt."

„Ja, bis jetzt", wiederholte Duncan. Er spürte, wie der Pickup langsamer wurde.

„Was zum Teufel ist das denn?", fragte Alistair und wurde

noch langsamer. Duncan folgte seinem Blick nach links. Auf dem Bürgersteig ging ein Mann mit einem Kinderwagen entlang. Allerdings glühte der Kinderwagen orange, und geschmolzenes Plastik tropfte auf den Boden. Winzige Flammen fraßen sich durch das synthetische Material um den Metallrahmen. Neben dem Mann hielt Alistair den Pick-up an und ließ das Fenster auf der Beifahrerseite hinunter.

„Was zur Hölle machst du da?" rief er. Als der Mann stehenblieb und sich umsah, schwankte er nach links und rechts. Mit einer Hand umklammerte er eine Bierdose, mit der anderen den Griff des Kinderwagens, der ihn auf den Beinen hielt. Er trug schmuddelige Jeans und einen khakifarbenen Parka. Unter der Kapuze kamen fettige, mausgraue Haare zum Vorschein. Das Gesicht des Mannes war blass, die Haut an vielen Stellen trocken, aufgesprungen und flammend rot. Die Miene blieb verständnislos.

„Hä?", fragte der Mann, beugte sich nach unten und schaute vom erhöhten Bürgersteig aus in den Pick-up.

„Was … machst … du … da?", wiederholte MacEachran.

Auf unsicheren Beinen und mit offenem Mund starrte der Mann den Kinderwagen an und zeigte dann mit der Bierdose in der Hand darauf.

„Ein kleines Feuer."

„Du hast ein Feuerchen gemacht?", hakte MacEachran nach.

„Das hatte ich vor, aye."

„Ach, tatsächlich, aye?", meinte der DS und schaute McAdam ungläubig den Kopf schüttelnd an. Er schnallte sich ab und öffnete die Tür. McAdam tat es ihm gleich und stieg aus. Glücklicherweise regnete es nur noch leicht, auch wenn der Wind ihm die Tropfen noch ins Gesicht peitschte.

Der Mann beobachtete die Detectives und taumelte einige Schritte zurück. Der DI wappnete sich, da er nicht wusste, was dieser dubiose, unter Einfluss irgendeiner Droge stehende Mensch tun würde. Er wirkte nicht aggressiv, auch wenn das oft schwer abzuschätzen war. Alistair MacEachran holt einen kleinen Feuerlöscher von der Ladefläche und ging zum Bürgersteig.

„Sind Sie von der Polizei?", fragte der Mann McAdam und zog laut die Nase hoch.

„Du weißt, dass ich Polizist bin, Charlie", sagte MacEachran und sah McAdam an. „DI McAdam, darf ich Ihnen Charlie Lumsden vorstellen, den ansässigen Junkie und größten Nichtsnutz von Portree." Die Beleidigung prallte an Charlie Lumsden ab. Er schwankte hin und her, als würde er gleich aus den Schuhen kippen. „Tja, Charlie, ich hoffe nur, das keines von deinen Kleinen im Kinderwagen war, als du ihn angezündet hast."

Als der Mann grinste, entblößte er eine löchrige Reihe schwarzer Zähne. MacEachran zog die Sicherung aus dem Abzugsbügel und sprühte den Kinderwagen ein. Ohne Sauerstoffzufuhr erloschen die Flammen. Mit aufgerissenen Augen lachte Charlie Lumsden. Der DS richtete den Feuerlöscher auf den Mann und sprühte ihm eine Ladung CO_2 ins Gesicht. Rückwärts stolpernd, hustend und keuchend verschüttete der Mann unbeabsichtigt sein Bier, die Flüssigkeit rann ungehindert aus der Dose.

„Mach, dass du nach Hause kommst, Charlie", sagte MacEachran nachdrücklich und zeigte mit spitzem Finger auf ihn. „Und zünde auf dem Heimweg bloß nichts an."

„Aye, verstanden", murmelte der Mann, umklammerte wieder den Griff des Kinderwagens, um sich abzustützen, und stolperte davon.

„Warum kannst du nicht wie alle anderen Kiffer sein, zu Hause vor Lachen am Boden liegen und Monster Munch mit Zwiebelgeschmack essen?", rief Alistair ihm nach. Selbst wenn Lumsden ihn hörte, antwortete er nicht. Grinsend sah Alistair seinen Kollegen an. „Eine der Berühmtheiten Portrees."

„Haben Sie oft mit ihm zu tun?"

„Die Streife, ja … allerdings kümmern sie sich nur ungern um ihn, weil er sich in der Zelle meist einnässt."

Duncan verzog das Gesicht. „Herrlich."

„Zurück aufs Revier?"

Duncan schaute auf die Uhr. „Nein, ich sollte im Hotel einchecken."

„Soll ich Sie fahren?"

„Mein Auto steht noch am Somerled Square, wenn Sie mich bitte dorthin bringen könnten, das wäre nett."

Sie stiegen wieder in den Pick-up und fuhren den kurzen Weg zurück in die Stadt. Als Alistair am Straßenrand anhielt und Duncan ausstieg, hielt Alistair ihn zurück.

„Also, wem sind Sie auf den Schlips getreten, dass Sie sich mit den Einheimischen herumschlagen müssen?", fragte er.

Grinsend neigte Duncan den Kopf zur Seite. „Wer behauptet, dass ich jemandem auf den Schlips getreten bin? Ich dachte, es wäre eine gute Gelegenheit, ein bisschen zu Hause zu sein und in mein altes Revier zurückzukommen."

Alistair grinste breit. „Ach, tatsächlich, aye?"

Diesen sarkastischen Ausdruck hörte Duncan zum dritten Mal von ihm. Er wurde immer dann gebraucht, wenn jemand genau wusste, dass der andere völligen Blödsinn redete. Duncan lächelte. „Bis morgen früh."

Alistair nickte. „In aller Frische. Jameson hält die Besprechungen gerne um sieben Uhr morgens ab."

„Sieben?"

Alistair seufzte. „Aye. Jeden Tag … man kann die Uhr danach stellen. Ich nehme an, seine Frau mag ihn nicht besonders und will ihn schnell loswerden."

„Sagen Sie mal", meinte Duncan beim Aussteigen, „wem sind Sie auf die Füße getreten, dass Sie sich mit mir herumschlagen müssen?"

Er gluckste. „Ach ... das darf ich nicht verraten, Laddie."

Duncan schloss die Tür und winkte Alistair nach, als er wieder losfuhr. Er überquerte die Straße und ging zum Auto. Um diese abendliche Uhrzeit standen nur noch drei weitere am Parkplatz. Als er den Wagen voll mit seinen fast gesamten Besitztümern sah, überkam ihn eine Welle der Melancholie. Vor der Abreise hatte er keine Zeit gehabt, alles auszuladen. Allerdings wäre in seinem kleinen Appartement im West End ohnehin kaum Platz gewesen.

Sich am Kopf kratzend blieb er stehen.

„Da ist er!"

Duncan drehte sich um. Über den Sitzbereich neben dem Kriegsdenkmal rannte Archie, und er hatte eine Frau im Schlepptau. Als sie näherkamen, spürte Duncan einen Stich in der Brust, die sich zusammenzog. Er erkannte sie.

„Ich sagte doch, dass er wieder da ist", sagte Archie, als er vor Duncan stehenblieb und seine Begleitung mit einem breiten Grinsen anstrahlte. „Sie hat mir nicht geglaubt, aber ich habe ihr versichert, dass du es bist."

„Du bist es wirklich, Duncan", meinte sie lächelnd. Er wusste nicht, was er sagen sollte, ihm fiel nichts ein, nicht einmal Hallo, was eine sichere und eher offensichtliche Wahl gewesen wäre. Überrascht breitete sie die Arme aus. „Willst du mich nicht begrüßen?"

Duncan hustete und spürte, wie er rot anlief. „D-doch, natürlich. Hallo, wie geht's dir, Becky?"

„Gut, Dunc", erwiderte sie lächelnd. „Es geht mir ... gut. Und dir?"

„Aye ... ganz okay."

Kopfschüttelnd beobachtete Archie die beiden. „Man

könnte meinen, ihr seht euch zum ersten Mal. Was ist los mit euch?"

Verlegen lächelnd neigte Duncan den Kopf zur Seite. Becky sah toll aus. Sie wirkte älter als beim letzten Mal, als er sie gesehen hatte, aber das war schließlich fünfzehn Jahre her, vielleicht auch mehr. Ihre blonden Haare trug sie noch immer schulterlang, dieses Mal aber zu einem Pferdeschwanz zusammengebunden. Die blauen, von Fältchen umrahmten Augen hatten noch das schelmische Glitzern, das er so anziehend gefunden hatte, schon als sie zusammen zur Schule gegangen waren, auf den Bus nach Hause gewartet hatten und in den unzähligen Stunden, die sie zusammen verbracht hatten.

Becky sah wirklich gut aus. Plötzlich wurde Duncan unsicher.

„Wir gehen was trinken", sagte Archie. „Nicht wahr, Duncan?" Er legte einen Arm um Beckys Schultern und zog sie an sich. Duncan verspürte einen Stich der Eifersucht, für den er sich sofort schalt.

„Äh … nun, ich sollte wirklich …"

„Blödsinn! Gehen wir", schmetterte Archie seinen Versuch ab.

Duncan gab nach. „Na gut … aye, gehen wir."

„Du kommst doch auch mit, Bex, oder?",

„Ich komme gerade von der Arbeit und muss wirklich nach Hause, Archie –", protestierte sie.

„Kommt gar nicht in Frage!", unterbrach Archie sie. „Wie lange ist es her, dass wir drei zusammen was gemacht haben? Komm schon, nur auf ein Bier. Das wird dich nicht umbringen, oder?"

Becky, die ebenfalls aufgab, lächelte verlegen. „Ein Bier, mehr nicht!"

„Nur eines", wiederholte Archie. „Vielleicht zwei", fügte er zwinkernd hinzu. Mit dem freien Arm schnappte er sich

Duncan und zog ihn und Becky an sich und grinste. „Wiedervereint!"

Von Archie unbemerkt sahen sich die beiden an. Kurz schienen sie sich wortlos zu verständigen, bevor Archie sie in das Pub seiner Wahl zerrte.

KAPITEL FÜNF

IM PUB HERRSCHTE BEREITS HOCHBETRIEB. Eine der beliebtesten Ceilidh-Bands spielte, und der Auftritt war Monate im Voraus angekündigt worden. Anscheinend hatte die halbe Insel beschlossen, sich das nicht entgehen zu lassen. Zu dritt quetschten sie sich durch die Presseleute zur Bar. Die Anwesenden hatten schon zwei oder drei intus, doch alle hatten Spaß und freuten sich auf einen ausgelassenen Abend.

Duncan spürte, wie seine Lebensgeister zurückkehrten. Es gab Schlimmeres als einen Abend im Pub in seiner Heimat. Seine Rückkehr erschien ihm jetzt in freundlicheren Farben. Allerdings wollte er bald ins Bett. Eine durchzechte Nacht würde sich nicht gut machen, schon gar nicht, wenn er noch halb betrunken um sieben Uhr morgens auf dem Revier auftauchte.

Becky entdeckte in der hintersten Ecke des Lokals freie Sitzgelegenheiten. Die Tische waren alle an die Wände geschoben worden, um in der Mitte eine große, freie Fläche zu schaffen. Viele tanzten schon. Von Kindesbeinen an bekamen die Kinder in Schulen Unterricht in Ceilidh, woran sich die meisten später, im Erwachsenenalter, gerne erinnerten. Keine Hochzeit, Geburtstagsparty oder andere Feier war perfekt ohne einen guten Ceilidh. Der Tisch, auf den Becky zu hielt, war nur halb besetzt, und die anderen, die dort saßen, signalisierten ihnen, dass sie sich dazusetzen konnten.

„Ich übernehme die erste Runde", sagte Archie laut, um die Musik zu übertönen.

„Nur ein Bier!", erinnerte Becky ihn, als er zum Tresen ging. Er winkte mit einer Hand zum Zeichen, dass er verstanden hatte. Als Duncan und Becky sich setzten, sah er sie an.

„Das wird er so nicht gelten lassen", meinte er und lächelte kläglich.

„Aye, und ob er das wird, wenn es nach mir geht. Aber du hast recht, Archie hat sich in all den Jahren nicht verändert."

„Er übertreibt immer noch bei allem?"

Sie nickte. „Aye. Ein natürliches Gespür dafür, wann man eine vernünftige Grenze erreicht hat ... scheint bei Archie einfach nicht vorhanden zu sein. Schätze, deshalb hat Fiona ihn verlassen."

„Fiona? Fiona Mutch?", fragte Duncan. Becky nickte. „Sie haben geheiratet?"

„Aye, vor Jahren."

„Hätte nicht gedacht, dass die beiden zusammenpassen."

„Tja, tun sie auch nicht. Vor zwei Jahren hat sie ihm den Laufpass gegeben ... und sich mit einem Kerl aus Broadford eingelassen. Sie hat ein Postamt übernommen, glaube ich."

„Hm ... nicht schön. Haben sie Kinder?"

„Nein, weiß gar nicht, warum nicht. Fiona wollte immer welche. Aber danach fragt man die Leute nicht."

„Warum nicht?"

Becky zuckte mit den Schultern. „Weil man die Umstände nie wirklich kennt."

„Trotzdem ... die Leute fragen", sagte Duncan. Becky nickte düster. „Darf ich dich fragen?" Sofort bereute er, die Worte ausgesprochen zu haben, und wollte zurückrudern. Becky allerdings winkte ab.

„Kinder?"

Er nickte.

„Zwei", antwortete sie und schaute ziellos herum. „Einen Jungen und ein Mädchen."

„Wie ich sehe, bist du verheiratet", sagte Duncan und betrachtete dabei ihren Ringfinger. Er erstickte fast an seinen Worten, was nach all den Jahren seltsam war. Mit unergründlicher Miene sah Becky ihn an. Er glaubte, Traurigkeit zu erkennen. Vielleicht erkannte er auch nur sein eigenes Empfinden.

„Ja, mit Davey." Zum Glück schaute Becky zur Seite, er konnte nämlich sein Entsetzen nicht verbergen.

„Davey Mcinnes?"

Sie nickte.

„Aha ... okay ... Davey", wiederholte er. Auch diese beiden hätte er sich nie als Paar vorstellen können, und es funktionierte wahrscheinlich auch nur, weil einer von ihnen oder beide massiv zurücksteckten. Andererseits war er nicht geeignet, um das zu beurteilen. Seine Beziehungen waren eine nach der anderen gescheitert. Oder die Dinge hatten sich geändert. Als er ihre Miene sah, war es ihm peinlich, so entsetzt reagiert zu haben. „Tut mir leid ... ich wollte dich nicht beleidigen. Es ist nur ... keine Ahnung", stammelte er. „Bist du ... glücklich?"

Vor Lachen schnaubend musste sie die Hand vor den Mund halten.

„Das ist eine berechtigte Frage", verteidigte sich Duncan, bevor er lächeln musste.

„Tja, im Großen und Ganzen schon. So ist eben das Leben ... und ... du kennst ja Davey."

Duncan grinste. „Aye. Ich nehme also an, dass auch er sich kaum verändert hat?"

„Nein, er ist nicht gerade ein dynamischer Typ, ehrlich gesagt."

„Und was machst du?", erkundigte sich Duncan. „Du meintest vorhin, dass du gerade von der Arbeit gekommen bist."

Darüber wollte Becky nicht reden, doch Duncan bestand darauf. Sie seufzte. „Ist nur ein Teilzeitjob. Ich arbeite in einem Laden hier in der Stadt. Wir verkaufen Töpferwaren, Krimskrams und Zeugs an Touristen." Sie zuckte mit den Schultern. „Alles ist handgemacht ... von den Leuten der Insel und von einigen anderen aus North Uist. Es ist keine aufregende Arbeit, aber bringt ein bisschen was ein zusätzlich zu dem, was Davey verdient, und der alte Hof abwirft."

„Davey bestellt den Hof seines alten Herrn, oder?"

Wieder nickte sie. „Daveys Dad ist vor ein paar Jahren gestorben, und Davey wollte schon immer den Hof übernehmen. Und er arbeitet am Fährhafen."

„In Uig?"

„Aye", erwiderte sie. „Was ist mit dir? Was hat dich zurück nach Hause geführt?"

Da er absolut nicht über die Arbeit reden wollte, blieb er bewusst vage. „Ich bin nur für ein paar Wochen hier ... wenn überhaupt."

„Lebst du noch in Glasgow?"

Er nickte. „Um meine Sünden abzubüßen."

„Hast du deine Mutter besucht?"

Duncan schüttelte den Kopf. „Nein, noch nicht. Ich bin erst heute Nachmittag angekommen."

„Tja, das solltest du unbedingt", sagte sie mit strengem Blick. „Sie würde sich wirklich freuen."

„Hast du sie besucht?", erkundigte sich Duncan überrascht.

„Daveys Mum ist auch dort, und ich muss drei oder vier Mal die Woche nach ihr sehen."

In der Hoffnung, dass das Gespräch eine andere Wendung nehmen würde, schwieg Duncan einfach. Er spürte Beckys Blick.

„Wie geht es ihr?"

„Gut", meinte Becky. „Glaube ich. Was ist mit Roslyn? Weiß sie, dass du da bist?"

„Pah!", erwiderte er grinsend. „Machst du Witze?"

Becky schüttelte den Kopf. „Ehrlich, ihr beide zusammen seid ein Alptraum. Wart ihr schon immer."

„Und wie geht es ihr?"

Becky lachte. „Sie ist deine Schwester, Duncan!"

„Aye, und … du weißt ja, wie es ist."

„Ich weiß, wie ihr seid, wenn ihr zusammen seid", meinte Becky kopfschüttelnd. „Außerdem redet sie nicht mit mir."

„Du und Ros, ihr habt euch noch nie verstanden."

„Ich war nur nicht gut genug für ihren kleinen Bruder."

Duncan lächelte reumütig. „Verblüffend, wie sehr sie jemanden beschützen wollte, den sie …" Er schüttelte den Kopf. „Ach, was soll's … das ist jetzt nicht mehr wichtig."

Zu Duncans großer Erleichterung konnten sie dieses Thema nicht weiter vertiefen, weil Archie mit einem Pitcher und drei bereits vollen Gläsern auf einem Tablett zu ihnen kam. Nachdem er es fast auf den Tisch geknallt hatte, wischte er sich den Schweiß von der Stirn.

„Verdammt, das hat ewig gedauert. Deshalb dachte ich, ich bringe gleich mehr mit, damit wir uns die nächste Bestellung sparen können."

Duncan verdrehte die Augen, Becky lachte nur. Mit

spitzem Finger zeigte sie auf Archie. „Ich trinke trotzdem nur eins. Das Abendessen macht sich nicht alleine, und wenn du denkst, dass ich das Davey überlasse, dann hast du dich geschnitten."

Lächelnd neigte Archie den Kopf zur Seite und stellte jedem ein Bierglas hin.

„Slàinte", sagte er und hob sein Glas. Duncan und Becky taten es ihm gleich und sie stießen zu dritt an. Becky stellte ihr Bier wieder ab und stand auf.

„Ich muss für kleine Mädchen", meinte sie und verschwand in der Menschenmenge.

Duncan sah ihr nach, bis er sie aus den Augen verlor. Die wilde Mischung aus alten Gefühlen und Erinnerungen, die über ihn hinwegfegte ... verwirrte ihn.

„Du hast sie vermisst, oder?"

Als Duncan sich zu Archie wandte, bemerkte er, dass dieser ihn mit einem kleinen Lächeln ansah. Duncan schüttelte den Kopf. „Ach, hör doch auf."

Archies Lächeln wurde zu einem Grinsen. „Hast du aber. Ich weiß es."

Seufzend setzte Duncan sich auf und schaute sich um. „Wieder hier zu sein ... in der Stadt ... es fühlt sich so an, als wäre ich nie weg gewesen."

„Du kannst die Insel verlassen, Duncan, aber sie wird immer ein Teil von dir sein", erwiderte Archie und prostete ihm noch einmal zu. „So wie jeder, den du hier kennst."

Duncan atmete tief durch. „Was du nicht sagst. Bin gleich wieder da", sagte er, stand auf und ging in Richtung Toiletten. In der Menge kam er an Becky vorbei, die sich mit ein paar Freunden unterhielt. Als er sich an ihr vorbeischob und sich ihre Körper berührten, war er wie elektrisiert. In dem Moment zwinkerte sie ihm zu. Duncan bemühte sich, dem nicht zu viel Bedeutung beizumessen. Kopfschüttelnd schob er sich weiter durch die Menschen und versuchte sich zu erinnern, wo die Toiletten waren.

Zum Tisch zurückzukommen, war gar nicht so einfach. Inzwischen war das Pub gesteckt voll. Die Musik, die tanzenden Menschen und jene, die sich im Hintergrund hielten, veranstalteten einen Heidenlärm. Archie stand neben dem Tisch, von Becky keine Spur. Ihr Glas war halb voll, und der Krug deutlich leerer. Duncan sah sich um, entdeckte Becky aber nirgends.

„Becky musste los, Dunc", sagte Archie und drückte ihm das Bierglas in die Hand. Als Duncan es nahm, versuchte er, sich die Enttäuschung nicht anmerken zu lassen. Es tat ihm leid, dass er nicht mehr Zeit mit ihr gehabt hatte. Wahrscheinlich war es besser so. Früher oder später hätten sie alte Geschichten aufgewärmt, die Freude über das Wiedersehen wäre schnell verflogen und hätte nur einen bitteren Nachgeschmack hinterlassen, wie damals, als sie zusammen nach Glasgow gezogen waren. Er verdrängte die Gedanken daran und sah den Gay Gordons zu, die immer mehr Schwung aufnahmen. Bestimmt hätte Becky ihn bei diesem Lied auf die Tanzfläche gezerrt. Oder eher die Becky aus der Jugendzeit. Jetzt war sie ein anderer Mensch, wie er auch.

Von rechts kam ein beleibter Mann auf ihn zu und drosch ihm mit der fleischigen Hand so auf die Schulter, dass Duncan etwas vom Bier verschüttete. Wütend starrte er den Mann an. Es dauerte kurz, bis er ihn erkannte.

„Der kleine Dunc McAdam", brüllte der Mann über die Musik und den Jubel der Menschenmenge und beugte sich zu ihm. Der Geruch von Bier und kaltem Zigarettenrauch schlug Duncan entgegen. „Bist wohl zurück auf die Insel gekrochen, was?"

Duncan, der Abstand zwischen sich und den Mann bringen wollte, trat einen Schritt nach links. Murdo Grant, der in der

Schule eine Klasse über ihm gewesen war, folgte ihm. Duncan war zwischen Archie und Murdo eingekesselt. Letzterer sah aus, wie Duncan es erwartet hätte. Er war übergewichtig, wie schon früher, und sein Gesicht war rot von zu viel Alkohol. Die Adern in der Nase platzten beinahe. Anscheinend hatte er bereits einiges intus, er wirkte unsicher auf den Beinen.

„Hallo, Murdo", sagte Duncan bemüht freundlich. „Lange nicht gesehen. Wie geht's dir?", fragte er, ohne dass ihn die Antwort interessierte.

„Hab dich gerade mit Becky gesehen", erwiderte Murdo mit einem boshaften Grinsen. „Kannst wohl nicht die Finger von ihr lassen, was?"

Duncan biss sich auf die Lippe und schüttelte kaum merklich den Kopf. „Mir geht's gut, Murdo. Und dir? Was machst du so?" Dieses Mal lächelte er sogar. Schon in der Schule war Murdo ein Arschloch gewesen, und offenbar war er das noch, wenn auch fetter. Knapp dreißig bis vierzig Kilo hatte er zugelegt.

„Becky war schon immer eine kleine Schlampe", lallte Murdo. Duncan war nicht ganz klar, ob er nur anecken wollte oder er einfach generell ein beleidigender Mensch war. „Ich wette, sie hatte die halbe Insel durch, bevor sie sich für den armen Davey entschieden hat."

Duncan wurde wütend. Natürlich wollte Murdo ihn bloß provozieren, das war Duncan völlig klar, trotzdem funktionierte es.

„Tja, dann gehörst du wohl zur anderen Hälfte, oder, Murdo?", erwiderte Duncan gelassen. Archie, der besorgt genug war, um sein Bierglas auf den Tisch zu stellen, schaute zwischen den beiden hin und her.

„Kommt schon, Jungs, seid nett zueinander", sagte Archie so nachdrücklich wie möglich.

„Sie ist als gebrochene Frau aus Glasgow zurückgekommen", sagte Murdo und sah an Duncan vorbei Archie an. „Nicht wahr, Arch? Der kleine Dunc war fertig mit ihr. Hat sie für andere Männer verdorben –"

Duncan verlor die Beherrschung und gab Murdo einen Schubs. Der beleibte Mann, wegen des Alkohols ohnehin auf unsicheren Füßen, taumelte rückwärts in die Menge, die ihn sofort wieder zu Duncan katapultierte, als hinge der Mann an einem Bungee-Seil. Umgehend revanchierte sich Murdo und stieß Duncan von sich. Durch den Schwung wurde Duncan gegen Archie geworfen, der gegen den Tisch stieß. Die Gläser fielen um und ihr Inhalt ergoss sich über die anderen am Tisch. Wütende Rufe wurden laut.

Unbeirrt trat Duncan auf seinen Widersacher zu, als dieser gerade zu einem Schlag ausholte. Die Faust zischte über Duncans Kopf, da er nach links auswich. Er setzte zum Gegenschlag an. Der Hieb traf Murdos Nase. Dieser stolperte nach hinten, kippte um und stürzte auf den Boden. Drei Leute, die ihn nicht gesehen hatten, riss er dabei mit um.

Duncan entfuhr ein Schmerzensschrei. Seine Hand fühlte sich an, als hätte er gegen eine Ziegelmauer gedroschen. Es war Jahre her, dass er eine Schlägerei gehabt hatte. Mit aufgerissenem Mund umklammerte er das rechte Handgelenk und starrte es an. Murdo, der sich auf die Beine mühte, gab einen kehligen, zornigen Schrei von sich. Mit von Blut triefender Nase stürmte er auf Duncan zu. Gerade rechtzeitig streckte Archie ein Bein aus und brachte Murdo zum Stolpern. Der Mann schlug grunzend und mit dem Gesicht zuerst auf den Boden auf.

Archie trat über ihn hinweg, schnappte sich Duncans Arm und zerrte ihn davon.

„Komm schon, hauen wir ab, bevor er wieder hochkommt,", rief Archie und zog Duncan zum Ausgang, „oder jemand die Polizei ruft."

„Keine Sorge, ist schon da", erwiderte Duncan, der versuchte, auf den Beinen zu bleiben bei der Geschwindigkeit, die Archie vorlegte. Zusammen hetzten sie nach draußen. Auf der Straße rannten sie beinahe und wurden nicht langsamer, bis sie um die nächste Kurve in relativer Sicherheit der Bayfield Road und außer Sichtweite des Pubs waren.

Beide rangen um Atem. Duncan beugte sich vor und stützte die Hände auf den Knien ab, während Archie sich an die Wand eines Blumenladens lehnte. Als Archie kicherte, warf Duncan ihm einen bösen Blick zu. Obwohl der Kampf- oder Fluchtreflex nachließ, pumpte noch so viel Adrenalin durch seinen Körper, dass er zitterte.

„Worüber lachst du?", fragte er.

„Na, über dich! Du kannst den Mann von der Insel bringen", meinte Archie kopfschüttelnd, „aber Duncan McAdam bleibt Duncan McAdam."

Erst starrte Duncan ihn wütend an, doch dann sah auch er das Komische an der Situation und lachte herzhaft.

„Okay, wohin jetzt?", fragte Archie, während er sich aufrichtete und die Straße entlang blickte.

„Nach Hause", erwiderte Duncan. Obwohl Archie enttäuscht war, nickte er.

„Aye, ist wahrscheinlich besser." Er trat nach links, stolperte über den Randstein und stürzte auf die Straße. Er schaffte es nicht mehr, denn Fall mit den Händen abzufedern. Duncan stöhnte auf. Das hatte bestimmt weh getan. „Alles okay", murmelte Archie, als er ihm aufhalf. „Bring mich zum Auto, den Rest schaffe ich schon."

„Du fährst ganz sicher nicht mehr", sagte Duncan.

„Und ob ich das werde", entgegnete Archie, während er ihn misstrauisch beäugte. Noch taumelnd klopfte er sich den

Schmutz von der Jacke. Duncan, der seinen Freund noch festhielt, wurde bewusst, dass er wahrscheinlich wieder umkippen würde, wenn er ihn losließe.

„Hast du schon was getrunken, bevor du Becky und mich am Platz getroffen hast?"

Archie sah ihn mit einer Unschuldsmiene an. „Kann sein, dass ich ein oder zwei getrunken habe. Als Einstimmer, sozusagen."

„Zur Einstimmung", korrigierte Duncan ihn.

„Irgendwas mit Stimmung halt", meinte Archie grinsend.

Duncan seufzte. „Gib mir den Schlüssel."

„Kommt nicht in die Tüte! Wie soll ich denn nach Hause kommen?"

„Ich fahre dich, jetzt her mit dem Schlüssel."

Archie gestand die Niederlage ein und fummelte in den Jackentaschen nach dem Schlüssel. Duncan musste ein drittes Mal fragen, bis er ihn endlich bekam. Zögernd drückte Archie den Schlüsselbund in seine Hand, und zusammen gingen sie zum Parkplatz, wo Archie sein Auto hatte stehenlassen.

„He, wie hast du das vorhin gemeint?", erkundigte sich Archie im Gehen.

„Was?", fragte Duncan angestrengt unter dem Gewicht des größeren Mannes.

„Im Pub, als ich meinte, dass jemand vielleicht die Polizei rufen könnte."

„Ach so ... ich sagte, ich bin von der Polizei."

Überrascht hielt Archie inne und sah ihn an. „Du? Polizist?"

Verunsichert nickte Duncan. „Aye."

„Mein lieber Schwan", meinte Archie kopfschüttelnd. „Das hätte ich mir bei dir nie vorstellen können."

Er stützte sich wieder auf Duncan, und sie gingen weiter.

„Nein, ich auch nicht, Archie, ich auch nicht."

Archie wohnte in Kensaleyre, einer Ansammlung mehrerer kleiner Bauernhöfe an der A87, der Hauptroute zur westlichen Seite der Halbinsel Trotternish in Richtung Uig und des Fährhafens, der den Schiffsverkehr der Äußeren Hebriden abwickelte. Duncan bog ab und fuhr im klapprigen Land Rover Defender über einen holprigen Feldweg bis zu Archies Haus, in dem kein Licht brannte. Archie selbst war längst eingeschlafen. Nur als sie über das Viehgitter fuhren, das die Schafe von der Hauptstraße fernhielt, rührte er sich. Obwohl die Gitter Schutz boten, traf man trotzdem überall auf der Insel öfter auf Schafe, die mitten auf der Straße standen. Vor allem für den Morgenverkehr, der über einen schwer einsehbaren Hügel oder durch eine unübersichtliche Kurve musste, war das oft überraschend.

Mühsam zerrte Duncan seinen Freund aus dem Defender und in Richtung Haus. Er setzte ihn auf eine Bank neben dem Hintereingang, während er in der Dunkelheit versuchte, die Tür aufzusperren. Im Haus hörte er aufgeregtes Bellen. Dem Klang nach war es ein kleiner Hund, wie ein Terrier, und Duncan hoffte, dass er nichts gegen Fremde hatte. Sobald die Tür auf war, begrüßte ihn ein freundlicher Hund, der um seine Beine wuselte und an ihm hochsprang. Duncan legte sich Archies rechten Arm um die Schulter, hievte seinen alten Freund hoch und zog ihn auf die Beine. Archie, der alles einfach hinnahm, grunzte bei der Bewegung und schaffte es sogar, unzusammenhängend zu protestieren. Nachdem Duncan auf dem Weg ins Innere des Hauses einige Lichtschalter ausprobiert hatte, musste er genervt feststellen, dass es keinen Strom gab. *Eines nach dem anderen*, dachte er und fragte sich, wo der Sicherheitskasten sein könnte.

Im Wohnzimmer angelangt verließen ihn seine Kräfte. Er legte Archie auf das Sofa und sah zu, wie sich dieser auf die

Seite rollte. Mit dem Kopf auf einem Arm und einem Bein über die Sofakante hängend schlief Archie weiter.

Der Hund, der nicht von Duncans Seite wich, wedelte mit dem Stummelschwanz und schaute erwartungsvoll von Archie zu Duncan. Dieser neigte den Kopf zur Seite und lächelte schief.

„Tja, kleiner Kerl", meinte er kopfschüttelnd, „dein Herrchen wird heute Nacht hier schlafen." Auf einem Stuhl fand er eine Decke, die er über den schnarchenden Archie warf. Als der Hund bellte, blickte Duncan nach unten. „Schätze, du hast Hunger, was?"

Wieder bellte er, bei der Aussicht auf Futter stellte er Ohren und Schwanz auf. Duncan ging in die Küche, um Hundefutter zu suchen. In der Küche herrschte Chaos. Nicht einmal der Begriff Junggesellenbude wäre zutreffend, selbst dafür war der Raum viel zu unordentlich. In der Spüle stapelten sich Teller, ein Topf und Besteck. Auf dem längst kalt gewordenen Wasser trieb Schmutz, die Sachen mussten seit Tagen in der Spüle liegen. Auf jedem Zentimeter der Arbeitsflächen stand irgendetwas herum, und es roch unangenehm nach Feuchtigkeit und Schimmel. Duncan entdeckte einen Sack Trockenfutter an die Wand neben der Hintertür gelehnt. Er nahm an, dass ein Becher voll mehr als genug war für einen so kleinen Hund. Das Futter schüttete er in einen Napf, den er in der Ecke der Küche entdeckte. Ohne falsche Zurückhaltung rannte der Hund hin und fraß gierig.

„Gern geschehen", sagte Duncan. Als er nach links blickte, fiel ihm ein gerahmtes Foto an der Wand über dem kleinen Esstisch ins Auge. Er ging näher ran und sah darauf einen viel jüngeren Archie, der einen Arm um eine lächelnde Frau gelegt hatte. Den Bäumen im Hintergrund nach war das Foto an einem weit entfernten Ort aufgenommen worden, vermutlich irgendwo im Mittelmeerraum. Duncan erkannte Fiona von früher. Die beiden wirkten glücklich, Archie sogar viel glücklicher, als Duncan sich je erinnern konnte. „Schade, dass es nicht geklappt hat mit euch beiden."

Als er rechts von sich etwas hörte, dachte er, dass Archie in der Dunkelheit herangestolpert kam. Allerdings erschien ein fremdes Gesicht an der Hintertür und starrte ihn an.

„Hallo? Archie?"

Duncan trat aus der dunklen Ecke, um den Mann zu begrüßen. „Nein, tut mir leid. Archie ...", er blickte durch die Tür ins Wohnzimmer, „kann gerade nicht kommen. Kann ich etwas für Sie tun?"

Misstrauisch beäugte der Mann Duncan McAdam, entspannte sich dann aber. Wahrscheinlich nahm er an, dass er ein Freund von Archie war und deshalb einen guten Grund hatte, in dessen Haus zu sein.

„Ich wollte ihm nur sagen, dass vorhin ein Mann von der Hydro hier war."

Hydro war die Kurzform für Scottish Hydro Electric Company, den ehemals staatlichen Energieanbieter für die Highlands und die Insel, der längst privatisiert worden war, wie alle anderen Stromerzeuger im ganzen Vereinigten Königreich. Obwohl der Energieanbieter einen neuen Namen hatte, nannten ihn die meisten Leute immer noch *die Hydro*.

„Aye, war es wichtig?"

Nervös trat der Mann von einem Fuß auf den anderen und überreichte McAdam einen Briefumschlag. Er öffnete ihn und sah hinein. Darin befand sich ein zusammengefaltetes Schreiben und ein kleiner Plastikschlüssel. Duncan wusste, was das bedeutete. Archie saß ohne Strom da. Diesen musste sein Freund von nun an in einem Laden kaufen, indem er einen Betrag auf den kleinen Schlüssel buchte und diesen dann in den Zähler steckte.

Duncan seufzte. „Ich werde es ihm geben … sobald er … na ja."

Erleichtert nickte der Nachbar und warf einen Blick in das Wohnzimmer, aus dem Archies Schnarchen zu hören war. Anscheinend hatte er es eilig, wieder wegzukommen. Duncan legte den Umschlag auf den Tisch. Archie tat ihm leid. Dann eilte er zur Tür, um den Nachbar noch zu erwischen.

„Entschuldigung! Könnten Sie mich in die Stadt fahren?"

KAPITEL SECHS

DS MacEachran bat um Ruhe in dem kleinen Raum gleich neben dem Haupteinsatzzimmer. Die einheimischen Beamten hatten sich versammelt und warteten darauf, ihrem neuen, zeitweiligen Detective Inspector – Duncan McAdam – vorgestellt zu werden. Es dauerte einen Moment, bis die Gespräche versiegten, und alle sahen DI McAdam erwartungsvoll an.

McAdams Schädel dröhnte. Am Alkohol vom vorherigen Abend lag es nicht, schließlich hatte er vor dem Zusammentreffen mit Murdo Grant kaum etwas getrunken. Anscheinend hatten sie es alle geschafft, die Jahre dazwischen zu ignorieren und sich wieder aufzuführen, als wären sie sechzehn, dreist, frech und zu allem bereit. McAdam fühlte sich schlecht wegen der Schlägerei und weil er den Köder geschluckt hatte. Er hätte es besser wissen müssen. *Er wusste es besser.*

Außerdem musste Murdo irgendetwas mit seinem Gesicht gemacht haben – es anscheinend mit Beton ausgegossen haben, so schlimm wie McAdams rechte Hand aussah – denn während der Nacht war die Hand angeschwollen und der Schmerz hatte ihn wachgehalten. Er fragte sich, ob er sich vielleicht etwas gebrochen hatte. Zum Glück hatte der Nachtportier des Hotels ihm einen Champagnerkübel voller Eis gebracht. Darin hatte er die Hand so lange wie möglich eingetaucht. Obwohl sie merklich abgeschwollen war, schmerzte sie immer noch höllisch.

„In Ordnung, fangen wir mit der Vorstellungsrunde an", sagte MacEachran und zeigte auf die Beamten vor sich. „Angus Ross und John Mclean, zwei unserer lokalen Detective Constables. Lassen Sie sich nicht von Angus täuschen, er ist so alt, wie er aussieht, er kommt direkt von der Schule. Und John heißt tatsächlich John, aber alle nennen ihn Russell." Der DS neigte den Kopf zur Seite und lächelte McAdam zu. „Wir haben eine Wette laufen, wie lange es dauert, bis Sie herausfinden, warum er Russell genannt wird. Fragen können Sie sich sparen, niemand wird es Ihnen verraten. Es geht um Geld, also nehmen Sie das ernst."

Stirnrunzelnd betrachtete McAdam den korpulenten Detective Constable, der ihn lächelnd ansah. Alle anderen grinsten und nickten nur. „In Ordnung. Läuft das immer so?"

„Aye", erwiderte Alistair. „Ist eine Art Tradition. Wenn Sie länger als eine Woche brauchen, gelten Sie als schlechter Detective. Aber keinen Druck."

McAdam zog die Augenbrauen hoch, während die versammelten Beamten ein paar Anfeuerungsrufe verlauten ließen. Zwei veranstalteten sogar einen Trommelwirbel auf den Tischen. Russell selbst lächelte nur, riss eine Chipstüte auf und genoss offenbar den Moment. „Ich werde mich bemühen. Und ich steige mit einem Zehner mit ein. Sie bekommen das Geld nachher."

„In Ordnung", meinte Alistair. „Gut zu wissen, dass Sie so viel von sich halten." Als er lächelte, stimmten die anderen mit ein. „Caitlyn Steward ist unsere andere Detective Constable in Vollzeit, im Moment hat sie aber Urlaub. Sie ist die Quotenfrau unserer Kripo und ...", er schaute in die Runde,

„… außerdem die beste von uns auf der ganzen Insel." Alle drehten sich spöttelnd zu Angus und Russell. Die beiden grinsten, Angus Ross schüttelte auch den Kopf. Alistair sprach an McAdam gewandt weiter. „Aber wenn Sie ihr verraten, dass ich das gesagt habe, werde ich alles abstreiten."

„Verstanden."

„Und dann haben wir noch die drei Männer rechts von Ihnen, die MacDonalds – Ronnie, Fraser und Robbie. Sie könnten eine eigene Boy-Gruppe gründen", sagte der DS mit einem schiefen Grinsen. „Das heißt, wenn sie längere Zeit ohne Essen auskämen, denn sie können weder tanzen noch singen noch haben sie irgendeine Art von Talent."

Laut protestierten die Drei, bevor sie einstimmig zugaben, dass Alistair recht hatte und sogar noch diplomatisch vorgegangen war.

„Sind Sie miteinander verwandt?", erkundigte sich der DI.

Die Männer sahen sich an, musterten einander, drehten sich wieder zu McAdam und antworteten einhellig und kopfschüttelnd: „Nein."

„Wenigstens kann Ihr Vorgesetzter die Jahresbeurteilung schnell erledigen … einmal kopieren und einfügen", meinte McAdam.

„Solange er uns nicht mit Malky verwechselt, der für den Haftzellenblock zuständig ist", sagte einer von ihnen. „Er heißt auch MacDonald. Und ist mit keinem von uns verwandt."

McAdam blickte den Sprecher an. „Welcher sind Sie?"

„Fraser."

„In Ordnung, ich werde versuchen, es mir zu merken, aber geben Sie mir ein bisschen Zeit, bis ich mir alle Namen eingeprägt habe."

„Wie lange sind Sie bei uns, Sir?", erkundigte sich DC Ross. Seine Stimme klang so jung wie er aussah. McAdam fragte sich, ob er jemals, entweder noch auf Streife oder bei der Kripo, so jung gewirkt hatte.

„Bis wir wissen, was mit Isla Matheson passiert ist oder bis ich abberufen werde", erwiderte McAdam. „Soweit ich weiß, ist Ihr regulärer DI im Langzeitkrankenstand?"

Alistair nickte. „Aye. Ich weiß nicht, was ihm fehlt, aber er musste für einige Tests und so weiter ins Krankenhaus in Inverness. Keine Ahnung, wann er zurückkommt."

„Tja, dafür bin ich da", meinte McAdam. Er betrachtete die MacDonalds. „Ich nehme an, Sie drei wurden für die Dauer des Falls von der Streife abgezogen?" Sie nickten. Als der DI sich am Kopf kratzte, keuchte er kurz auf, als ihm ein stechender Schmerz durch die verletzte Hand schoss. „Gut. Bringen Sie mich auf den neuesten Stand darüber, was Sie bisher gemacht haben. Wir haben die Aufgabe, die damaligen Zeugenaussagen und Aussagen der Freunde und Familie von Isla –"

„Die ganze Drecksarbeit zu machen, mit der keiner von uns eine Freude hat", unterbrach Alistair MacEachran ihn. Alle stöhnten auf. „Aber wir werden sie mit einem Lächeln machen, oder, Jungs? Schließlich werden wir auch dafür bezahlt, nicht wahr?"

Zustimmendes Gemurmel machte sich breit.

„In Ordnung", sagte McAdam und bat um Ruhe. „Wo wurde Isla Matheson gefunden?"

„Begraben auf einer wilden Weide", antwortete Alistair. „In der Nähe von Trumpan auf der Halbinsel Waternish über Ardmore Bay."

„Wer hat sie gefunden?", erkundigte sich McAdam.

„Leitungsmonteure, die die Freileitungen außerhalb der Stadtgemeinde Trumpan neu gespannt haben", erwiderte Russell. „Die letzten paar Stürme haben die Leitungen zerstört, und diese hier wurde letzte Woche erneuert. Bis dahin haben sich die Bürger mit Dieselgeneratoren beholfen. Wurde auch Zeit. Diese Leitungen waren siebzig Jahre alt. Es ist ein Wunder, dass die Masten nicht schon längst zusammengebrochen sind."

„Aber Isla Matheson war vollständig begraben, nicht nur teilweise, oder?", fragte der DI an Alistair gewandt.

„Aye, aber das ganze Wasser, was in den letzten paar Monaten heruntergekommen ist, hat die Flanke des Hügels aufgeweicht ... und auf solchen wilden Weiden haben die Kleinbauern früher nach Torf gegraben", erklärte Alistair die traditionelle Arbeitsweise der Inselbewohner. Im Sommer hatten sie Torf gestochen, diesen gestapelt und trocknen lassen, um ihn im Winter als Heizmaterial zu verwenden. Heutzutage taten das nur noch wenige, und wenn, dann nutzten sie meist mechanische Hilfsmittel. Trotzdem hatte sich die Methode im Laufe der Jahrhunderte kaum verändert, und bei den hohen Heizkosten erlebte Torf als Brennstoff einen Wiederaufschwung. „Das Gewicht des Wassers hat den Hügel aufreißen lassen. Der Graben ist etwa dreißig Zentimeter breit, und die Leitungsmonteure haben sie entdeckt, als sie am Hügel vorbeigekommen sind."

Duncan McAdam überlegte. Der Ort war abgelegen. Rau, geradezu wunderschön, aber einsam gelegen. Auch wenn jeder, der in der Nähe lebte, jemanden kannte, der dort vorbeikam, wäre es ein Leichtes, ungesehen hinzukommen, vor allem nachts oder bei schlechtem Wetter, wenn es sich die Einheimischen zu Hause gemütlich machten, um den Sturm auszusitzen. Isla Matheson hätte jahrhundertelang begraben bleiben können. Nur durch puren Zufall hatte man sie gefunden.

„Ich möchte dorthin", sagte McAdam. „Ich will mir den Fundort selbst ansehen."

Alistair nickte, ohne den Wunsch zu hinterfragen. „Ich

bringe Sie hin, sobald die Besprechung vorbei ist, wenn es Ihnen recht ist."

„Das wäre mir recht, ja."

„Aber die MacDonalds sollten wir hier lassen, sonst jagen uns die Einheimischen mit Mistgabeln davon", fügte Alistair grinsend hinzu. Die anderen lachten bei der Erwähnung des Angriffs, den der Clan der MacDonalds von Uist aus gestartet hatte. Sie hatten die Kirche in Trumpan samt den darin versammelten Menschen niedergebrannt. In der Geschichtsschreibung war dieser Vorfall unter der *Schlacht am Spoiling Dyke* bekannt. Die MacLeods hatten sich umgehend gerächt und sämtliche Angreifer niedergemetzelt, bevor sie von der Insel flüchten konnten.

„Gräbt noch jemand nach Torf auf diesem Hügel?", wollte McAdam wissen.

Alistair MacEachran schüttelte den Kopf. „Nein, soweit ich weiß nicht." Er sah Angus an. „Überprüfe das bitte, ja?"

Nickend notierte sich Angus den Auftrag.

„Ich weiß, Sie haben das wahrscheinlich schon erledigt, aber ich möchte, dass Sie alle Zeugenaussagen sammeln, diese unter sich aufteilen und dann mit den Leuten reden. Prüfen Sie nach, ob sich ihre Erinnerungen noch mit den Aussagen von vor zwanzig Jahren decken. Geben Sie ihnen keine Hinweise, ich möchte eine authentische Reaktion, selbst wenn die Leute von Ihnen wissen möchten, was sie damals gesagt haben. Genau deshalb gehen wir die Aussagen noch einmal durch. Vielleicht erinnern sie sich an etwas, das sie damals nicht erwähnt haben, oder verraten etwas, das sie eigentlich für sich behalten wollten. Heute Nachmittag kommen wir wieder zusammen und gehen durch, was wir bis dahin haben. Solange wir nicht mehr wissen, ist jeder aus Isla Mathesons Umfeld und jeder mit einem potenziellen Motiv verdächtig."

„Hm ... sie war ein beliebtes Mädchen", warf Fraser stirnrunzelnd ein. „Das wird eine lange Liste. Sie müssen wissen, dass alle sie mochten."

„Kannten Sie sie?"

„So in der Art, aye. Ich bin mit ihrem großen Bruder, Donnie, zur Schule gegangen. Donnie war ein prima Kerl."

„Von ihm habe ich gehört", erwiderte McAdam. „Hatte den Ruf eines Rabauken, als ich zur Schule ging."

Ronnie stimmte in Frasers Lachen ein und nickte. „Er war berüchtigt, was?", meinte Fraser. „Ein Rockstar unter Kindern! Inzwischen haben sich die Dinge aber geändert."

„Er war ein paar Jahre älter als Isla, richtig? Und er studierte auf dem Festland", fragte McAdam.

„Stimmt", antwortete Fraser. „Nachdem seine Schwester verschwunden war, ist er zurückgekommen, um die Familie zu unterstützen." Mit düsterer Miene seufzte er. „Ihr Verschwinden hat die Familie zerrissen. Nicht zu wissen, was ihr zugestoßen ist … hat Islas Mutter das Herz gebrochen."

Ronnie nickte. „Die Mutter konnte es nicht überwinden. Sie hat sich das Leben genommen, das war so …", er sah Fraser an, „… drei Jahre danach?"

„Eher vier", berichtigte Fraser. „Aber da war noch mehr. Der Vater ist verunglückt und seitdem gelähmt. Das muss es für die Familie noch schwerer gemacht haben."

„Unfall?", hakte McAdam nach. Er erinnerte sich an den Fall aus seiner Jugend, aber von einem Unfall wusste er nichts.

„Aye", sagte Ronnie. „Islas Vater … wie heißt er noch gleich, Fraser?"

„Ruaridh."

„Aye, genau. Ruaridh. In der Woche nach Islas Verschwinden … kam er während eines Sturms mit dem Auto von der Straße ab. Es hat einige Stunden gedauert, bis man ihn fand. Eine Zeit lang sah es so aus, als würde er nicht durchkommen." Ronnie schüttelte den Kopf. „Das muss seinen Glauben so hart auf die Probe gestellt haben wie nichts zuvor."

Inzwischen glaubte McAdam, sich doch daran zu erinnern. Er kannte Reverend Matheson vor dem Verschwinden seiner Tochter. Zumindest kannte er ihn aus Erzählungen anderer, da er selbst nie zur Kirche gegangen war. Das hatte er seiner Mum und Roslyn überlassen. Allerdings hatten sie sich einmal getroffen. An jenem Tag war Duncan noch ein Kind gewesen und hatte definitiv Besseres zu tun gehabt. Ruaridh Matheson hatte auf ihn wie ein frommer, beinahe asketischer Mann gewirkt, den er nicht so recht durchschaut hatte.

„Ich nehme an, seine Gemeinde hat ihn bei der Predigt vermisst", sprach Fraser weiter. Er holte tief Luft. „Predigen konnte er nach dem Unfall nicht mehr."

„Ist er aus der Kirche ausgetreten?", erkundigte sich McAdam.

„Nein, nein, nein", erwiderte Fraser. „Aber er muss in einem Rollstuhl sitzen … und Skye ist nicht so barrierefrei. Die Episkopalkirche hat ihn durchgehend unterstützt, er ist immer noch ein Pastor."

„Nun, wir müssen trotzdem noch einmal mit der Familie sprechen. Ist schon jemand als Verbindungsglied zur Familie eingeteilt, damit sie über die Entwicklungen informiert werden?"

Alle sahen sich an. Alistair runzelte die Stirn. „Nein, aber wir haben sie auf dem Laufenden gehalten."

„Darum müssen wir uns kümmern." Für Duncan McAdam hatte das zwei Gründe. Er wollte nicht nur sichergehen, dass die Familie Bescheid wusste, und zwar nicht durch Tratsch oder die Medien, wie in der Vergangenheit, sondern er hatte auch gemeint, was er gesagt hatte. Alle aus Isla Mathesons Umfeld waren bis auf weiteres verdächtig. Das schloss auch die Familie mit ein, und es war ihm egal, was Jameson darüber dachte.

DUNCAN STEMMTE sich gegen den Wind, der über die äußeren Inseln und die Meerenge The Minch bis zu ihnen fegte. Auf dem steilen Hügel über dem Dörfchen Trumpan wurden Duncan und Alistair ordentlich vom Wind durchgeschüttelt. Sie befanden sich an einem der entlegensten Teile der Insel. Andere Teile von Skye hatten ihren eigenen Reiz für Touristen, aber abgesehen von The Minch und einer Kirchenruine gab es hier nichts zu sehen. Der Ausblick nach Süden über Ardmore Bay in Richtung der Isle of Isay und der Halbinsel Duirinish war an einem klaren Tag atemberaubend, und selbst an einem so trüben wie an diesem beeindruckend. Im Westen bot der Blick über The Minch nach North Uist ein beeindruckendes Bild. Heute allerdings war von den äußeren Inseln nichts zu sehen. Eine Wolkenbank schob sich über das Wasser, und Duncan roch den Regen im Wind.

Er wandte seine Aufmerksamkeit dem blau-weißen Absperrband zu, das im Wind an den Metallstäben zerrte, an die es festgebunden war. Es markierte die Stelle, an der man Isla Mathesons Leiche gefunden hatte. Der Boden unter den Füßen fühlte sich schwammig an. Über den Hügel plätscherte laut ein kleiner Bach. Davon gab es an dieser Hügelflanke bestimmt noch mehr, trotzdem schafften sie es nicht, das ganze Wasser abzutransportieren. Dort, wo Duncan und Alistair standen, war der Boden aufgebrochen, als hätte Gott das Land wie mit einem Reißverschluss auf einer Länge von ungefähr neun Metern geöffnet, damit Mutter Natur den Inhalt und ihre Geheimnisse preisgeben konnte.

Alistair, der links von Duncan stand, hatte die Hände in

die Jackentaschen vergraben und sich mit dem Rücken gegen den Wind gestellt.

„Ein wunderschöner Flecken Erde", sagte er. „Aber kein Ort, um ein Mädchen zur letzten Ruhe zu betten."

Schweigend nickte Duncan. Er blickte nach Süden, über Isay hinaus in Richtung Claigan, der nächsten Gemeinde, in der Isla Matheson zum letzten Mal lebend gesehen wurde – auf der Party mit ihren Freunden am Coral Beach. Die Entfernung von dort bis hierher fiel dem DI sofort auf. Das war keine so kurze Fahrt, schon gar keine einfache. Aber wenn dieser Ort tatsächlich Isla Mathesons letzte Ruhestätte war, dann fragte er sich, wie lange sie nach der Party noch am Leben gewesen war. War es Zufall, dass sie auf der Halbinsel Waternish verschwunden und auf ihr begraben worden war? Höchstwahrscheinlich hatte der Mörder – sofern es tatsächlich einen gab – sie in rascher Abfolge entführt, ermordet und begraben. Außer natürlich, der Angreifer lebte in der Nähe ... oder konnte das Mädchen irgendwo verstecken, wie in einem Ferienhaus oder einem Wohnmobil oder Ähnlichem.

Zu der Zeit, als Isla Matheson verschwunden war, im Spätsommer, waren viele Leute auf der Insel gewesen, die in einem Wohnwagen gereist waren oder sich ein Ferienhaus gemietet hatten. Vielleicht hatte DCI Jameson doch Recht. Am meisten verwirrte den DI die Tatsache, dass der Pathologe keine Verletzungen – weder durch einen Angriff noch durch Abwehr entstanden – entdeckt hatte. Das war ungewöhnlich, und etwas Ungewöhnliches dieser Art half selten, Verbrechen aufzuklären. Meistens erschwerte es die Ermittlungen.

„Haben Sie die Fotos dabei?"

Alistair trat vor, zog den Reißverschluss der Jacke auf und zog die mitgebrachten Fotos heraus. Den Ordner überreichte er Duncan, der gegen den Wind ankämpfte, dessen Böen inzwischen so stark waren, dass sie ihm fast die Fotos aus der Hand rissen und über die ganze Insel wirbeln ließen.

Duncan McAdam drehte die Fotos so, dass sie mit dem Anblick vor ihm übereinstimmten. Auf ihn wirkte das Mädchen auf den Bildern so gelassen, wie es im Kühlraum ausgesehen hatte, so als schliefe sie nur. Ihr Körper war in ein blau-weiß kariertes Material gewickelt. Die Decke hatte das torfige Wasser aufgesogen, wodurch die weißen Stellen eine schlammige, rot-braune Färbung angenommen hatten. Haut und Haare waren ähnlich verfärbt.

Der DI sah sich jedes Bild genau an, betrachtete es aus jedem Winkel und stellte sich die Position der Leiche im Erdreich vor. Ihm fiel auf, dass Alistair von einem Fuß auf den anderen trat und die Arme um den Brustkorb geschlungen hatte. War er verärgert? Bestimmt war ihm kalt. Als er Regentropfen im Gesicht spürte, atmete Duncan tief durch und starrte auf ein Foto, auf dem Isla Mathesons Leiche in ihrer Gänze im Grab zu sehen war. Stirnrunzelnd neigte er den Kopf zur Seite und schaute immer wieder vom Foto zur Stelle im Boden vor sich.

„Was ist los?", erkundigte sich Alistair.

„Hat jemand die Leiche bewegt, bevor die Fotos gemacht wurden?"

„Nur, um ihr Gesicht freizulegen", erwiderte Alistair. „Aber abgesehen davon ... nein, ich denke nicht. Warum?"

Da Duncan sich unsicher war, sagte er nichts. Isla Matheson hatte seitlich, den Hügel nach unten gewandt, im Erdreich gelegen. Gesicht und Oberkörper lagen frei, die Arme waren über der Brust gekreuzt.

„Wurde sie bekleidet gefunden?"

„Aye, vollständig bekleidet." Wegen des Sturms musste Alistair lauter sprechen. „Und es gab keinen Hinweis auf ein Sexualverbrechen, keine Risse oder Quetschungen am

Körper … deshalb halte ich sexuelle Nötigung nicht für das Motiv." Als Duncan ihm einen Seitenblick zuwarf, zuckte der DS nur mit den Schultern. „Jameson hat die fixe Idee, dass sie das Opfer eines zufällig vorbeikommenden Angreifers war … aber die Beweise deuten nicht darauf hin. Zumindest nicht in meinen Augen. „Ich weiß, wie der Tod aussieht, Sir … ich habe ihn zu oft erleben müssen, und an diesem hier ist etwas faul."

„Möglicherweise wurde der Mörder gestört … er wurde gesehen und musste seine Pläne ändern?"

Obwohl Alistair nach einigem Nachdenken nickte, wirkte er nicht wirklich überzeugt.

„Haben Sie vielleicht eine Theorie?", fragte Duncan. Sein Kollege sah in misstrauisch an. „Kommen Sie schon, keine falsche Zurückhaltung. Das passt gar nicht zu Ihnen."

Alistair MacEachran lächelte. „Ich glaube, dass der Grund dafür, was dem Mädchen zugestoßen ist, in ihrem Leben *hier auf der Insel* liegt. Und ich nehme an, dass jemand dieses Wissen über zwanzig Jahre geheim gehalten hat … Wenn ich Recht habe, dann frisst dieses Wissen die Person von innen auf."

„Haben Sie auch Beweise dafür?"

Alistair zog die Mundwinkel übertrieben weit nach unten. „Nö, könnte nicht behaupten, dass ich welche habe."

„Also eine bloße Vermutung?"

„Ich würde es Erfahrung nennen", sagte Alistair schulterzuckend, „aber wie Sie meinen."

Duncan nickte. Der Regen wurde stärker, und der Wind trieb ihn über The Minch in ihre Richtung. Im Süden war Isay nicht mehr zu sehen.

„Kommen Sie, machen wir, dass wir aus dem Regen kommen."

„Wird auch Zeit", murmelte Alistair.

KAPITEL SIEBEN

ALS DUNCAN und Alistair auf dem Revier in Portree ankamen, warteten die Kripo-Beamten und die Verstärkung von der Streife bereits auf sie. Der DI verschwendete keine Zeit und begann sofort mit der Besprechung.

„Also, ich möchte wissen, wer während der damaligen Ermittlungen zu Isla Mathesons Verschwinden befragt wurde und wo diese Personen jetzt leben und arbeiten", sagte McAdam. „Dann können wir mit einer neuerlichen Befragung weitermachen und durchgehen, was sie damals ausgesagt oder nicht erwähnt haben. Wer möchte anfangen?"

Eine Hand schoss sofort nach oben – die von Angus Ross. Der DI signalisierte ihm, dass er loslegen konnte.

„Ich habe die Aussage von Mathesons Ex-Freund, Alex Macrae, durchgelesen. An jenem Abend war auch er auf der Party. Ein paar Tage davor haben er und Isla Matheson sich getrennt. Anscheinend hat sie das nicht gut aufgenommen."

„War sonst noch jemand bei der Trennung involviert?"

Angus schüttelte den Kopf. „Anscheinend nicht, zumindest hat Macrae das damals behauptet, aber er war mit einem anderen Mädchen auf der Party", er zuckte mit den Schultern, „also wer weiß?"

„Wie hat Isla Matheson auf die neue Freundin reagiert?", erkundigte sich McAdam, da er darin Konfliktpotenzial sah.

„Niemand hat ausgesagt, dass Unstimmigkeiten zwischen ihnen – Macrae und Matheson – oder dem Mädchen, Catriona hieß sie, herrschten. Einige haben aber angegeben, dass Isla Matheson an jenem Abend in besonders großer Flirtlaune war."

„Vielleicht wollte sie ihren Ex eifersüchtig machen?", fragte sich der DI laut.

„Oder sie wollte nur Aufmerksamkeit", entgegnete Angus schulterzuckend.

„Gut. Ist bekannt, wo Macrae jetzt lebt und was er macht?"

„Aye. Er lebt hier in Portree, und er arbeitet im *Driftwood House*."

Fragend blickte McAdam ihn an.

„Ein Pflegeheim am Stadtrand", erklärte Alistair.

„Verstehe", erwiderte McAdam. „Hat er eine Strafakte?"

Angus Ross schüttelte den Kopf. „Nein, nichts Ernstes. In seinen Jugendjahren hatte er ein bisschen Ärger gemacht, aber nicht mehr als andere junge Kerle in der Gegend."

Angus Ross war ein interessanter Charakter. Obwohl er kaum über zwanzig war und um einiges jünger aussah, strahlte er Reife aus.

„Danke, Angus." McAdam blickte in die Runde. „Wer möchte weitermachen?"

Als Fraser MacDonald sich räusperte, wandten sich alle ihm zu.

„Ich habe über den beliebtesten Verkäufer der Insel, Dougal Mackenzie, nachgelesen."

Fast alle stöhnten auf, und Duncan McAdam musste grinsen. Noch nie hatte er erlebt, dass ein Name eine solche Reaktion nach sich zog, nur *unbezahlte Überstunden* würde eine vergleichbare Wirkung erzielen. Er wurde neugierig.

„Wer ist Dougal Mackenzie?", fragte er.

Geräuschvoll holte Fraser Luft und atmete ebenso laut aus. „Mackenzie ist der Inhaber eines Maklerunternehmens auf der Insel. Er hat sich auf den Verkauf von Grundstücken und Immobilien zu extrem hohen Preisen spezialisiert. Deswegen ist er bei vielen unbeliebt."

Duncan McAdam zuckte mit den Schultern. „Sind nicht alle Makler im Großen und Ganzen unbeliebter als Abschaum?"

„Nicht Dougal Mackenzie", erwiderte Fraser. „Er ist eine Kategorie für sich."

Alistair nickte. „Mackenzie bevorzugt meist Investoren und zieht Käufer von abseits der Insel an ... und wir alle wissen, wie die Einheimischen über Vermieter denken, die nicht auf der Insel leben, nicht war, Leute?"

„Arschlöcher", murmelte Ronnie. „Tun nichts für die Insel, außer sie auszusaugen."

Robbie MacDonald nickte. „Sie treiben die Preise für Häuser in die Höhe und zwingen die Einheimischen, die Insel zu verlassen. Wie in alten Zeiten."

„Hm", meinte McAdam. „Er holt also ortsfremde Käufer auf die Insel. Was hält die Crofting Commission davon? Dahingehend hat sich nichts geändert, oder? Sie bestehen noch immer darauf, dass die Höfe den hier lebenden und arbeitenden Bauern gehören sollten, oder?"

„Oh, aye", meinte Alistair. „Sie geraten oft mit Mackenzies Käufern aneinander. Soweit ich gehört habe, sind auch viele davon nicht von Mackenzies Verkaufspraktiken begeistert." Stirnrunzelnd bat der DI um eine Erklärung. „Die Käufer greifen meist auf ihre eigenen Notare, Anwälte und so weiter zurück. Und wenn diese die Bestimmungen der Commission nicht genauestens kennen, und die sind der reinste Alptraum, diplomatisch ausgedrückt, können auch sie diese unbeabsichtigt verletzen. Mackenzies Arbeitsweise läuft oft darauf hinaus, dass Kleinbauern und Landbesitzer so oder so in Konflikt geraten. Anscheinend hat er seinen Spaß an den Gegensätzen."

„Also ein beliebter Mann", stellte McAdam fest.

„Dass Dougal Mackenzie sich eine goldene Nase verdient hat, hilft auch nicht", fügte Fraser hinzu und zog die Nase hoch. „Das macht viele wütend."

„Nur weil sein Vater vor fünfundzwanzig Jahren mit den Taschen voller Geld auf die Insel gekommen ist."

„Und er war auch auf der Party?", fragte McAdam. „Also Dougal Mackenzie."

Fraser MacDonald nickte. „Aye. Allem Anschein nach war die Party seine Idee. Aber ich habe keine Hinweise darauf gefunden, dass er und Isla Matheson mehr miteinander zu tun hatten. Wenn sie allerdings mit all den Jungs geflirtet hat, dann ist es gut möglich, dass er ihre Nähe gesucht hat."

„War Mackenzie damals beliebt, bevor er mit dem Immobilienhandel angefangen hat?"

Fraser zuckte mit den Schultern. „Das weiß ich nicht, aber das lässt sich bestimmt herausfinden."

Als der DI sich umschaute, bemerkte er, dass Russell ebenfalls den Blick schweifen ließ, seine Kollegen musterte und träge eine Packung Chips verputzte.

„Russell, Sie sind der Nächste", forderte McAdam ihn auf. Der Detective Constable legte die Chipstüte beiseite, wischte sich die fettigen Finger an der Hose ab und schmatzte mit den Lippen, um die Brösel wegzubekommen.

„Okay, ich hatte Nicol Nicolson", sagte Russell und neigte den Kopf zur Seite. „Sohn von einfallslosen Eltern in Bezug auf Babynamen, aber nun ja …", er zuckte mit den Schultern. „Auch Nicolson war auf der Party, und ein paar der Mädchen sagten, dass er etwas für Isla Matheson übrig hatte, was aber nicht auf Gegenseitigkeit beruhte. Er ist deswegen interessant, weil er eine Strafakte hat. Damals nicht, aber heute."

„Weswegen?"

„Sexueller Nötigung", erwiderte Russell. Als alle nach Luft schnappten, musterte er seine Kollegen. „Starkes Stück, oder? Damit ist er sofort der Hauptverdächtige. Er wurde vor ein paar Jahren bei einem Konzert auf dem Festland verhaftet und wegen sexuellen Übergriffs auf eine Frau verwarnt. Allerdings kam die Sache nie vor Gericht. Er hat sich schuldig bekannt. Als ich die Zeugenaussagen von während der Suche nach Isla Matheson durchgegangen bin, ist mir aufgefallen, dass einige von Nicolsons Freunden ihn *Nicol den Oktopus* nannten, weil er anscheinend nicht die Finger von den Mädchen lassen konnte, wenn er etwas getrunken hatte."

„Was macht er jetzt?", erkundigte sich McAdam.

„Er arbeitet auf den Fähren, die zu den Westlichen Inseln fahren … sie schiffen von Uig aus."

„Danke, ich kenne die Westlichen Inseln, Russell. Mit ihm müssen wir definitiv reden", sagte der DI. „Der Nächste."

„Roddy Mcintyre", meldete sich Ronnie MacDonald, „Isla Mathesons bester Freund. Anscheinend waren die beiden unzertrennlich. Aus seiner Aussage konnte ich herauslesen, dass er wegen ihres Verschwindens am Boden zerstört war. Damals glaubten einige der Leute, dass sie sich an jenem Abend das Leben genommen hat, ins Wasser gegangen ist. Aber Mcintyre bestand darauf, dass sie so etwas nie getan hätte. Daran hat er unerschütterlich festgehalten."

„Wenn sie sich so nahestanden, dann müsste er derjenige sein, dem sie sich bei einem Problem als Erstes anvertraut hätte, oder?", fragte McAdam, woraufhin Ronnie MacDonald nickte.

„Ich schätze schon, aye."

„Wohin war sie seiner Meinung nach verschwunden?"

Ronnie zuckte mit den Schultern. „Dazu hat er sich nie geäußert. Oder zumindest ist nichts Derartiges vermerkt."

„Ist er noch auf der Insel?"

„Aye, er arbeitet im Familienunternehmen."

„Und das ist was?"

„Sightseeing ... Ausflüge auf die Inseln und so weiter. Er und sein Vater haben ein kleines Boot, mit dem sie die Leute um die inneren Inseln schippern."

„Bei ihm würde ich auch vorbeischauen", meinte McAdam. „Sonst noch irgendwelche relevanten Personen, mit denen wir noch einmal reden sollten?"

Alistair nickte. „Es gab eine kleine Gruppe Mädchen innerhalb des größeren Freundeskreises. Sie waren eng befreundet, doch Isla Matheson war anscheinend nicht Teil des *inneren Zirkels*. Soweit ich das verstanden habe, empfanden sie sie wegen ihres Vaters eher als eine Bürde, und einige der Mädchen sind deshalb auf Distanz geblieben."

„Weil er der Pfarrer war?"

„Aye. Und er hatte ziemlich veraltete Ansichten darüber, was seine Tochter tun durfte und was nicht. Ich nehme an, sie wollten sich Ärger ersparen."

„Wahrscheinlich ist das einer der Gründe, warum Donnie so über die Stränge geschlagen hat", meinte der DI. Donnie Matheson war eine Legende, zumindest unter den Teenagern der Insel. Er war der lokale Held gewesen, der es in eine Rockband geschafft hatte. Diese war während der Schulzeit gegründet worden, und Donnie war nach Glasgow gegangen, um berühmt zu werden. Den großen Durchbruch hatte er nie geschafft, aber immerhin waren sie in einer Fernsehdokumentation als heiße Newcomer in der Glasgower Musikszene vorgekommen. An den Namen der Band, in der Donnie Gitarre gespielt hatte, erinnerte sich Duncan McAdam nicht mehr. Trotzdem geisterte diese Legende noch unter den jungen Leuten auf Skye herum, die von Ruhm und Reichtum träumten.

„Allerdings ist Donnie Matheson wieder zurück", warf Fraser ein.

„Sagte nicht einer von Ihnen, dass er zurückkam, als seine Schwester verschwand?", hakte McAdam nach, während er sich einen langhaarigen Rockstar mit dunkler Sonnenbrille, unglaublich hochhackigen Cowboy-Stiefeln und Make-up vorstellte. Donnies Vater war in den Zeitungen zitiert worden, wie er die Erscheinung seines Sohnes als *lächerlich* bezeichnet hatte. Selbst vor dem Verschwinden des Mädchens waren die Mathesons eine Schlagzeile wert gewesen. Ein frommer, einheimischer Kirchenmann, der einen Rockstar zum Sohn hatte. Die Boulevardzeitungen, wenn es eine solche auf Skye gegeben hätte, hätten sich darauf gestürzt.

„Aye, ein paar Jahre später ist er für immer zurückgekommen", erklärte Fraser.

Duncan McAdam war nicht klar gewesen, dass die erste Rückkehr nur vorübergehend gewesen war. An die Einzelheiten des Falls erinnerte er sich nicht mehr, wahrscheinlich erging es anderen ähnlich, seit Isla Mathesons Verschwinden nur noch eine Randnotiz in der Geschichte der Insel war. Schmerzhaft für jene, die sie kannten und liebten, aber nicht mehr als ein beiläufiges Gesprächsthema bei einem Bier für alle anderen.

„Waren Sie bei den damaligen Ermittlungen dabei, Fraser?"

„Nein", erwiderte dieser kopfschüttelnd. „Aber ich bleibe gerne auf dem Laufenden."

„Als ob du jemals etwas mit Laufen am Hut hast", entgegnete Ronnie. Die anderen lachten los.

„Einen haben wir noch", sprach Robbie MacDonald weiter. „Ian Fraser. Mit ihm hat Isla Matheson früher an jenem Abend Zeit verbracht. Alle dachten, dass sie und er ein Paar werden würden, und haben ihren Ex-Freund, Alex Macrae, beobachtet, wie er darauf reagieren würde. Obwohl er angeblich einen Schlussstrich gezogen hatte, hatte er immer noch ein Auge darauf, was Isla Matheson tat."

„Und?", hakte McAdam nach.

„Ian Frasers Ex-Freundin war auch nicht begeistert und – ach, ganz vergessen, es zu erwähnen, aber sie war ebenfalls auf der Party – und hat sämtliche Gefühle gleich im Keim erstickt, indem sie vor Isla Matheson über einen leicht betrunkenen Ian Fraser hergefallen ist. Er hat den Kuss erwidert … was ihr gar nicht gefallen hat."

„Wem?"

„Isla. Wahrscheinlich war das der Grund, warum sie mit allen geflirtet hat und alle eifersüchtig machen wollte."

„Fraser ist also wieder mit seiner Ex-Freundin zusammengekommen … wie hieß sie noch gleich?"

Robbie sah in den Notizen nach. „Äh … Ashlee. Und nein, sie wollte nur verhindern, dass Isla Matheson was mit ihrem Ex-Freund anfängt. Sie selbst wollte ihn gar nicht zurück."

„Au", meinte McAdam. „Das ist gemein."

„Tja, auch ihr ist Isla Matheson unter die Haut gegangen", meinte Alistair.

„Klingt alles nach normalem Teenager-Kram", erwiderte McAdam. Als er in ausdruckslose Gesichter blickte, zuckte er mit den Schultern. „Nun, vielleicht haben Sie niemals Ihre Freunde betrogen …", er lächelte verlegen, „… was gut ist. Okay, legen wir los und sprechen wir mit diesen Leuten. Mal sehen, ob sich die Erinnerungen im Laufe der Zeit verändert haben, vor allem, weil es jetzt eine Leiche gibt. Wer weiß, eventuell bringt das jemanden aus der Fassung."

McAdam schaute Alistair MacEachran an. „Können Sie mich zum Driftwood House fahren? Ich würde gern mit dem Ex-Freund reden."

„Warum nicht mit ihm anfangen? Er ist so gut wie jeder andere", meinte Alistair zustimmend.

KAPITEL ACHT

Driftwood House lag an der Hauptstraße nach Portree. Das moderne, zweckorientierte Pflegeheim erstreckte sich über zwei Stockwerke. Während McAdam und DS MacEachran im Empfangsbereich auf Alex Macrae warteten, hörte der DI aus dem Aufenthaltsraum eine Quizsendung aus dem Fernseher plärren, die ein paar der Bewohner verfolgten.

Als DI McAdam den Flur entlangblickte, sah er einige Krankenschwestern von Zimmer zu Zimmer gehen. Wahrscheinlich sahen sie nach den Bewohnern, verteilten die Medikamente und kümmerten sich allgemein um ihre Schützlinge. McAdam und MacEachran mussten nicht lange warten, bis die Leiterin oben an der Treppe erschien und einen Mann zu ihnen führte.

„Alex, das sind Detective Inspector McAdam und Detective Sergeant … tut mir leid, wie war Ihr Name?"

„MacEachran", erwiderte der DS und winkte die Entschuldigung ab. „Den Namen vergisst man leicht."

Die Leiterin kniff die Augen zusammen und studierte MacEachrans Gesichtsausdruck, um zu sehen, ob er sie veralberte. Der DS bewahrte eine ungerührte Miene. Dieses Talent, so nahm Duncan McAdam an, setzte sein Kollege oft ein. Auf diese Weise kam er nicht in Schwierigkeiten. Zumindest nicht so schnell.

Alex Macrae musterte die beiden Männer. Auf den DI wirkte er nervös, allerdings konnte das schlichtweg seine Art sein.

„Guten Tag", sagte Alex Macrae und schaute zwischen den Detectives hin und her.

McAdam lächelte. „Können wir uns irgendwo ungestört unterhalten?"

„Ja, natürlich", erwiderte Macrae und schaute sich um. „Das Spielezimmer müsste frei sein."

Er signalisierte den Detectives, ihm zu folgen. Zusammen gingen sie durch den Eingangsbereich auf die andere Seite des Gebäudes bis zu einem Anbau mit Glasdach und Blick auf einen gepflegten Garten. Das Spielezimmer, wie Macrae es genannt hatte, beinhaltete kaum mehr als ein paar Tische und Stühle. McAdam entdeckte einen Stapel Puzzles, Brettspiele und eine Bridge-Partie mit grüner Filzunterlage und bereitliegenden Karten auf einem der Tische.

Macrae beobachtete MacEachran, der sich ebenfalls umschaute. „Stimmt etwas nicht?"

„Nicht stimmen? Nein, ganz und gar nicht", entgegnete der DS und zog die Augenbrauen hoch. „Ich dachte nur, dass es mehr Unterhaltungsmöglichkeiten gäbe."

„Die meisten unserer Bewohner sind hier, weil sie sich nicht mehr um sich selbst kümmern können. Pole Dance und Lambada wären etwas viel verlangt", entgegnete Macrae. „Wir bieten Sterbebegleitung für behinderte und gebrechliche Menschen."

„Schon gut, Mutter Teresa", wehrte MacEachran ab. „Aber Scharade könnte ja drin sein."

Alex Macrae, dessen Nervenkostüm immer dünner wurde, wandte sich McAdam zu. „Was kann ich für Sie tun, meine Herren?"

„Ich nehme an, Sie haben davon gehört, dass in der Nähe von Trumpan menschliche Überreste gefunden wurden?"

„Aye, natürlich." Er lachte nervös. „Die ganze Insel redet davon. Es ist das Interessanteste, was hier passiert ist, seit Bonnie Prince Charlie an der Küste gelandet ist."

„Noch wurde es nicht offiziell bestätigt, aber es ist die Leiche von Isla Matheson", sagte McAdam und ließ Macrae dabei nicht aus den Augen. Dessen Gesicht wurde kreidebleich. Mit aufgerissenem Mund starrte er den DI an. Das rechte Auge zuckte unvermittelt. Da McAdam nichts sagte, standen die drei Männer schweigend da. Schließlich blickte Macrae zur Seite und stützte sich an einem Tisch neben sich ab.

„Isla … Sind sie … ich meine, ist sie es wirklich?"

Der DI nickte. „Ja, der DNA-Test ist eindeutig."

„Mein Gott", sagte Macrae und presste sich die Hand, mit der er sich nicht an den Tisch klammerte, auf den Mund. Er setzte sich auf die Tischkante. Seine Hand zitterte. „Ich dachte immer …", er blickte McAdam mit vor Tränen glänzenden Augen an, „… ich hatte immer gehofft, dass sie vielleicht nur weggelaufen ist und eines Tages wieder zurückkommt und uns mit ihrem typisch frechen Lächeln anstrahlt … als wäre alles nur ein gewaltiger Witz gewesen, wissen Sie?" Er schüttelte den Kopf. „Ich hätte nie gedacht, dass … dass ihr etwas zugestoßen ist."

„Dass ihr was zugestoßen ist?", hakte MacEachran nach. Schulterzuckend sah der Mann ihn an.

„Was ich damit meine?", fragte Macrae nach. „Dass sie tot ist und so. Das hätte ich nicht gedacht."

„Haben Sie eine Ahnung, wer sie getötet haben könnte?",

erkundigte sich der DS, was McAdam verärgerte. Noch wussten sie nicht, ob sie ermordet worden war. Allerdings, und das war ihm bewusst, wollte sein Kollege den Mann nur aus der Fassung bringen. Und es funktionierte.

„He … hören Sie mal", meinte Macrae und schaute die beiden an, während seine Wangen sich vor aufsteigender Wut röteten. „Ich hatte damit nichts zu tun!"

„Womit?"

„Mit … mit … ihrer Ermordung!", rief Macrae. Als eine seiner Kolleginnen an der offenen Tür vorbeikam, warf sie schnell einen Blick hinein und eilte weiter, als die drei sie bemerkten. „Na toll, danke auch", meinte Macrae, während er ihr nachschaute. „Jetzt werden alle glauben, dass ich ein Verbrecher oder so bin."

„Sind Sie einer?", erkundigte sich MacEachran.

Genervt und mit eiskaltem Blick sah der Mann ihn an.

„Niemand behauptet, dass Sie etwas verbrochen haben, Mr. Macrae", beschwichtigte der DI ihn, erntete dafür aber nur ein höhnisches Schnauben.

„Warum sind Sie dann hier? Bestimmt nicht, weil ich Islas Freund war. Ich habe *damals* schon gesagt, dass wir uns getrennt hatten."

„Und wie war diese Trennung für Sie?", fragte McAdam.

„Völlig in Ordnung", erwiderte Macrae. Als der DI fragend die Augenbrauen hochzog, schüttelte der Mann den Kopf. „Na schön, es war eine Trennung. So etwas ist nie angenehm, oder? Aber … es war Zeit, einen Schlussstrich zu ziehen. Für mich war die Sache erledigt … und für Isla an jenem Abend anscheinend auch."

„Inwiefern?"

Alex Macrae blickte zur Seite und kniff sich mit Daumen und Zeigefinger in die Nasenwurzel.

„Sie hatte Spaß. Viele waren verknallt in sie. Wer wäre es nicht gewesen? Isla war toll.“

„Also hat Isla Matheson Ihnen den Laufpass gegeben?“, hakte der DS nach und verkniff sich dabei ein Grinsen. Duncan McAdam fragte sich, ob er den Mann weiter provozieren wollte oder ob er sich einfach amüsierte.

Wütend starrte Macrae den DS an. „Wie alt sind Sie? Fünf?“

MacEachran zuckte mit den Schultern. „Ein kleines bisschen älter.“

„Die Trennung war einvernehmlich, ist aber von mir ausgegangen.“

„War Isla Matheson auch der Meinung, dass es eine einvernehmliche Trennung war?“

„Was soll das?“, fragte Macrae und funkelte den DI zornig an. „Glauben Sie etwa, dass sie so wütend war, weil ich sie sitzengelassen habe, dass sie sich umgebracht hat, um mir eines auszuwischen? Das ist doch lächerlich.“

„Aye, das wäre es wirklich“, erwiderte MacEachran. „Vor allem, weil sie sich danach selbst hätte begraben müssen. Talentiertes Mädchen.“

Ihn ansehend schüttelte der Mann den Kopf.

„Wir möchten nur wissen, wie es zwischen Ihnen und Isla Matheson auf der Party an jenem Abend stand“, sagte McAdam. „Mehr nicht.“

Alex Macrae zuckte mit den Schultern. „Ich habe nicht einmal mit ihr geredet … während der gesamten Party nicht. Und jeder, der etwas anderes behauptet, ist ein Lügner.“

„Denken Sie, dass das jemand tun wird?“, hakte MacEachran nach.

„Die Leute reden viel, wenn der Tag lang ist, oder? Vor allem, wenn die Polizei anklopft. Ich möchte eines noch einmal ganz deutlich sagen", führte Macrae aus. „Zwischen Isla und mir war alles in Ordnung. Die Beziehung war schon eine ganze Weile vorbei, nur dass keiner von uns es zugeben wollte. Ich weiß nicht, was ihr an jenem Abend zugestoßen ist, ich kann nur sagen, dass ich nichts damit zu tun hatte."

„Das war sehr deutlich, Mr. Macrae", erwiderte McAdam.

Ein Mann steckte den Kopf zur Tür herein, sah sich um und winkte Alex Macrae zu.

„Joan braucht dich", meinte er und sah die drei Männer an. „Tut mir leid, wenn ich störe, aber sie lässt sich von niemandem sonst aus dem Bett heben, wissen Sie?"

Macrae nickte. „In Ordnung, ich bin in einer Minute da."

Als der Mann zufrieden wegging, blickte Alex Macrae entschuldigend zu DI McAdam und hielt die Hände hoch. „Es tut mir wirklich leid, wenn ich ein kleines bisschen wütend geklungen habe, Detective Inspector, aber … Islas Verschwinden und so weiter hat mich seit Jahren belastet."

„Belastet? Inwiefern?"

„Sie ist nie zurückgekommen, und wir leben auf einer kleinen Insel voller kleingeistiger Menschen." Letzteres ging eindeutig in Richtung von Alistair MacEachran. Trotz der offensichtlichen Provokation blieb dieser gelassen. „Die Leute zeigen mit dem Finger auf einen … flüsternd. Tratsch und Klatsch hören nie auf." Er schüttelte den Kopf. „Hören Sie, wenn ich irgendwie dabei helfen kann, den Schuldigen zu finden, dann tue ich das auch. Das meine ich ernst. Aber ich habe damit abgeschlossen. Irgendwann reicht es."

Einige Sekunden lang musterte McAdam den Mann. Er wirkte ehrlich, doch der DI hatte sich auch schon getäuscht.

„Darf ich gehen?", erkundigte sich Alex Macrae. Duncan McAdam nickte. Macrae bedankte sich und warf MacEachran im Vorbeigehen einen bösen Blick zu. Damit verließ er das Spielezimmer.

„Sie machen sich Freunde, Alistair."

„Immer und überall!", erwiderte dieser grinsend.

„Duncan!"

Als Duncan seinen Namen hörte, drehte er sich um. In der Tür stand eine blonde Frau mit überraschter Miene.

„Ros", brachte Duncan gleichermaßen perplex hervor. Mit der Spur eines Lächelns auf den Lippen trat sie in das Zimmer. Duncan schaute zu Alistair. „Meine Schwester Roslyn."

„Wusste ich es doch, dass du es bist!", sagte sie und kam mit einem freundlicheren Lächeln zu ihm. Für Alistair MacEachran hatte sie nur einen kurzen Blick übrig. Als Roslyn vor ihrem Bruder stehenblieb, schwand das Lächeln. Sie kniff die Augen zusammen. „Warum hast du nicht angerufen und mir gesagt, dass du kommst?"

„Ich … ich …", Duncan schüttelte den Kopf, „… wusste bis gestern nicht, dass ich komme. Sonst hätte ich mich gemeldet."

„Mum wird sich so freuen, dich zu sehen", meinte Roslyn. Wieder blickte sie zu dem Mann neben Duncan und fragte sich offensichtlich, wer er war. „Duncan", sagte sie kopfschüttelnd und nahm seine Hand. „Ich kann es nicht fassen, dass du da bist."

Er lachte nervös. „Ich auch nicht, Ros, ganz ehrlich."

Hinter ihnen betrat die Leiterin das Zimmer und sah MacEachran an.

„Haben Sie alles, was Sie brauchten?", erkundigte sie sich.

„Aye, danke sehr", erwiderte der DS. Lächelnd ging sie wieder weg.

Verächtlich blickte Roslyn ihren Bruder an und zog ruckartig ihre Hand zurück.

„Und ich dachte, dass du deine alte Mutter besuchen kommst … du bist wegen der Arbeit hier, oder?"

Duncan seufzte. „Ich arbeite … an einem Fall", erwiderte er zerknirscht, „aber das heißt nicht, dass ich –"

„Ach, ich verstehe schon", unterbrach Ros ihn und verschränkte wütend die Arme vor der Brust. „Hast du dich überhaupt nach ihr erkundigt?"

Duncan beschloss, die Wahrheit zu sagen. „Ist sie hier? Ich dachte, sie wäre in dem Heim am anderen Ende der Stadt."

„Aye, war sie. Vor einem Jahr habe ich sie hierhergebracht."

„Tatsächlich?"

„Und ich habe versucht, mit dir darüber zu reden, aber du hast ja nie Zeit, wenn ich anrufe, oder? Irgendwann hast du mir eine Textnachricht geschickt."

„Ich …"

„Erinnere mich nicht", beendete sie seinen Satz. „Das wolltest du doch sagen, oder?"

Er nickte. „Nein, tut mir leid."

„Egal, Duncan." Sie seufzte übertrieben auf, drehte sich um und stolzierte zur Tür. „Vielleicht sieht man sich ja in zehn Jahren oder so wieder", sagte sie über die Schulter gewandt.

Sie war weg, bevor Duncan etwas erwidern konnte. Mit dem Blick nach oben gerichtet atmete er durch und fluchte leise. Dass Alistair ihn grinsend beobachtete, störte ihn. Duncan verdrehte die Augen. „Was?"

„Das muss weh getan haben", meinte Alistair mit einem Nicken Richtung Tür, durch die Roslyn verschwunden war. „Ihre Worte waren ein harter Schlag ins Gesicht."

„Kein Grund, deshalb so zu grinsen."

„So viel Spaß hatte ich den ganzen Tag nicht."

„Ich wollte ja anrufen …"

„Ach, tatsächlich, aye?"

„Wollte ich wirklich", entgegnete Duncan. „Ich schwöre."

„Aye, aber mich müssen Sie nicht überzeugen, oder? Ist Ihre Schwester immer so stürmisch?"

Kurz zog Duncan die Augenbrauen hoch und neigte bejahend den Kopf zur Seite. Alistairs Grinsen wurde noch breiter.

„Ein formidables Mädchen."

„Ja, das ist sie", sagte Duncan leise.

KAPITEL NEUN

DUNCAN GING den Flur durch den ersten Stock entlang und hielt Ausschau nach den Zimmernummern. Eine Tür stand offen. Im Vorbeigehen sah er hinein. Einige Mitarbeiter bemühten sich, eine Frau ins Bett oder aus dem Bett heraus zu bekommen. Was davon, war für ihn nicht ersichtlich. Sie leistete Widerstand – körperlich und verbal.

„Runter von mir, du Lümmel!", schrie sie einen Mitarbeiter an. Zögernd ging Duncan weiter, behielt die Vorgänge aber im Auge. Erleichtert stellte er fest, dass die Leute ruhig blieben, gelassen und gleichzeitig nachdrücklich mit der Frau sprachen und es schafften, sie aus dem Bett zu bekommen. Menschen, die in diesem Beruf arbeiteten, mussten eine bestimmte Einstellung, Mitgefühl und Einfühlungsvermögen besitzen. Ansonsten, und da war sich Duncan sicher, wäre jeder Tag unendlich mühsam ... für die Mitarbeiter und die Bewohner.

Schließlich erreichte er das Zimmer seiner Mutter. Die Leiterin war überrascht gewesen, als er sich noch einmal bei ihr vorgestellt hatte. Offenbar hatte sie nicht gewusst, dass ihre Schutzbefohlene überhaupt einen Sohn hatte. Diese

Tatsache hatte sein schlechtes Gewissen noch schlimmer gemacht. Duncan öffnete die Tür und spähte hinein.

Roslyn saß auf einem Stuhl beim Fenster gegenüber ihrer Mutter. Beide blickten hinaus zum Garten. Das Aussehen seiner Mutter überraschte Duncan. Mit ihren knapp einen Meter sechzig war sie schon immer zart gewesen, allerdings auch drahtig und stark, genau wie ihr Charakter. Jetzt wirkte sie gebrechlich. Die fedrigen Haare waren so dünn, dass er die Leberflecke auf der Kopfhaut und in ihrem Gesicht sehen konnte, und die blasse Haut spannte sich über die Knochen.

Wann hatte er sie zum letzten Mal besucht? So lange her konnte es doch noch nicht sein, oder? Duncan erinnerte sich nicht mehr, und eine Welle der Traurigkeit drohte ihn zu überwältigen. Als Roslyn hochsah und ihn an der Schwelle entdeckte, legte sie eine Hand sanft auf den Unterarm ihrer Mutter.

„Mum, Duncan kommt dich besuchen", sagte sie und lächelte freundlich. Langsam wandte sich ihre Mutter vom Anblick des Gartens ab und schaute ihre Tochter an. Diese zeigte auf Duncan. Als seine Mutter ihn ansah, zwang er sich zu einem Lächeln und trat in das Zimmer.

„Hallo, Mum", sagte er so fröhlich, wie er konnte. „Wie geht es dir?"

Er ging zum Bett, ging vor seiner Mutter in die Knie und griff nach ihrer rechten Hand. Sie betrachtete ihn misstrauisch, wie er fand. Weder erwiderte sie das Lächeln noch sagte sie etwas. Allerdings ließ sie ihn nicht aus den Augen. Anscheinend musterte sie ihn.

„Mum", sagte Roslyn, „es ist Duncan."

Seufzend runzelte ihre Mutter die Stirn und zog ihre Hand zurück. Duncan sah zu, wie ihre Hand sich aus seiner löste, und versuchte, das Lächeln zu bewahren, auch wenn er einen

Stich der Zurückweisung verspürte. Vielleicht verdiente er das.

„Hallo, Mum", wiederholte er.

„Wie spät ist es?", erkundigte sie sich vorwurfsvoll.

Verwirrt blickte Duncan erst Roslyn an und dann auf die Uhr an der Wand gegenüber dem Bett.

„Es ist viertel nach fünf, Mum", antwortete er.

„Ich weiß, wie spät es ist, Duncan!", schalt sie ihn. „Du hättest die Kleinen um vier vom Schulbus abholen sollen."

Verunsichert und hilfesuchend schaute Duncan zu Roslyn, die ihn nur ungerührt anstarrte. Er räusperte sich, um etwas Zeit zu gewinnen. In den letzten zehn Jahren hatte sich die Demenz unaufhaltsam verschlimmert, das hatte er gewusst. Allerdings empfand er ihren aktuellen Zustand als einen unsanften Weckruf. Vorsichtig legte er seine Hand auf ihre.

„Es tut mir leid, Mum", sagte er. „Ich werde nicht mehr zu spät kommen."

Als sie ihn argwöhnisch betrachtete, lächelte er. Kurz veränderte sich ihre Miene und sie lächelte sogar ein klein wenig. Mit einem fröhlichen Lächeln drückte er ihre Hand.

„Hallo, Mum. Ich wollte dich kurz besuchen. Ich bin wieder auf der Insel."

„Weswegen warst du fort?", erkundigte sie sich.

Duncan neigte den Kopf zur Seite. „Wegen der Arbeit, Mum."

„Aber du bist rechtzeitig wieder da, um den kleinen Duncan von der Bushaltestelle abzuholen, oder?" meinte sie ängstlich. „Du weißt ja, wie unruhig er wird, wenn er allein gelassen wird."

Eine Erinnerung kam hoch. Das Gefühl, dass er gehabt hatte, als er von der Stadt zurückgekommen war und keiner seiner Eltern ihn abgeholt hatte. Manchmal war Roslyn nach der Schule länger geblieben, um zu lernen, und er war allein mit dem Bus zurück nach Hause gefahren. Damals, als er in der Grundschule gewesen war, hatten die Schulen eigene Busse gehabt, um die Kinder von den abgelegenen Kleinbauernhöfen abzuholen. Später, im Gymnasium, blieben viele Kinder in den Internaten in Portree und kamen nur am Wochenende nach Hause. Das hatte sich erst geändert, als die Zentralregierung in bessere Straßen und ein öffentliches Verkehrsnetz investiert hatte. Danach blieben nur noch halb so viele Kinder im Internat. Duncan nahm an, dass es heute noch viel weniger waren.

Sein Vater hatte die meiste Zeit gearbeitet und war so beschäftigt gewesen, dass er vergessen hatte, den kleinen Duncan abzuholen. Er hatte auch Duncan geheißen. *Der große Duncan* und *der kleine Duncan*, so hatte man sie genannt. Und der kleine Duncan hatte oft an der Bushaltestelle warten müssen. Gelegentlich hatte einer der vorbeifahrenden Nachbarn ihn mitgenommen. Oft war niemand zu Hause gewesen, da sich auch seine Mutter um die Tiere gekümmert oder eine Arbeit gehabt hatte, um ein paar Pfund dazuzuverdienen und alle durchzubringen.

Anscheinend verwechselte ihn seine Mutter mit ihrem Mann, seinem Vater. Als sie Duncan anlächelte, wirkte sie um Jahre jünger. Er liebte ihr Lächeln. Wenn es aus ganzem Herzen kam, schien sie Schönheit auszustrahlen. Auf den alten Familienfotos, die sie zu seltenen Gelegenheiten gemacht und bei denen sie die beste Sonntagskleidung getragen hatten, sah seine Mutter fantastisch aus. Mit ihrer majestätischen Haltung, den hohen Wangenknochen und Augen eines Hollywood-Sternchens war sie eine der schönsten Frauen der Insel gewesen. Auf sämtlichen Inseln, wie Duncan als Kind gedacht hatte.

Leider konnte er sich nur an sehr wenige dieser Tage erinnern. Meistens sah er sie mit einer sauren Miene, beschäftigt und einer negativen Einstellung, die sich durch das ganze Haus zog und alles in der Nähe ansteckte, vor seinem inneren Auge.

Seine Mutter legte Duncan die Hand auf die Wange und blickte ihn liebevoll an. Die Emotionen überwältigten ihn so sehr, dass er die Tränen wegblinzeln musste.

„Weine nicht, Duncan", sagte sie. „Alles wird gut, mein Schatz. Du wirst ihn doch abholen, nicht wahr?"

Nickend drückte er die Wange gegen ihre Hand. „Ich werde es nicht vergessen, Mum. Versprochen." Lächelnd zog sie die Hand zurück und betrachtete wieder den Garten vor dem Fenster. „Ich werde ihn rechtzeitig abholen, keine Sorge", flüsterte Duncan. Als er zu seiner Schwester hochsah, bemerkte er, dass auch sie sich die Tränen aus den Augen wischte. Überwältigt stand er auf und trat aus dem Zimmer. Seine Mutter bemerkte es nicht.

Roslyn folgte ihm in den leeren Flur. Duncan lehnte sich an die Wand und trocknete schnell die Augen aus Angst, jemand könnte vorbeikommen und ihn weinen sehen. Aufmunternd legte Ros ihm eine Hand auf den Arm. Er schaute sie an, bevor er schnell zur Seite blickte und den Flur entlang starrte.

„Wie lange schon?"

Roslyn schüttelte den Kopf. „Sie ist oft in diesem Zustand. Manchmal hat sie wachere Momente, aber keiner kann sagen, wann … oder wie lange."

Duncan atmete tief durch. „Meine Güte. Du hättest mich vorwarnen können."

Statt einer höhnischen Antwort lachte sie schnaubend. „Als ob ich es nicht versucht hätte, Duncan. Du bist schwer zu erreichen, weißt du?"

Da er das nicht abstreiten konnte, beschloss er, es gar nicht erst zu versuchen. Als er etwas sagen wollte, blieben ihm die Worte im Hals stecken.

„Sie ... sie hat mich für Dad gehalten."

Lächelnd nickte Roslyn. „Sie redet oft von ihm. Es heißt, die Erinnerungen, die am längsten zurückliegen, sind die, die zuletzt verschwinden. Wenn man sich erst daran gewöhnt hat, ist es eigentlich schön. Und du siehst wirklich aus wie er."

„Redet sie ... nur über die guten Zeiten?"

Roslyn schürzte die Lippen. Duncan nahm an, dass sie bewusst nicht antwortete, und wollte nicht weiter nachbohren.

„Ros, es tut mir leid, dass ich dich nicht angerufen habe. Meine Versetzung auf die Insel kam überraschend. Ich habe erst gestern davon erfahren ... und seit ich hier bin, hatte ich noch keine Zeit zum Verschnaufen."

Sie nahm seine Entschuldigung an. Der Zorn, mit dem sie ihn vorhin bedacht hatte, schien abgeebbt zu sein.

„Also, wie läuft es bei dir?", erkundigte sie sich.

Wo sollte er nur anfangen? Er hatte die Arbeit bewusst aus seinem Familienleben herausgehalten, um Fragen, Meinungen und vielleicht sogar Einmischungen zu vermeiden. Duncan zuckte mit den Schultern. „Ging schon mal besser."

„Bist du noch mit diesem Mädchen zusammen ... wie hieß sie noch gleich? Linda?"

„Linda?", wiederholte Duncan. Nach einem kurzen Glucksen schüttelte er den Kopf. „Schon eine ganze Weile nicht mehr."

„Du springst immer noch von einer zur anderen, Duncan?"

Sein Lachen klang bittersüß. „Ach ... du weißt ja, wie es ist."

„Aye, was meinen kleinen Bruder betrifft, dann ja."

Duncan wollte das Thema wechseln. „Und du? Wie läuft es bei dir und Ronnie?"

„Aye, ganz gut", erwiderte sie. Ronnie Macdougall und Roslyn waren seit dem Gymnasium zusammen und hatten bald nach dem Abschluss geheiratet. Inzwischen lebten sie auf dem Hof von Ronnies Eltern. Diese waren bereits recht alt gewesen, als sie ihr einziges Kind bekamen. Als der Vater krank geworden war, war Ronnie erst fünfzehn gewesen. Sobald er dazu fähig gewesen war, hatte er den Hof übernehmen müssen. „Und Mel geht es auch gut, danke der Nachfrage."

Duncan lächelte betreten. Früher oder später hätte er sich nach seiner Nichte erkundigt.

„Wie alt ist sie jetzt? Zehn?"

Kopfschüttelnd lachte Roslyn ihn aus. „Fast vierzehn, Duncan. Mal ehrlich, was ist los mit dir?"

Vor Verlegenheit lief er rot an. „Tut mir leid. Ich habe das Zeitgefühl verloren."

„Wenn du nicht mehr mit Linda zusammen bist, hast du dann eine neue Freundin?"

Er seufzte. „Bitte, Ros, reden wir über etwas anderes."

Wieder lachte sie. „So schlimm? Na gut. Wie wäre es mit heute Abend? Du könntest mit uns zu Abend essen."

Duncan schaute auf die Uhr. „Ich weiß nicht so recht, kann sein, dass ich arbeiten muss –"

„Ach komm schon, Duncan. Kurz bei uns vorbeikommen und was essen ist doch nicht so schlimm, oder? Das ist nicht zu viel verlangt. Ich werde dir auch nicht die schmutzigen Einzelheiten deines Liebeslebens aus der Nase ziehen. Eigentlich möchte ich die sowieso nicht wissen."

Er schüttelte den Kopf. „Nein, das ist natürlich nicht zu viel verlangt." Er kratzte sich am Kopf. Da ihm keine gute Ausrede einfiel, verzichtete er auf eine schlechte. „Na gut, das wäre nett. Danke."

Ehrlich erfreut und vielleicht ein bisschen schockiert lächelte Roslyn. „Prima. Ronnie freut sich bestimmt auch, dich zu sehen."

„Echt?"

Ronnie und Duncan hatte nie eine enge Freundschaft verbunden. Duncans Wunsch, die Insel zu verlassen und nach Glasgow zu gehen, war etwas gewesen, was Ronnie nie verstanden hatte. Er wäre nie auf die Idee gekommen, Skye zu verlassen, geschweige denn, das Leben als Kleinbauer aufzugeben. Das alles gehörte zu seiner Familie und das ließ man nicht zurück. Bevor Duncan weggezogen war, um die Universität zu besuchen, hatte Ronnie ihn konfrontiert. Das Gespräch war schnell zu einem Schimpfduell ausgeartet. Seitdem hatten sie kaum miteinander gesprochen.

„Ach, das ist doch alles längst vergeben und vergessen", meinte Roslyn und winkte seine Sorgen ab. „Damals wart ihr noch Kinder."

Duncan teilte den Optimismus seiner Schwester nicht, aber wenn sie der Meinung war, dass er zum Essen kommen sollte, dann würde es schon passen.

„Wann?"

„So um halb acht?"

Nickend schaute Duncan wieder auf die Uhr. „Hör mal, ich muss wirklich los. Eigentlich bin ich noch im Dienst." Er blickte an Roslyn vorbei in das Zimmer. Ihre Mutter starrte noch immer aus dem Fenster. „Würdest du dich für mich von Mum verabschieden? Ich schaue morgen wieder bei ihr vorbei."

Nickend verschränkte sie die Arme vor der Brust. „In Ordnung."

„Soll ich etwas mitbringen für heute Abend?"

„Nein", erwiderte sie, drehte sich um und ging zurück in das Zimmer ihrer Mutter. „Aber es wäre toll, wenn du wirklich auftauchst."

Er lächelte. „Ich komme. Versprochen."

Mit einem letzten Lächeln verschwand sie im Zimmer. Ihr

Gang wirkte dabei lebhafter. Während Duncan überlegte, ob er sich doch von seiner Mutter verabschieden sollte, holte er tief Luft. Die Vorstellung, den leeren Gesichtsausdruck noch einmal zu sehen, zu spüren, dass sie ihn für einen völlig Fremden oder – noch schlimmer – für seinen Vater hielt, machte ihn traurig. Würde sie sich jemals wieder an ihren Sohn erinnern? Dieser sonderbare Gedanke war ihm nicht fremd. Nach der ersten Diagnose hatte er sich manchmal in seinen Kopf geschlichen. Doch jetzt hatte es eine neue Dringlichkeit angenommen, und ihm wurde bewusst, dass er nicht bereit dafür war. Ganz und gar nicht bereit.

Duncan ging nach unten und hinaus. Es regnete nicht mehr, aber es stürmte. Während er über den Parkplatz zu Alistair lief, der in seinem Pick-up wartete, zog er die Jacke enger um sich.

„Hat sie Ihnen verziehen?", fragte Alistair, als Duncan einstieg.

„Aye … so ähnlich … es ist kompliziert."

„Das sind Familienangelegenheiten immer." Alistair startete den Motor. „Russell hat mich angerufen. Er sagte, dass Isla Mathesons Familie und Freunde sich heute Abend am Coral Beach treffen und eine Mahnwache abhalten."

„Himmel noch mal!", fluchte Duncan. „Ich dachte, wir halten ihren Namen so lange wie möglich unter Verschluss. Wenn die Medien Wind davon bekommen, werden sie ausrasten."

Alistair zuckte mit den Schultern. „Die Familie möchte, dass die Gemeinde in der Erinnerung an Isla miteinbezogen wird. Das können Sie ihnen nicht zum Vorwurf machen."

Duncan biss sich auf die Zunge. Er kannte Alistair nicht gut genug, um offen seine Meinung zu sagen, vor allem dann nicht, wenn diese mit Schimpfwörtern gespickt war. Allerdings schien Alistair seine Gedanken zu lesen.

„Sie sind doch auch von der Insel."

„Und das heißt was?"

„Das heißt, Sie wissen genau, dass man auf dieser Insel kein Geheimnis lange wahren kann."

Duncan schnaubte. „Außer, es geht um ein Mädchen, das im Torfsumpf begraben wurde, aye."

Alistair setzte eine düstere Miene auf. „Zum Revier?"

Als Duncan nickte, fuhr er los.

KAPITEL ZEHN

Der nächste Parkplatz zum Coral Beach befand sich in der kleinen Crofting-Gemeinde Claigan, die fünf Kilometer nördlich von Dunvegan gelegen war. Als Duncan und Alistair dort ankamen, standen bereits über ein Dutzend Autos da. Nachdem der Regen aufgehört hatte, spannte sich über ihnen ein beinahe wolkenloser Himmel, der gegen Westen hin in Richtung der Halbinsel Duirinish einen atemberaubenden Hintergrund für Loch Dunvegan bot. Duncan entdeckte zwei helle Lichter am nächtlichen Sternenhimmel – Planeten, die mit bloßem Auge erkennbar waren.

Als Duncan auf sein Telefon blickte, fluchte er. Da er keinen Empfang hatte, hielt er es hoch, um wenigstens ein oder zwei Balken auf die Anzeige zu bekommen.

„Gibt es ein Problem?", erkundigte sich Alistair. „Letzte Woche hat der Sturm hier einen Sender umgerissen. Die Leute von der Spurensicherung hatten enorme Schwierigkeiten während der Arbeit in Trumpan. Eigentlich dachte ich, dass der Sender inzwischen wieder repariert wurde."

„Nein, kein Problem", erwiderte Duncan, während er hastig eine Nachricht an Roslyn tippte, um sich zu entschuldigen. Er würde es nicht zum Abendessen schaffen. Stattdessen bot er an, in den nächsten paar Tagen vorbeizukommen. Er hätte lieber mit ihr geredet, damit sie nicht dachte, dass er sich nur eine lahme Entschuldigung hatte einfallen lassen. Nachdem er auf Senden gedrückt hatte, steckte er das Telefon ein, zog den Reißverschluss der Jacke zu und vergrub die Hände in den Taschen. Zusammen mit Alistair stapfte er den Weg zum Strand entlang.

Der Pfad verlief über die fruchtbaren Weiden der Kleinbauern, bevor er die Küste erreichte. Von dort aus gingen sie am Wasser entlang in Richtung Ghrobain, den felsigen Hügel am Strand, der sich an der Spitze der Landzunge erhob. Dieser Teil des Strands, über den sie bis zu ihrem Ziel laufen mussten, war von verkalkten Algen, auch Maerl genannt, übersäht. Sie sahen aus wie fein zermahlene Korallen, was den Namen des Strandes erklärte. Allerdings war dieser Abschnitt von stinkendem Seegras überzogen, das die Flut auf mehreren Hundert Metern angespült hatte.

Ein unwissender Tourist könnte leicht annehmen, dass die Reiseführer gelogen hatten. Zumindest, bis man um die letzte Biegung gegangen war und das unberührte Weiß des Maerls vor sich gesehen hatte. Bei Ebbe konnte man bis zu Lampay, der kleinen Insel kurz vor der Küste zwischen den beiden Landmassen, wandern.

In der Ferne erspähte Duncan eine Gruppe Menschen, die mit gesenkten Köpfen beisammenstanden, während das Wasser sanft an den Strand schwappte. Um die Mahnwache nicht zu stören, näherten sich DI McAdam und DS MacEachran behutsam. Vor der Gruppe hatte sich ein Pastor aufgebaut und trug einen Vers aus der Bibel vor. Obwohl Duncan nicht religiös war, hatte er als Kind die Sonntagsschule besucht. Sein Vater hatte darauf bestanden. Der DI fragte sich, aus welchem Vers die Worte stammten.

„... Darum spricht der HERR also: Darum dass euer gedacht wird um eure Missetat und euer Ungehorsam offenbart ist, dass man eure Sünde siehet in all eurem Tun, ja darum dass euer gedacht wird, werdet ihr mit Gewalt gefangen werden ..."

Einige bemerkten die Ankunft der beiden Polizisten und warfen ihnen neugierige Blicke zu. Da der Pfarrer weiter predigte, hielten sich McAdam und MacEachran von der Gruppe fern und beobachteten sie nur. Alistair beugte sich zu ihm.

„Donnie hat sich ganz schön verändert, nicht wahr?"

Stirnrunzelnd suchte Duncan die Menschen nach Donnie Matheson ab, erkannte ihn aber nicht. Fragend schaute er zu seinem Kollegen.

„Er steht ganz vorne", erwiderte Alistair. „Er predigt."

Überrascht sah Duncan genauer hin. Donnie Matheson führte die Mahnwache samt Priesterkragen an. „Er ist ..."

„Pastor, aye."

Duncan atmete langsam aus. „Das hätte ich niemals erwartet."

Alistair erlaubte sich ein kleines Lächeln, das in der Dunkelheit unbemerkt blieb. Duncan sinnierte über die radikale Wandlung des Jungen von damals nach. Er hatte ihn nicht persönlich gekannt, aber sein Ruf war ihm vorausgeeilt. Als die Predigt mit einem Gebet endete, schlossen er und Alistair die Augen und senkten respektvoll den Kopf für die Schweigeminute.

Donnie Matheson sagte Amen, was von allen wiederholt wurde, auch von Alistair. Nur Duncan schwieg. Nachdem sich das Grüppchen aufgelöst hatte, drehten sich ein paar zueinander, umarmten oder unterhielten sich, vermutlich über die Predigt, und gedachten Isla Matheson auf ihre Weise. Donnie Matheson klappte die Bibel zu und kam zu den beiden Polizisten, um sie zu begrüßen. Er streckte Alistair MacEachran die Hand hin.

„Alistair, danke, dass Sie gekommen sind", sagte er freundlich, auch wenn es ihn offensichtlich quälte, hier zu sein. McAdam musterte ihn. Mathesons Gesicht wirkte gezeichnet und war von tiefen Falten, vor allem um die müden Augen, durchzogen.

Als Duncan McAdam und seine Mitschüler Teenager waren, war Donnie Matheson eine Art Legende gewesen, obwohl sie ihn nur ein oder zwei Mal gesehen hatten, als er zu Besuch auf die Insel gekommen war. Damals hatte er schulterlange Haare mit blonden Strähnen gehabt, wie es bei den Rockstars wie Bon Jovi üblich gewesen war.

Nun war Donnie Matheson ein relativ naturgetreues Abbild seines Vaters. Auch diesen Mann hatte McAdam noch gut vor Augen: großgewachsen, ernst und mit Glatze. Das Haar auf Donnies Kopf wurde schon schütter, ein paar fedrige Strähnchen flatterten im Wind. An den Seiten waren sie grau meliert. Sie hatten nichts mehr mit der Löwenmähne von früher gemein. Hätte Alistair ihm nicht gesagt, wer er war, hätte er in dem Mann von heute nicht mehr den Jungen von damals erkannt, dessen war sich McAdam sicher.

„Erinnern Sie sich an den kleinen Duncan?", erkundigte sich MacEachran, als er ihn vorstellte. Stirnrunzelnd betrachtete Matheson ihn und versuchte, sich an ihn zu erinnern. Schließlich schüttelte er den Kopf.

„Tut mir leid, ich komme nicht drauf", meinte er. Der DI lächelte verständnisvoll und winkte ab. Er war nicht beleidigt.

„DI Duncan McAdam", stellte er sich vor und schüttelte Mathesons Hand.

„Ach ... zufällig ein Verwandter von Roslyn?"

„Aye, richtig. Ich bin ihr Bruder."

„Tut mir leid … ich wusste nicht, dass sie einen Bruder auf der Insel hat, und schon gar nicht, dass er bei der Polizei ist."

„Ich lebe in Glasgow", erwiderte McAdam etwas überrascht, dass seine Existenz so lange Jahre unbemerkt geblieben war.

Donnie Matheson nickte verständnisvoll. „Was führt Sie nach Hause?"

Der DI neigte den Kopf zur Seite. „Ich helfe bei dem Fall um Isla mit."

„Verstehe. Gut, dass einer von uns daran arbeitet", meinte er und sah sich um. Niemand befand sich in Hörweite. Die meisten standen am behelfsmäßigen Schrein am Ende des Strandes am Übergang zum Weideland, wo er sicher vor der Flut war, sprachen ein eigenes Gebet für Isla, legten Blumen nieder oder zündeten Kerzen an. „Ich muss zugeben, dass die polizeilichen Ermittlungen bisher … eher unzureichend waren." Entschuldigend blickte er zu Alistair. „Sie sind damit nicht gemeint", sagte er, „aber die Detectives vom Festland … sie verstehen die Insel nicht so wie wir."

Alistair nickte. „Ich weiß, ihre Arbeitsweise wirkt ein bisschen merkwürdig auf uns, aber wir alle arbeiten auf dasselbe hin."

Donnie Matheson lächelte höflich. „Das hoffe ich wirklich, Alistair, aber es scheint, als ob die Familie – die Insel – kaum eine Rolle spielt."

„Ich versichere Ihnen", brachte McAdam sich ein, „dass nicht alle von uns aus dieser Perspektive an den Fall herangehen."

Der Pastor musterte ihn. Wahrscheinlich wollte er sichergehen, dass McAdam das ernst meinte. Anscheinend zufriedengestellt lächelte er. „Vielen Dank, Detective Inspector. Ich weiß das zu schätzen."

„Verraten Sie mir, warum Sie sich entschieden haben, die

Mahnwache hier abzuhalten und nicht drüben in Trumpan?",
erkundigte sich der DI, während er an Matheson vorbei zu
den anderen schaute, die sich für eine weitere Schweigeminute um den Schrein versammelt hatten.

Donnie Matheson schürzte die Lippen und überlegte.
„Ich ... wir ... dachten, dass dieser Ort besser passt. Hier hat
Isla ihren letzten Abend unter ihren Freunden verbracht und
all das Gute genossen, das die Insel zu bieten hat ... die Natur,
ihre Leute ..." Matheson starrte ins Leere. „Nein, hier passt es.
Trumpan ist ein Ort des Schmerzes für Isla ... für uns alle.
Dort wurde sie zwar begraben, aber nicht, damit wir ihrer
gedenken können." Er schüttelte den Kopf. „Es ist besser, an
einem Ort mit schönen Erinnerungen zu sein, finden Sie nicht
auch?"

Dagegen hatte Duncan McAdam nichts einzuwenden. Er
sah den Pastor an. „Ich hoffe, es stört Sie nicht, wenn ich das
sage, aber Sie haben sich im Lauf der Jahre stark verändert."

Als Donnie Matheson grinste, kamen zwei Reihen
perfekter Zähne zum Vorschein. Das kam eher selten vor,
zumindest bei Duncan und seinen Kumpanen.

„Manchmal, wenn ich morgens in den Spiegel sehe, kann
ich es selbst kaum glauben", erwiderte Matheson. „Aber ich
habe schließlich meine Berufung gefunden."

„Trotzdem ist das eine ganz schöne Veränderung, oder?"

Der Pastor nickte. „Ja, wahrscheinlich schon. Rückblickend
bin ich vor allem davongelaufen ... und doch, wenn man
dann einmal innehält und darüber nachdenkt, und damit
meine ich, sich wirklich mit sich auseinandersetzt, wird einem
klar, dass man nicht davonlaufen kann, vor nichts. Man ist,
wie man ist, und das ist unausweichlich. Jeder trägt seine
Dämonen mit sich herum, wohin man auch geht oder was
man auch tut, ob erfolgreich oder nicht, weil alles davon Teil
von einem ist. Es gehört alles zum Plan."

„Dem Plan des Herrn?", vergewisserte sich McAdam.

„Genau. Und wenn man das erkennt, gibt es kein Zurück mehr."

„Trotzdem, die Kirche?", fragte der DI und versuchte, die Skepsis zu verbergen.

Donnie Matheson lachte. „Ich weiß, ich weiß. Aber denken Sie an meinen Vater. Er ist ein eindrucksvoller Mann, und alles, was er zu mir gesagt hat … all die Lehren, die ich Jahr um Jahr verachtet habe, haben den Nagel auf den Kopf getroffen." Er lächelte reumütig. „Als ich zurückgekommen bin, ist mir das klar geworden."

„Sie haben die Musikkarriere aufgegeben", stellte McAdam fest.

Matheson seufzte. „Ja, all das wirkt wie aus einem anderen Leben. Ich habe den Traum gelebt – zumindest was man allgemein für einen Traum hält – und der wurde zu einem Alptraum, wie ich hinzufügen möchte. Damals war ich ein anderer Mensch … mit einem Leben voller Ausschweifungen und Sünden."

„Klingt gut in meinen Ohren", warf Alistair ein.

Duncan McAdam ignorierte den DS. „Und jetzt? Wie sieht Ihr Leben heute aus?"

„Es ist ein einfacheres, gesamtheitlicheres Leben. Eines, das spirituell erfüllend ist."

„Keine Drogen mehr?"

„Wie gesagt, Mr. MacAdam", meinte der Pastor und zog die Augenbrauen hoch, „damals habe ich einen anderen Pfad beschritten. Noch ist keine Versuchung über euch gekommen, die den Menschen überfordert. Gott ist treu –"

„Er wird nicht zulassen, dass ihr über eure Kraft hinaus versucht werdet", beendete der DI den Satz, was ihm einen bewundernden Blick von Alistair einbrachte.

„Ganz richtig", erwiderte der Pastor. „Hätten Sie bei der

Andacht für meine Schwester vorhin mitgebetet, würde ich sagen, ein Gläubiger steht vor mir."

„Ach ...", meinte der DI. „Das haben Sie gesehen? Sie haben scharfe Augen."

„Es lohnt sich, die Gemeinde bei meinen Predigten genau zu betrachten, Mr. McAdam", erwiderte Matheson mit einem kleinen Lächeln. „Heutzutage versuche ich, andere von dem Pfad abzuhalten, den ich selbst gegangen bin." Er breitete die Arme aus. „Wer wäre denn besser geeignet, jemanden zu führen, als jemand, der den Pfad der Versuchung bereits beschritten hat?"

„So kann man es auch sehen", meinte McAdam. „Aber der Pfad der Versuchung kann viel Spaß machen, oder?"

„Ich wäre aufgeblasen ... und ein Lügner, wenn ich etwas anderes behaupten würde, Mr. McAdam. So ganz die Säule der Enthaltsamkeit, der mein Vater den Priesterkragen umge-hängt hat, bin ich nicht. Allerdings wird sich eine von fünf Seelen, die sich für diesen Weg entscheiden, selbst zerstören und möglicherweise auch diejenigen, die diese Person lieben. Ich selbst war auf dem Pfad zur Selbstzerstörung und musste mich entscheiden – den rechten Weg einschlagen und auf eine lebenswerte Zukunft zugehen oder den linken nehmen ... einen Weg, auf dem ich den Tod gefunden hätte. Dessen bin ich mir sicher." Kurz verdunkelte sich die Miene des Pastors, bevor sie sich wieder erhellte. „Wissen Sie, mein Vater und ich sind fast täglich aneinander geraten ... und jetzt ist mir klar, dass wir gar nicht so verschieden sind. Vielleicht haben wir uns deshalb so oft gestritten?"

Duncan McAdam betrachtete die Gruppe im Hintergrund. „Wäre es vermessen, wenn wir mit einigen dieser Leute reden? Ich verspreche, dass wir diskret vorgehen werden."

Donnie Matheson zuckte mit den Schultern. „Nein, das ist in Ordnung. Viele davon waren Islas Freunde. Ich glaube, manche waren an jenem Abend dabei", sagte er und wandte sich auch der Gruppe zu, die in einiger Entfernung stand. „Ich wage zu behaupten, dass sie helfen werden, wenn sie das können."

Duncan McAdam verabschiedete sich und ging zu den Leuten. Während er sich unter sie mischte, stellte er sich vor. Vor allem eine Frau fiel ihm auf, als sie sich mit einem kleinen Lächeln näherte.

„Kein Wunder, dass Sie sich letzten Abend so schnell verdrückt haben", flüsterte sie, um nicht von den anderen gehört zu werden. Der DI war perplex.

„Tut mir leid, kennen wir uns oder verwechseln Sie mich mit jemandem?"

Sie schüttelte den Kopf. „Das waren doch Sie gestern Abend, nicht wahr? Sie haben Murdo eine verpasst, bevor Sie mit Ihrem Kumpel Archie davongerannt sind."

Duncan McAdam wurde knallrot. „Sie waren dort?"

„Ich arbeite im Pub", erwiderte sie. „Glauben Sie mir, Murdo war fuchsteufelswild. Ich will mir nicht vorstellen, was er mit Ihnen gemacht hätte, wären Sie geblieben."

„Aye ...", meinte McAdam und räusperte sich verlegen.

„Schon gut", sagte sie und winkte seine Bedenken ab. „Sie können sich entspannen. Wie ich Murdo kenne, hat er es verdient. Er legt sich immer mit irgendwem an und bekommt ein paar Mal im Jahr Hausverbot." Der DI freute sich zu hören, dass ihre Auseinandersetzung nichts Ungewöhnliches gewesen war. So würde der Vorfall kaum Aufmerksamkeit erregen. „Sie ermitteln also, was mit Isla passiert ist?"

Er nickte. „Kannten Sie sie?"

Die Frau zuckte mit den Schultern. „So ähnlich. Nur beiläufig, wissen Sie?"

„Und wie heißen Sie?"

„Catriona Sinclair. Damals noch Murray."

„Ah ja … richtig. Sie waren mit Islas Ex-Freund, Alex Macrae zusammen."

Sie nickte. „Aber sie hatten sich getrennt, bevor wir zusammengekommen sind. Ich kannte sie eigentlich nicht. Ich bin erst kurz zuvor mit meiner Familie aus Glasgow hierher gezogen."

„Wie war Isla Ihnen gegenüber? Nachdem sie sich von ihrem Freund getrennt hat und Sie mit ihm eine Beziehung angefangen haben?"

Catriona Sinclair zuckte mit den Schultern. „Sie hat deswegen nie etwas gesagt. Ich hatte den Eindruck, dass Alex sich damals für einen Playboy gehalten hat." Sie kicherte. „Und ich hielt ihn für echt cool. Was für ein Loser."

„Er oder Sie?"

„Beide", erwiderte sie und zog eine Augenbraue hoch. „Außerdem ging das Gerücht um, dass Isla ohnehin schon einen anderen hinter Alex' Rücken hatte."

Duncan McAdam überdachte diese Information. „Meinen Sie den Typen, mit dem Isla an jenem Abend zusammen war? Ian Fraser?"

Sie schüttelte den Kopf. „Er war die ganze Zeit hinter ihr her, das ja. Einer der glorreichen Sieben … aber nein, ihn meinte ich nicht. Es war einer aus Uist. Alex hat das irgendwann erwähnt."

„Uist?", vergewisserte sich McAdam. Die Frau nickte. Er wusste von keinem Hinweis auf einen Mann, mit dem sich Isla Matheson auf den Inseln getroffen hatte. „North oder South Uist?"

Wieder zuckte Catriona Sinclair mit den Schultern. „Keine Ahnung. Ich meine, das war nur Tratsch und Klatsch, also wer weiß? Vielleicht hat es nicht gestimmt. Sie wissen ja, wie sich stille Post auf Inseln verbreitet. Und die Mädchen in diesen Gegenden waren damals ein gehässiges

Pack. Mädels reden … und es ist gut möglich, dass es Blödsinn war."

„Stimmt schon", erwiderte McAdam. „Was meinten Sie vorhin mit den glorreichen Sieben?"

Die Miene der Frau wirkte peinlich berührt. „Ach, nichts. War nur ein Witz … damals wussten wir nicht, was Isla zugestoßen ist."

Duncan McAdam gab sich nicht damit zufrieden und wartete auf eine Antwort. Zögernd kam Catriona Sinclair der stummen Aufforderung nach.

„Bei der Party an jenem Abend ist Isla von einem Typen zum nächsten gegangen, hat geflirtet und so ziemlich jeden, der ihr über den Weg gelaufen ist, geküsst. Wir sind auf sieben Kerle gekommen bei der letzten Zählung …"

„Deshalb die glorreichen Sieben", stellte der DI fest.

„Aye … tut mir leid. Das wieder auf den Tisch zu bringen, war nicht gerade taktvoll."

„Nicht schlimm. Wenn Sie nicht gut mit Isla Matheson befreundet waren, warum sind Sie dann heute hier? Ich hoffe, es macht Ihnen nichts aus, dass ich das frage."

„Nein, keine Sorge, es macht mir nichts." Ihre Miene verdüsterte sich und sie wirkte nachdenklich. „Damals war ich jung und dumm. Wir alle, ehrlich gesagt. Wir dachten, die Welt gehört uns." Sie zuckte mit den Schultern. „Jetzt bin ich älter und klüger. Die Welt ist ein gefährlicher Ort, vor allem für uns Frauen. Wenn wir gewusst hätten, was wir heute wissen … wenn wir uns mehr umeinander gekümmert und aufeinander aufgepasst hätten, dann wäre Isla vielleicht noch unter uns." Ihre Miene wurde gedankenverloren. „Und andersherum, wäre es in jener Nacht anders gelaufen, dann würde man eventuell für mich Kerzen anzünden." Sie seufzte. „Wer weiß?"

Duncan McAdam nickte ernst. „Alex Macrae hat uns

erzählt, dass er während der gesamten Party und danach mit Ihnen zusammen war."

Catriona Sinclair lächelte angespannt. „Soweit ich mich erinnere, ja."

„Das klingt sehr vage. Damals haben Sie genauere Angaben gemacht."

Wieder zuckte sie mit den Schultern. „Es war eine Party ... wir haben getrunken, ziemlich viel, ehrlich gesagt ... und tja, ich war ein Party Girl aus Glasgow."

„Das heißt?"

Als sie zögerte, bestand er auf einer Antwort. „Ich habe an diesem Abend die Süßigkeiten spendiert. Sie wissen schon, was ich meine", sagte sie widerwillig. „Nicht, dass ich gedealt hätte."

Duncan McAdam holte tief Luft. „Was haben Sie mitgebracht? Es interessiert mich nicht, was Sie vor über zwanzig Jahren gemacht haben, aber ..."

„Ein paar Tütchen Speed ... nichts Schlimmes."

„Speed? Wer hat davon genommen?"

Erneutes Schulterzucken. „Wie gesagt, ich habe nicht gedealt oder so ... aber wer wollte ... konnte etwas davon abhaben."

„War es gutes Zeug?"

Lachend nickte sie. „Aber klar doch."

„Also ... kann ich davon ausgehen, dass Sie – und möglicherweise ein paar der anderen an jenem Abend – Probleme damit hatten, die Zeit richtig abzuschätzen?"

Sie verzog das Gesicht. „Könnte man, aye. Hätte ich damals gewusst, dass ihr etwas zugestoßen ist, hätte ich es gesagt. Wirklich."

„Können Sie Macraes Aussage, die er damals gegeben hat, bestätigen?"

Erst nickte Catriona Sinclair langsam, dann änderte sie ihre

Meinung und schüttelte den Kopf. „Nein, ganz und gar nicht."

„In Ordnung."

„Aber das heißt nicht, dass er lügt, oder?"

Duncan McAdam schüttelte den Kopf. „Nein, das stimmt. Trotzdem werde ich jemanden vorbeischicken, um eine neue Aussage von Ihnen aufzunehmen, okay?" Sie nickte zurückhaltend. „Und sagen Sie dieses Mal die Wahrheit."

„Das werde ich, versprochen."

„Hat eines der Mädchen, von denen Sie vorhin gesprochen haben, jemals erwähnt, mit wem sich Isla auf Uist getroffen hat?"

Sie zuckte mit den Schultern. „Mit niemandem Bestimmtes, soweit ich weiß. Aber ein paar Tage davor war sie auf der Insel. Ich erinnere mich, dass das jemand gesagt hat, nachdem sie verschwunden ist. Wir haben uns gefragt, ob sie mit der Fähre hinüber und mit jemandem zusammengezogen ist. Wir dachten, dass sie bald zurückkommt, sich aber noch Zeit damit lässt wegen all der Aufregung. Außerdem hatte sie den Ruf ... eher locker zu sein." Sie winkte die Andeutung ab. „Ich will nicht schlecht von den Toten reden. Wie gesagt, ich kannte sie kaum, und das ist nur das Gerede von Leuten."

Duncan McAdam bedankte sich und ging weiter. Alistair, der sich noch mit den anderen aus der Gruppe unterhalten hatte, löste sich von ihnen und kam zu Duncan.

„Alistair, erinnern Sie sich, irgendetwas darüber gelesen zu haben, dass Isla sich mit einem Kerl auf Uist eingelassen haben könnte?"

Alistair überlegte angestrengt. „Nein, nicht, dass ich wüsste. Inwiefern eingelassen?"

„Eine Art Beziehung. Jemand hat das gerade erzählt ... und dass Isla Matheson auf Uist war, kurz bevor sie verschwunden ist."

„Aye, Letzteres kommt mir bekannt vor. Sie wollte ihre Tante oder so besuchen. Sie lebt auf North Uist, vielleicht hat die Person das gemeint? Besagte Tante ist befragt worden und sie meinte, dass Isla nicht gekommen sei."

„Hm … wo war sie dann, wenn nicht bei ihrer Tante?"

Alistair zuckte mit den Schultern. „Ich weiß nicht, ob mit Bestimmtheit festgestellt wurde, ob Isla Matheson tatsächlich auf die Insel ist. Und vor allem nicht, ob das jemand überprüft hat."

Duncan nickte. „Dann überprüfen wir das jetzt." Er schaute sich um. „Haben Sie noch etwas Interessantes erfahren?"

„Ein paar Namen, die heute mit Abwesenheit aufgefallen sind", erwiderte er. „Einige waren ganz überrascht."

„Ach? Wer zum Beispiel?"

„Isla Mathesons bester Freund, Roddy Mcintyre, ist nicht erschienen. Das hat viele verwundert. Aber Alex Macrae ist gekommen", sagte Alistair und zeigte auf den Mann. Als hätte dieser seinen Namen gehört, schaute er kurz zu ihnen und gleich wieder weg. Duncan war nicht aufgefallen, dass er hier war.

„Ein nervöser Mann, nicht wahr?", meinte Duncan.

„Aye. Wie noch jemand", sagte Alistair. Fragend schaute Duncan ihn an. „Nicol Nicolson. Er hat sich entschuldigt und ist gegangen, bevor ich mit ihm reden konnte."

„Zufall?"

„Ne, ich glaube nicht an Zufälle."

Duncan lächelte. „Kluger Mann."

KAPITEL ELF

ALS DUNCAN MCADAM das Einsatzzimmer betrat, war DCI
Jameson in ein Gespräch mit mehreren seiner Teammitglieder
vertieft. Obwohl dieser bemerkte, dass McAdam mit ihm sprechen wollte, warf er nur einen kurzen Seitenblick auf ihn.
McAdam war sich auch sicher, dass er das Gespräch länger
führte, als es notwendig gewesen wäre, nur um nicht gleich
mit ihm reden zu müssen. Entweder das oder seine Paranoia
gewann die Oberhand.

„Duncan", sagte Jameson nur zur Begrüßung und nickte
knapp.

„Guten Morgen, Sir", erwiderte McAdam. „Hätten Sie
kurz Zeit?"

Stirnrunzelnd schaute der DCI auf die Uhr, dann wieder
zum DI. „Wenn möglich, machen Sie schnell, Duncan. In fünfzehn Minuten haben wir ein Gespräch mit der Presse und ich
muss mich vorbereiten."

„Natürlich, Sir. Vor den Kameras möchte man selbstverständlich so gut aussehen, wie es nur geht."

Misstrauisch beäugte Jameson ihn. Wahrscheinlich

versuchte er herauszufinden, ob sich McAdam einen Scherz auf seine Kosten erlaubte. Da der DI keine Miene verzog, blieb Jameson im Ungewissen.

„Diese spontane Mahnwache der Einheimischen letzten Abend hat mehr Interesse für den Fall geweckt, als mir lieb ist, Duncan." Er starrte McAdam an, als wäre es irgendwie seine Schuld, dass Donnie Matheson zur Andacht aufgerufen hatte. Jameson schüttelte den Kopf. „Die Leute hier machen, was sie wollen. Und jetzt will die Presse persönlich mit mir reden!"

„Das war zu erwarten, Sir."

DCI Jameson sah ihn erstaunt an. „Warum?"

Duncan McAdam zuckte mit den Schultern. „Der Fall war groß in den Zeitungen, Sir. Nachdem wir nun eine Leiche haben, ist es nicht verwunderlich, dass sie die Geschichte wieder aufnehmen. Das wäre so oder so passiert."

„Hmm ... wahrscheinlich haben Sie recht." Er blickte ihn an. „Also, worum geht es, Duncan?"

„Ich habe mit einigen der Personen gesprochen, die gestern Abend bei der Mahnwache waren –"

„Sie waren dort?"

McAdam nickte. Jameson kniff die Augen zusammen, sagte aber nichts.

„Eine von Isla Mathesons Bekannten hat gestanden, dass sie an jenem Abend unter Drogeneinfluss stand, was bedeutet, dass sie nicht genau weiß, was wann passiert ist. Vor allem, was Alex Macrae, Islas Ex-Freund, betrifft." Nachdenklich nickte der DCI. „Sie hat außerdem angedeutet, dass Isla einen Freund auf den Äußeren Hebriden gehabt haben könnte. Haben Sie oder hat Ihr Team das nachgeprüft?"

Jameson überlegte und schüttelte dann den Kopf. „In den Akten steht, dass Isla Matheson anscheinend nach Uist gereist ist, um eine Tante zu besuchen. Allerdings war sie wieder zurück auf Skye, um zur Party zu gehen. Deshalb verstehe ich nicht, warum das wichtig sein soll."

„DS MacEachran sagte, dass Isla laut ihrer Tante sie nicht besucht habe."

Der DCI zuckte mit den Schultern. „Na, da haben Sie es. Und weiter?"

„Ich frage mich, warum sie auf die Insel ist, wenn nicht, um ihre Tante zu besuchen."

„Unwichtig für ihr Verschwinden", schmetterte Jameson stirnrunzelnd ab.

„Solange wir nicht wissen, was sie dort gemacht hat, ist es meiner Meinung nach schon wichtig."

Jameson streckte sich zur vollen Höhe, bis er Duncan McAdam um ein paar Zentimeter überragte. „Duncan, wenn Sie Ihre Zeit damit verbringen wollen, über die Äußeren Hebriden zu latschen, dann können Sie das meinetwegen gerne tun. Dann stehen Sie mir wenigstens nicht im Weg. Entschuldigen Sie mich bitte."

McAdam trat zur Seite, damit der DCI an ihm vorbei konnte. Ein weiterer Beamter eilte an dessen Seite und überreichte ihm einen Aktenordner. Jameson sah diesen im Gehen durch. Duncan zuckte mit den Schultern und durchquerte den Raum zum einheimischen Kripo-Team. Alistair erwartete ihn schon.

„Wie lief's?", fragte er.

„Ganz gut", erwiderte Duncan. „Wir haben grünes Licht und können uns die Inseln vornehmen."

„Urlaub auf Kosten der Steuerzahler?"

Duncan schüttelte den Kopf. „Haben Sie in den Akten irgendetwas zu dem Kerl auf Uist gefunden?"

„Nichts Spezielles in dieser Sache, nein. Aber in jenem Frühling, bevor Isla Matheson verschwunden ist, hat sie zwei Wochen Arbeitserfahrung an der Seite eines Tierarztes auf

North Uist sammeln dürfen. Isla hatte vor, nach der Schule eine Ausbildung zur Tierarzthelferin zu machen."

„Wann genau war das?"

„Die ersten zwei Wochen im April während der Osterferien. Mitten im Ablammen, da haben Tierärzte alle Hände voll zu tun."

Duncan überlegte. „Dann hat Isla bestimmt viel Zeit unter den Einheimischen verbracht, oder?"

„Aye", stimmte Alistair zu. „Wenn sie dort einen Freund hatte, wäre es die perfekte Gelegenheit gewesen. Soll ich den Tierarzt anrufen?"

„Nein, nein", sagte Duncan. „Geben Sie mir die Adresse, ich rede mit ihm." Er warf einen Blick auf die Uhr. „Wann fährt die nächste Calmac?", fragte er. Das Fährunternehmen Caledonian MacBrayne, das die Inseln mit den auffälligen schwarz-weißen Schiffen anfuhr, wurde kurz Calmac genannt.

„Sie wollen heute noch hin?"

Duncan nickte. „Am Telefon fallen einem schnell Ausflüchte ein."

Alistair runzelte die Stirn. „Die erste nach Lochmaddy fährt um halb zehn ab." Er neigte den Kopf zur Seite. „Das wird knapp, bis Sie nach Uig zum Check-in kommen."

Im Kopf überschlug Duncan schnell die Zeit. „Mit einem Auto eine halbe Stunde bis –"

„Fünfundvierzig Minuten", korrigierte ihn Russell, der von seinem Tisch hochblickte. „Und wenn Sie es nicht schaffen, fährt die Nächste erst um halb sieben am Abend."

Duncan runzelte die Stirn. „Rufen Sie an und reservieren Sie mir einen Platz. Sagen Sie Bescheid, dass es um eine Polizeiangelegenheit geht."

Alistair lachte. „Dann werden sie erst recht früher losfahren."

Duncan schnappte sich seine Jacke. „Und jemand soll mir

eine Übernachtung buchen. Ich komme morgen früh mit der ersten Fähre zurück." Alistair nickte. „Würden Sie mir bitte alles, was Sie zu Isla Mathesons Aufenthalt auf der Insel haben, per E-Mail schicken? Ich lese es auf der Fähre durch."

KAPITEL ZWÖLF

DAS RUMPELN der mächtigen Dieselmotoren ertönte, als die *Innse Gall* um das South Basin von Lochmaddy in den Fährhafen schipperte. Duncan stand am Passagierdeck mit Blick auf das Heck. Darunter befand sich der rote Lüftungsschacht mit dem bekannten Emblem eines Löwen auf den Hinterbeinen an der Seite. Der DI starrte in Richtung Flodday, einer großen, unbewohnten Insel – eine von vielen – vor der Ostküste von North Uist.

Er war nicht allein an Deck. Ein älterer Herr in einer dicken Jacke und mit Schirmmütze saß in der ersten Sitzreihe. Zu seinen Füßen lag ein Collie auf dem grün gestrichenen Deck. Obwohl der Wind wie in dieser Gegend der Welt üblich scharf pfiff, hatte die fast zwei Stunden lange Fahrt in ruhigem Gewässer stattgefunden. Und das war ungewöhnlich. Die Crews dieser Schiffe waren abgehärtet. The Minch konnte bei den häufigen Stürmen über dem Atlantik unglaublich gefährlich werden, und diese Fähren waren alles, was diese abgelegenen Gemeinden mit Skye und dem Festland verbanden. Es gab Flüge zu den Inseln, allerdings größtenteils mit Leichtflugzeugen. Meistens nahmen die Menschen die Calmac, um zwischen den Inseln zu reisen.

Duncan hatte die überwiegende Zeit auf der Fähre damit verbracht, die alten Akten zu lesen, die Alistair ihm geschickt hatte. Während er im Auto darauf gewartet hatte, an Bord zu dürfen, hatte er sie heruntergeladen. Der Tierarzt, bei dem Isla Matheson ihr Praktikum gemacht hatte, hieß James Turnbull. Er lebte in Carinish, einer kleinen Gemeinde im Südwesten der Insel.

In diesem Teil der Westlichen Inseln waren alle Gemeinden klein. Die Bevölkerung aller fünfzehn bewohnten Inseln der Äußeren Hebriden war in den letzten zwei Jahrzehnten stetig gewachsen und belief sich aktuell auf ungefähr fünfundzwanzigtausend Menschen. Allerdings lebten die meisten davon auf Lewis und Harris. Von den kleineren Inseln war Uist mit weit weniger als zweitausend Menschen die bevölkerungsreichste. Soweit Duncan sich erinnerte, lebten die wenigsten auf Flodaigh, die Bevölkerungszahl war nur einstellig. Er fragte sich, ob die Leute noch dort wohnten oder schon weggezogen waren. Aus dem Lautsprecher ertönte die Anweisung für die Passagiere, wieder zu ihren Autos zurückzukehren und darauf zu warten, dass sie von Bord fahren konnten. Duncan ging die Treppe nach unten zum Fahrzeugdeck und zu seinem Wagen. Zum Glück hatte er im Restaurant schon etwas zu essen bekommen. Wann er das nächste Mal Gelegenheit dazu hatte, wusste er nicht. Immer wenn er auf den kleinen Inseln unterwegs gewesen war, waren Hotels oder Restaurants Mangelware gewesen. Auch Geschäfte, oft kleine, unabhängige Läden oder Co-op-Supermärkte, waren rar. Doch so war es nun einmal auf den Westlichen Inseln.

Das Auto wurde leicht durchgeschüttelt, als die Schiffsmotoren in den Rückwärtsgang geschaltet wurden und die Fähre in den Hafen und zum Anleger glitt. Duncan musste nicht lange warten, bis sich der Bug öffnete und die Crew die Passagiere mit Gesten aufforderte, loszufahren. Nachdem der DI den Fährhafen hinter sich gelassen hatte, folgte er der Hauptstraße nach Norden durch die Stadt. Dann bog er nach links ab und fuhr quer über die Insel in Richtung Benbecula und South Uist. Duncan würde zuerst in Carinish bei James Turnbull vorbeischauen, bevor er weiter über den North Ford Causeway nach Benbecula, wo Isla Mathesons Tante lebte, fahren würde.

Die Inseln lagen tief, nahe am Meeresspiegel, und die Straße führte ihn über verschiedenstes Terrain, das ganz anders war als auf den Britischen Inseln. Deckenmoor, feuchter und trockener Machair – das fruchtbare und als Weide genutzte Land nahe der Küste, das durch Sandablagerungen und durch den Wind herangetragene Muschelfragmente gebildet wurde – sowie Süßwasser- und Salzwassermarschen wechselten sich ab. Duncan wusste, dass die Küsten dieser Insel unvergleichlich waren: kilometerweit Dünen, weiße Sandstrände, klares Wasser und keine Menschenseele weit und breit. Wenn man es gut erwischte, hatte man das schönste Wetter der Welt. Allerdings konnte das innerhalb einer halben Stunde umschlagen und der Regen peitschte einem waagerecht ins Gesicht oder man wurde von den Atlantikwinden fast davongetragen.

Das einstöckige, weiß gestrichene Bauernhaus von James Turnbull befand sich etwas abseits der Hauptstraße und in Sichtweite des zerfallenen Trinity Temple und der kleineren Schwesternkapelle, der Church of Clan MacVicar.

Als Duncan die beiden Bauten sah, kam eine Erinnerung aus seiner Kindheit hoch. Zusammen mit Becky hatte er an einem Schulausflug teilgenommen. Die ganze Klasse war dabei gewesen, aber er hatte nur Augen für sie gehabt. Sie waren noch in der Grundschule und bestimmt nicht älter als zehn gewesen. Der Ausflug war aufregend gewesen, ein unglaubliches Abenteuer für Kinder. Viele hatten bis dahin Skye noch nie verlassen, schon gar nicht mit einer Fähre über das Meer. Im dreizehnten und vierzehnten Jahrhundert war dieser Ort wichtig gewesen für die religiöse Gemeinschaft, war aber nach der Reformation verfallen. Heute standen nur noch die Giebelwände und ein Teil der Südwand der kleineren Kapelle. Dem größeren Gebäude war es besser ergangen, obwohl auch dieses kaum noch Ähnlichkeit mit dem aus der Hochzeit der Gemeinde aus vergangenen Zeiten hatte.

„Kann ich Ihnen helfen?"

Duncan McAdam wurde in die Gegenwart zurückgerissen. Als er sich umdrehte, sah er eine Frau an der Schwelle einer Scheune links neben dem Haupthaus stehen. Sie hatte dunkle, von Grau durchzogene Haare, die sie im Nacken zusammengebunden hatte. Über dem dicken Kapuzenpullover trug sie ein wattiertes Gilet, außerdem Jeans und Gummistiefel. Sie stellte die Tasche, die sie aus dem Schuppen gebracht hatte, auf den Boden und beäugte ihn misstrauisch, als er näherkam.

Lächelnd zeigte er den Dienstausweis. „DI McAdam. Ich komme aus Portree."

„Was kann ich für Sie tun?", fragte sie neugierig.

„Ich habe gehofft, mit James Turnbull sprechen zu können. Ist er da?"

„Ist er", erwiderte sie und schaute zurück zum Haus. Der DI folgte ihrem Blick. Rechts und links neben dem Haus standen zwei landwirtschaftliche Scheunen. Eine war alt, die andere offensichtlich modern und zweckgerichtet gebaut. Vermutlich befand sich in dieser die Tierarztklinik, um notwendige medizinische Verfahren durchzuführen. „James ist drinnen und erledigt Papierkram. Ich bin Andrea, seine Frau. Was möchte die Polizei von James?"

„Wahrscheinlich können auch Sie mir helfen. Seit wann leben Sie hier?"

Sie zuckte mit den Schultern. „Kommt mir wie eine Ewigkeit vor. James und ich sind ...", mit nachdenklicher Miene rechnete sie im Kopf nach, „... vor über dreißig Jahren hergezogen, um ein Leben abseits der Tretmühle zu führen."

McAdam fielen angenehmere Orte ein, um sich ein Leben aufzubauen. Hier draußen war es hart, und es gab kaum Fremde, die es wirklich schafften. Er hatte alle Achtung vor ihnen.

„Erinnern Sie sich an ein junges Mädchen, das hier ein Praktikum gemacht hat? Isla Matheson?"

Entgeistert nickte Andrea Turnbull langsam. „Wie könnte ich sie vergessen. Ich weiß noch, dass sie ein paar Monate später verschwunden ist ... nettes Mädchen, soweit ich mich erinnere. Warum fragen Sie?"

Ihr Gespräch wurde von James Turnbull unterbrochen, der sich eine Wachsjacke überzog und über die bekieste Einfahrt zu ihnen kam.

„Hallo", sagte er und lächelte den DI an. „Rab MacPhee von drüben in Samala hat gerade angerufen. Ich muss –"

„James, das ist DI ..."

„McAdam", vervollständigte der DI und streckte dem Mann die Hand hin. Verwirrt schüttelte Turnbull sie.

„Er möchte mit dir über Isla reden. Du erinnerst dich doch an Isla –"

„Ja, ja, selbstverständlich", meinte James Turnbull und schaute zwischen den beiden hin und her. An McAdam blieb sein Blick hängen. Während er sich mit der Zunge die Lippen befeuchtete, schaute er auf die Uhr. „Ist es ... wichtig? Ich sagte ja gerade, dass ich zu Rab –"

„Es geht um ein totes Mädchen, Mr. Turnbull", unterbrach der DI ihn. „Also ja, es ist schon wichtig."

Mit offenem Mund schaute Turnbull ihn an, dann warf er seiner Frau einen Seitenblick zu. Diese schnappte nach Luft und nickte. „Tot? Isla ist … tot?"

Duncan McAdam nickte. „Ja. Leider."

„Tja … natürlich ist das viel wichtiger … selbstverständlich." Turnbull sah sich um, zögerte aber, den DI ins Haus einzuladen. „Wie … wie kann ich Ihnen helfen?"

„Isla Matheson hat eine Weile hier gearbeitet, im Frühling vor ihrem Verschwinden. Ist das richtig?"

Der Tierarzt nickte. „Ja, sie war eine Woche oder so, längstens zehn Tage hier."

Andrea stimmte ihm zu. „Im Lauf der Jahre hatten wir einige Schüler zur Arbeit hier, ist es nicht so, James?"

„Ja. Aber nicht so viele, drei oder vier. Meist waren sie schon hier auf der Insel und wollten sich im Sommer, in den Schulferien etwas dazuverdienen … in der Art."

„Und Isla?", hakte McAdam nach. „Was hat sie hier gemacht?"

Turnbull atmete tief aus und schüttelte den Kopf. „Ein bisschen von allem und nichts. Was zu der Zeit eben nötig war."

„Wie war sie?"

„Nettes Mädchen", erwiderte der Tierarzt und schaute seine Frau an. „Würdest du nicht auch sagen, Schatz?"

„Ich denke ja. Aber ich habe sie nie wirklich kennengelernt", meinte Andrea. „Du weißt doch noch, dass meine Mutter aus dem Krankenhaus entlassen wurde und ich eine Weile zu ihr musste, um ihr zu Hause zu helfen."

Mit gerunzelter Stirn dachte er nach. „Ach … ja, ich erinnere mich."

„Sie waren also nicht hier, Mrs. Turnbull?", erkundigte sich McAdam. Sie schüttelte den Kopf. Der DI schaute sich um. „Haben Sie Personal, das Ihnen hilft?"

Andrea Turnbull schüttelte den Kopf. „Es gibt einige Tierärzte, die auf der Insel tätig sind. Meistens helfen wir uns gegenseitig aus. So funktioniert es hier. Man kann sich auf niemandem verlassen außer aufeinander."

James Turnbull war in Gedanken versunken. Als ihm klar wurde, dass sie mit ihm redete, blickte er sie an. Seine Miene hellte sich auf. Duncan McAdam blieb es nicht verborgen.

„Tut mir leid ...", flüsterte James Turnbull. „Was hast du gesagt?"

„Die Gemeinschaft hier", meinte sie kopfschüttelnd und lächelte den DI entschuldigend an, „wir helfen uns bei Bedarf gegenseitig. Man kann keine Insel auf einer Insel sein."

„Das stimmt", bekräftigte der Tierarzt. Nickend atmete er tief ein.

Seine Frau berührte ihn am Arm. „Geht es dir gut, Liebling?"

Auf den DI wirkte der Mann ziemlich blass. Dieser schüttelte leicht den Kopf. „Ich fühle mich nicht so wohl", meinte er. Er wandte sich McAdam zu. „Zugegebenermaßen fühle ich mich heute etwas kränklich."

McAdam nickte. „Ich hoffe, es ist nichts Schlimmes."

James Turnbull lächelte verlegen. „Ich glaube, ich muss mich setzen."

Besorgt legte Andrea eine Hand auf den Rücken ihres Mannes und strich sanft auf und ab. „Vielleicht solltest du reingehen und dich hinlegen. Die MacPhees können ein bisschen warten."

Turnbull nickte und entschuldigte sich beim DI. „Tut mir leid, Detective Inspector. Kann ich sonst noch etwas für Sie tun?"

„Ach, eine Sache wäre da noch", meinte McAdam. „Ein paar Tage vor ihrem Verschwinden ist Isla nach North Uist gereist. Ist sie zufällig zu Ihnen gekommen?"

James und Andrea Turnbull sahen sich an. Der Tierarzt schüttelte den Kopf.

„Ich … ich erinnere mich nicht, dass sie damals zu uns gekommen ist", sagte er. Die Miene seiner Frau wirkte hart. Besorgt schaute sie McAdam an.

„Was ist mit Ihnen, Mrs. Turnbull? Fällt Ihnen ein Grund ein, warum Isla hierhergekommen sein könnte? Das muss Ende August gewesen sein."

Sie schüttelte den Kopf. „Nein, tut mir leid. Ich erinnere mich auch nicht, dass sie bei uns gewesen ist. Warum sollte sie auch?"

Der DI lächelte. „Deshalb bin ich da, um genau diese Frage zu stellen."

Andrea blickte ihren Mann an, der ebenfalls den Kopf schüttelte. Anscheinend fühlte er sich nicht besser, wenn, dann eher noch schlechter.

„Geht es Ihnen gut, Mr. Turnbull?", erkundigte sich McAdam.

„Das wird schon wieder, bestimmt", erwiderte dieser und legte eine Hand auf den Bauch.

„Eine Frage noch, wenn Sie gestatten? Wo hat Isla Matheson geschlafen, während sie hier gearbeitet hat?"

Stirnrunzelnd sah Turnbull zu seiner Frau. „Sie hat bei einer Verwandten geschlafen, drüben auf Benbecula. Wenn es aber spät geworden ist … und wir am Morgen früh los mussten …"

„Dann konnte sie in der Hütte übernachten", beendete Andrea Turnbull den Satz. Als sie ihren Mann anschaute, nickte dieser. Andrea zeigte auf die neue Scheune, „Bevor wir die Klinik gebaut haben, stand dort ein alter Schuppen, den wir manchmal an Touristen vermietet haben. Das war noch, bevor die Höfe der halben Insel zu Ferienhäusern umgewandelt wurden. Es war nicht viel, kaum mehr als eine Hütte, deshalb haben wir die Scheune auch so genannt, obwohl es eigentlich keine Hütte war."

„Ich verstehe", meinte McAdam. „Und Isla hat hier übernachtet?" James Turnbull nickte. „Wie oft?"

Unsicher blickte er zu seiner Frau, die nur mit den Schultern zuckte. Woher sollte sie es wissen? Sie war auf dem Festland gewesen. „Eine Nacht oder zwei, schätze ich ... aber ich erinnere mich nicht mehr."

„Merkwürdig", sagte der DI, woraufhin ihn beide aufmerksam ansahen. „Ich denke, wenn ein junges Mädchen bei mir gewesen wäre, das kurz darauf unter mysteriösen Umständen verschwunden ist, dann würde ich mich daran erinnern, wie oft sie bei mir gewesen ist."

James Turnbull schnaubte spöttisch. „Das war mitten im Ablammen ... eine der anstrengendsten Zeiten des Jahres, wenn nicht die stressigste. Jetzt hören Sie aber auf."

Duncan McAdam schnalzte mit der Zunge und nickte schweigend. Der Tierarzt hielt den Blickkontakt. Der DI konnte nicht sagen, ob er Angst, Wut oder Gereiztheit in dessen Miene sah.

„Waren Sie beide auf der Insel, als Isla Matheson verschwunden ist?"

Andrea Turnbull überlegte. „Ende August? Ich bin immer zwischen hier und dem Haus meiner Mutter hin und her gependelt. Ich müsste nachsehen."

„Wo lebt ihre Mutter?", erkundigte sich McAdam.

„Fife, oder zumindest lebte sie dort. Sie ist gestorben."

Der DI holte Luft. „Tut mir leid, das zu hören."

„Ach, keine Sorge, das ist eine lange Zeit her."

„Die Strecke von Uist nach Fife ist keine Kleinigkeit ... schon gar nicht, wenn man regelmäßig hin und her muss."

Reumütig lächelnd schüttelte sie den Kopf. „Nein, ich kann diese Reise so gar nicht empfehlen!"

„Bitte tun Sie mir den Gefallen und überlegen Sie, wo Sie damals gewesen sind?", bat McAdam. „Ich weiß, das ist lange her, aber es wäre eine große Hilfe."

Obwohl die Frau verwirrt wirkte, nickte sie. „Das werde ich natürlich. Wenn Sie meinen, dass es wichtig ist."

„Was ist mit Ihnen, Mr. Turnbull? Erinnern Sie sich an die Zeit gegen Ende August?"

Der Mann setzte eine nachdenkliche Miene auf. „Ich glaube, um diese Zeit fand eine Konferenz statt ... von der BVA. In Glasgow war das in dem Jahr, denke ich."

„Die BVA?"

„Die British Veterinary Association, der Tierarztverband des Landes."

„Wissen Sie noch, wie lange Sie weg waren?", hakte McAdam nach.

Konzentriert dachte Turnbull nach und atmete tief auf. „Drei, vielleicht vier Tage. Bestimmt bin ich die gesamte Konferenz geblieben. Es ist eine gute Gelegenheit, mit Freunden und ehemaligen Kollegen zusammenzukommen. Ich erinnere mich, dass damals viele besorgt waren wegen der Verbreitung der Vogelgrippe."

„In Ordnung, danke."

„Gibt es sonst noch etwas, Detective Inspector McAdam?", fragte Turnbull spitz.

Der DI schaute zwischen den beiden Eheleuten hin und her. „Nein, das wäre es für den Moment gewesen."

Andrea legte einen Arm um die Taille ihres Mannes und stützte ihn. „Komm, Schatz. Bringen wir dich hinein. Du bist nicht mehr der Jüngste, du kannst nicht von einer Sekunde auf die andere alles stehen und liegen lassen, wenn jemand anruft."

Als er versuchte, sie sanft zur Seite zu schieben, ließ sie sich das nicht gefallen.

„Danke, dass Sie sich Zeit für mich genommen haben", meinte McAdam und reichte Andrea Turnbull eine seiner Visitenkarten, bevor sie losgingen. Andrea drehte sich lächelnd um, James Turnbull nicht. Duncan musterte ihn. Er musste gegen Ende fünfzig sein. Das hieß, dass er um den Zeitpunkt von Isla Mathesons Tod um die dreißig gewesen sein musste. Und Isla war anscheinend ein hübsches Mädchen gewesen, das offenbar die Aufmerksamkeit des anderen Geschlechts genossen hatte. Hatte sich Turnbull, ein verheirateter Mann, zu ihr hingezogen gefühlt, während seine Frau sich um ihre Mutter gekümmert hatte? Möglich war das durchaus.

KAPITEL DREIZEHN

IONA SUTHERLAND, Isla Mathesons Tante, lebte in der Ortschaft Torlum auf der Insel Benbecula, nur zwanzig Fahrminuten von Turnbulls Haus auf North Uist entfernt. Der Großteil der Ostseite der Insel war unbewohnbar, die Westseite hingegen hatte fruchtbares Weideland und eine atemberaubende Küste. Hier befand sich Duncans Hotel für die Nacht, daher hatte es Sinn ergeben, Iona Sutherland nach Turnbull aufzusuchen.

Ihr kleines Bauernhaus war weiß gestrichen, und der nächste Nachbar war mindestens hundert Meter entfernt. Wie bei den meisten Häusern in dieser Gegend war der Garten umzäunt, um die Weidetiere fernzuhalten. Inmitten der Sanddünen im Westen erspähte Duncan eine Herde Rinder, die eng beisammenstanden.

Im Vergleich zu vielen anderen, an denen er auf dem Weg vorbeigekommen war, wirkte Iona Sutherlands Haus schäbig. Der Außenanstrich am Sims blätterte ab und mehrere Dachschindeln waren verrutscht oder fehlten ganz. In diesem harschen Klima hatten selbst die aufmerksamsten Hausbesitzer Schwierigkeiten, die Wildheit der Natur zu zähmen. Das Metalltor an der Einfahrt stand offen, also stellte Duncan

McAdam den Wagen vor dem Haus ab. Eine Rauchwolke stieg aus dem Kamin auf, bevor der Wind sie schnell auseinandertrieb.

Während McAdam die Jacke enger um sich zog, klopfte er an die Eingangstür. Geduldig wartete er, bis er gleich darauf eine gebeugte Gestalt von innen herannahen sah. Dass die Tür nicht verschlossen war, wunderte ihn nicht. Die Wenigsten in einem so kleinen Ort hatten das Bedürfnis, abzuschließen.

„Mrs. Sutherland?", fragte er und betrachtete die Frau. Er schätzte sie auf weit über achtzig. Mit etwa einen Meter fünfundsechzig war sie seiner Erfahrung nach groß für eine Frau der Inseln, da sie aber gebeugt war, wirkte sie kleiner. Sie trug einen dicken Wollpullover und einen Rock mit Thermoleggins darunter. Sie musste den Hals recken, um zu ihm hochzublicken.

„Es ist lange her, dass mich jemand so genannt hat, mein Lieber", meinte sie und verzog ihr Gesicht zu einem breiten Grinsen. „Iona ist absolut ausreichend, junger Mann."

Lächelnd zog McAdam den Dienstausweis hervor und hielt ihn ihr hin. „Ich bin DI Duncan McAdam", sagte er. „Und es ist auch bei mir schon länger her, dass mich jemand jung genannt hat."

„Das kann ich niemals lesen, schon gar nicht ohne meine Brille", meinte Iona Sutherland, während sie mit zusammengekniffenen Augen den Ausweis betrachtete.

„Ich komme aus Portree", erklärte er. „Ich untersuche, was Ihrer Nichte Isla zugestoßen ist."

Das Lächeln verschwand aus dem Gesicht der Frau und ihre Miene verdüsterte sich. „Natürlich. Kommen Sie herein", erwiderte sie, trat zurück und ließ die Tür los. McAdam hielt schnell die Hand hin und fing die Tür ab, bevor der Wind sie zuschlug. Als er sie hinter sich schloss, wurde das Brausen des Windes sofort zu einem dumpfen Rauschen. „Hier entlang", sagte sie, und schlurfte mithilfe eines Gehstocks voran.

McAdam folgte ihr ins Wohnzimmer. Im Kamin am anderen Ende prasselte ein Feuer. Iona Sutherland ging hin und versuchte mühsam, sich hinzuknien und noch ein Scheit aus dem Korb neben dem Kamin aufzulegen. Sofort eilte der DI zu ihr und kniete sich hin.

„Lassen Sie mich das machen", sagte er. Dankbar klopfte die Frau ihm auf den Unterarm, erhob sich wieder und schlurfte ein paar Schritte nach rechts. Dort ließ sie sich in einen Sessel fallen. „Leben Sie allein?", erkundigte sich McAdam, während er nachheizte und sich vergewisserte, dass das Scheit auf der Glut lag und schnell Feuer fing.

„Heute bin nur noch ich übrig", antwortete sie. „Mein Mann Ian ist vor Jahren von mir gegangen. Herzanfall, sagten die Ärzte." Sie schüttelte den Kopf. „Viel zu jung, aber der Herr holt die Besten früh zu sich." Sie gluckste. „Ich bin mir nicht sicher, was das über mich aussagt."

Duncan McAdam war beeindruckt. Die Menschen von Skye und den Westlichen Inseln waren zweifellos hart im Nehmen, sie mussten es sein. Trotzdem war enorme Standhaftigkeit nötig, um hier draußen allein zu leben. Zufrieden mit seinen Bemühungen mit dem Feuer stand McAdam auf und nahm ebenfalls Platz.

„Kennen Sie sich mit elektrischen Dingen aus?", erkundigte sich die Hausherrin. Aufmerksam blickte sie ihn an.

Er zuckte mit den Schultern. „Kommt darauf an …"

„Ach, mein Heizkörper geht nicht. Der in meinem Schlafzimmer."

Das überstieg McAdams Wissen, so viel stand für ihn fest, aber er wollte sich die Heizung trotzdem ansehen. Er blickte an ihr vorbei in den Flur und zeigte in die Richtung.

„Zweite Tür links", meinte sie lächelnd.

McAdam nickte und ging aus dem Wohnzimmer. Iona Sutherland blieb sitzen. Offensichtlich war sie ein vertrauensseliger Mensch. Die erste Tür links führte ins Badezimmer, die zweite zum Schlafzimmer, das im vorderen Bereich des Hauses gelegen war. Groß war es nicht. Diese Häuser waren funktional gebaut worden, nicht mit Platz oder Luxus im Sinn. Der Heizkörper befand sich an der Wand unter dem Fenster. Ein schneller Blick verriet ihm, dass keine Kabel lose waren. Es gab auch keine offenkundigen Anzeichen dafür, warum er nicht funktionierte. Er war fest mit einer abgesicherten Steckdose in der Wand verbunden.

McAdam trat in den Flur und rief: „Wo ist der Sicherungskasten?"

„In der Vorratskammer ganz oben."

Er ging in die Küche und entdeckte ein Schränkchen neben der Hintertür. Die Regale darin waren gut bestückt. Offenbar legte sie Wert auf Vorräte, was keine schlechte Sache war, wenn man bedachte, wo sie lebte. Der alte Sicherungskasten befand sich über dem obersten Regal, und Duncan musste die Taschenlampen-App seines Handys benutzen, um etwas zu sehen. Überrascht stellte er fest, dass es ein herkömmlicher Kasten mit alten Stecksicherungen war. Er fluchte. Diese Dinger konnten tödlich sein. Zumindest war alles beschriftet, und er fand schnell diejenige für die Heizungen. Er zog sie heraus. Der Sicherungsdraht war kaputt.

„Haben Sie Ersatzsicherungen … und Werkzeug?", rief er.

„Im Schrank links von der Spüle", rief sie zurück. Duncan drehte sich um. Hinten im Schrank fand er in einem alten Schuhkarton eine kleine Werkzeugtasche. Neben der Tasche entdeckte er die Ersatzsicherungen, ein paar Kerzen, eine Schachtel Zündhölzer und einige Batterien. Er brauchte nicht lange, um einen neuen Sicherungsdraht abzuschneiden, in mit der Sicherung zu verbinden und diese wieder in den Kasten zu stecken.

Zurück im Schlafzimmer stellte er fest, dass das rote Lämpchen vom Wandschalter leuchtete. Er atmete durch. Als er ins Wohnzimmer ging, war Iona Sutherland in der Küche und machte ihnen eine Tasse Tee. Sie lächelte, als er eintrat.

„Das wäre erledigt", sagte er. „Aber Sie sollten wirklich jemanden holen, der Ihnen einen neuen Sicherungskasten installiert. Wenn Sie einen Schlag bekommen, wäre das Ihr Tod – wortwörtlich."

Sie winkte seine Bedenken ab. „Wenn es Zeit ist zu gehen, dann ist es so."

„Aber man muss die Dinge ja nicht beschleunigen."

Wieder lächelte sie. „Jetzt klingen Sie wie mein Neffe. Ständig liegt er mir damit in den Ohren, dass ich die Insel verlassen und nach Skye ziehen soll." Sie zeigte auf eine Ecke in der Küche. „Die Kekse sind in der Dose neben den Eiern", meinte sie. McAdam holte die Dose und stellte sie neben das Tablett, auf dem Iona Sutherland einen Teller gestellt hatte. Sie goss gerade das kochende Wasser in die Teekanne. Einige der Kekse legte sie hübsch angeordnet auf den Teller und bat den DI, die Milch aus dem Kühlschrank zu holen, während sie die Zuckerdose befüllte. „Als ob ich wo anders hingehörte als auf diese Insel. Ich bin viel zu alt für einen Umzug und einen neuen Ort." Sie stellte zwei Tassen auf die Untertassen auf dem Tablett und lächelte zufrieden. „Na bitte. Alles da."

„Sie hätten sich nicht solche Mühe machen müssen", sagte McAdam.

„Unsinn. In letzter Zeit bekomme ich nur noch selten Besuch."

„Hat Isla Sie oft besucht?"

Mit geistesabwesender Miene hielt sie inne. Sie nickte. „Als die Kinder noch klein waren, haben Ruaridh und Èibhlin sie oft zu mir gebracht. Später dann nicht mehr so häufig, ehrlich gesagt. Donnie war wenig begeistert." Sie neigte den Kopf zur Seite. „In einem gewissen Alter war es nicht mehr so toll, die alte Tante zu besuchen."

„Und Isla?"

Iona Sutherland lächelte. „Sie kam immer gerne zu mir herüber. Isla nannte es ihren sicheren Hafen." Sie runzelte die Stirn. „Ich dachte immer, dass sie dieses Haus meinte, aber vielleicht meinte sie die ganze Insel. Ich weiß nicht."

„Sicherer Hafen? Hatte Ihre Nichte Schwierigkeiten?"

Mit düsterer Miene seufzte sie. „Das hatte ich nie angenommen, nicht wirklich", erwiderte sie und sah den DI an. „Sie war immer ein so nettes Mädchen, so fröhlich … man hatte sie gerne um sich."

„Haben Sie mit Ihrem Bruder gesprochen?"

Zögernd schürzte sie die Lippen und stützte sich an der Arbeitsfläche ab. Sie nickte.

„Ich habe mit Ruaridh und Donnie geredet", erwiderte sie leise. „Ich hatte fast die Hoffnung aufgegeben, dass wir noch erfahren, was aus ihr … aus Isla geworden ist." Ihr Blick huschte zu McAdam und wieder weg. „Ich habe mich gefragt, ob sie …" Die Worte blieben Iona Sutherland im Hals stecken und sie schluckte, während sie den DI ansah. „Ich dachte, sie hätte sich vielleicht das Leben genommen."

„Sie hielten das für wahrscheinlich?"

Die Frau schüttelte den Kopf. „Nicht wahrscheinlich, das nicht." Sie zuckte mit den Schultern. „Aber … mir fiel kein anderer Grund ein, warum sie so spurlos verschwunden ist. Nicht, dass ich wüsste, warum sie Selbstmord begehen hätte sollen, … aber weil es sonst keine Erklärung gab … Verstehen Sie?"

„Das tue ich, und ich verstehe auch, dass das für die

Familie schwierig ist", erwiderte McAdam, „aber ich muss herausfinden, was ihr zugestoßen ist."

Als Iona Sutherland ihn ansah, blinzelte sie die Tränen weg. „Ich helfe, wo ich kann", sagte sie. Als sie das Tablett hochheben wollte, kam McAdam ihr zuvor. Er nahm es und folgte Iona zurück ins Wohnzimmer. Sie setzten sich zu beiden Seiten des Kamins. Iona Sutherland schenkte Tee ein und bat ihn, von den Keksen zu nehmen. Obwohl er keine wollte, nahm er einen aus Höflichkeit.

„Ein paar Tage vor ihrem Verschwinden hat Isla die Fähre nach Lochmaddy genommen", meinte McAdam und nippte am Tee. „Einige haben angenommen, dass sie Sie besucht hat."

„Ach ... sie hat mich oft besucht, das stimmt schon", erwiderte Iona Sutherland und schüttelte den Kopf. „Aber in jener Woche nicht."

„Ganz sicher?"

Sie nickte. „Ich hätte mich erinnert. Jemand hat angerufen und gefragt, ob sie hier war ... wer war das noch gleich?", fragte sie sich selbst, während sie mit Daumen und Zeigefinger das Kinn berührte. Sie legte die Stirn in tiefe Falten. Wieder Kopfschütteln. „Nein, ich weiß es nicht mehr. Wahrscheinlich ein Polizist."

„Der nachgefragt hat, ob Isla hier war?"

Sie nickte. „Und ob sie zu dem Zeitpunkt da war ... als Ruaridh sie als vermisst gemeldet hat. Sie haben sich gefragt, ob sie zu mir ist, ohne jemandem etwas zu sagen." Iona Sutherland schnaubte. „Als ob Ruaridh nicht schon bei mir angerufen hätte."

„Haben Sie eine Idee, wen sie sonst auf dieser Insel besucht haben könnte?"

Die Frau überlegte. „Nein, eigentlich nicht. Ich meine, wir alle kennen uns, und sie kannte die Leute hier natürlich gut genug, um ein paar Worte zu wechseln. Früher in jenem Jahr hat sie hier eine Weile gearbeitet. Wussten Sie das?"

„Bei den Turnbulls", erwiderte McAdam. Iona Sutherland nickte. „Hat sie über ihre Zeit beim Tierarzt geredet?"

„Ohhh … sie hat es geliebt, mit Tieren zu arbeiten. Ich denke, das war ihre Berufung und was sie gelernt hätte, wäre sie …"

Duncan McAdam sah den Schmerz in der Miene der Frau. Manchmal war ihm so ein Fall untergenommen. Viel zu oft in Glasgow. Hier auf den Inseln passierte das sicher seltener. Die Familien erfinden Gründe und Erklärungen für das Verschwinden von Verwandten, die nie wieder auftauchten. Eine Auszeit, ein Neustart oder sogar Amnesie durch Unfall. Solange es keine Leiche gab, blieb die Hoffnung am Leben, wie gering sie auch war. Das Auffinden einer Leiche änderte alles. Dann war es endgültig. Es gab keine Hoffnung auf eine Rückkehr und man musste sich mit der Realität auseinandersetzen.

Die Wunde wurde wieder aufgerissen und blutete erneut. Und das war schmerzhaft.

„Isla hat bei Ihnen geschlafen, während sie auf der Insel Arbeitserfahrung gesammelt hat?"

„Ja, hat sie. Manchmal hat sie bei den Turnbulls übernachtet, wenn es spät geworden ist, aber sie hat immer Bescheid gesagt."

„Hat sie sich gut mit den Turnbulls verstanden?"

„Mit James, ja. Ich glaube nicht, dass Andrea sie sonderlich mochte."

Das fand McAdam merkwürdig. Zuvor hatte Andrea Turnbull in den höchsten Tönen von Isla gesprochen, auch wenn sie zugegeben hatte, das Mädchen kaum gekannt zu haben. Das verschwieg er Iona Sutherland.

„Andrea hat sie ständig herumkommandiert und sie von

oben herab behandelt", sprach die Frau weiter. Sie lachte trocken. „Die Kinder heutzutage … Sie erwarten, dass sie den gleichen Respekt erhalten wie diejenigen, die eine Generation älter sind. Ich habe ihr gesagt, *Isla, du musst dich nach oben arbeiten, Mädchen. Du kannst nicht erwarten, irgendwo neu anzufangen und gleich zu bestimmen, wo es langgeht.*"

„Also ist sie mit Andrea Turnbull nicht gut ausgekommen?"

Iona Sutherland winkte ab. „So würde ich das nicht nennen. Sie haben nicht so gut harmoniert wie Isla und James. Er hat sie ins Herz geschlossen." Sie zwinkerte. „Wie so viele der Jungs, nehme ich an."

„Aber James Turnbull war kein Junge, oder? Er war ein erwachsener und noch dazu verheirateter Mann."

„Nein, ich will damit nicht sagen, dass er sich zu ihr hingezogen fühlte … na ja, vielleicht ein bisschen." Bei der Erinnerung an ihre Nichte strahlten die Augen der Frau. „Isla hatte dieses … gewisse Etwas. Vermutlich hätte sich jeder Mann zu ihr hingezogen gefühlt." Sie macht ein nachdenkliches Gewischt. „Soweit ich das in den Zeitungen gelesen habe, wahrscheinlich auch viele der Mädchen."

Duncan McAdam lächelte. Iona Sutherland zeigte auf eine Reihe Bilder am Sims über dem Feuer.

„Das ist sie, die Vierte von rechts."

McAdam stand auf und nahm das Foto. Es war eines von vielen, das auf Partys oder bei Spaziergängen an den kilometerlangen goldenen Stränden der Westlichen Inseln gemacht worden war. Dieses eine Foto war im Laufe der Zeit und durch die Sonne vergilbt. Isla Matheson, wie sie durch die Wellen paddelte. Sie sah aus, wie Anfang der Teenagerjahre. Sie war hübsch gewesen. Vielleicht keine klassische Schönheit, aber das Foto hatte ihr wundervolles unschuldiges Lächeln eingefangen.

„Das wurde gleich dort drüben geschossen", erklärte Fiona Sutherland und zeigte hinter McAdam, als könnte er die nahegelegene Küste durch die Wand sehen.

„Wie alt war sie da?", erkundigte sich McAdam und hielt ihr das Foto hin.

„Dreizehn oder vierzehn, glaube ich", erwiderte sie mit einem wehmütigen Lächeln. „Reizendes kleines Ding. Ich hätte alles für meine Nichte getan, wirklich alles."

Duncan McAdam stellte das Foto wieder an seinen Platz unter den anderen, bevor er sich wieder setzte. Gedankenverloren rang Iona Sutherland die Hände.

„Es ist schwer zu glauben … wo das arme kleine Mädchen geendet ist", sagte sie leise. „Einfach schrecklich."

„Ja, das ist es", meinte der DI. Die Worte klangen leer und unzureichend, aber was konnte er sonst sagen?

„Nach all der Zeit …", fuhr Iona Sutherland fort und sah ihn an, „… können Sie den Verantwortlichen noch finden?"

„Das ist mein Beruf", erwiderte er. Er wollte nicht zu viel versprechen.

„Aber sind Sie auch gut darin?", erkundigte sie sich. McAdam spürte ihren hoffnungsvollen und gleichzeitig erwartungsvollen Blick auf sich. Instinktiv wollte er eine unbeschwerte Antwort geben, sich selbst herunterspielen, aber das wäre unpassend. Stattdessen nickte er.

„Ich möchte Ihnen keine falschen Hoffnungen machen." Er blickte sie an. „Aber ich bin ganz gut."

Iona Sutherland lächelte kläglich und faltete die Hände zum Gebet. „In diesem Fall, junger Mann, bete ich, dass es reicht."

KAPITEL VIERZEHN

MIT DEN HÄNDEN tief in den Taschen vergraben stand Duncan neben dem Auto und stemmte sich gegen den Wind in seinem Rücken. Die Fahrt zurück nach Lochmaddy war ereignislos verlaufen, aber das Sitzen im Auto hatte seine Schmerzen im Rücken irgendwie verschlimmert. Während der Wartezeit die Beine zu strecken und einen kurzen Spaziergang zu machen, hatte ein bisschen geholfen. Als sein Magen grummelte, bereute er es, keinen Snack gekauft oder sich etwas aus dem Hotel von letzter Nacht mitgebracht zu haben – abgesehen von den kostenlosen Keksen, die er vor dem Auschecken aus dem Zimmer mitgenommen hatte.

Die erste Fähre nach Uig lief um Viertel nach sieben aus. Er sah der Crew zu, wie sie alles bereit machte. Die Rampe war bereits unten. Duncan betrachtete die wartenden Fahrzeuge, zwei Lieferwägen und ein paar Einheimische, die einen Ausflug nach Skye machten. Als sein Telefon klingelte, schaute er auf den Bildschirm. Alistair rief an.

„Guten Morgen, Alistair", sagte er, während er das Handy ans Ohr presste, um das Rauschen des Windes so gut wie möglich zu blockieren.

„Guten Morgen, Boss", erwiderte Alistair so fröhlich, dass Duncan sofort hellhörig wurde. Er war sich sicher, dass er den DS gut einschätzen konnte, und er war keiner, der zu überbordender Fröhlichkeit neigte. „Sind Sie auf dem Rückweg?"

„Ich warte gerade auf die Abfahrt", antwortete Duncan und warf einen Blick auf die Fähre. „Warum?"

„Ich dachte nur, Sie möchten die Gelegenheit ergreifen und mit Nicolson reden, wenn Sie schon da sind."

„Nicol Nicolson?"

„Aye. Ich bin gestern bei ihm gewesen und seine Mutter hat mir verraten, dass er für die Fahrten zwischen Uig und Lochmaddy eingeteilt ist. Er müsste also auf Ihrer Fähre sein."

Duncan musterte die Crewmitglieder in den Sicherheitswesten und Wollmützen, die alles bereit zum Auslaufen machten. Er fragte sich, ob Nicolson unter ihnen war.

„Mal sehen, ob ich ihn auftreiben kann." Duncan sah, wie einer aus der Crew die Rampe herunterkam und den wartenden Fahrzeugen zuwinkte. Hinter Duncan wurden Motoren gestartet, und er öffnete die Autotür. „Es geht los, Alistair. Ist sonst noch etwas?"

„Ja, der Pathologe hat mir eine E-Mail geschickt. Die zusätzlichen Tests, die er angefordert hat … tja, die Ergebnisse aus dem Glasgower Labor sind da."

Duncan wartete. Mit einer Hand auf dem Autodach sah er zu, wie der erste Lieferwagen losfuhr. Die Crew wollte, dass diese zuerst auf die Fähre fuhren, was Sinn machte. Schwere Fahrzeuge kamen in die Mitte des Fahrzeugdecks, die kleineren rechts und links, um das Gewicht besser zu verteilen. Für ihn war das immer beunruhigend. Logisch, aber beunruhigend, als erwartete die Crew, dass die Fähre über The Minch kenterte.

„Und? Was haben sie herausgefunden?"

„Starker Verdacht auf Sepsis."

„Blutvergiftung", sagte Duncan überrascht.

„Aye, aber das ist noch nicht alles, was der gute Doktor zu sagen hatte. Während der Autopsie hat er … Moment, das muss ich genau nachlesen", erwiderte Alistair und schnaufte ins Mikrofon, als er sich umsetzte, wahrscheinlich, um von einem Bildschirm oder aus der Akte vor sich abzulesen, „… da ist es. Ein kleiner Riss in der Gebärmutterwand. Ja, so hat er es beschrieben."

„Und das heißt?", fragte Duncan, während er die Augen zusammenkniff und sich fragte, was daran wichtig war.

„Erst meinte er, die Zersetzung wäre der Grund dafür, und dass sich der Körper zusammen mit der Torfbank bewegt hätte."

„Und dann?"

Alistair zögerte. „Nun … er denkt, dass Isla schwanger gewesen sein könnte."

„Bitte was?", fragte Duncan unsicher, ob er Alistair über den Wind und die Motorengeräusche richtig verstanden hatte.

„Schwanger … sie hat ein Kind erwartet … na ja, eigentlich nicht schwanger. Sie war schwanger gewesen, kurz bevor sie gestorben ist. Als die Testergebnisse da waren, hat er sich den pathologischen Befund noch einmal vorgenommen und daraus geschlussfolgert, dass sie an einer Blutvergiftung gestorben ist. Die Ursache dafür war eine Infektion, höchstwahrscheinlich vom Uterus ausgehend, deshalb hat er sich den Riss in der Gebärmutterwand noch einmal angesehen."

„Niemand hat gesagt, dass es ihr an dem Abend, an dem sie verschwunden ist, schlecht gegangen ist", überlegte Duncan laut.

„Aye. Sie ist zwar an der Blutvergiftung gestorben, aber das dauert ja seine Zeit. Das heißt …"

„Sie ist nicht in der Nacht ihres Verschwindens gestorben",

beendete Duncan. „Davor muss sie eine Zeit lang woanders gewesen sein."

„Mindestens einige Tage. Wenn nicht länger."

„Glaubt der Doktor, dass sie eine Fehlgeburt hatte oder –"

„Nein, das denkt er nicht. Er geht davon aus, und er hat betont, dass das nur eine Vermutung ist, dass sie abgetrieben hat. Das würde die Verletzung an der Gebärmutter erklären."

„Okay."

Das Mitglied der Crew signalisierte ihm, dass er auf die Fähre fahren konnte. Der Fahrer des Wagens hinter ihm in der Reihe gab zu verstehen, dass er sich beeilen sollte. Als Duncan ihn vorbeiwinkte, kam er der Aufforderung gerne nach.

„Ich muss jetzt wirklich los, sonst legen sie ohne mich ab", sagte Duncan. „Haben Sie nachgeprüft, ob Isla –"

„Sie war nicht für einen Eingriff auf Skye registriert in den Wochen vor ihrem Verschwinden, wenn Sie das wissen wollten", unterbrach Alistair ihn.

„Wollte ich", sagte Duncan, stieg ein und ließ den Motor an. Da die Windschutzscheibe beschlagen war, lehnte er sich vor und wischte schnell mit dem Ärmel darüber, sodass er wenigstens sehen konnte, wohin er fuhr. Zumindest ausreichend, um an Bord der Fähre zu fahren.

„Das heißt aber nicht, dass sie nicht irgendwo auf dem Festland in einer Klinik gewesen sein könnte."

„Ja … aber ohne, dass jemand davon wusste? Wie wahrscheinlich ist das?"

„Wer sagt, dass niemand Bescheid wusste?", gab Alistair zurück. „Nur, weil uns keiner was davon gesagt hat?"

„Gutes Argument", meinte Duncan und schaltete den Anruf auf die Freisprechanlage, während er langsam die Rampe hochfuhr. „Vielleicht ist sie deshalb verschwunden und hat die Insel verlassen? Was ist mit der Nachsorge?", fragte er. „Normalerweise gibt es Kontrolltermine. Man wird nicht ohne Unterstützung entlassen."

„Damit kenne ich mich nicht aus", erwiderte Alistair heiter. „Ich musste das nie in Anspruch nehmen, aber ich beuge mich gerne Ihrem überlegenen Wissen in dieser Angelegenheit."

Duncan, der sich in die Defensive gedrängt fühlte, antwortete bissig: „Ach ja? Jeder, der ein bisschen gelebt hat, weiß solche Dinge."

„Schon gut, schon gut", sagte Alistair versöhnlich. „Ich meinte nur –"

„Nein, nein", fiel Duncan ihm ins Wort, während er dorthin fuhr, wo die Crew ihn hinhaben wollte. „Es liegt an mir, keine Sorge. Ich habe letzte Nacht schlecht geschlafen, mehr nicht ... und ich habe Hunger."

„Schade. Ich hatte Ihnen ein Zimmer im besten Hotel der Insel buchen lassen."

„Am Hotel lag es nicht. Bestimmt nur an mir ... in den letzten paar Tagen ist viel passiert, wissen Sie?"

„Aye, auch wahr. Sie müssen fast zwei Stunden an Bord totschlagen. Gehen Sie doch ins Mariners Café, die gebratene Blutwurst nach Stornoway-Art ist fantastisch, und dann können Sie ja versuchen, mit Nicolson zu reden."

„Das ist eine gute Idee." Duncan stellte den Motor ab. Die anderen Passagiere machten sich bereits auf den Weg zum Oberdeck. Deshalb nahm Duncan an, dass er weiter hinten in der Schlange beim Essen stehen würde. „Gut, ich bin so gegen zehn zurück in Portree. Wir treffen uns zur Besprechung und schauen dann, wie es weitergeht."

„Versuchen Sie, sich zurückzuhalten und Nicolson nicht über Bord zu werfen, wenn Sie mit ihm reden", sagte Alistair noch gewohnt heiter. „Anscheinend ist er ein fürchterlicher kleiner Idiot."

„Danke für die Warnung."

Duncan legte auf und kletterte aus dem Auto. Auf dem Weg zur Treppe stieg ihm der Geruch von Seegras in die Nase, und er konnte das Salz in der Luft schmecken. Innerhalb der dicken Stahlwände, die dieses Schiff formten, wirkte es durch den Meeresdunst rund um ihn und die Wasserpfützen an Deck noch kälter.

Ein Mitglied der Crew sicherte gerade die Rampe und kam ihm dann entgegen. McAdam hielt ihn auf.

„Wissen Sie, ob Nicol Nicolson heute da ist?"

Der Mann sah ihn an und nickte. „Aye, er ist da. Brauchen Sie was von ihm?"

„Aye, wenn er kurz Zeit hat."

„Ich richte es aus."

„Danke. Ich bin im Café."

Der Mann nickte und verschwand durch eine Tür, deren Zutritt für Passagiere nicht gestattet war. Duncan folgte den Schildern für das Café die Treppe hoch ans Oberdeck. Als er Speck roch, knurrte sein Magen wie aufs Stichwort.

Er wischte gerade die letzten Reste der Bohnen mit einem Brötchen auf, als ein Mann die Cafeteria betrat, neben der Kasse stehen blieb und den Raum absuchte. Er war mindestens einen Meter achtzig groß. Die dünnen, fedrigen Haare hatte er zu einer Tolle gestylt, die bei einem Elvis-Ähnlichkeitswettbewerb durchfallen würde. Er trug einen orangen Overall mit reflektierenden Aufnähern an den Manschetten und Schultern. Dunkle Ringe lagen unter den Augen im hageren Gesicht. Als sein Blick an Duncan McAdam hängen blieb, wischte er sich mit dem Handrücken die Nase ab.

„Sie wollten etwas von mir, Kumpel?", fragte er, als er neben dem Tisch angekommen war.

„Aye. Duncan McAdam", stellte der DI sich vor, während er sich die Finger mit einer Papierserviette abwischte, die er dann zusammengeknüllt auf den Teller warf. Nicol Nicolson musterte ihn.

„Kennen wir uns?"

Kopfschüttelnd zog McAdam den Dienstausweis aus der Gesäßtasche und signalisierte Nicolson, dass er sich setzen sollte. Verblüfft nahm der Mann Platz.

„DI Duncan McAdam", sagte er und zeigte noch einmal den Dienstausweis. Nicolson, der nun wusste, dass er sich in Gegenwart eines Polizisten befand, rutschte nervös hin und her.

„Polizei?"

McAdam nickte und spülte den letzten Bissen des Brötchens mit einem Schluck Kaffee hinunter. „Ich ermittle im Todesfall von Isla Matheson."

„Ach, verstehe, Isla ... aye", sagte Nicolson leise und nickte. Anscheinend hatte der schmale, drahtige Mann ein nervöses Naturell. Allerdings machte McAdam in offizieller Mission die Menschen oft nervös. Diesen routinemäßig auftretenden Effekt kannten die meisten Polizeibeamten. Er war daran gewöhnt.

„Erinnern Sie sich an den Abend am Coral Beach, an den Abend, an dem Isla Matheson zuletzt lebend gesehen wurde?"

„Aye, selbstverständlich."

„Woran erinnern Sie sich?"

Während Nicolson die Stirn runzelte, huschte sein Blick hin und her. „Es war eine grandiose Fete. Die letzte große Party vor Ende des Sommers."

„Soweit ich gehört habe, stand Isla hoch im Kurs."

Er nickte. „Sie hat sich an dem Abend gut unterhalten, ja."

„Und viel Aufmerksamkeit von den Jungs bekommen."

Verlegen lächelte der Mann. „Aye, so könnte man es auch sagen."

„Auch viel Aufmerksamkeit von Ihnen?"

Sein Tonfall klang anschuldigend. Das Lächeln auf Nicolsons Gesicht machte einem Ausdruck von Besorgnis Platz.

„Äh … hey, wir alle hatten Spaß an jenem Abend … Sie können mich nicht einfach so herausgreifen."

„Nein, das ist nicht meine Absicht, Mr. Nicolson", beruhigte McAdam ihn. Er lehnte sich vor und stützte sich mit den Unterarmen auf der Tischplatte ab. Als das Schiff nach links schlingerte, schwappte der Kaffee in der Tasse hin und her und über den Rand. McAdam hielt sie mit der rechten Hand fest. „Aber von allen Personen, die bei dieser Party dabei waren, wurden nur Sie wegen sexueller Belästigung verhaftet."

Wie er erwartet hatte, lief der Mann rot an. Er schien sich klein zu machen und sah sich um, ob jemand von den Passagieren oder der Crew in Hörweite war.

„Das alles war ein Missverständnis … es war nicht so, dass –"

„Ein Missverständnis?", wiederholte der DI stirnrunzelnd. „Sie wurden auf einem Konzert in Glasgow verhaftet –"

„Aye … aber wir haben getanzt …"

„Getrunken … Spaß gehabt …"

„Genau. Getrunken und Spaß gehabt. Es ist nicht so, dass ich auf Beute aus war oder so. Es war wirklich nur … ein Missverständnis."

„An dem Abend am Coral Beach haben Sie alle auch getrunken, getanzt und Spaß gehabt, oder?", hakte McAdam nach. Nicolson nickte. „Und Isla hatte mehr Spaß als die meisten anderen. Vielleicht gab es da auch … ein Missverständnis? Dachten Sie, Sie machen einfach mit und –"

„Hören Sie mal!", unterbrach Nicolson ihn laut und stach mit dem Finger in Richtung des DI. Alle sahen ihn an. Als Nicolson klar wurde, dass die Leute ihn verstohlen aus den Augenwinkeln beobachteten, räusperte er sich und ließ die

Hand sinken. Er machte ein ernstes Gesicht. Einige wendeten den Blick nicht ab, zweifellos hatten sie den Ausbruch aufmerksam verfolgt. Das war das Unterhaltsamste, was die Passagiere auf dieser Fahrt erleben würden.

Nicolson beugte sich vor. Er hob die zusammengeklammerten Hände und hielt sie vor den Mund. Als er McAdam anblickte, war keine Wut in den Augen zu erkennen. Der DI sah, dass er Angst hatte. „Ich habe nicht ... ich hätte Isla nie wehgetan. Sie war reizend ... und ich wusste schon damals, dass ein Mädchen wie sie sich nie mit einem Kerl wie mir abgeben würde. Niemals. Ich bin nicht dämlich."

„Manchen Männern ist das egal, Mr. Nicolson. Und andere akzeptieren kein Nein."

Die Stirn in tiefe Falten gelegt schüttelte er den Kopf.

„Manche Männer fragen nicht einmal", sprach McAdam weiter. „Sie nehmen sich einfach, was sie wollen."

„Nein, ich nicht", erwiderte er und schüttelte nachdrücklich den Kopf. „So bin ich nicht, nicht mehr."

„Nicht mehr?", wiederholte McAdam mit hochgezogener Augenbraue.

„Ich bin kein ...", er schaute sich um und senkte die Stimme. „Sie stellen mich als einen ... einen ... Ich bin kein Vergewaltiger!"

„Was sind Sie dann?"

Nicolson blickte ihn an und reckte den Kiefer vor. Als er die Augen schloss, flatterten die Lider unwillkürlich. „I-i-ich bin nett ... ü-übermäßig ... nett", stammelte er. „Ich dachte mir nichts dabei, und ich trinke nur in Gesellschaft ... und dann kann ich manchmal nicht anders. Ich schwöre, ich habe mir nichts dabei gedacht, wirklich nicht."

Duncan McAdam war neugierig. Anscheinend zitterte und stotterte er nur unter Druck. Das war nicht die kalte, berechnende Antwort eines Mannes, der seit zwei Jahrzehnten mit einem Mord davonkam. Obwohl man nie sagen konnte, wie jemand, der schuldig war, reagierte, wenn man ihn so überrumpelte. Schließlich hatte er den Mann noch nie getroffen.

„Und waren Sie *übermäßig nett* zu Isla an jenem Abend am Coral Beach?"

Nicolson starrte auf die Tischplatte und legte die gefalteten Hände in den Schoß. Er nickte.

„Hat sie Sie spüren lassen, dass sie kein Interesse hatte?"

Nicolson riss den Kopf hoch. „Es war nur ein kleiner Kuss ... nicht einmal ein heftiger."

„Und wie hat sie reagiert?"

Er zuckte mit den Schultern. „Anscheinend hatte sie kein Problem damit. Sie hat gelächelt ... und ist einfach weggegangen. Sie hat gar nicht wütend gewirkt. Schätze, sie hat den Kuss als Kompliment genommen."

„Aber das muss Sie geärgert haben, dass sie einfach so weggegangen ist, als ob Sie ihrer nicht wert wären."

Fragend schaute Nicolson ihn an. „Was wollen Sie damit sagen?"

„Dass Sie von Isla zurückgewiesen wurden ... vor all ihren Freunden. Das muss weh getan haben. Die Demütigung kann einen ganz schon wütend machen, vor allem jemanden, der seine Triebe nicht unter Kontrolle hat."

„Ach ... das war doch nichts", erwiderte er und senkte mit düsterer Miene den Kopf. „An dem Abend war Isla komisch drauf ... sie hat mit den Leuten gespielt, sie scharf gemacht. Ich war nur einer von vielen. Das kann man nicht persönlich nehmen."

„Wen hat sie scharf gemacht?"

Nicolson zuckte mit den Schultern. „Jeden, soweit ich das mitbekommen habe. Jungs, Mädchen ... den Ex-Freund. Es war, als würde sie um Aufmerksamkeit betteln. Menschen mit wenig Selbstvertrauen brauchen Aufmerksamkeit, oder? So heißt es doch."

„Wollen Sie damit sagen, dass Isla ... depressiv war?"

„Ach, davon verstehe ich nichts, aber das machen Leute, wenn sie schlecht drauf sind wegen sich selbst, oder? Entweder verkriechen sie sich oder sie plustern sich auf, lächeln alles weg und flirten herum. Isla gehörte zu letzteren."

„Welchen Grund hatte sie, sich schlecht zu fühlen?", erkundigte sich McAdam. Als Nicolson schweigend abwinkte, dass er keine Ahnung davon hatte, bestand der DI auf einer Antwort. „Raten Sie einfach."

„Sie war unglücklich wegen ihrer Familie, nehme ich an", sagte Nicolson. „Das wussten viele von uns, das ist keine Einbildung von mir. Isla war nicht gerade schüchtern. Wenig überraschend, wenn man bedenkt, wer ihr Vater ist."

„Ruaridh Matheson?"

"Aye. Der gläubigste Mensch der Insel. Sie wissen ja, dass er von Stornoway stammt, oder?"

McAdam schüttelte den Kopf.

„Tja, es gibt keine größere Spaßbremse auf der Insel."

„Sie hätte es ihrem Bruder nachmachen und auf das Festland ziehen können", warf McAdam ein. „Soweit ich weiß, hatte sie das aber nicht vor."

Nicolson schnaubte. „Donnie war eine Nummer, was?" Er lächelte. „Ein schillernder Vogel. Was hätte ich dafür gegeben, ein paar Jahre lang in seinen Schuhen zu stecken."

„Aber jetzt ist er zurück."

„Aye, das ist er", meinte Nicolson. Das Lächeln verschwand. „Das Pendel schlägt immer in beide Seiten aus, oder? Der Apfel ist nicht weit vom Stamm gefallen."

Duncan McAdam lächelte. „Nein, anscheinend nicht." Wenn er an seinen eigenen Vater dachte, dann hoffte er, dass das nicht immer der Fall war.

Das Funkgerät erwachte knisternd zum Leben und verkündete eine für den DI unverständliche Nachricht. Nicolson, der die Nachricht täglich hörte, neigte den Kopf zur Seite. Nachdenklich runzelte er die Stirn, schwieg aber.

„Wann haben Sie Isla Matheson zuletzt gesehen, Mr. Nicolson?"

Er sah McAdam an. Anscheinend war sein Mund trocken, er hatte Schwierigkeiten, zu schlucken. „Am Strand", sagte er nickend. „Als ich bei den anderen war. Keine Ahnung, um welche Uhrzeit das war … ich hatte getrunken."

McAdam hielt den Blickkontakt und musterte den Mann. Wieder knisterte das Funkgerät und der Mann hörte aufmerksam hin.

„Ich werde gebraucht", sagte er an den DI gewandt und breitete die Arme aus. „Ich muss wirklich los. Sind wir fertig?", fragte er hoffnungsvoll.

McAdam nickte. „Was machen Sie hier am Schiff?"

„Ich bin Maschinentechniker … ich halte die Motoren am Laufen und so weiter."

„Klingt wichtig."

Schulterzuckend stand er auf. „Wenn wir eine Panne haben, dann ja. Vor ein paar Jahren war ich drei Tage auf einem treibenden Schiff … glauben Sie mir, Sie wollen nicht an Bord sein, wenn das passiert."

„Aber die Arbeit ist gut, oder?"

„Aye, und gut bezahlt … bei regelmäßigen Arbeitszeiten."

„Kann sein, dass ich Sie noch einmal sprechen muss, Mr. Nicholson."

Ängstlich starrte der Mann ihn an. Nach einem kurzen Nicken verschwand er. Duncan, der ausatmete und ein Gähnen unterdrückte, sah ihm nach.

KAPITEL FÜNFZEHN

DUNCANS ZEITEINSCHÄTZUNG WAR RICHTIG GEWESEN. Kurz vor neun Uhr legte die Fähre in Uig an. Dank der problemlosen Überfahrt kam er etwas früher als erwartet in Portree an. Nicol Nicolson war ein wenig beeindruckender Mann gewesen: nervös, verlegen und nicht ganz realitätsbezogen. Zumindest war er bis zu einem gewissen Grad realistisch gewesen, was seine Erkenntnis betraf, dass ein Mädchen wie Isla Matheson kein Interesse an ihm hatte. Allerdings hatte ihn das nicht davon abgehalten, es trotzdem zu versuchen. Nicolson hatte die Grenzen schon öfter überschritten, indem er *übermäßig nett* gewesen war, wie er es genannt hatte. Und das war beunruhigend. Der Mann war überzeugt gewesen, nichts falsch gemacht zu haben. Dieser Irrglaube sorgte dafür, dass Duncan ihn nicht aus dem Kopf bekam.

Hatten seine Annäherungsversuche Isla wirklich nicht gestört oder hatte er sein unangemessenes Verhalten nur heruntergespielt? Was sonst könnte Nicolson vor sich rechtfertigen, was andere bestenfalls merkwürdig und schlimmstenfalls schlichtweg gefährlich finden könnten?

Weil Duncan das Auto vor dem Revier abstellen wollte, bog er auf die Bridge Road in Richtung Zentrum von Portree ab. Die erste Abzweigung auf den Somerled Square wurde kurz von einem Mini-Reisebus und einem weiteren, abbiegenden Bus blockiert, sodass Duncan warten musste, bis die beiden an der engsten Stelle vor dem Amtsgericht aneinander vorbeigefahren waren. Währenddessen betrachtete Duncan die Straße. Die Frühaufsteher liefen schon herum und gingen einkaufen. Zwei Outdoor-Bekleidungsgeschäfte wirkten besonders betriebsam, und Duncan sah, wie die Tür zu noch einem kleinen Laden gegenüber von den beiden auf der anderen Straßenseite aufgesperrt wurde.

Als er das Schild über der Tür las, wurde ihm klar, dass es das Immobilienbüro von Dougal Mackenzie war. Nachdem die Straße endlich frei war, nickte Duncan dem dankbaren Busfahrer zu, der erleichtert schien, die Kurve geschafft zu haben und aus Portree fahren zu können. Duncan parkte das Auto und lief um die Kurve. Er wollte mit Mackenzie reden.

Er öffnete die Tür und duckte sich hindurch. Als eines der älteren Gebäude der Stadt war es schmal und niedrig und hatte nur ein Fenster, von dem aus man die Straße sehen konnte. Es stand beispielhaft dafür, wie traditionelle Gebäude dem modernen Lebensstil angepasst wurden, war aber weit davon entfernt, was man in einer größeren Stadt oder Großstadt erwarten würde. Der zweckgebaute Hafen der Stadt war früher der Umschlagplatz einer florierenden Fischerei gewesen. In den vergangenen Jahrhunderten waren sogar Schiffe von hier aus zum amerikanischen Kontinent gesegelt. Inzwischen hatten sich die Dinge jedoch grundlegend verändert.

„Guten Morgen!", begrüßte ihn ein Mann mit breitem Grinsen. Er war um die Vierzig, etwas übergewichtig, trug aber ein vorteilhaft geschnittenes Hemd im Oxford-Stil und glänzende Manschettenknöpfe aus Chrom. Eine dunkelorange Krawatte rundete die Erscheinung ab. Den Telefonhörer, den er in einer Hand hielt, legte er auf den Tisch, als Duncan McAdam eintrat. Mit zusammengekniffenen Augen stand der Mann hinter dem Schreibtisch und schien sich zu fragen, ob sie sich kannten oder ob McAdam ein potenzieller neuer Kunde war.

„Duncan McAdam", stellte er sich vor, während sie sich die Hände schüttelten.

„McAdam … ach, Sie sind bestimmt Roslyns Bruder, habe ich recht?"

Duncan nickte.

„Ich dachte ja, dass Sie mir bekannt vorkommen."

Das konnte McAdam nicht nachvollziehen. Seiner Meinung nach sah er seiner Schwester kaum ähnlich.

„Dougal Mackenzie", stellte sich der Mann grinsend vor.

„Sie kennen meine Schwester?"

„Sehr gut sogar", erwiderte Mackenzie, neigte den Kopf zur Seite und verzog das Gesicht. „So ähnlich, zumindest. Ich zähle nicht mehr mit, wie oft ich mit ihr wegen des alten Hofs Ihres Vaters in Balmaqueen gesprochen habe." Er seufzte. „Es ist schade, ein so schönes, altes Haus verfallen zu lassen, finden Sie nicht auch? Ich weiß, dass es Roslyn auch nicht gefällt."

McAdam schürzte die Lippen. Seit Jahren war er nicht mehr zu Hause gewesen, und ehrlich gesagt hatte er auch keine Lust, die Erinnerungen daran wieder aufleben zu lassen. Aber Mackenzie kam erst richtig in Schwung und McAdam nahm an, dass er noch nicht fertig war mit seinem Verkaufsgespräch.

„Wissen Sie, der alte Kuhstall, den Sie da auch haben … den könnten Sie heutzutage gewinnbringend nutzen. Lassen

Sie ihn zu einem Ferienhaus umbauen oder holen Sie sich nur die Planungsgenehmigung und verkaufen Sie ihn, wie er da steht. Ich habe Roslyn gesagt, dass wir den Hof aufteilen könnten, einerseits hätten wir dann das Gebäude und andererseits das Land mit dem Kuhstall. So bekämen wir mehr Angebote und könnten einen größeren Profit machen, als wenn er im Ganzen verkauft würde. Sie könnten auch zuerst einen modernen Anbau ans Haus anschließen mit Blick auf das Meer. Was denken Sie?"

„Ich denke, dass es ein bewirtschafteter Hof ist", erwiderte McAdam kopfschüttelnd. „Die Crofting Commission müsste ihre Zustimmung geben, wie auch die einheimischen Kleinbauern, und –"

„Kleinigkeiten", winkte Mackenzie die Einwände ab. „Das Land kann problemlos verpachtet werden. Außerdem können wir uns später darum kümmern, das ist Sache der Anwälte. Schließlich sind sie dafür da." Er hielt eine Hand hoch. „Dieses Fleckchen mit Blick über das Meer ist *zum Sterben schön*. Die Leute würden sich mit Geboten überschlagen."

„Aye, kann sein", antwortete McAdam. Obwohl ihm klar war, dass Mackenzie höchstwahrscheinlich recht hatte, wäre es keine so einfache Angelegenheit, wie er es darstellte. Die Kleinbauern verteidigten erbittert die traditionelle Lebensweise auf der Insel. Auch wenn sie Neuankömmlingen gegenüber aufgeschlossen waren, zumindest glaubte er das, schätzten sie völlig zurecht ihre traditionelle Lebens- und Arbeitsweise. McAdam verstand nun auch, warum Dougal Mackenzie mit seiner Herangehensweise die Menschen gegen sich aufgebracht hatte. „Ich dachte, dass dem Immobilienmarkt ein Einbruch bevorsteht?"

„Ach … nur in den Gebieten, in denen wenig Angebot und große Nachfrage herrschen. Was schnell und am höchsten steigt, ist meist auch das, was am stärksten abfällt. Einfache Ökonomie." Er winkte ab und atmete übertrieben aus. „Und wissen Sie, was man über Ökonomen sagt?"

Kopfschüttelnd zog McAdam die Mundwinkel nach unten.

„Dass sie erfolgreich sechs der letzten drei Rezensionen vorausgesagt haben." Mackenzie lachte über seinen eigenen Witz, McAdam lächelte höflich. Der Mann räusperte sich. „Ich bin kein Komiker, ich sollte bei dem bleiben, was ich kann – Immobilien verkaufen. Aber ich bin etwas überrascht."

„Weswegen?"

„Dass Roslyn Sie zu mir geschickt hat. Sie hat nie erwähnt, dass Sie auch mitreden möchten. Ich dachte, dass Sie auf dem Festland leben. In Glasgow, richtig?"

Mackenzie hatte ein gutes Gedächtnis.

„Tue ich auch", erwiderte McAdam. „Sie haben Ihre Hausaufgaben gemacht."

Dougal Mackenzie grinste. „Bei Immobilien sind Details wichtig, Mr. McAdam. Was hat Sie nach Hause geführt?"

„Ich bin nur kurz hier, aber nicht, um über mein Elternhaus zu sprechen. Es geht um eine andere Angelegenheit."

„Ach …", Mackenzie war überrascht. „Worum geht es?"

McAdam zückte den Dienstausweis und hielt ihn Mackenzie unter die Nase. Dieser trat ein paar Schritte zurück.

„Ich ermittle im Todesfall von Isla Matheson", erklärte der DI.

„Oh … Isla … verstehe. Ich wusste nicht, dass Sie bei der Polizei sind."

McAdam neigte den Kopf zur Seite. „Ich glaube, Ros schämt sich ein bisschen dafür. Mache Leute reagieren kömisch, wenn die Polizei im Spiel ist, und wenn ein Familienmitglied auf Seiten des Gesetzes steht …"

„Ich nicht", meinte Mackenzie. „Ich unterstützte die

Polizei und habe letztes Jahr, wie jedes Jahr eigentlich, an die Polizeistiftung gespendet."

„Das ist ... sehr großzügig", erwiderte McAdam mit einem höflichen Lächeln. „Was Isla Matheson betrifft, soweit ich weiß, haben Sie damals, als sie verschwunden ist, eine Aussage gemacht ..."

„Ja, obwohl ich kaum von Nutzen war, glaube ich."

„Es war Ihre Party, richtig?"

„Oh nein ... es war unsere ... jeder hat seinen Beitrag geleistet. Ich habe mich um die Musik gekümmert und alle zum Beben gebracht, wie man damals gesagt hat. Aber deshalb war es nicht *meine Party*, oder?"

„Soweit ich auch weiß, sind Sie und Isla sich an jenem Abend nähergekommen."

Mit offenem Mund und leerem Blick sah der Mann ihn an.

„Das ... würde ich so nicht sagen."

McAdam nickte. „Wie würden Sie es dann nennen?"

Stirnrunzelnd befeuchtete er sich die Lippen mit der Zunge. „Wir haben uns kurz geküsst ... aber ... ich war nicht der Einzige. An dem Abend war sie auf einem Flirt-Trip, sie hat ziemlich viel geschäkert."

„Das wurde mir gesagt, ja", meinte McAdam. „Wie haben Sie sich bei Islas Verhalten gefühlt?"

Er zuckte mit den Schultern. „Ehrlich gesagt habe ich nichts gefühlt."

„Tatsächlich? Ein selbstbewusstes, junges Mädchen zeigt Interesse an Ihnen, nur um Sie dann wegzuwerfen und zum Nächsten zu gehen. Das kann nicht angenehm gewesen sein."

Dougal Mackenzie runzelte die Stirn. „Was soll das? Ich dachte, die Polizei fahndet nach einem Mann von außerhalb der Insel, der dafür verantwortlich gewesen sein könnte." Es überraschte McAdam, dass dieses Gerücht die Runde machte. Da er allerdings auch wusste, dass Jameson in diese Richtung ermittelte, konnte er es nicht als unwahr abtun. Nicht, dass er das Mackenzie verriet.

„Es handelt sich um eine laufende Ermittlung", wehrte McAdam ab. „Ich kann Ihnen nichts Genaueres sagen, aber im Moment sprechen wir mit allen, die an jenem Abend anwesend waren. Wir möchten herausfinden, ob sich etwas an den Erinnerungen geändert hat nach so langer Zeit."

„Ach so, verstehe." Mackenzie entspannte sich sichtlich. „Ja, selbstverständlich. Ich … äh …" Er zuckte mit den Schultern. „Ich glaube nicht, dass ich noch etwas dazu zu sagen habe. Es war alles wie immer, wenn wir uns getroffen hatten. Viel zu trinken … Gelächter … Immerhin hat es mal nicht geregnet", erzählte er lächelnd. „War ein schöner Abend. Es gab keine Anzeichen dafür, dass irgendetwas Verdächtiges passierte, soweit ich weiß. Was Isla zugestoßen ist … ist immer noch schockierend."

McAdam nickte.

„Es tut mir wirklich leid", sprach Mackenzie weiter. „Ich wünschte, ich könnte mehr tun. Schlimme Sache. Arme Isla."

„Wenn Sie zurückdenken, fällt Ihnen jemand ein, der wütend auf Isla war?"

„Wütend genug, um sie zu ermorden?"

„Das habe ich nicht gesagt."

Dougal Mackenzie atmete tief aus. Sein Blick huschte weg vom DI und durch das kleine Büro. „Ich schätze, sie hat einige der Mädchen, die auch da waren, gegen sich aufgebracht. Denen hat das Flirten nicht gefallen." Seufzend neigte er den Kopf zur Seite. „Das konnte man ihnen nicht verübeln. Die anwesenden Jungs … na ja, sagen wir, die Auswahl war nicht groß für die Mädels, und Isla, wie sie nun einmal war, hat sie ganz schön auf die Palme gebracht."

„Und die Jungs? Hat es einen geärgert, dass er auserwählt und gleich darauf fallen gelassen wurde?"

„Hm … nun, keinem gefällt es, zurückgewiesen zu werden, wenn man glaubt, Chancen bei einem heißen Mädchen zu haben, oder?"

„Nein." McAdam schüttelte den Kopf. „Nein, das gefällt keinem. Fallen Ihnen ein paar Namen ein? Abgesehen von Ihnen selbst?"

Dougal Mackenzie wackelte mit dem Finger vor dem Gesicht des DI. Dann schürzte er die Lippen und überlegte. Nickend, als würde er eine unausgesprochene Frage beantworten, sah er McAdam an. „Ich schätze, Roddy war nicht begeistert von all dem."

„Roddy Mcintyre?"

„Ja. Er war eng mit Isla befreundet. Wir dachten immer, dass er schlimm in sie verknallt war, aber sie hat seine Gefühle nie erwidert. Es muss ihn gewurmt haben, dass sie ihn ignoriert hat. Er steckte tief in der Friend Zone, müssen Sie wissen. Roddy hat viel zu lange gebraucht, um es bei ihr zu versuchen. Sein Schicksal war es, sie immer mit anderen Kerlen zusammen zu sehen."

„In Ordnung", meinte McAdam, während er sich Notizen machte. „Danke. Sie waren also einer der glorreichen Sieben?"

Verwirrt blickte Mackenzie ihn an.

„Einer der Sieben, die Isla Matheson an jenem Abend geküsst hat."

„Ach, aye, ja." Er lächelte verlegen. „Waren es sieben? Ich erinnere mich nicht mehr, aber bei so was wird immer übertrieben, nicht wahr? Ich glaube, es waren die berühmten Vier … oder Fünf." Er winkte nachlässig ab. „Es waren nur ein paar zufällig verteilte Küsse, mehr nicht. Dem Klatsch und Tratsch würde ich nicht zu viel Glauben schenken", meinte er noch immer lächelnd. „Die Mädchen, von denen ich Ihnen erzählt habe. Isla hat sie wirklich verärgert … und uns Jungs haben sie es nicht vergessen lassen, wie verzaubert wir von

Isla an dem Abend waren. *Wochenlang* waren sie schlecht auf uns zu sprechen."

„Warum war das Ihrer Meinung so?"

„Eifersucht ... ein schrecklicher Charakterzug", erwiderte Mackenzie. „Und noch dazu ein hässlicher. Glücklicherweise ging das vorbei. Meine Kirsty hat mir jedenfalls verziehen." Fragend schaute McAdam ihn an. „Kirsty ... Blake, wie sie damals hieß. Sie war auch auf der Party. Wir haben geheiratet ... einige Jahre danach, selbstverständlich." Er lächelte wehmütig. „Leicht hat sie es mir nicht gemacht."

Duncan McAdam lächelte. „Okay, vielen Dank für Ihre Zeit, Mr. Mackenzie."

„Gar kein Problem. Wenn Sie über Ihr Elternhaus reden möchten, bin ich jederzeit erreichbar." Das einstudierte Grinsen eines Geschäftsmannes huschte über sein Gesicht. „Aber im Ernst, Sie sollten sich schnell entscheiden, wer weiß, wie lange der Verkäufermarkt bestehen bleibt. Die Dinge ändern sich schnell."

„Nein, auf dieser Insel nicht", erwiderte McAdam geradeheraus. Mit hochgezogener Augenbraue neigte Mackenzie den Kopf zur Seite und nickte anerkennend. „Aber ich werde es im Hinterkopf behalten."

„Machen Sie das. Reden Sie mit Roslyn und rufen Sie mich dann an." Er schnappte sich eine Visitenkarte von einem kleinen Stapel auf dem Schreibtisch und reichte sie McAdam. Dieser warf einen kurzen Blick darauf und steckte sie ein.

„Danke nochmal", sagte er und ging zur Tür hinaus.

Roslyn hatte nie erwähnt, dass sie sich überlegte, das alte Haus zu verkaufen. Eigentlich sollte es ihn nicht überraschen. Roslyns Mann bewirtschaftete den Hof seiner Familie und seinen eigenen. Und jünger wurde Ronnie auch nicht. Soweit Duncan daraus schließen konnte, wie sein Vater kaum über die

Runden gekommen war, konnte man vom Hof allein nicht leben. Das war schon immer so gewesen. Die Landbesitzer hatten das Land in so kleine Parzellen unterteilt, dass es nicht reichte, um eine Familie zu ernähren. Dadurch hatten sie sichergestellt, dass die Arbeiter weiter von ihnen abhängig waren. Eine bewusste Praxis, um hinterrücks Leibeigenschaft zu bewahren.

Draußen regnete es. Nicht stark, sondern eher störend und nervig. Das passte zu Duncans Stimmung. Die Erwähnung seines Elternhauses trübte seine Gedanken. Erinnerungen kamen ungebeten auf und verwirrten ihn. Er versuchte, die Bilder vor dem inneren Auge beiseitezuschieben und sich auf die Gespräche mit Mackenzie und Nicolson vorhin auf der Fähre zu konzentrieren. Beide Männer erinnerten sich anders an den Abend am Coral Beach. Dougal Mackenzie hatte Isla Mathesons Verhalten bagatellisiert und das, was danach darüber geredet wurde, als eifersüchtigen Tratsch gegen Isla, ein Mädchen, das nur Spaß gehabt hatte, dargestellt. Nicolson hingegen hatte angedeutet, dass Isla berechnend gehandelt hatte. Es war schon möglich, dass sich beide richtig erinnerten. Die Meinungen gingen auseinander, es kam auf die Perspektive an.

Vielleicht hatten beide recht. Oder keiner.

Als Duncan den Somerled Square umrundete, betrachtete er das Revier. Er wollte nicht hineingehen. DCI Jameson hatte unmissverständlich klargemacht, dass seine Anwesenheit nicht zwingend nötig war und seine Aufgabe einfach von einem kompetenten Detective Sergeant übernommen werden konnte. Alistair MacEachran war ein solcher DS.

Duncan nahm das Handy heraus und rief ihn an.

„Alistair, ich muss noch etwas erledigen."

„Ach tatsächlich, aye?"

Als Duncan den sarkastischen Tonfall hörte und sich dabei

MacEachrans Gesicht vorstellte, musste er lachen. „Halten Sie die Stellung, ich komme später zu euch."

Ohne auf eine Antwort zu warten, legte er auf. Mit dem Revier im Rücken lief er zum Auto. Es war ihm egal, dass es sich anfühlte, als würde er blaumachen.

Zuerst musste er noch kurz wohin, dann würde er für ein paar Stunden die Stadt verlassen.

KAPITEL SECHZEHN

STELLENWEISE WAR der Weg löchrig und uneben. Das Auto rumpelte durch Schlaglöcher und quietschte und ächzte, als er zum alten Haus fuhr. Allerdings war in den letzten Jahren einiges getan worden, die Zufahrt war begradigt und in einem besseren Zustand, als er sich erinnerte.

Es regnete noch unaufhörlich. Als er das Auto an einer bekiesten Kehre vor dem Haus abstellte, konnte er die Westlichen Inseln, die normalerweise hinter The Minch sichtbar waren, nicht erkennen. An einem klaren Tag standen sie deutlich vor dem Horizont, die letzten Landmassen vor der Weite des Atlantiks. Als Kind war er oft am Ufer unter dem Hof gesessen und hatte den vorbeifahrenden Schiffen nachgesehen. Meist war es dabei spät geworden. Gelegentlich hatte er eine Flottille der Royal Navy auf dem Weg um die Britischen Inseln erspäht. Im Laufe der Zeit war er gut darin geworden, die unterschiedlichen Schiffstypen auszumachen.

Sein Großvater hatte fünfzehn Jahre in der Navy gedient. Er hatte sich gemeldet, sobald er konnte. Dafür hatte er die Schule frühzeitig verlassen und die Erlaubnis seiner Eltern eingeholt. Nachdem er die Welt umreist und wieder nach Skye zurückgekehrt war, hatte er seine Enkel, Duncan und Roslyn, mit seinen Abenteuern im Nahen Osten, vor allem Bahrain, Stopps in Südamerika und überall dazwischen unterhalten. Besonders Duncan war von den Geschichten gefesselt gewesen. Laut seinem Vater waren es auch nur Geschichten gewesen, nicht mehr. *Nichts ist so echt wie eine Lüge, in der ein Körnchen Wahrheit steckt*, hatte er ihnen immer wieder gesagt und die Erzählungen seines Vaters abgetan.

Duncans Vater hatte kein gutes Verhältnis zu seinem Vater gehabt – das schien sich in der nächsten Generation wiederholt zu haben. War Duncans Großvater ein Mann gewesen, der gerne Seemannsgarn gesponnen hatte, oder hatte sein Vater die Geschichten so abgewertet, weil der große Duncan niemals die Insel verlassen hatte, um die Welt zu erkunden? Duncan wusste es nicht, und er würde es auch nie erfahren.

Als er aus dem Auto stieg, zog er die Jacke enger um sich. Über ihm, auf dem sanften Hügel neben dem Haus, blökte ein Mutterschaf. Während Duncan zum Haus ging, musterte er es schnell. Es war aus Stein gebaut worden, die früher weiß getüncht gewesen waren. Inzwischen hatten das Salz in der Meeresluft und das harsche Klima die Farbe größtenteils abgetragen. Gras wuchs in Büscheln am Fuß der Mauern, und die Steine wirkten feucht von dem Moos, das außen und innen auf ihnen wuchs. In den Fenstern fehlten viele der Scheiben und die Rahmen waren so stark vermodert, dass sie die Verbliebenen kaum halten konnten.

Das ehemals mit Stroh gedeckte Dach bestand nun aus billigerem, leichter instand zuhaltendem Wellblech. Die rot lackierten Bleche waren in das Haus gestürzt. Sparren und Balken, die Wind und Wetter ausgesetzt waren, sahen so mitgenommen aus, dass Duncan nicht wagte, das Haus zu betreten. Die Wellbleche, die noch befestigt waren, klapperten und kreischten im starken Wind, der durch die offenen

Wände pfiff. Das ganze Haus war in einem erbärmlichen Zustand. Es sah nicht mehr aus wie das Haus aus seinen Erinnerungen.

„Was machst du denn hier?"

Als er sich umdrehte, stand Roslyn neben der Scheune am Tor an der Einfahrt zum Hof. Hinter ihr tickte der Motor eines Quads. Dass er sie nicht hatte kommen hören, beunruhigte ihn. Trotz des Windes, der den Motor übertönt haben musste, fand er es merkwürdig, dass er so gar nichts gehört hatte. Anscheinend war er so in den Erinnerungen an die Vergangenheit gefangen gewesen, dass er nichts um sich mitbekommen hatte.

„Hallo, Ros", sagte er und ging ihr langsam entgegen. Mit den Händen in die Hüften gestemmt wartete sie auf Duncan, ohne ihn aus den Augen zu lassen. Anscheinend hatte sie sich um die Schafe gekümmert. Mit ihrer Regenbekleidung und den Gummistiefel sah sie aus, als wäre sie auf alles gefasst, was Mutter Natur ihr entgegenschleudern könnte.

„Hast du nach mir gesucht?", fragte sie.

Duncan schüttelte den Kopf und schaute zum Haus zurück. „Nein, ich dachte nur, ich sollte mal hierher und mir das Haus ansehen."

Roslyn zog die Augenbrauen hoch, sie glaubte ihm nicht. Das war nicht weiter verwunderlich. Duncan hatte wenig überzeugend geklungen.

„Ich komme gerade aus der Stadt", sprach er an sie gewandt weiter. „Ich habe mit Dougal geredet. Erinnerst du dich an Dougal Mackenzie?"

Roslyns Miene verdüsterte sich. Mit verschränkten Armen nickte sie langsam. „Aye, ich kenne ihn. Was wollte er von dir?"

Duncan lächelte. Ihm wurde bewusst, dass er sich auf sehr dünnem Eis bewegte, da er keine Ahnung hatte, was die beiden besprochen hatten. „Er meinte, dass ihr über den Verkauf des Hauses geredet habt."

Roslyn lächelte, allerdings alles andere als freundlich. „Ach, tatsächlich? Das hat er gesagt?"

„Habt ihr nicht?"

„Och …er schon. Dougal redet über nichts anderes. In den letzten ungefähr achtzehn Monaten hat er mich und Ronnie nicht in Ruhe gelassen … Dougal verspricht das Blaue vom Himmel."

„Du denkst nicht, dass er das einhalten kann?"

„Das ist mir komplett egal, Duncan. Der Typ ist ein Immobilienhai."

Duncan neigte den Kopf zur Seite. „Aber wenn man verkaufen möchte, dann braucht man genau so einen, oder?"

„Wer behauptet denn, dass ich Grund und Boden verkaufen will?", fragte sie und schaute an ihm vorbei zum heruntergekommenen Haus.

Schulterzuckend betrachtete auch Duncan den Hof. „Ganz abtun sollten wir einen Verkauf nicht. Nicht das Land – ich weiß, dass du und Ronnie es bewirtschaftet – aber das Haus. Wir könnten beantragen, es vom Hof zu lösen … es im aktuellen Zustand loszuwerden", meinte er, während er die Ruinen des Elternhauses musterte, „oder es herrichten und dann verkaufen."

Roslyn verzog spöttisch das Gesicht. „An einen Kerl aus der Stadt, der es an Touristen vermietet, die auf der Insel herumgeistern?"

„Ja …, wenn es so einer kaufen will. Ist doch egal, was sie damit machen."

Ihr entfuhr ein höhnisches Schnauben. „Was heißt da eigentlich *wir*, Duncan?"

„Na ja, der Hof gehört uns beiden … oder?"

Roslyns Lachen klang trocken – die einzige trockene Sache

um sie herum. Immerhin ließ der Regen nach, doch der Wind nahm Fahrt auf.

„Das ist so typisch du, Duncan."

„Was?"

„Du schneist zum ersten Mal seit Jahren herein, stellst irgendwelche pauschalen Aussagen auf mit deinen tollen Ideen, und dann verziehst du dich bestimmt wieder aufs Festland. Du darfst mich gerne korrigieren, wenn ich falsch liege."

Duncan verzog das Gesicht. „Ich dachte nicht, dass dich das so aufregen würde –"

„Hast du *überhaupt* mal nachgedacht, Duncan? Ich meine, wirklich nachgedacht oder schlägst du einfach um dich, wie du es ständig gemacht hast? Wie das bockige kleine Balg, das du schon immer gewesen bist?"

Duncan biss die Zähne aufeinander und neigte den Kopf. „Das ist etwas übertrieben, Ros."

„Wirklich? Denkst du das?", fragte sie und nickte sarkastisch. „Du änderst dich nie, Duncan. Du kommst, wenn es dir passt, wirfst alles über den Haufen und verschwindest wieder. Die anderen müssen hinter dir aufräumen. Immer läufst du davon."

Er war verblüfft. „Was soll das jetzt wieder heißen?"

„Das heißt, dass wir anderen hier bleiben … und *Verantwortung* für unser Handeln übernehmen müssen. Andere dagegen", anschuldigend zeigte sie mit dem Finger auf ihn, „machen genau das Gegenteil."

„Was willst du? Bist du immer noch nicht darüber hinweg, dass ich nach Glasgow gezogen bin?"

„Unter anderem, aye!"

„Meine Güte, Ros, das war vor fünfzehn Jahren! Lass gut sein, ja?"

„Und ich musste mich wie üblich mit den Konsequenzen herumschlagen –"

„Ich musste weg!", erwiderte Duncan. Langsam wurde er wütend. „Du wusstest, dass ich damals gehen musste!"

„Wirklich? Warum … warum denn, Duncan? Sag es mir, bis jetzt hast du dir ja nicht die Mühe gemacht."

Duncan wandte sich ab. Er wollte nichts sagen, was er später bereuen würde. Allerdings ließ Roslyn die Sache nicht auf sich beruhen und lief ihm mit geröteten Wangen nach. Sie schnappte seinen Unterarm und zog Duncan herum, sodass er sie ansehen musste.

„Warum, Duncan?"

Er riss sich von ihr los. „Ich wurde an der Universität aufgenommen."

„Du bist nicht weggegangen, um zu studieren, Duncan. Weiterbildung hat dich nie interessiert. Du hast dich in allerletzter Minute über ein Auswahlverfahren beworben –"

„Ja, weil ich weg *musste*!", erwiderte er bissig.

„Warum?", schrie sie ihn an. Als er wieder losging, rannte Roslyn ihm nach. Er drehte sich auf dem Absatz um, um sich ihr entgegenzustellen.

„Weil ich ihn sonst umgebracht hätte … und du weißt das!"

Sein aggressiver Tonfall ließ sie blass werden. Roslyn hielt inne und wich einen Schritt zurück. In ihren Augen erkannte Duncan Angst. Sofort beruhigte er sich, hielt entschuldigend die Hände noch und senkte den Blick. Als er den Kopf hob, glitzerten Tränen in den Augen seine Schwester. Ihr Gesichtsausdruck erinnerte ihn an den Tag, als er seinen Koffer gepackt und innerhalb einer Stunde das Haus verlassen hatte. Sie war ihm nach draußen gefolgt und hatte ihn angefleht, nicht zu gehen. Aber er hatte die Entscheidung schon gefällt und ihre Bitten ignoriert.

„Ich musste gehen", wiederholte er ruhig.

Während Roslyn sich die Tränen wegwischte, schaute sie ihn an und nickte. „Ich weiß."

Schweigen. Es war seltsam. Nach einer Weile brach sie die Stille mit einer Frage.

„Hast du dich je gefragt, wie es heute wäre, wenn es anders gelaufen wäre?"

Fragend schaute er sie an. „Anders? Wie anders?"

Sie zuckte mit den Schultern. „Du weißt schon ... zu Hause. Vielleicht hättest du die Insel nie verlassen."

„Ach ... ich wäre früher oder später gegangen. Ich meine, kannst du dir mich vorstellen, wie ich Schafe von einem Feld auf das nächste treibe?"

„Was ist schlecht daran? Es ist ehrliche Arbeit."

Wieder hob er beruhigend die Hand. „Das weiß ich. Etwas anderes wollte ich damit auch nicht sagen, aber ... wäre das wirklich etwas für mich gewesen?"

Sie lächelte. „Wahrscheinlich nicht."

„Und du?", fragte er.

„Was soll mit mir sein?"

„Fragst du dich, wie es für dich hätte laufen können? Schließlich hast du Ronnie geheiratet, um von daheim wegzukommen. Es hätte egal wer sein können –"

Roslyn schnaubte. „Du bist ein elender Mistkerl, Duncan."

Die Worte waren ganz falsch aus seinem Mund gekommen. Das hatte er nicht sagen wollen, und er hatte ein schlechtes Gewissen. „Ich-ich habe es nicht so gemeint –"

„Duncan!"

Als er sich umdrehte, sah er seinen Schwager, Ronnie Macdougall, grinsend zu ihnen kommen. Sein Collie rannte an ihm vorbei und raste auf Duncan und Roslyn zu. Er umkreiste die beiden und schnüffelte an Duncans Knöchel. Nachdem er festgestellt hatte, dass er uninteressant war, sprang er an Roslyn hoch. Diese streichelte ihn kurz, bevor sie ihn wegschickte. Der Hund lief los, um etwas Unterhaltsameres aufzuspüren.

„Hallo, Ronnie. Wie geht's dir?", erkundigte sich Duncan, während sie sich die Hände schüttelten. Er hoffe, dass er seinen Wutausbruch nicht mitangesehen hatte.

„Prima, Dunc, prima." Immer noch Duncans Hand haltend lehnte er sich etwas zurück und musterte Duncans Gesicht. „Viel besser als dir, wie es scheint. Was hast du denn gemacht? Du siehst schrecklich aus, Mann." Als er einen Seitenblick auf seine Frau warf, schaute diese weg, damit er nicht ihr Gesicht sah. Sie wollte nicht, dass er zu genau hinschaute und ihre aufgewühlte Miene bemerkte. Es war vergebens. Ronnie blickte sie an und wusste sofort, dass er in etwas hineingeplatzt war. „Wie ich sehe, habt ihr geplaudert."

Verlegen lächelte Duncan. „Wir haben die Vergangenheit ausgegraben."

Ronnie seufzte. „Ach, tja … was die Vergangenheit auch ist, sie ist vor allem vorbei und vergessen. Belassen wir es dabei, ja?"

Duncan lächelte höflich. Wenn es nur so einfach wäre. Ronnie war ein anständiger Mann. Da er ein paar Jahre älter war als Roslyn, schätzte Duncan, dass er inzwischen um die Fünfzig war. Seit sie sich das letzte Mal gesehen hatten, und das war vor Jahren, hatte er etwas zugelegt. Ronnies Haare waren jetzt mehr grau als rot, der Bart war etwas dünner und das Gesicht voller.

„Also, was machst du hier auf dem Hof, Duncan?", fragte Ronnie.

„Duncan will ihn verkaufen", antwortete Roslyn ausdruckslos, bevor er etwas sagen konnte.

„Ach, tatsächlich?", meinte Ronnie und blickte Duncan streng an. „Willst die schöne Aussicht zu Geld machen, was?"

Duncan schaute über The Minch. Die Schlechtwetterfront

war schnell vorbeigezogen und es regnete auch kaum noch. Durch ein Loch in den Wolken blitzte die Sonne auf und ließ das Wasser glitzern. Hinter dem feinen Nebel, der die nächste Wolkenbank ankündigte, waren die Westlichen Inseln sichtbar.

Duncan zuckte mit den Schultern. „Nein, so ist es nicht. Ich dachte nur, wenn ihr verkaufen wollt, dann wäre das vielleicht eine gute Idee."

Ronnie warf einen Seitenblick auf seine Frau. „Wollen wir verkaufen?"

„Nein, der Fiesling Dougal kann nur nicht die Klappe halten. Er weiß ganz genau, dass wir nicht verkaufen."

„Aye …", meinte Ronnie und schaute Duncan an. „Dougal scharwenzelt schon ewig um uns herum. Er kann ein Nein nicht akzeptieren."

„Dann habe ich das nur missverstanden", sagte Duncan. Demonstrativ wandte er sich zu Roslyn. „Es tut mir leid. Ich wollte dich nicht verärgern … mit egal was."

„Schon okay", erwiderte sie und drehte sich von ihm weg, ohne ihn anzusehen. Offensichtlich war nichts okay. „Ich muss weitermachen", sagte sie und stiefelte los. „Ruf an und sag Bescheid, wenn du mal zum Abendessen bei uns vorbeikommen willst."

Duncan holte tief Luft und atmete langsam aus. Ronnie sah ihn kritisch an.

„Du hast immer noch ein Händchen für Frauen, Duncan."

„Es ist eine Gabe. Was soll ich dazu sagen?", meinte er und zuckte verlegen lächelnd mit den Schultern.

Als Ronnie grinste, kam eine Reihe verfärbter Zähne zum Vorschein. Er legte einen Arm um Duncans Schulter und umarmte ihn kräftig. Obwohl Duncan das nicht gern hatte, ließ er Ronnie machen. Als sein Schwager losließ, atmete er erleichtert auf. Der Mann hatte Bärenkräfte.

„Was machst du jetzt, Duncan?"

„Ach … ich dachte, ich schaue vorbei und trinke einen mit dem alten Herrn."

Mit zusammengekniffenen Augen starrte Ronnie ihn an. „Ach, tatsächlich? Das ist … interessant."

Duncan zuckte mit den Schultern. „Er hätte es so gewollt."

„Da hast du vermutlich recht." Ronnie lächelte. „Komm bald vorbei, Duncan." Er schaute hinüber zu Roslyn, die sie heimlich aus den Augenwinkeln beobachtete. „Schieb es nicht zu lange auf, Mann."

Duncan nickte. „Werde ich nicht." Skeptisch zog Ronnie die Augenbrauen hoch. „Versprochen."

„Aye, Versprechungen, Versprechungen", meinte sein Schwager. Lächelnd schüttelten sie sich die Hände und Duncan ging wieder zum Auto. Als er am Haus vorbeikam, verlangsamte er die Schritte und betrachtete die Ruinen seines Elternhauses. Der Zustand entsprach seinen Erinnerungen. *Wie konnte er an einen Ort, der wunderschön war, so viele schlimme Erinnerungen haben?*

Der Motor des Quads heulte auf. Als er nach hinten schaute, sah er Roslyn, die wegfuhr, ohne sich noch einmal umzudrehen. Ronnie trieb die Schafe zusammen und brachte sie mithilfe seines Hundes auf das angrenzende Feld. Während Duncan mit den Schlüsseln in der Hand spielte, spürte er die ersten Regentropfen, die der Wind herantrug.

„Na dann, Dad. Trinken wir einen", sagte er zu sich.

KAPITEL SIEBZEHN

Als Duncan das Ende des Weges erreichte, hielt er das Auto am nicht asphaltierten Parkplatz neben dem Friedhof an. Die Kirche befand sich beinahe an der nördlichsten Spitze von Skye, gleich neben der alten Ruine der St Moluag's Church. Von dieser war kaum mehr als eine steinerne, über sechzig Zentimeter dicke Giebelwand übrig, die wie ein gewaltiger Monolith für die Ahnen der Insel Skye in den Himmel ragte. Der Rest der Kirche war schon lange verfallen und die Steine abtransportiert und andernorts verbaut worden. Auch die Mauer des Friedhofs bestand aus diesen Steinen. Auf dem Friedhof selbst markierten einige kleine Begrenzungen die Gräber lokaler Würdenträger oder reicher Familien, die sich ein Grab leisten konnten, das sich von denen des gemeinen Volkes abhob. Allerdings gab es auf dem alten Friedhof von Kilmaluag nicht mehr als zwanzig Grabsteine.

Duncan griff über den Beifahrersitz zum Handschuhfach. Er öffnete es und nahm eine kleine, braune Tüte heraus, die er vorhin hineingelegt hatte, bevor er zum alten Hof seiner Familie gefahren war. Als er ausstieg, flatterte seine Jacke im böigen Wind. Duncan ging zum ummauerten Friedhof und betrat ihn durch ein Metalltor, das jenem ähnelte, das meist auf Bauernhöfen verwendet wurde, um die Schafe von Hof und Feldern fernzuhalten oder dort zu halten, je nachdem, was nötig war. Da die Scharniere des Tors gut geölt waren, ließ es sich mühelos öffnen.

Nachdem Duncan es geschlossen hatte, ging er über die Wiese. Er war beeindruckt, wie gut gepflegt alles war. In diesem Teil der Insel war das selten. Soweit man sehen konnte, bestand der Boden größtenteils aus Machair, einem sumpfigen Boden mit nur spärlicher Vegetation. Offenbar kümmerte sich jemand um den Friedhof. Vor einem einfachen, aber schön gehauenen Grabstein blieb er stehen und betrachtete ihn stumm. Abgesehen vom Pfeifen des Windes, der ihn umwehte, war nur das Flattern seiner Jacke zu hören. Obwohl Kilmuir, wo die alte Kirche und der Friedhof lagen, von den umliegenden Hügeln vor dem Wind geschützt waren, war die Gegend doch anfällig für die Westwinde, die vom Atlantik über die Insel fegten.

Hinter ihm über der Hügelkuppe stand, wie Duncan wusste, die berühmte Schutzhütte bei Rubha Hunish. Das Holzgebäude an den Klippen bot einen unvergleichlichen Ausblick über das Meer und die Westlichen Inseln. Regelmäßig wanderten Touristen hoch. Die Hartgesottenen unter ihnen wurden mit einem herrlichen Blick belohnt.

Duncan nahm die Papiertüte aus der Tasche. Darin befand sich eine kleine Flasche Scotch, die er aufschraubte. Als er einen kräftigen Schluck trank, sog er scharf die Luft ein. Der Scotch brannte wie flüssiges Feuer die Kehle hinunter. Duncan kippte den Rest der Flasche auf den Boden vor dem Grabstein und sah zu, wie die Flüssigkeit gurgelnd und sprudelnd aus der Flasche schoss, bis nur noch ein paar Tropfen herauskamen.

Spöttisch verzog er die Lippen. „Auf dich, Dad", flüsterte

er, während er spürte, wie sich seine Gedanken verdüsterten. Nachdem er die Flasche wieder zugeschraubt hatte, steckte er sie zurück in die Papiertüte und schob diese in die Jackentasche. Kopfschüttelnd rieb er sich mit der linken Hand über die Wange und machte sich auf den Weg.

Als Duncan bemerkte, dass sich jemand auf der anderen Seite der Mauer befand, verlangsamte er die Schritte zum Tor. Es war ein älterer Mann, der zum Schutz vor der Kälte eine dicke Jacke und Hose, Wollmütze und Handschuhe trug. Die Hände hatte er im Schoß zusammengefaltet. In einer hielt er lose einen durchsichtigen Schlauch, der über den Schoß zu einem Sauerstoffbehälter an der linken Seite des motorisierten Rollstuhls verlief. Der Mann betrachtete Duncan McAdam, als dieser das Tor erreichte und es öffnete.

„Normalerweise bringt man Blumen, um den Toten Respekt zu erweisen", sagte er ohne eine Spur von Aggressivität oder Sarkasmus. Er machte lediglich eine Feststellung.

Nachdem McAdam das Tor wieder geschlossen hatte, wandte er sich ihm zu. „Blumen halten sich hier nicht lange", meinte er vor Kälte zitternd.

Der Mann neigte den Kopf zur Seite. „Wie Sie meinen, Duncan."

McAdam kniff die Augen zusammen.

„Sie sind der kleine Duncan McAdam, oder?"

Der DI fühlte sich im Hintertreffen. Er kannte den Mann nicht. Nickend musterte er ihn misstrauisch. „Ja, das bin ich. Tut mir leid, aber kennen wir uns?"

Als der Mann lächelte, entblößte er eine Reihe dunkel verfärbter Zähne. Durch das stark zurückgewichene Zahnfleisch sah er fast wie ein Vampir aus. „Nein, eigentlich nicht, aber ich kenne die Namen aller, die auf diesem Friedhof liegen." Er betrachtete die Landschaft um sich. „Auf allen Friedhöfen dieser Gegend. Schließlich war es meine Aufgabe, mich um das geistige Wohl der verlorenen Seelen in diesem Leben zu kümmern. Und auch im nächsten, wie manche sagen würden."

Daraufhin nahm McAdam an, dass er Pastor sein musste. Allerdings hatte Reverend Geddes seinen Vater begraben. Offenbar las der Mann seine Gedanken.

„John Geddes ist vor einigen Jahren in Rente gegangen. Inzwischen lebt er in Inverness."

McAdam nickte. „Verstehe … und Sie sind sein Nachfolger?"

Das Lächeln des Mannes wurde zu einem Kitzelhusten und dann zu einem qualvollen, abgehackten Würgen. Es war so schlimm anzuhören, dass McAdam sich ernste Sorgen um seine Gesundheit machte.

„Bei diesem Wetter sollten Sie nicht hier draußen sein."

Obwohl der Regen nachgelassen hatte und nur gelegentlich Tropfen vom Himmel fielen, war es im Wind eisig kalt. Jemandem, der in einem Rollstuhl saß, musste die Kälte schnell in die Knochen ziehen. Der Mann winkte die Bedenken ab.

„Für mich ist es schon viel zu spät, junger Mann. Wenn Er beschließt, dass es Zeit ist, an Seine Seite zutreten, dann werde ich dem gerne nachkommen. Ich lebe gleich hier", meinte er und zeigte auf ein Haus, das etwa fünfundzwanzig Meter vom Friedhof entfernt lag. Er streckte die Hand aus, die McAdam schüttelte. „Ich habe gesehen, wie Sie gekommen sind. Zugegebenermaßen bin ich neugierig geworden. Auf diesen Friedhof kommen nur selten Menschen … schon gar nicht welche, die ich nicht kenne."

„Duncan McAdam", stellte sich der DI offiziell vor.

„Das dachte ich mir", erwiderte der Mann und sah ihm in die Augen. „Ruaridh Matheson. Isla Mathesons Vater."

Duncan McAdam war überrascht. Eigentlich hätte er es

wissen müssen. Aber er war mit den Gedanken so weit weg gewesen wegen des Besuchs am Grab seines Vaters, dass er nicht geschaltet hatte. Er schaute zu Mathesons Haus.

„Warum leben Sie so weit draußen?"

Als Ruaridh Matheson vor Lachen wieder husten musste, bedeckte er den Mund mit einer Hand. McAdam, der näherkam, um ihm zu helfen, wurde weggewinkt.

„Nachdem ich den Autounfall hatte", sagte Matheson und zeigte auf seine Beine, „konnte ich nicht mehr arbeiten. Das Pfarramt hat mich hier unterbringen können." Er deutete auf das Haus. „Es gehört der Crofting-Stiftung der Insel ... diese schützt Grundstücke und Häuser von wesentlichem Interesse, wie alte Höfe und so weiter, vor Immobilienhaien. Die Miete ist nur symbolisch, wofür ich dankbar bin, und wegen dieser Orte bleiben die Menschen auf der Insel. Wenn man sich in den Dienst Gottes stellt, wird man nicht reich, das können Sie mir gerne glauben."

McAdam lächelte. „Trotzdem ... es ist weit abgelegen für jemanden ..." Weil er ihn nicht beleidigen wollte, hielt er inne und beendete den Satz nicht.

„Ja, ist es", bestätigte Matheson, während er den Friedhof betrachtete. Er zeigte auf einen neueren Grabstein, der von einem kniehohen Zaun geschützt wurde. „Meine liebe Èibhlin wurde hier begraben, und es ist mir wichtig, in ihrer Nähe zu sein. Bald wird auch Isla hier liegen ... und in absehbarer Zeit auch ich."

Duncan McAdam nickte ernst. „Und Sie schaffen es, allein hier draußen zu leben? Das ist bestimmt schwierig."

„Lassen Sie sich nicht täuschen, Mr. McAdam. Die Menschen halten zusammen in diesem Teil der Insel und wir passen aufeinander auf."

„Das bezweifle ich nicht, so ist es schon immer gewesen."

„Außerdem ist mein Sohn nicht weit weg, sollte ich ihn brauchen."

„Ja, ich habe Donnie getroffen", meinte McAdam und neigte den Kopf zur Seite. „Ich erinnere mich an ihn von früher."

Ruaridhs Gesichtsausdruck verriet eindeutig Missbilligung. „Ja, Gott sei Dank liegen diese Tage hinter ihm. Als er seine Berufung fand, kam er zurück. Gestern Abend hat er mich angerufen und gesagt, dass man einen Mann geholt hat, der von der Insel stammt, um in Islas Todesfall zu ermitteln."

McAdam wusste, dass es so nicht gewesen war, sah aber keine Notwendigkeit, den Mann zu korrigieren.

„Ist Donnie deshalb nach Skye zurückgekommen? Um Pastor zu werden?"

Ruaridh Matheson kicherte. „Nein, das bezweifle ich stark. Er kam zurück, um die Familie zu unterstützen ... trotz unserer eher zerrütteten Beziehung wusste Donnie, dass seine Mutter ihn brauchte. Möge sie in Frieden ruhen. Und ehrlich gesagt brauchte ich ihn auch."

„Ihre Frau hat sich das Leben genommen, nicht wahr?", erkundigte sich McAdam. Er konnte es sich sparen, um den heißen Brei herumzureden. Diese Tatsache war weithin bekannt.

Mathesons Miene änderte sich. Offenbar gedankenverloren starrte er in die Ferne. Nach einer Weile nickte er. „Ja, das hat sie. Es ist schrecklich, wenn man sein Kind verliert, Mr. McAdam ... Eltern sollten das nicht durchmachen müssen. Ohne zu wissen ...", stirnrunzelnd hielt er inne. „Ohne Abschluss ... ist es schwer, Frieden mit sich selbst zu schließen."

„Das kann ich mir vorstellen."

„Haben Sie Kinder?", fragte Matheson und blickte McAdam mit stahlgrauen Augen an. Er schüttelte den Kopf.

„Vergeben Sie mir, aber dann können Sie kaum verstehen, welchen Schmerz ein solcher Verlust bedeutet. Nicht, dass ich Ihnen Einfühlungsvermögen absprechen möchte, aber der Schmerz, ein Kind zu verlieren, ist nicht auszuhalten."

Da McAdam nichts darauf erwidern wollte, schwieg er geduldig.

„Vor allem, wenn man dann noch bedenkt, was mit mir passiert ist", sprach Matheson weiter und klopfte sich auf das rechte Bein.

„Was genau ist eigentlich passiert, wenn ich fragen darf? Ich weiß nur, dass Sie einen Autounfall hatten."

„Sie dürfen fragen, es macht mir nichts aus", erwiderte Matheson und holte Luft. „Nachdem Isla verschwunden ist … wir wussten, dass die Polizei nach ihr suchte, wie auch unsere Freunde und meine Kirchengemeinde. Alle haben geholfen, unsere Tochter zu finden. Aber trotz aller Bemühungen blieb sie verschwunden. Ich hielt es nicht aus, zu Hause zu sitzen und auf einen Anruf zu warten. Ich war noch nie der Typ Mensch, der die Hände in den Schoß gelegt hat. Verstehen Sie, ich bin jemand, der die Dinge in die Hand nehmen muss, etwas tun muss … normalerweise für andere, nicht für mich." Er seufzte. „Es ist, wie es ist."

„Sie haben nach Isla gesucht?"

Düster nickte er. „Jeden Abend bin ich die Insel abgefahren und habe überall nachgesehen, wo sie hätte sein können. Orte, die wir bei Familienausflügen besucht hatten … Orte, die sie laut ihren Freunden gerne aufsuchte … von denen Eltern nichts wissen sollten", zählte er auf und tippte sich dabei mit dem Zeigefinger auf die Nase. McAdam lächelte. „Nachdem ich all das mit ihrem Bruder Donnie durchgemacht hatte, hatte ich so eine Ahnung, wohin sie gerne ging."

„Und dabei hatten Sie einen Unfall?"

Kopfschüttelnd seufzte der Mann. „Ich war hundemüde …

seit gefühlt einer Ewigkeit hatte ich die Insel abgesucht. Tatsächlich hatte ich das seit Tagen gemacht. Vor allem in der ersten Zeit, nachdem sie verschwunden war, haben wir ununterbrochen nach ihr gesucht." Mit schmerzverzerrtem Gesicht beugte er sich im Rollstuhl vor. Besorgt bot McAdam Hilfe an, die jedoch abgelehnt wurde. „Mir kann nichts mehr helfen, außer aus diesem verdammten Ding zu kommen", meinte er und klopfte auf die Armlehnen. „Selbst dann muss ich auf einem anderen Stuhl sitzen ... oder zu Bett gehen. Das ist kaum noch ein Leben zu nennen, Mr. McAdam, aber es ist das, was für mich vorgesehen war."

„Sind Sie am Steuer eingeschlafen?", fragte der DI, um zum Unfall zurückzukommen.

Durch zusammengebissene Zähne atmete Matheson aus. „Kann sein. Ich erinnere mich nicht, nur daran, dass ich im Auto zu mir gekommen bin. Da lag es schon auf der Seite, und ich wurde vom Gurt eingeschnürt. Ich konnte mich nicht bewegen. Ich musste sehr lange, stundenlang, ausharren", sagte er und lachte trocken. „Ich bin spätabends von der Straße abgekommen und wurde erst im Morgengrauen des nächsten Tages gefunden." Er schaute auf seine Beine. „Und dann ... war jede Mühe vergebens, sozusagen. Lächelnd sah er McAdam an und dann hoch zum Himmel. „Ich hatte Glück gehabt. In jener Nacht hat jemand schützend seine Hand über mich gehalten. Meine Zeit war noch nicht gekommen."

McAdam nickte. „Wo sind Sie von der Straße abgekommen?"

„Ein Stückchen westlich von Edinbane." Er schüttelte den Kopf. „Ich habe keine Ahnung, wie ich das dort bewerkstelligt habe ... die Straße war gut, aber vielleicht bin ich wirklich eingeschlafen, wie Sie meinten." Er fixierte den DI. „Und nun sind Sie hier, um herauszufinden, was meiner Tochter vor all den Jahren zugestoßen ist?"

„Nicht nur ich", erwiderte McAdam. „Wir haben ein eigenes Team zusammengestellt, um den Fall neu aufzurollen."

„Aber niemand kennt diese Insel so gut wie wir. Habe ich nicht recht, Mr. McAdam?"

Wieder lächelte der DI. „Vielleicht. Trotzdem glaube ich fest, dass wir es schaffen werden, dem Fall auf den Grund zu gehen. Es tut mir leid, dass unsere Bemühungen Ihrer Frau keinen Frieden mehr bringen können."

„Vielen Dank, Mr. McAdam. Es war eine Tragödie … was meiner lieben Èibhlin passiert ist. Ich hoffe sehr, dass der Herr ihr vergibt, dass sie diese Wahl getroffen hat, um ihr Leid zu beenden."

„Ist Ihr Gott ein vergebender oder rächender Gott?", erkundigte sich McAdam.

Argwöhnisch betrachtete Ruaridh ihn. „Tja, das ist eine Frage für einen Theologen. Der Gott des Alten Testaments war ein zorniger Gott … und ich hoffe, dass der Gott, dem ich mein Leben gewidmet habe, nicht so strenge Ansichten hat."

„Das ist ein eher neuer Standpunkt, oder?", fragte McAdam, der Mathesons frömmigen Ruf kannte.

Der Mann lächelte. „Ich bin … etwas weicher geworden mit der Zeit, ja. Vielleicht wegen des Alters … des Leidens, das ich erdulden muss, oder weil ich mitansehen musste, wie meine Frau und mein Sohn litten? Kann sein." Er hob das Kinn und kratzte sich darunter. Den Bartstoppeln nach hatte er sich seit einigen Tagen nicht rasiert. Das Gesamtbild und die Worte des Mannes … entsprachen so gar nicht mehr dem Reverend Ruaridh Matheson zum Zeitpunkt von Islas Verschwinden. Damals hatten die Menschen, die ihr nahegestanden hatten, ein ganz anderes Bild von ihm gezeichnet.

Als der Mann wieder husten musste, hielt er sich eine Hand vor den Mund und griff mit der anderen zur Nasenkanüle, die in seinem Schoß gelegen hatte, um sie zu fixieren. Nachdem er tief eingeatmet hatte, ließ der Husten nach. Duncan McAdam schnappte bei dem Hustenanfall auch nach Luft. Mit schmerzverzerrtem Gesicht schluckte Ruaridh Matheson mühsam und rang um Atem.

„Die kalte Luft", meinte er und klopfte sich mit zwei Fingern auf die Brust. „Anscheinend mag der Krebs sie nicht. Ich soll diesen verdammten Schlauch in der Nase behalten … aber er ist so lästig."

„Lungenkrebs?", fragte McAdam. Der Mann nickte.

„Wer hätte gedacht, dass filterlose Zigaretten einen solchen Schaden anrichten können? Dabei hat man uns früher gesagt, dass sie gesund wären."

Bei der sarkastischen Bemerkung musste der DI grinsen. „An dem Abend, an dem Ihre Tochter am Coral Beach war, hätten Sie sie von der Party abholen sollen, richtig?"

Der Reverend nickte. „Stimmt. Sie hätte mich anrufen sollen, damit ich sie abholen komme … aber sie hat nicht angerufen."

„Haben Sie sich Sorgen gemacht?"

Er schnaubte. „Nein, eigentlich nicht. Isla war mit ihren Freunden unterwegs, und meinem Ruf zum Trotz war mir klar, dass Teenager gerne Spaß haben. Ich dachte, dass sie bei einer ihrer Freundinnen übernachtet und am Morgen nach Hause kommen würde."

„Hat sie das öfter gemacht? Den Plan geändert, ohne Ihnen etwas davon zu sagen?"

Ruaridh Matheson runzelte die Stirn. Er wirkte nachdenklich. „Nicht öfter als andere Kinder in ihrem Alter, denke ich. Aber es war normal, dass wir uns keine übermäßigen Sorgen gemacht haben. Das war erst der Fall, als ihre Freunde am nächsten Nachmittag gekommen sind und zu ihr wollten. Sie dachten, sie wäre zu Hause. Sie verstehen?" Seine Miene wurde ernst. „Dann haben wir uns wirklich Sorgen gemacht und herumtelefoniert und nach ihr gefragt"

„Manche Leute fanden das seltsam", sagte McAdam. Fragend blickte der Reverend ihn an. „Dass ein Mann, ein gläubiger Mann ... wie Sie selbst sagten, mit dem Ruf –"

„Eines frömmigen Stornoway-Pastors?"

McAdam lächelte. „So ähnlich, ja. Manche fanden es seltsam, dass Sie so zögernd reagiert haben. Andere wiederum dachten, dass Sie es Isla nie hätten erlauben dürfen, so lange auszubleiben."

Matheson neigte den Kopf und reckte den Kiefer vor. „Wir leben in einer Welt der Meinungen ... viele sind überzeugend, und Menschen erlauben sich Ansichten, ohne nachzudenken, ob sie nicht vielleicht eine falsche Vorstellung von etwas ... oder jemandem haben. Diese Menschen können nicht verstehen, dass es andere Meinungen abgesehen von ihrer eigenen gibt. Ehrlich gesagt war ich damals ein mitreißender Prediger auf der Kanzel, das stimmt schon." Er seufzte. „Ich war so beschäftigt mit dem moralischen Wohl meiner Familie, meiner Gemeinde und der Menschen im Allgemeinen, dass ich vergessen habe, das zu beschützen, was mir so kostbar war."

„Das hätten Sie nicht vorausahnen können."

Kopfschüttelnd atmete er tief durch die Nase aus. „Es ist sehr nett, dass Sie das sagen, aber die oberste Pflicht eines Vaters ist es, sich um seine Frau und um die Kinder zu kümmern. Und darin habe ich versagt. Dazu gibt es keine zwei Meinungen."

McAdam überlegte, wie sich die nächste Frage, die er stellen wollte, auswirken könnte, aber wenn er es gleich hinter sich brachte, musste er nicht extra noch einmal kommen. Und es gäbe ohnehin nie einen passenden Zeitpunkt für eine solche Frage.

„Bitte verzeihen Sie mir, wenn ich Sie das frage, Reverend

Matheson", fing der DI an. Sofort spürte er, wie sich Ruaridh Mathesons Blick auf ihn richtete. „Bei der Autopsie wurde etwas festgestellt, was die Polizei damals zum Zeitpunkt des Verschwindens Ihrer Tochter nicht wusste."

„Und das wäre was?"

Duncan McAdam hielt inne und wählte sorgfältig die nächsten Worte. „Es hat den Anschein, als wäre Isla schwanger gewesen, als sie verschwunden ist."

Der Reverend starrte ihn mit offenem Mund schweigend an. Sein ohnehin blasses Gesicht wurde sekündlich grauer.

„Sind Sie … sicher?", fragte er schließlich, während er nach der Sauerstoffflasche griff und sie weiter aufdrehte. Streng schaute er den DI an. „Ich meine, wirklich absolut sicher?"

„Ja, sind wir. Es tut mir so leid."

„Ich … ich weiß nicht, was ich dazu sagen soll …" Ruaridh Matheson wirkte verloren und verunsichert. Wäre er gestanden, hätte McAdam gedacht, dass er in Ohnmacht fallen würde. Das könnte immer noch passieren. Vorsichtig legte der DI eine Hand auf die Schulter des Mannes. Mit Tränen in den Augen blickte der Reverend zu ihm hoch.

„Reverend Matheson, können Sie mich hören?"

Einen Moment lang hatte es den Anschein, als wären die Worte nicht durch die Verwirrung zu ihm durchgedrungen. Doch dann kehrte der Glanz in Mathesons Augen zurück und er blinzelte die Tränen weg. Er nickte langsam.

„Isla … hat ein Kind erwartet?"

„Um diese Zeit herum, ja, aber nicht als sie … starb", erklärte McAdam mitfühlend.

„Ich-ich verstehe."

Der Reverend bedeckte das Gesicht mit einer Hand, als er wieder zu husten begann. Dieses Mal dauerte der Anfall über eine Minute. Lange genug, dass McAdam beschloss, den alten Mann ins Haus zu bringen.

„Kommen Sie, Sie müssen ins Warme", sagte er. Ruaridh Matheson nickte. Sobald der Anfall vorüber war, lenkte er den Rollstuhl den Weg zurück zu seinem Haus. Duncan McAdam begleitete ihn, um sicherzugehen, dass er unbeschadet ankam. Ein eigener Pfad führte von der Straße zu einer Rampe hoch zur Eingangstür. Barrierefreiheit war hier längst Realität.

McAdam war nicht klar, wie DCI Jameson reagieren würde, wenn er herausfand, dass er die Schwangerschaft ausgeplaudert hatte. Doch dafür war es jetzt zu spät.

KAPITEL ACHTZEHN

Auf dem Weg zurück nach Portree fuhr Duncan die Straße an der Ostküste der Halbinsel Trotternish entlang. Zwar dauerte das länger als die Straße nach Westen und die A87 ab Uig, aber diese Route führte ihn an The Quiraing und Kilt Rock vorbei. An diese beiden Orte dachte er, wenn er eine geistige Auszeit brauchte.

Als er den Old Man of Storr in der Ferne sah, hatte die Wetterfront ihn fast erreicht. Nebel waberte um die stoischen Felsen, die seit Jahrhunderten ein ehrwürdiges Denkmal boten, das zehntausende Menschen pro Jahr anzog, die darum herumliefen. Der Anblick war beeindruckend. Sogar um diese Zeit am Nachmittag war der Parkplatz voll. Wanderer und Familien unternahmen den Ausflug, um die Aussicht über die Isles of Rona und Raasay mit den Bergen des Festlands im Westen oder den Storr Lochs in Richtung Portree und Cuillin Hills zu bewundern.

Duncan überlegte sich ernsthaft, umzukehren und den Spaziergang zu machen, den er bei jeder sich bietenden Gelegenheit unternommen hatte, bevor er nach Glasgow gezogen war. Bei den Erinnerungen an seinen Abschied von der Insel und den Gedanken an Glasgow dachte er an Natalie. Er bekam ein schlechtes Gewissen. Seit er auf Skye angekommen war, hatte er kaum einen Gedanken an sie verschwendet. Sie hatte ihn nicht angerufen, was er auch nicht erwartet hatte. Dass er seine Sachen auf der Straße vor ihrer Wohnung vorgefunden hatte, war für ihn ein eindeutiges Zeichen gewesen, dass die Beziehung vorbei war. Natalie war vieles, vor allem eigensinnig und stur, aber auch gütig und liebevoll. Sie verdiente Besseres als das, was er ihr in der Beziehung geboten hatte, insbesondere in den letzten sechs Monaten.

Als Duncan um eine sanfte Kurve und über eine nicht einsehbare Hügelkuppe fuhr, musste er hart auf die Bremse treten, um nicht mit einigen Schafen zu kollidieren, die die Straße für einen wunderbaren Rastplatz hielten. Nur zwei der Tiere bewegten sich, als er nach links auswich. Die anderen blieben liegen. Entweder waren sie vor Angst wie gelähmt durch das plötzliche Auftauchen des Fahrzeugs oder es war ihnen einfach egal. Fluchend, weil er nicht besser aufgepasst hatte, fuhr Duncan langsamer weiter.

Kurz vor Staffin begegnete er einem kleinen Geländewagen, der mit leuchtender Warnblinkanlage auf der Straße stand. Als er daran vorbeifuhr, erkannte er Becky auf dem Fahrersitz, die auf den Bildschirm ihres Handys starrte. Am Straßenrand hinter dem Geländewagen hielt Duncan an und stieg aus. Als auch Becky ihn erkannte, kletterte sie aus dem Fahrzeug. Zusammen stellten sie sich auf die Grasnarbe neben der Straße.

„Gibt es ein Problem?", fragte er. Sofort wurde ihm klar, dass das offensichtlich war.

„Das Auto ist einfach verreckt", meinte Becky und wischte sich die Haare aus dem Gesicht. Allerdings wehte der Wind sie gleich wieder zurück. „Das verdammte Ding spinnt schon seit einiger Zeit herum."

„Wenn du magst, schaue ich mal nach."

„Danke, aber du wirst nichts ausrichten können. Davey meint, dass die Zylinderkopfdichtung kaputt ist. Seit einem Monat halten wir das Auto am Leben, bis er mal die Zeit hat, sich darum zu kümmern."

Stirnrunzelnd betrachtete er den Wagen. Wenn das stimmte, dann konnte er tatsächlich nicht helfen. Außerdem kannte er sich mit Motoren nicht aus, von den Grundlagen abgesehen. Sein Angebot war zwar ernst gemeint gewesen, aber im Innersten wusste er, dass er nichts tun konnte. Trotzdem beschloss er, es immerhin zu versuchen. Duncan stieg in den Geländewagen und drehte den Zündschlüssel. Beim Starten gab der Motor ein so merkwürdiges Geräusch von sich, wie er es noch nie gehört hatte. Es wäre besser, wenn er das nicht noch einmal machen würde.

Becky öffnete die Beifahrertür und steckte den Kopf herein. „Ich hab's dir doch gesagt."

Duncan nickte. „Ja … es ist … äh …"

„Hinüber."

„So ziemlich. Hast du einen Schutzbrief?"

Als sie lachend die Tür zuknallte, seufzte er. „Offenbar nicht." Er schaute nach hinten und sah mehrere Einkaufstüten vom Co-op-Supermarkt. Duncan stieg wieder aus und ging zu Becky. „Hast du Davey angerufen?"

„Aye. Er ist auf dem Hof und muss mindestens noch eine Stunde arbeiten, bevor er Feierabend machen kann." Becky wirkte gestresst. Auf der Straße liegenzubleiben war unangenehm, aber Duncan nahm an, dass das nicht alles war. Sie sah aus, als hätte sie nicht gut geschlafen. All das stand in starkem Gegensatz zu dem Eindruck, den sie letztens gemacht hatte.

Stirnrunzelnd blickte Duncan sich um. „Wenn du magst, kann ich dich nach Hause bringen. Dem Auto passiert hier schon nichts." Er zuckte mit den Schultern. „Stehlen wird es niemand."

„Und wenn doch, wäre ich noch dankbar dafür. Du würdest mich wirklich nach Hause fahren?", fragte sie in der Hoffnung, dass er das Angebot ernstgemeint hatte. Als sie lächelte, schien sie um Jahre jünger zu werden.

Er nickte. „Klar, das macht keine Umstände."

„Das wäre großartig, danke, Duncan." Becky schaute auf die Uhr. „Ich muss die Einkäufe nach Hause bringen und die Kinder kommen bald von der Schule."

„Kein Problem", erwiderte Duncan, öffnete die hintere Tür und nahm die ersten beiden Einkaufstüten vom Rücksitz. Nachdem er Platz gemacht hatte, schnappte sich Becky zwei weitere Tüten. Zusammen trugen sie sie zu Duncans Auto. Als er auf den Schlüssel drückte, öffnete sich surrend der Kofferraumdeckel. Duncan hatte ganz vergessen, dass darin kein Platz war. Becky betrachtete all seine weltlichen Besitztümer, die in dem kleinen Kofferraum verstaut waren.

„Duncan … warum hast du einen Toaster in deinem Kofferraum … und ist das eine Espressomaschine?"

„Äh … das ist eine lange Geschichte", meinte er verlegen, „Wir können deine Sachen auf den Rücksitz stellen."

Auch am Rücksitz befanden sich Sachen, aber wenigstens in einer Reisetasche und einer Sporttasche. Duncan warf sie in den Fußraum hinter den Vordersitzen, um Platz zu schaffen. Nachdem sie alles verstaut hatten, schaute Becky zu ihrem Auto und stieg bei Duncan ein. Sie zitterte vor Kälte und war dankbar, dass sie nach Hause kam.

Becky und Davey Mcinnes lebten in einem weißen Haus in Maligar, ein paar Kilometer außerhalb von Staffin, etwas abseits der Hauptstraße und über den Hügeln am Ende einer langen Straße, die in einem sumpfigen Moor endete. Im

Sommer dauerte die Fahrt fünf Minuten, im Winter kam man oft gar nicht weiter.

„Was hast du in Staffin gemacht?", erkundigte sich Duncan und schaute über den Rückspiegel auf die Einkaufstüten. Um nach Staffin zu gelangen, musste sie an der Abbiegung zur Hauptstraße hoch nach Maligar vorbeigekommen sein.

„Ich hatte etwas zu erledigen", erwiderte sie. „Nichts Besonderes." Sie drehte sich so, dass sie Duncan ansehen konnte. Ein verschmitztes Grinsen huschte über ihr Gesicht. „Stimmt es, dass du und Muro letztens aneinandergeraten seid?"

Duncan spürte, wie er rot wurde, und er vermied es, sie anzusehen. Stattdessen tat er so, als müsste er sich auf die Straße konzentrieren, obwohl diese schnurgerade war und er beste Sicht hatte. „Murdo Grant?", fragte er beiläufig.

„Ja, Murdo Grant", erwiderte sie amüsiert. „Außer, du hast dich mit einem anderen Murdo geprügelt, nachdem ich gegangen bin."

„Ach ... du hast davon gehört?"

„Habe ich. Worum ging es? Ich dachte, ihr beide seid alt und erwachsen genug, um so etwas nicht mehr zu tun."

Mit zusammengebissenen Zähnen neigte Duncan den Kopf zur Seite. Er war wütend auf Archie, weil er annahm, dass er es ausgeplaudert hatte. „Aye, würde man meinen. Außerdem ... hat er angefangen." Sobald die Worte aus dem Mund waren, wurde ihm bewusst, wie kindisch das klang. Becky lachte, wodurch ihm die Sache noch peinlicher war.

„Also?"

„Also was?", fragte er unschuldig, während er langsam über einen Weiderost fuhr.

„Weswegen habt ihr euch geschlagen?"

Als er Becky ansah, lächelte sie. Er erwiderte ihr Lächeln und schüttelte den Kopf. „Welches ist deines?", erkundigte er sich, um sie abzulenken und die Frage nicht beantworten zu müssen. Sie hatten die Siedlung erreicht. „Ich kann mich nicht erinnern, in welchem Haus Davey lebt."

„Das zweite rechts, neben dem alten Steinhaus."

Duncan bog von der Straße ab und fuhr durch ein offenes Tor auf eine mit Basaltsplitt versehene Einfahrt. Vor der Haustür hielt er an. Neben dem Haus befand sich ein schmaler Landstreifen, auf dem ein altes Steingebäude stand. Das nach alten Traditionen errichtete Haus sah reparaturbedürftig aus. Statt dem ursprünglichen Strohdach war es mit Wellblech gedeckt, wie so viele Häuser auf der Insel. Offenbar wurde es als Lagerschuppen verwendet. Die Holztür mittig an der Seite des Hauses war verfallen und hing schief in den Angeln.

„Komm", meinte Becky, „bringen wir die Sachen hinein und ich mache dir eine Tasse Tee."

„Ein Angebot, das ich nicht ablehnen kann."

Zehn Minuten später standen die Einkaufstüten nebeneinander auf der Arbeitsfläche in der Küche. Becky war kurz weggegangen. Duncan drückte sich in der Küche herum, schaute aus dem Fenster hinter der Spüle und betrachtete die angrenzenden Grundstücke. Dieses Haus unterschied sich kaum von den anderen auf der Insel. Die älteren Gebäude waren so konstruiert, um den Elementen zu trotzen: solide, dicke Mauern und kleine Fenster. Allerdings sprossen in jeder Siedlung, durch die er bisher gekommen war, moderne Häuser aus dem Boden. Viele orientierten sich an den traditionellen Langhäusern der Hebriden, allerdings mit modernster Isolierungs- und Heiztechnik. Von Beckys Küche aus konnte er ein oder zwei davon erspähen. Eines war anscheinend ein Gasthaus oder eine Frühstückspension. Neben dem Tor an der Einfahrt hing ein Schild, und die umliegenden Gärten wirkten sorgfältig angelegt und gepflegt. Keine einfache Aufgabe in diesem Klima.

Wie schon seit langem schien stetig mehr Land an Immobilienunternehmen zu fließen. Anscheinend war die Aussicht, auf die Insel zu ziehen und ein ruhigeres Leben zu führen, tatsächlich ein Anreiz für Neuankömmlinge. So hatten Leute wie Dougal Mackenzie immer etwas zu tun. Aber für die meisten Menschen, die auf der Insel aufgewachsen waren, hatte sich das Leben im Lauf der Jahre kaum verändert. Zweifellos waren die Straßen besser geworden, und seit er die Insel verlassen hatte, hatte die Infrastruktur aufgeholt und war vergleichbar mit der auf dem Festland. Skye befand sich im Wandel, doch Duncan hoffe, zum Besseren hin, anstatt zum gelegentlichen Spielplatz für die Reichen zu werden. Wenn das eintrat, würde die Insel sterben.

„Tut mir leid", entschuldigte sich Becky, die aus dem Nebenzimmer auftauchte.

„Schon gut", erwiderte Duncan und lächelte ihr zu, während sie die Sachen, die gekühlt bleiben mussten, in den Kühlschrank packte. Hatte sie sich geschminkt? Er war sich unsicher. Aber sie hatte definitiv ihre Frisur in Form gebracht.

„Würdest du Wasser aufsetzen?", fragte sie über die Schulter gewandt.

Einige Minuten später saßen sie am kleinen Tisch in der Ecke der Küche. Becky, die ihre Tasse mit beiden Händen festhielt, sah Duncan in die Augen.

„Hast du schon deine Mum besucht?", fragte sie.

„Aye." Er nahm die Tasse und nippte am Tee. Da er noch viel zu heiß war, stellte er die Tasse wieder hin.

„Ah ja, du vermeidest unangenehme Gesprächsthemen also immer noch mit so wenigen Worten wie möglich", sagte Becky lächelnd.

„Aye", wiederholte er, und beide lachten. Sich zurücklehnend atmete Duncan tief ein. „Manchmal ist es schöner, einfach zuzuhören."

„Wie ich sehe, trägst du keinen Ehering."

Er warf einen Blick auf seine linke Hand, hielt sie hoch und streckte die Finger aus.

„Du hast nie geheiratet?", erkundigte sie sich.

Duncan schüttelte den Kopf. „Nö. Heiraten passt nicht zu mir." Sie lächelte, doch es kam ihm gekünstelt und gezwungen vor. „Das überrascht dich doch nicht, oder?"

Nun war es an Becky, den Kopf zu schütteln. Während sie den Dampf vom Tee blies, schaute sie Duncan über den Tassenrand an. „Ich dachte, dass du irgendwann sesshaft wirst", meinte sie neckisch.

„Vielleicht bin ich das ja." Als sie ihn ansah, grinste er. „Nur dass ich –"

„Nie geheiratet habe", beendete sie den Satz. Stille. Becky grübelte über etwas nach. Duncan durchschaute sie noch immer. Anscheinend hatte sie sich kaum verändert, und er fand ihre Gesellschaft trotz all der Jahre, die seit ihrer Beziehung vergangen waren, noch immer verlockend. „Bist du mit jemandem zusammen?"

Er runzelte die Stirn, da er ehrlich nicht wusste, wie er darauf antworten sollte. „Ich … glaube nicht, nein"

Die Antwort amüsierte sie. „Du *glaubst nicht*? Wie kann man das nicht wissen?"

„Na ja, ich habe einen Toaster … und alles andere, was ich derzeit besitze, im Kofferraum meines Autos … also …" Er zuckte mit den Schultern. „Ich weiß es nicht … aber ich glaube nicht. Vielleicht, wenn ich nach Glasgow zurückgehe." Die Worte klangen hohl. Das mit Natalie war vorbei. Dessen konnte er sich sicher sein, egal, was er gerade behauptet hatte. Die Endgültigkeit wollte er nicht akzeptieren, wenn er ehrlich zu sich war. Kurz dachte er darüber nach. Hatte er

Angst, das zu akzeptieren, weil schon wieder eine Beziehung in die Brüche gegangen war, oder stand ihm nur sein Ego im Weg?

Als sich die Stille hinzog, wurde Duncan verlegen. Er bemerkte, dass Becky ihn musterte. Vielleicht würde sie ihn gleich fragen, was ihr anscheinend auf den Lippen brannte. Er hoffte, sie täte es nicht.

„Hast du dich jemals gefragt ... wie es wäre, wenn du dich anders entschieden hättest?"

Während Duncan sie ansah, versuchte er herauszufinden, was sie mit der Frage eigentlich meinte. Wenn sie dabei überhaupt einen Hintergedanken gehabt hatte. „Kommt darauf an ..."

„Worauf?"

Er neigte den Kopf zur Seite. „Welche Entscheidungen du meinst."

Versonnen wendete sie den Blick ab und starrte auf die Tasse in ihren Händen. „Keine Ahnung ... nach Glasgow zu ziehen ... uns ... das Baby. Solche Entscheidungen."

„Oh ... die wichtigen also", erwiderte er leise. Nickend und lächelnd sah sie ihn an. Er holte tief Luft. „Das alles ist schon so lange her."

„Tut mir leid", meinte sie hastig. „Ich hätte nicht davon anfangen sollen."

„Nein, nein ... schon in Ordnung –"

Sein Handy klingelte. Entschuldigend nahm er es aus der Tasche und war erleichtert über die Ablenkung, auch wenn er sich bemühte, sich das nicht anmerken zu lassen.

„Alistair, was gibt's?"

„Ich wollte gerade runter nach Elgol, um mit Roddy Macintyre zu reden. Wollen Sie mich begleiten oder ... müssen Sie immer noch was erledigen?"

So, wie Alistair das Wort *erledigen* betonte, kam sich

Duncan vor, als wäre er beim Schulschwänzen erwischt worden.

„Klingt gut", erwiderte Duncan und schaute auf die Uhr. „Ich brauche ungefähr eine halbe Stunde in die Stadt."

„Wo sind Sie?"

Duncan lächelte. „Ich bin noch dabei, was zu erledigen, bin aber bald zurück", sagte er.

„Aye, okay."

Duncan legte auf und schaute Becky an. „Tut mir leid, die Pflicht ruft. Ich muss gleich nach Portree."

„Kein Problem", meinte sie. Duncan sah zu, wie sie gedankenverloren mit der Tasse vor sich spielte. „Wie ... wie lange bleibst du hier?"

Anscheinend war die Frage von vorhin nicht mehr wichtig. Ihr ganzes Verhalten hatte sich verändert. Vielleicht war der Moment vorbei.

„Ungefähr eine Woche. Eventuell länger, kommt darauf an."

„Bist du hier, um herauszufinden, was Isla Matheson zugestoßen ist?"

Als er nickte, schüttelte Becky den Kopf.

„Schreckliche Sache. Die Leute behaupten, dass sie ermordet wurde. Stimmt das?"

Er wollte die Dinge nicht noch komplizierter machen. „Na ja, das wissen wir nicht mit Sicherheit, noch nicht, aber jemand hat sie in der Nähe von Trumpan begraben, so viel steht fest. Die Frage ist, warum? Und wenn wir das herausfinden, dann haben wir vermutlich auch die Antworten auf alle anderen Fragen."

„Einfach schrecklich", wiederholte Becky und starrte wieder auf die Tasse.

„Ich muss los", sagte er, stand auf und schnappte sich die Jacke, die er über die Stuhllehne gehängt hatte. Becky sah ihm nach, wie er zur Tür ging, begleitete ihn aber nicht. „Danke für den Tee."

„Duncan" rief sie ihm nach. Er hielt inne und drehte sich um. Becky wirkte nervös. Sie senkte die Stimme. „Denkst du manchmal an mich? An uns?"

Während er sie ansah, biss er sich auf die Unterlippe … und nickte. Als sie schweigend wegschaute, trat er durch die Tür und schloss sie sanft. Auf dem Weg zum Auto schob er den Sturm der Gefühle beiseite. Er musste sich auf den Fall konzentrieren.

KAPITEL NEUNZEHN

Sie kamen gut voran von Portree Richtung Süden nach Broadford und Elgol, wo sich Roddy Macintyres Familienunternehmen befand. Die Fahrt, die ein bisschen über eine Stunde dauerte, verlief größtenteils schweigend. Duncan kam das merkwürdig vor. Alistair war nicht gerade der schweigsame Typ, normalerweise redete er wie ein Wasserfall. Diese grüblerische Stille machte Duncan nervös. Irgendeine Laus musste ihm über die Leber gelaufen sein.

Sie parkten neben dem Steg und warteten, bis das Boot zurückkam. Rechts von ihnen befand sich eine kleine Holzhütte. Außen am Ticketschalter waren mehrere Poster angebracht mit Informationen über Touren und Preise. Duncan las sie. Neben den geführten Bootsausflügen für Touristen gab es Angebote für Wanderer, die sich an abgelegenen Orten absetzen lassen konnten, um die Wildnis von Skye auf eigene Faust zu erkunden. Dafür hatten sie ein oder zwei Stunden Zeit, bevor sie wieder abgeholt wurden. In den wärmeren Monaten wurden diese Ausflüge täglich und bis in die Abendstunden angeboten, um das Tageslicht auszunutzen. Später im Jahr war das Angebot spärlicher.

In den Wintermonaten ging die Sonne mitten am Nachmittag unter, und Touristen sollten nicht im Dunkeln an den Ufern von Seen wie Loch Coruisk herumspazieren. An solchen abgelegenen Orten, die nur per Boot oder Hubschrauber zugänglich waren, konnten Menschen leicht sterben. Das war auch schon vorgekommen.

„Was geht Ihnen im Kopf herum?"

Alistair warf ihm einen Seitenblick zu. „Was?"

„Was geht Ihnen durch den Kopf, Alistair? Sicher Sind Sie ein mürrischer alter Mistkerl, wenn es Ihnen in den Kram passt, aber spucken Sie es endlich aus, sonst gehe ich zu Fuß zurück nach Portree."

Kurz huschte ein angedeutetes Lächeln über Alistairs Gesicht. „Ich mache mir Gedanken über Sie, DI McAdam."

Duncans Neugier war geweckt. Seit sie sich getroffen hatten, hatte Alistair immer auf den Titel verzichtet, jetzt hatte er die förmliche Anrede gewählt. Er fühlte sich wie früher, als seine Mutter seinen vollen Namen ausgesprochen hatte, weil sie ihn im Schlafzimmer mit dem rot-silbernen Papierchen erwischt hatte, in das einige Tunnock's Teekuchen eingewickelt gewesen waren. Damals war er acht Jahre alt gewesen.

„Und welche Gedanken genau?", erkundigte sich Duncan.

„Ich werde nicht so recht schlau aus Ihnen."

Schulterzuckend wandte Duncan wieder den Blick auf das Wasser hinaus. Nordwestlich von ihnen, über den Cuillins, braute sich Schlechtwetter zusammen. „Was gibt es da nachzugrübeln?"

Alistair holte tief Luft und atmete seufzend aus. Auch er starrte geradeaus über das Wasser. Noch immer kein Zeichen der *Syke Explorer*, die von ihrem letzten Ausflug des Tages zurückkehrte.

„DCI Jameson mag Sie nicht."

Lächelnd lehnte Duncan sich an die Kopfstützte. „Auch schon bemerkt, was?"

Alistair lachte. „Was ich damit sagen will ... er kann Sie *nicht ausstehen*."

„Ja, er hat eigentlich jemand anderes angefordert, um herzukommen. Stattdessen hat er mich bekommen. Ich bin wie das ungewollte Kind, das auch noch das falsche Geschlecht hat."

„Ja, das verstehe ich", meinte Alistair. „Deshalb müssen Sie sich mit uns herumschlagen."

„Und was haben Sie getan, dass Sie sich mit mir herumschlagen müssen, Alistair?"

Er zuckte mit den Schultern. „Wir Leute von der Insel sind unwichtig. Wir spielen keine Rolle im großen Plan." Er klang bitter, „Wenn alles vorbei ist, verschwinden Jameson und seine Leute über die Brücke nach Kyle. Ich und der Rest der Insel müssen uns dann wieder um die Normalität kümmern."

„Das ist doch immer so, oder?", erwiderte Duncan und wandte sich ihm zu. „Es sind immer die Opfer, diejenigen in ihrem Umfeld und die Gemeinde, die damit zurechtkommen und weiterleben müssen. Wenn Jameson recht hat ... dann wird es keine großen Wellen schlagen."

„Wenn er recht hat? Dass der Mörder jemand von außerhalb der Insel ist?"

„Vergessen Sie nicht, dass der Pathologe eher zu einer natürlichen Todesursache neigt, nicht Mord", warf Duncan ein.

Alistair neigte den Kopf. „Aye ... und Pathologen können danebenliegen. Natürliche Todesursache, von wegen."

An der südlichen Spitze von Soay, einer der vielen Inseln der Inneren Hebriden, tauchte ein Boot auf. Es war ein kleines Holzboot mit einem Steuerhaus am Bug und offenen Sitzgelegenheiten am Heck.

„Lebt noch jemand auf Soay?", erkundigte sich Duncan.

„Soweit ich weiß, noch drei", erwiderte Alistair und warf ihm einen Seitenblick zu. „Außer, Sie zählen die Schafe mit."

Es dauerte noch zehn Minuten, bis das Boot über den See gekommen war und am Anleger angedockt hatte. Ein halbes Dutzend Passagiere kletterte auf den Holzsteg. Sie bedankten sich bei der Crew und gingen zu den Autos. Inzwischen wurde es dunkel, und die Crew mache sich daran, das Boot für die Nacht zu vertäuen. Nachdem die Passagiere weg waren, warteten nur noch McAdam und MacEachran geduldig, bis die beiden Crewmitglieder von Bord gingen.

Der DI musterte den jüngeren der beiden Männer, die das Boot festbanden. Er nahm an, dass das Roddy Macintyre war. Da es ein Familienunternehmen war, handelte es sich bei dem anderen vermutlich um dessen Vater. Die Männer hatten ihre Anwesenheit bemerkt und schauten zu ihnen herüber. Allerdings sagten sie kein Wort, bis sie am Steg waren. McAdam hielt den Dienstausweis griffbereit. Der DS tat es ihm gleich.

„Roddy Macintyre?", fragte McAdam. „Wir möchten mit Ihnen über Isla Matheson reden."

Der Ältere der beiden hielt inne. Sein Blick huschte zwischen den beiden Männern und Roddy hin und her. „Wer sind Sie?"

Roddy Mcintyre lächelte schwach und hielt seinen Vater am Unterarm zurück, als McAdam und MacEachran die Dienstausweise vorzeigten. „Schon gut, Dad. Ich komme zurecht."

Roddy Mcintyre war Ende dreißig, schmal, mit lockigen, sandfarbenen Haaren, die sein Gesicht umrahmten. Die Locken wirkten unnatürlich, außerdem stachen die blonden Strähnchen hervor. Im Gegensatz zu ihm war sein Vater um die Sechzig, untersetzt und hatte eine Glatze. Mit ernstem

Gesicht umklammerte er eine Wollmütze und war nicht geneigt, seinen Sohn allein zu lassen.

„Ich schaffe das schon", versicherte Roddy Mcinytre ihm. Misstrauisch beäugte sein Vater die beiden Detectives, bevor er nickte. Duncan McAdam trat zur Seite, damit er auf dem Steg an ihm vorbei konnte.

„Ich warte im Ticketschalter", sagte er im Gehen.

„Bitte entschuldigen Sie meinen Vater", sagte der jüngere Mann. „Er hat nicht viel übrig für die Polizei."

„Tut mir leid, das zu hören", erwiderte der DS in einem Tonfall, der gegenteiliges vermuten ließ. „Hat er eine Vorgeschichte mit uns?"

Lächelnd schüttelte Roddy Mcintyre den Kopf. „Nein, nicht deswegen. Er hat nur ... ein Problem mit Autoritätspersonen. Ist nichts Persönliches."

„Wir waren überrascht, dass Sie gestern nicht bei der Mahnwache waren, Mr. Myintyre", sagte McAdam, während er die Hände in den Taschen vergrub, um sie vor dem Wind, der über den See pfiff, zu schützen. „Die Leute haben mit Ihnen gerechnet."

„Ist das so?", erwiderte er und verzog die Lippen zu einem höhnischen Grinsen. „Anscheinend habe ich keine Einladung bekommen."

Der DI schniefte. „Ich dachte, Sie und Isla hätten sich nahegestanden?"

„Ja ..." Die Miene des Mannes wurde weicher. „Wir waren eng befreundet. Sehr eng."

„Warum sind Sie dann nicht gekommen?"

„Zur Mahnwache?" Roddy Mcintyre zuckte mit den Schultern. „Ich muss nicht beweisen, wie viel Isla mir bedeutet hat, indem ich mit einem Haufen Heuchler mit Kerze in der Hand dastehe, nur damit sie gut auf Instagram aussehen."

Das überraschte den DI. Seiner Ansicht nach war es für die Anwesenden eine ergreifende Andacht gewesen.

„Sie und die anderen verstehen sich nicht gut?"

Roddy Mcintyre grinste ihn böse an. „Alles Vollidioten, wenn Sie mich fragen."

„Darf ich das zitieren?", fragte MacEachran. „Nur fürs Protokoll."

„Aye, dürfen Sie", erwiderte der Mann. Er neigte den Kopf zur Seite. „Hören Sie, wahrscheinlich war das ja nett gemeint … aber ich muss da nicht mitmachen, um zu zeigen, wie sehr ich Isla mochte, und … einige dieser Leute … ich habe sie seit Jahren nicht mehr gesehen und wenn es noch ein paar Jahre dauert, bis ich sie wieder treffe, dann wäre es mir auch recht."

„Glauben Sie etwa, dass einige von denen, die bei der Mahnwache waren, keine ehrlichen Absichten damit verfolgten?", erkundigte sich McAdam.

Roddy Mcintyre schnaubte. „Ganz genau das. Inzwischen halte ich mich von dieser Meute fern. Es ist ja sowieso nicht so, als hätte ich je dazugehört. Nicht einmal damals."

„Würden Sie mir verraten, wen genau Sie damit meinen?"

Wieder lächelte der Mann, dieses Mal aber ehrlich amüsiert. Er schüttelte den Kopf. „Ich will nichts damit zu tun haben."

„Womit?"

Er zuckte mit den Schultern. „Mit all dem … mit nichts davon."

„Wir versuchen herauszufinden, was Ihrer Freundin zugestoßen ist", sagte McAdam.

„Und was ist ihr zugestoßen?"

„Das wollen wir ja herausfinden."

Roddy Mcintyre sah ihn an. „Sie wissen es also nicht."

„Nein, noch nicht."

„Zwanzig Jahre Gerüchte, Spekulationen und Tratsch. Und obwohl Sie sie jetzt gefunden haben, wissen Sie immer noch nicht, was passiert ist."

„Ist es Ihnen egal?"

„Natürlich nicht", widersprach er und schaute den DI finster an. „Aber es kommt nichts Gutes dabei heraus, wenn Sie wieder alles ans Licht zerren."

„Was ist mit Gerechtigkeit für Isla?"

Roddy Mcintyre lächelte schief. „Glauben Sie, dass Isla das noch kratzt?"

Alistair MacEachran warf McAdam einen Blick zu. Dieser zog eine Augenbraue hoch. Mcintyre schüttelte den Kopf.

„Hören Sie, ich verstehe ja, dass Sie Ihre Arbeit machen müssen. Aber denken Sie wirklich, dass das, was Sie herausfinden werden, irgendetwas ändern wird? Das macht Isla nicht wieder lebendig, oder?"

„Was, wenn jemand sie ermordet hat? Mit der Person, die ihre Leiche im Morast vergraben hat? Glauben Sie nicht, dass diese Person zur Verantwortung gezogen werden sollte?"

„Doch, absolut", erwiderte der Mann. Sich umblickend breitete er die Arme aus. „Sehen Sie diese Person hier irgendwo?" Mit hochgezogenen Augenbrauen schaute er die Polizisten an. „Nein … das dachte ich mir."

Mürrisch schaute MacEachran ihn an. „Nichts davon scheint Sie zu überraschen, Mr. Mcintyre", knurrte er.

Stirnrunzelnd wandte der Mann sich ihm zu. „Überraschen? Was denn?"

„Dass wir Islas Leiche gefunden haben."

„Nein." Er zuckte mit den Schultern. „Ich wusste, dass sie tot ist. Das war mir seit Jahren klar."

„Wie das?"

Niedergeschlagen seufzte er. „Weil ich Isla kannte. Sie

wäre nicht einfach so weggegangen, ohne etwas zu sagen. Nicht freiwillig."

„Dann helfen Sie uns herauszufinden, was passiert ist", bat McAdam.

„Als ob irgendwas, das ich zu sagen habe, nützlich wäre." Er holte tief Luft. Resignation machte sich in seinem Gesicht breit.

„Vielleicht ja doch", erwiderte der DI.

Während Roddy Mcintyre ihn ansah, wurde seine Miene nachdenklich. Gerade als McAdam dachte, dass er etwas sagen würde, schüttelte er den Kopf. „Wie ich sagte, ich will nichts damit zu tun haben."

„Damals haben Sie eine Aussage gemacht", fuhr der DI fort.

Eisig sah der Mann ihn an. „Dann lesen Sie sie. Da steht alles drinnen, was Sie wissen müssen."

McAdam musterte den Mann. Er machte keinen guten ersten Eindruck, so viel stand fest. Als er zum Ticketschalter blickte, sah er, dass Mcintyres Vater sie beobachtete. Er wirkte kein bisschen ruhiger. Wie der Vater, so der Sohn. Roddy Mcintyre war genauso abweisend. Vielleicht hatte er ein schlechtes Gewissen? Oder lag es einfach daran, dass er sich vor dem Schmerz abschottete? Duncan konnte sich keinen Reim auf das Verhalten des Mannes vor sich machen. Er mache einen entschieden seltsamen Eindruck.

„Wenn Gerechtigkeit Sie nicht interessiert, wie sieht es dann damit aus, dass die Familie endlich damit abschließen kann … und all die anderen, denen Isla etwas bedeutet hat?"

Wütend und mit einem höhnischen Grinsen starrte er den DI an, sprach aber nicht aus, was ihm auf der Zunge brannte. Stattdessen zog er die Nase hoch, blickte weg und atmete durch.

„Ja … Sie haben recht." Er rieb sich die Augen und fuhr

sich mit den Händen über das Gesicht. Seine Haltung änderte sich merklich. „Was möchten Sie wissen?"

„Am Abend der Party hat Isla viel geflirtet, richtig?"

Roddy Mcintyre nickte. „Ja, hat sie. Ich denke, sie wollte etwas beweisen."

„Wem?"

Er zuckte mit den Schultern. „Hauptsächlich ihrem Ex ..."

„Alex Mcrae?"

„Und einigen der gehässigen Mädchen. Catriona, Kirsty ... Ashlee. Der ganzen Clique."

„Warum? Ich dachte, ihr Freund hätte damit abge-schlossen –"

„Abgeschlossen?", unterbrach Mcintyre ihn mit einem schnaubenden Lachen. „Er hatte immer noch ein Auge auf Isla geworfen. Er wollte sich nicht festlegen, aber Isla sollte auf Abruf bleiben, falls er es mal nötig hatte."

„Wie ist es Isla damit gegangen?"

Roddy Mcintyre atmete zischend aus. „Isla ... was sie auch sonst noch war, war vor allem loyal."

McAdam war nicht ganz klar, was er damit sagen wollte. „Also hat sie sich ... verfügbar gehalten? Für Alex Macrae?"

„Ja ... was für ein Windei. Alex Macrae war ein Idiot, glauben Sie mir. Sie war viel zu gut für ihn, aber sie hatte eine Schwäche für ihn. Sie glaubte, er wäre ihr Retter."

„Macrae?", vergewisserte sich McAdam.

Roddy Mcintyre grinste. „Also haben Sie ihn schon kennengelernt?" Der DI nickte. „Dann wissen Sie ja Bescheid. Nicht, dass ich ihm etwas Schlechtes nachsagen würde –"

„Aber genau das werden Sie, oder?", unterbrach MacEachran ihn.

„Nur so viel: Wenn ich im Krankenhaus an lebenserhaltenden Geräten hängen würde, wäre Macrae genau der Typ, der sie ausstecken würde, um sein Telefon aufzuladen. Wissen Sie, was ich meine?"

„Unabsichtlich oder absichtlich?", erkundigte sich MacEachran.

Der Mann neigte den Kopf zur Seite. „Das eine muss das andere nicht ausschließen, oder?"

„Und wie hat Macrae auf Islas Verhalten an jenem Abend reagiert?"

Mcintyre zuckte mit den Schultern. „Aufgefallen ist es ihm."

„War er Ihrer Meinung nach gewalttätig als junger Mann?", fragte McAdam.

„Alex? Nicht mehr als jeder andere Teenager mit zu viel Zeit und zu viel Testosteron im Blut. Manchmal hat er sich mit anderen in die Wolle gekriegt, aber nicht öfter als andere auch."

„Was ist mit Ihnen?"

„Mit mir?", fragte er.

„Ja. Sie und Isla standen sich nahe. Die anderen aus Ihrem Freundeskreis meinten, dass Sie beide viel Zeit miteinander verbracht haben."

„Wollen Sie damit fragen, ob ich sauer war, weil Isla mich nicht angebaggert hat?", erkundigte er sich lächelnd.

„Genau das." McAdam fand, dass Mcintyre merkwürdig reagierte. „Ist doch eine logische Frage. Die meisten Männer wären sauer, wenn das Objekt ihrer Begierde sie nicht erhört –"

„Oder sie einfach Luft für sie sind", fügte MacEachran hinzu. Kopfschüttelnd schaute Roddy Mcintyre beide an.

„Mein Dad hat gesagt, dass genau das passieren wird, sobald ihre Leiche gefunden wird."

„Und was meinte er damit?", hakte McAdam nach.

„Dass die Polizei nach einem Sündenbock suchen wird."

„Wir versuchen herauszufinden, warum sie gestorben ist."

„Und Sie brauchen einen Schuldigen", stellte er fest. „Es ist egal, ob die Person es gewesen ist oder nicht. Sie brauchen einen Buhmann, damit die Öffentlichkeit weiß, dass Sie Ihre Arbeit machen, damit die Leute nachts ruhig schlafen können."

„Das ist aber eine zynische Ansicht", meinte MacEachran. McAdam fand zwar, dass jemand, der im Glashaus saß, nicht mit Steinen werfen sollte, sagte aber nichts.

„Halten Sie es für möglich, dass Macrae ihr etwas angetan hat?"

Roddy Mcintyre seufzte laut auf und schüttelte den Kopf. „Keine Ahnung, ehrlich."

„Raten Sie einfach."

Mit geschürzten Lippen sah er den DI an. „Nein … wenn ich gezwungen wäre, mich zu entscheiden, dann würde ich nein sagen. Ich glaube nicht, dass Alex der Typ dafür wäre. Keiner von denen wäre dazu fähig gewesen." Er zuckte mit den Schultern. „Ich kann sie nicht ausstehen, aber hätten sie Isla wehgetan? Das bezweifle ich." Nacheinander blickte er die Detectives an. „Gibt es sonst noch etwas oder kann ich gehen? Es war ein langer Tag, und mir ist kalt, ich bin müde und könnte ein Bier vertragen."

„Nein, das war alles", erwiderte McAdam. Nickend drehte sich Mcintyre zum Boot um, kletterte wieder an Deck und holte einen kleinen Rucksack, der neben dem Steuerhaus gelegen hatte. Dann sprang er auf den Steg, auf dem noch immer McAdam und MacEachran standen. Mit einem höflichen Lächeln ging er an den beiden vorbei. „Nachdem Sie so eng mit Isla befreundet waren, wussten Sie bestimmt, dass sie schwanger war, oder", rief der DI ihm nach.

Ohne sich umzudrehen, blieb Mcintyre ein paar Schritte

von ihnen entfernt stehen. Schließlich wandte er sich um, biss sich auf die Unterlippe und kniff die Augen zusammen.

„Isla war schwanger?"

Es klang mehr nach einer Frage als einer Feststellung.

McAdam nickte. „Wussten Sie das nicht?"

Kopfschüttelnd ging er ein kleines Stück zu ihnen zurück. „Isla hat mir nie etwas davon gesagt."

„Sie waren doch ihr engster Vertrauter, oder? Zumindest behaupten das alle."

Der Mann zog die Augenbrauen hoch. „Tja, wenn das alle sagen, dann muss es ja stimmen, nicht wahr?"

Der DI fand sein Verhalten verblüffend, wenn nicht sogar befremdlich.

„Wenn Sie nicht zu Ihnen gekommen ist, an wen könnte sie sich dann gewandt haben?"

Roddy Mcintyre dachte nach. „Das weiß ich nicht. Wirklich nicht. Ich hätte angenommen, dass sie mir so etwas anvertraut hätte, ohne zweimal darüber nachzudenken. Es enttäuscht mich ein wenig, dass sie nicht mit mir darüber geredet hat, ehrlich gesagt."

„Wäre schön, wenn Sie ehrlich wären", erwiderte McAdam. „Wie war sie vor der Party am Coral Beach?"

Nachdenklich die Stirn runzelnd schaute er zur Seite. „Geistesabwesend, würde ich sagen. Aber keine Ahnung, was sie beschäftigt hat. Vielleicht war das der Grund, die Schwangerschaft."

„Was wäre passiert, wenn sie jemanden davon erzählt hätte?", erkundigte sich der DI. „Von dem Baby."

Der Mann schnaubte. „Alex wäre bestimmt umgekippt. Er ist einer der verantwortungslosesten Menschen, die ich kenne. Können Sie glauben, dass einige Leute es zulassen, dass einer wie er sich um ihre alten Verwandten kümmert? Sie wären besser dran, wenn sie sie mit einer offenen Dose Katzenfutter allein auf den Zimmern ließen, anstatt darauf zu vertrauen, dass er sich um sie sorgt."

Diese Bemerkung traf McAdam. Er dachte daran, wo sich seine Mutter gerade befand. Er sagte nichts, spürte aber Alistair MacEachrans Blick auf sich.

„Und ihr Vater?"

Tief ausatmend zog Mcintyre die Augenbrauen hoch. „Reverend Matheson hätte das nicht gefallen, ganz und gar nicht. Ich erinnere mich, dass Isla einmal erzählt hat, dass Donnie, ihr Bruder, ein Mädchen in Glasgow in Schwierigkeiten gebracht hat. Das war in seinem ersten Jahr an der Uni." Er schüttelte den Kopf. „Der alte Matheson ist komplett ausgerastet."

Roddy Mcintyre senkte den Kopf als stumme Frage, ob er jetzt gehen konnte. Der DI nickte. „Was ist mit dem Baby passiert? Also mit Donnies?", rief er ihm noch schnell nach.

Der Mann wandte sich ihnen zu, lief aber rückwärts weiter. Schulterzuckend reckte er den Unterkiefer vor. „Tut mir leid, keine Ahnung." Roddy Mcintyre drehte sich um und stiefelte weiter. Als sein Vater ihn herannahen sah, kam er aus dem Ticketschalter und blickte seinen Sohn fragend an, während er abschloss. Als Roddy bei ihm war, stieß er seinen Vater mit dem Ellenbogen am Arm. Dieser legte seinem Sohn einen Arm um die Schulter, und zusammen gingen sie fort.

„Was halten Sie davon?", fragte Duncan.

Alistair, der neben ihm stand, und er sahen Vater und Sohn zu, wie sie in einen Geländewagen kletterten. Anscheinend kümmerten sich die Mcintyres nicht mehr um die Polizei. Doch als sie sich unbeobachtet fühlten, schauten beide zurück, nur um schnell wieder wegzusehen.

Alistair zog die Nase hoch. Seine Nylonjacke raschelte im

Wind. „Da stimmt was nicht." Er warf einen Seitenblick auf Duncan. „Finden Sie nicht auch?"

Duncan nickte. „Aye, da stimmt was ganz und gar nicht."

KAPITEL ZWANZIG

ALS DUNCAN und Alistair aufs Revier zurückkamen, herrschte im Einsatzzimmer so reger Betrieb, dass sie das Gefühl hatten, im Weg zu stehen. Die beiden sahen sich an. Duncan machte sich auf die Suche nach DCI Jameson, um ihn auf den neuesten Stand zu bringen, und Alistair ging zu seinem Team. Jameson war in seinem Büro gleich neben dem Einsatzzimmer und besprach sich mit einigen Kripo-Beamten, von denen Duncan keinen kannte. Als er anklopfte, unterbrach er damit den Redefluss des DCI. Widerwillig, wie es McAdam vorkam, bat er den DI herein.

„Was gibt es, Duncan?"

Zwei der drei Detectives schauten kurz zu McAdam hoch, grüßten ihn jedoch nicht.

„Ich habe gerade mit Roddy Mcintyre gesprochen und ich denke –"

„Mit wem?"

„Mcintyre, Roddy Mcintyre", wiederholte McAdam. „Er war Isla Mathesons bester Freund –"

„Ach, ja, natürlich, natürlich", unterbrach Jameson ihn. Er schaute auf das Handy auf seinem Tisch und wischte gedankenverloren eine Nachricht vom Bildschirm. Als er wieder hochblickte, sah er den DI erwartungsvoll an. „Wir haben viel zu tun, Duncan. Worum geht es?"

„Mcintyre ... es war merkwürdig, wie er auf unseren Besuch reagiert hat."

„Und?"

McAdam fixierte DCI Jameson. Dieser wirkte mehr verärgert als interessiert.

„Er ist derjenige, von dem die meisten behauptet haben, dass er Isla am besten kannte und sie ihm vertraute. Allerdings hatte er überhaupt kein Interesse daran, herauszufinden, was ihr zugestoßen ist." Er zuckte mit den Schultern. „Das passt nicht zusammen."

Jameson lehnte sich zurück und schaute zu den beiden Männern, die auf der anderen Seite des Tisches standen, und zu dem dritten, der an einem Aktenschrank gelehnt im Büro stand. Mit all den Leuten fühlte sich der kleine Raum beengt und erdrückend an. Stirnrunzelnd schnalzte der DCI mit der Zunge und atmete tief aus.

„Glauben Sie, dieser ... wie hieß er noch mal?"

„Roddy Mcintyre."

„Ja, Mcintyre ... dass er verdächtig ist?"

„Na ja, so weit würde ich nicht gehen, es ist nur –"

„Ein Gefühl?", fragte Jameson dazwischen. Als der Detective neben dem Aktenschrank den DI ansah, glaubte McAdam, die Spur eines Lächelns auf dessen Lippen zu erkennen.

„Nicht unbedingt ein Gefühl, aber beim Durchlesen der Fallakten wurde Mcintyre immer als unbekümmerter Mensch, der gerne lachte, beschrieben, und als Islas –"

„Engster Vertrauter. Ja, das sagten Sie schon." Jameson faltete die Hände zu einem Zelt. „Es hat sich etwas Neues ergeben, Duncan. Informationen, von denen Sie nichts wissen. Und diese sind aussagekräftiger als ihre ... Intuition."

Das letzte Wort betonte er auf eine Art und Weise, die amüsiertes Gemurmel bei den Männern im Büro auslöste. McAdam spürte, wie sich ihm die Nackenhaare aufstellten.

„Darf ich fragen, welche Informationen das sind?"

„Es hat sich herausgestellt, dass ein Deutscher namens ...", Jameson schaute auf den Schreibtisch, „... Dieter Pohl um den Zeitpunkt des Verschwindens von Isla in der Gegend war. Er wurde mehrfach wegen gewalttätiger Übergriffe auf Frauen in England und in seiner Heimat verurteilt", erklärte der DCI triumphierend. „Laut Datenanalyse war er im fraglichen Jahr Mitte des Sommers auf der Insel. Sechs Monate lang ist es ruhig um ihn geworden. Und dann, im Januar des folgenden Jahres, wurde er an der Grenze registriert."

„Verzeihen Sie ... vielleicht bin ich ja etwas schwer von Begriff, aber –"

„Keine Sorge, Duncan. Wir wissen ja, wie es hier auf der Insel läuft. Ist sicher schön, wieder unter ihresgleichen zu sein."

Duncan McAdam spürte, wie Nacken und Gesicht heiß wurden, vor allem, als die anderen ihn auslachten. Mit erhobener Hand entschuldigte sich Jameson für den Scherz.

„Pohl ist mit einem alten VW-Bus durch das Land gereist und hat da und dort Gelegenheitsjobs übernommen. Weil er nur gegen Barzahlung gearbeitet hat, war er schwer nachzuverfolgen. Während seiner Zeit auf der Insel hat er eine Weile in der Nähe von Dunvegan für einen Betrieb, der Ferienwohnungen vermietet, Gelegenheitsjobs übernommen. Er war also im fraglichen Gebiet. Wir nehmen an, dass er Skye verlassen hat und untergetaucht ist, um keine Aufmerksamkeit auf sich zu lenken, damit er nicht mit Islas Verschwinden in Zusammenhang gebracht wird. Da ihre Leiche nicht gefunden wurde und ihn niemand verdächtigt hat, ist er ausgereist." Mit einer beiläufigen Geste zeigte er auf den Detective, der ihm gegenübersaß. „Gerry, würdest du bitte fortfahren?"

Der Detective wandte sich zu ihm.

„Aktuell sitzt Pohl eine siebenjährige Gefängnisstrafe wegen Vergewaltigung und widerrechtlichem Freiheitsentzug einer Minderjährigen von vor drei Jahren in Kilmarnock ab. Wir haben eine beschleunigte DNA-Analyse angefordert und schicken ein Team hin, um ihn zu verhören."

„Wo ist er?", fragte McAdam niedergeschlagen, weil sein Hinweis lächerlich wirkte im Vergleich zu der Richtung, in die sich die Ermittlung entwickelte.

„Er ist im Gefängnis Grampian drüben in Peterhead", antwortete der DCI. Anscheinend war McAdam die Enttäuschung anzusehen. „Schon gut, Duncan", meinte Jameson. „Sie haben gute Arbeit geleistet mit den Einheimischen. Das ist keine Kritik an Ihnen."

Auch wenn die Worte positiv klangen, hatte der DI den Eindruck, dass Jameson herablassend klang.

„Was ist mit der neuen Erkenntnis des Pathologen?", warf McAdam ein.

DCI Jameson nickte. „Die Schwangerschaft?"

„Ich dachte eher an den Abbruch."

„Von Pohl ist bekannt, dass er DNA-Beweise, die zu einer Verurteilung seinerseits führen könnten, zu zerstören versucht. In einem Fall hat er eine Frau, nachdem er sie angegriffen hat, in einen Swimmingpool geworfen. Durch das Chlor wurden sämtliche Spurenbeweise auf ihrem Körper, die gegen ihn hätten verwendet werden können, zerstört. Und in einem weiteren Fall, für den er verurteilt wurde, hat er das Opfer zu einer Dusche gezwungen, bevor er sie hat laufen lassen. Es war reines Glück, dass er verhaftet wurde, bevor er das Auto, in dem er sie transportiert hat, reinigen konnte. So konnte bewiesen werden, dass sie sich darin befunden hatte. Er ist ein eiskalter, berechnender Mistkerl, Duncan, aber wir glauben, dass wir ihn drankriegen können."

Duncan McAdam nickte. „Sie denken, dass Islas Verletzungen entstanden sind, weil er versucht hat, die Vergewaltigung zu verschleiern?"

„Davon gehen wir aus." Mit zusammengekniffenen Augen musterte Jameson ihn. „Sehen Sie das anders?"

Da McAdam weder in die eine noch andere Richtung tendierte, zuckte er nur mit den Schultern. „Ich wusste nicht, dass DNA-Proben für einen Abgleich genommen wurden."

„Wir hoffen, dass wir mit einer neuen Analysemethode eine Verbindung nachweisen können", erwiderte der DCI. „Und die Androhung dieser Analyse könnte Pohl kooperativ stimmen und ihn zu Fall bringen."

Skeptisch nickte McAdam. „In Ordnung. Wie kann ich helfen?"

DCI Jameson überlegte kurz. „Sie kennen sich hier aus, Duncan. Einer der Jungs wird Ihnen die Adresse geben. Fahren Sie nach Dunvegan und reden Sie mit den Besitzern der Ferienhausvermietung, die ihn angestellt haben. Vielleicht erhalten Sie Informationen, die wir beim Verhör von Pohl nutzen können. Man kann ja nie wissen, eventuell können sie etwas Nützliches beisteuern."

„Heute?", fragte McAdam und schaute auf die Uhr. Es war kurz vor sieben und die Fahrt nach Dunvegan – dort traf die Halbinsel Waternish auf Duirinish – dauerte mindestens eine Stunde.

„Ja. Das Team wird Pohl morgen früh verhören, und alles, was wir dann an zusätzlicher Munition für das Team haben, wäre von Vorteil. Mir ist klar, dass dabei wahrscheinlich nichts Nützliches herauskommen wird, aber einen Versuch ist es wert."

McAdam, der sich wie das fünfte Rad am Wagen vorkam, nickte. Als er durch ein Fenster in das Einsatzzimmer blickte, sah er Alistair, der sich mit Ronnie und Fraser unterhielt. Nachdem er gehen durfte, lief Duncan aus dem Büro und zu Alistair hinüber. Als sie ihn kommen sahen, begrüßten sie ihn mit einem Nicken. Die drei beobachteten ihre Kollegen, die sich mit frischer Energie, die bei einem Durchbruch immer aufkam, an die Arbeit machten. Sie selbst wirkten allerdings niedergeschlagen.

„Sie haben ihren Sündenbock gefunden", meinte Alistair zu Duncan, als er neben ihm stehenblieb.

„Sie glauben nicht, dass Pohl der Schuldige ist?"

„Natürlich nicht. Sie doch auch nicht?"

Duncan überlegte. „Jameson ist sich sicher, beweisen zu können, dass er in der Gegend war, als Isla Matheson verschwunden ist."

„Pfff!"

Duncan konnte sich ein Grinsen nicht verkneifen. „Ist das Ihre fachliche Einschätzung aufgrund der aktuellen Beweise oder ..."

„Sie greifen nach Strohhalmen", erwiderte Alistair. Ronnie und Fraser nickten zustimmend. „Sie glauben, dass er damals auf der Insel war. Mehr haben sie nicht. Das ist nicht gerade ein schlagender Beweis."

„Ja, sie müssen noch mit seinem Arbeitgeber reden und offiziell bestätigen, dass er in Dunvegan war."

„Nach zwanzig Jahren?", meinte Alistair. Angus tauchte hinter Duncan auf. „Das arme Schwein, dass das machen muss, tut mir leid."

„Tja, dann können wir Ihnen leidtun, Alistair", erwiderte Duncan.

„Verdammt noch mal! Wir müssen raus nach Dunvegan?"

Duncan nickte. Entgeistert sog Alistair die Luft durch die zusammengebissenen Zähne ein.

„Ich weiß nicht mehr, was ich vor zwanzig Jahren gemacht habe", meinte Angus.

„Da warst du noch in Windeln", erwiderte Alistair. „Deine Mum hat dich damals noch angezogen."

„Das macht sie immer noch", fügte Fraser hinzu.

„Wohl kaum", erwiderte Angus.

Russell kam zu ihnen und kaute dabei geräuschvoll Chips. Als Alistair ihn anstarrte, hielt er dem DS die Chipstüte hin, aber dieser lehnte kopfschüttelnd ab. Russell zuckte mit den Schultern. Duncan musterte ihn. Für einen Mann Anfang dreißig hatte er ein raues Gesicht. Vielleicht war er Boxer gewesen.

„Boxen Sie …. Oder machen Sie, wie nennt man das heute, Käfigkämpfe?"

Kurz hörte Russell auf zu kauen, legte die Stirn in tiefe Falten und schaute in die Gesichter der anderen. „Ich boxe ganz gerne, ja. Warum fragen Sie?"

„Boxer sind wie Gladiatoren … und der Schauspieler Russell Crowe –"

„Nö …", unterbrach Russell ihn grinsend und stopfte sich noch eine Handvoll Chips in den Mund. „Aber netter Versuch", sagte er und versprühte dabei die Krümel. Angus schnaubte verächtlich, die anderen lachten nur, während Duncan die Stirn runzelte. Früher oder später würde er herausfinden, warum er diesen Spitznamen hatte. Jemand streckte einen Arm durch das Grüppchen und überreichte dem DI einen Zettel mit Adresse und Postleitzahl darauf. Duncan hielt Alistair das Papier unter die Nase.

„Das ist für uns", meinte er.

„Aye … um einem Pups im Wind nachzujagen."

KAPITEL EINUNDZWANZIG

„Das ist doch Quatsch.“

Duncan warf einen Seitenblick auf Alistair, der geradeaus in die Dunkelheit vor ihnen starrte. Es regnete kräftig, schon seit sie das Revier verlassen hatten und nach Dunvegan losgefahren waren. Von der Hauptstadt der Insel, Portree, hatten sie die A87 in Richtung Uig und dem dortigen Fährhafen genommen. Das war die beste Straße auf Skye wegen des Schwerverkehrs, der diese benutzte, um über die Insel zu kommen. Sie verband das Festland mit dem Hauptfährhafen, deren Fähren die Äußeren Hebriden anfuhren. Sobald Duncan und Alistair abgebogen und weiter nach Westen gefahren waren, waren die Straßen deutlich schlechter geworden. Deshalb kamen sie nur noch langsam voran.

„Das ist doch Quatsch“, wiederholte Alistair und umklammerte das Lenkrad seines Pick-ups noch fester.

„Ich habe Sie beim ersten Mal verstanden“, meinte Duncan geistesabwesend, während er versuchte, die Akte über Dieter Pohl zu lesen. Ihn interessierte vor allem die angeblichen Aufenthaltsorte während der Zeit, in der er auf Skye gewesen sein sollte. Das Team hatte bereits gute Arbeit geleistet und vieles zu seinem Aufenthalt auf der Insel zusammengetragen. Auch die Finanzströme waren durchleuchtet worden. Hauptsächlich bestanden diese aus Zahlungen auf sein Bankkonto, während er in der Gegend gearbeitet hatte. Das bestätigte, dass Pohl auf Skye gewesen war – und welche Orte er besucht hatte, wenn er mit der Karte und nicht bar gezahlt hatte. In der Vergangenheit war das eher ein Problem gewesen, da nur wenige Läden Kartenzahlung angeboten hatten. Heute war das eine normale Sache, da selbst abgelegene Gegenden inzwischen Kartenlesegeräte hatten.

Die Stadt Dunvegan befand sich weniger als fünf Kilometer südlich von Coral Beach, dem Ort, an dem Isla Matheson zum letzten Mal lebend gesehen worden war. Es war schon ein gewaltiger Zufall, dass ein Mann mit Pohls Vergangenheit damals in der näheren Umgebung gewesen war. Trotzdem wollte Duncan lieber die Kirche im Dorf lassen und sich nicht zu sehr von der Begeisterung des Ermittlungsteams anstecken lassen. Alistairs Stimmung nach war auch der DS nicht überzeugt.

„Das ist –"

„Ich weiß!", fuhr Duncan entnervt dazwischen. Er kam sich vor, als würde er mit einem Kleinkind diskutieren.

„Na ja … wir müssen hier draußen in der Dunkelheit Geistern nachjagen. Ihnen ist klar, warum sie uns geschickt haben, oder?"

Duncan nickte. Er gab es auf, die Akte in dem spärlichen Licht über ihm zu lesen und griff nach dem Handy, um mit der Taschenlampen-App für mehr Helligkeit zu sorgen. „Mhm, weiß ich."

„Weil es Quatsch ist. Deshalb."

Anscheinend brachte Duncans Glucksen den DS noch mehr auf.

„Jameson will nicht, dass einer seiner Jungs so spät noch so weit fahren muss für einen Schuss ins Blaue. Deshalb hat er uns geschickt."

Duncan sah ihn an. „Verpassen Sie deswegen Ihre Lieblingssendung im Fernsehen oder was ist los?"

„Nein ... aber meine Frau wird mir die Ohren volljammern, wenn ich nicht zu einer vernünftigen Zeit nach Hause komme." Er seufzte. „Und glauben Sie mir, das erträgt kein Mann."

„Ich bestimmt nicht", erwiderte Duncan ruhig und wandte sich wieder der Akte zu.

„Sie sind nicht verheiratet, oder?"

Duncan schüttelte den Kopf, während er weiterlas. „Nö."

„Wollten Sie jemals heiraten?"

„Nö."

„Sie sind klüger, als Sie aussehen."

„Danke", meinte Duncan und schaute hoch. Als er bemerkte, dass Alistair schneller auf eine enge Kurve zufuhr, als gut war, hielt er sich fest. Der Pick-up schlingerte um die Kurve, die unglücklicherweise noch abfiel, was nicht gerade hilfreich war. „Das war das Netteste, was Sie mir gesagt haben, seit ich angekommen bin."

„Aye. Wahrscheinlich sterben Sie allein und verlassen in einer feuchten Einzimmerwohnung in Pollokshields, aber ... wie Sie meinen", erwiderte Alistair. Sein Zwinkern und Lächeln übersah Duncan fast in der Finsternis. Obwohl das keine aufmunternde Vorstellung war, schwieg er lieber. Sie waren auf dem Weg zu Karen Graham, der Eigentümerin mehrerer Ferienhäuser, Chalets und einer Jugendherberge in und um Dunvegan. Da sie das Unternehmen aufgezogen und im Lauf von über dreißig Jahren ausgebaut hatte, war Duncan optimistisch gestimmt, dass sie wusste, wen sie wann beschäftigt hatte.

Knapp vor Dunvegan, auf Höhe der ersten Gebäude –

einem Gasthaus und einem Restaurant – bog Alistair von der Hauptstraße ab. Die meisten Häuser in der Stadt waren traditionelle Villen aus Stein. Einige davon waren zu Läden oder Restaurants umgebaut worden, um den Unmengen an Touristen, die alljährlich zum Schloss, Museum oder zum Campen an der Landzunge pilgerten, Rechnung zu tragen. Der Großteil der Gebäude war zum See ausgerichtet, dem Namensgeber der Stadt, obwohl die Dörfer Galtrigill, Borreraig und Colbost im Westen und Claigan, das Dörfchen im Osten, an dem Isla und ihre Freunde an jedem schicksalshaften Abend vorbeigekommen waren, ebenfalls direkt an Loch Dunvegan lagen.

Seit achthundert Jahren war Dunvegan Stammsitz und Machtzentrum der Clan-Chiefs der MacLeods. Das beeindruckende Schloss trug den Namen des Dorfes und war eine der beliebtesten Touristendestinationen. Außerdem gehörte es noch immer der Familie MacLeod, die es weiterhin bewohnte.

Duncan zeigte auf ein Haus, das sich etwas zurückversetzt von der Straße befand. Alistair lenkte den Pick-up zwischen zwei Backsteinsäulen hindurch und über ein Viehgitter. Auf dem Kiesparkplatz vor dem Haus stellte er den Wagen ab. Die Besitzerin hatte sie schon gesehen und war ihnen entgegengekommen, bevor sie aus dem Auto ausgestiegen waren.

„Mrs. Karen Graham?", fragte der DI und griff nach dem Dienstausweis, um sich zu identifizieren. „DI McAdam. Wir haben telefoniert."

Sie schüttelten die Hände. Als die Frau DS MacEachran zulächelte, erwiderte er die Geste. Sein Lächeln wirkte gezwungen. Er war immer noch verärgert, dass sie hatten herfahren müssen.

„Sie wollten über Dieter reden, habe ich das richtig verstanden?"

„Genau. Haben Sie noch die Unterlagen von damals?"

„DI McAdam ... ich bewahre alles auf! Man weiß ja nie, wann die Steueraufsicht etwas wissen will, oder?"

Davon hatte McAdam keine Ahnung, aber er lächelte höflich. „Dieter Pohl hat also für Sie gearbeitet?"

„Hat er. Er war ein reizender junger Mann", meinte sie lächelnd. „Er hat sich immer auf alles gestürzt, was man ihm aufgetragen hat, und hat sich nie beschwert, egal, wie das Wetter oder wie anstrengend die Arbeit war."

„Klingt perfekt", erwiderte McAdam. Aus den Augenwinkeln bemerkte er, dass MacEachran sarkastisch nickte, die Lippen schürzte und dabei die Augen aufriss.

„Ach, das war er", sprach Karen Graham weiter. „Schade, dass er weitergezogen ist."

„Hatte er vor, abzureisen?", fragte der DS. „Ich meinte, hatte er geplant, zu diesem Zeitpunkt wegzugehen?"

Kopfschüttelnd und stirnrunzelnd sah sie ihn an. „Nein, er hat das ganz plötzlich beschlossen. Zumindest in meiner Erinnerung. Er hat nie davon geredet, dass er weg möchte, aber ich nehme an, wenn jemand ein rastloser Mensch ist, dann ist das eben so", sagte sie schulterzuckend.

„Wie lange war er hier bei Ihnen?", erkundigte sich McAdam.

„Etwas sechs Monate."

„Hat er bei Ihnen gewohnt? Hatte er ein Zimmer oder Ähnliches?"

„Nein, er hat in seinem Bus gelebt. So einem alten VW. Der Himmel weiß, wie er den am Laufen gehalten hat und durch ganz Europa gefahren ist. Er hat ständig daran herumgeschraubt." Sie lächelte. „Aber wie gesagt, er hatte ein Händchen für alles, es hätte mich nicht wundern sollen." Fragend betrachtete sie den DI. „Am Telefon haben Sie gar nicht gesagt, worum es eigentlich geht."

„Ach, habe ich nicht?", fragte McAdam unschuldig. „Wir

erledigen nur Hintergrundüberprüfungen. Sie wissen ja, wie das ist."

Ihre Miene verriet, dass sie ihm nicht so recht glaubte, aber da sie keinen Grund hatte, ihn zu hinterfragen, zeigte sie nur auf das Haus. „Die Unterlagen sind auf meinem Computer gespeichert, wenn Sie sie sehen möchten." Der DI nickte. „Ich habe auch ein paar Fotos von damals ausgegraben, wenn Sie Interesse haben."

„Das wäre prima, danke."

„Und ich setzte Tee auf. Frisch gebackenen Kuchen habe ich auch."

Alistair MacEachrans Augen leuchteten auf. „Das ist ein Wort, Mrs. Graham."

Als die Frau vorrausging, flüsterte McAdam: „Zu Hause bekommst du keinen Kuchen, oder?"

„Nein, und sie versteckt die Kekse … und zählt noch dazu, wie viele Kalorien ich esse", erwiderte der DS düster, während er mit neugewonnenem Schwung Karen Graham nacheilte.

Drinnen genoss Alistair MacEachran glücklich ein großes Stück Kaffee-Walnuss-Kuchen und eine Tasse Tee. Gedankenverloren blätterte der DI durch ein altes Fotoalbum mit Schnappschüssen von vor zwanzig Jahren. Es war eine Weile her, seit er ein solches Album zu Gesicht bekommen hatte. Seit Beginn des digitalen Zeitalters waren diese Fotoalben zu Relikten der Vergangenheit geworden. Wie viele Bilder hatten Menschen auf Festplatten und Tablets gespeichert, die sie nie anschauten? Vor nicht allzu langer Zeit mussten die Leute Fotofilme entwickeln lassen und fotografierten deshalb nur sparsam. Ironischerweise konnte man heute absolut alles auf Fotos festhalten, nur dass sie nie jemand ansah.

„Das ist er", sagte Karen Graham, die hinter McAdam stand. Sie beugte sich über seine Schulter und zeigte auf ein Foto. „Das da ist Dieter."

Duncan McAdam betrachtete das Bild eines Mannes, der ungefähr so alt war wie er jetzt, um die Mitte bis Ende dreißig. Seine blonden Haare hingen fast bis auf die Schultern, und er trug Jeans und einen dicken Strickpullover. So sportlich und gutaussehend wie er war und mit seinem breiten Lächeln hätte er auch gut zu den Surfern gepasst. Mit verschränkten Armen lehnte er an einem alten Bus, vermutlich seinem, und ein paar andere Personen standen rechts und links von ihm.

„Gutaussehender Mann", stellte McAdam fest und drehte das Album so, dass MacEachran das Foto sehen konnte.

„Teuflisch gutaussehend sogar", meinte Karen Graham lächelnd. „Die Mädchen sind ihm in Scharen nachgelaufen. Und er wusste es auch."

„Zu gutaussehend für diese Insel", warf Alistair MacEachran zwischen zwei Bissen ein. „Der Kuchen ist herrlich, Mrs. Graham."

Sie bedankte sich für das Kompliment mit einem Tätscheln auf seinem Handrücken.

„Wissen Sie zufällig, ob er während seines Aufenthalts hier eine Freundin hatte?", erkundigte sich McAdam.

Die Tür öffnete sich, und ein Mann trat ein. Er schüttelte das Wasser von seiner Jacke. Fragend schaute er die Drei an. Karen Graham lächelte.

„Mein Mann, Ian."

McAdam und MacEachran begrüßten ihn. Nachdem Ian Graham die Jacke auf einem Haken neben der Tür aufgehängt hatte, kam er zu den sitzenden Detectives.

„Sie sind von der Polizei", erklärte Karen Graham. Ihr Mann war um die Sechzig, korpulent und hatte ein hartes, von Falten durchzogenes Gesicht, das von der Arbeit auf einem Fangschiff zeugte.

„Hm, aye. Worum geht es denn?", fragte er mit Blick auf das Fotoalbum am Tisch.

„Sie erkundigen sich nach Dieter. Erinnerst du dich an ihn? Einen Sommer lang hat er für uns Gelegenheitsjobs übernommen, das ist ewig her."

Ian Graham überlegte angestrengt. „Ich glaube, ja."

Seine Frau schob ein Foto, das auf dem Tisch lag, in seine Richtung. Über den DI hinweg betrachtete er es.

„Der Deutsche?", fragte er. Karen Graham nickte. „Aye. Angeberischer junger Mann ... hat ständig gelächelt. Kann nicht behaupten, dass ich ihn sonderlich mochte. Was hat er angestellt?"

„Im Moment sammeln wir nur Hintergrundinformationen, Mr. Graham", erwiderte McAdam.

„Hm ... nun, dabei kann ich Ihnen nicht helfen. Ich kannte ihn kaum." Er warf einen Blick auf seine Frau. „Ich bin am Verhungern. Gibt es was zu essen?"

Nickend zeigte seine Frau zur Küche. Ian Graham überließ sie dem Gespräch und stapfte los, um etwas zu essen aufzutreiben. McAdam schaute ihm nach und wandte sich dann wieder Karen Graham zu.

„Wir waren bei Dieter. Wissen Sie zufällig, ob er eine Freundin hatte, während er auf der Insel war? War er in einer romantischen Beziehung?"

Karren Graham überlegte. „Soweit ich weiß, hatte er nichts Festes. Ich meine, es könnte schon gewesen sein, dass er eine Freundin hatte. Genug Anwärterinnen gab es ja, das können Sie mir gerne glauben. Er war wirklich beliebt. Intelligent, charmant ... und lustig. Wo er jetzt wohl ist?"

McAdam zog die Augenbrauen hoch, verriet ihr aber nicht, dass Pohl im Gefängnis saß. „Warum ist er wieder weitergereist? Sie meinten, dass es plötzlich war."

„Hm ... ja, sehr plötzlich", meinte sie stirnrunzelnd. „Ich habe mich gefragt, ob diese schreckliche Sache mit dem verschwundenen Mädchen damit zu tun gehabt hatte."

Gedankenverloren spielte sie mit der Perlenhalskette, während sie sich an Pohls Abreise erinnerte. „Offenbar war er so gerne hier draußen. In den Augen der meisten Leute leben wir im hintersten Winkel der Welt, und es braucht einen gewissen Menschenschlag, der das Leben hier wirklich genießen kann. Vor allem, wenn man nicht auf der Insel geboren wurde."

„Er ist um die Zeit abgereist, als Isla Matheson verschwunden ist?"

Karen Graham nickte. „Schlimme Sache. Damals hatten wir alle Angst und haben sogar angefangen, unsere Haustüren Tag und Nacht abzuschließen." Sie schauderte. „Es war, als würde das Meer eine Welle der Angst an die Küste spülen. Ich habe es gefühlt. Wir alle. Aus persönlicher und auch beruflicher Sicht war es traurig, dass Dieter abgereist ist. Mit ihm habe ich mich hier sicher gefühlt." Als McAdam sie anschaute, lächelte sie schwach. „Ach, mein Mann war selten da, so ist das Leben mit einem Fischer ... Er war ein paar Tage zu Hause und dann wieder weg für zwölf Tage am Stück. Außerdem war er immer auf Hochseeschiffen unterwegs." Lachend blickte sie zur Küche, in der ihr Mann mit Töpfen klapperte. Sie senkte die Stimme. „Ich könnte schwören, dass er das nur gemacht hat, um so weit wie möglich von mir wegzukommen."

„Und mit Dieter Pohl in der Nähe fühlten Sie sich sicherer?"

Sie nickte. „Er war ein sehr fähiger junger Mann. Nachdem er weg war, habe ich mich verletzlich gefühlt, aber im Lauf der Zeit und weil die Polizei annahm, dass es kein Verbrechen war, sondern sie einfach weggelaufen ist ... normalisierte sich die Lage langsam."

„Und was denken Sie heute?"

„Weil man sie gefunden hat?"

McAdam nickte.

„Es ist furchtbar. Kaum zu glauben, dass sie all die Jahre so nahe war … Wissen Sie schon, was ihr zugestoßen ist?"

„Die Ermittlungen laufen noch, Mrs. Graham. Erinnern Sie sich, wie lange nach dem Beginn der Suche nach Isla Matheson Dieter Pohl abgereist ist?"

„Oh ja, dieser Sommer ist mir gut im Gedächtnis geblieben." Sie überlegte. „Innerhalb eines Monats, würde ich sagen, vielleicht früher. Eines Tages hat er einfach seine Sachen gepackt und ist weg. Ich habe ihn gesehen, wie er seinen Bus beladen hat. Wenigstens hat er sich verabschiedet." Sie lächelte schief. „Auch wenn ich den Eindruck hatte, dass er es sonst nicht getan hätte … aber das ist vielleicht unfair von mir."

„Es ist schon ein wenig seltsam, so von einem Tag auf den anderen abzureisen, finden Sie nicht?"

Kurz überdachte sie die Frage. „Ehrlich gesagt hat Dieter all die Arbeiten erledigt, weswegen ich ihn eingestellt hatte. Ihm blieb nichts mehr zu tun, als Däumchen zu drehen."

„Welche Arbeiten hat er für Sie gemacht?"

„Wir hatten drei Chalets gebaut", erklärte sie und zeigte durch die Wand, „drüben an der Ostküste des Sees. Keine großen, nur mit einem Schlafzimmer, einem Sitzbereich und einer Kochnische. Er hat uns mit der Einrichtung geholfen. Nichts Ausgefallenes, aber er war ein geschickter Handwerker."

„Hat er gesagt, warum er abreist und warum so plötzlich?"

Karen Graham zuckte mit den Schultern. „Nur, dass es Zeit war, dass er weiterreist und dass er eigentlich nie vorhatte, überhaupt so lange zu bleiben." Ihre Miene änderte sich, und sie betrachtete den DI misstrauisch. „Sie stellen viele Fragen zu Dieter. Sie glauben doch nicht, dass er etwas damit zu tun hatte, was dem Mädchen zugestoßen ist, oder?"

„Wie gesagt, die Ermittlungen laufen noch. Bisher war es ein einfacher – verzeihen Sie bitte diese Bezeichnung – Vermisstenfall, aber nun haben sich die Dinge offensichtlich geändert. Wir sammeln Hintergrundinformationen zu den Personen, die in dem Gebiet gewesen sind und denen Isla Matheson begegnet sein könnte oder mit denen sie Zeit verbracht hat. Wissen Sie, ob Dieter Pohl sie kannte?"

Karen Graham runzelte die Stirn. „Ich kannte Isla Matheson nicht, aber nachdem sie verschwunden ist, wurde ihr Bild auf der ganzen Insel gezeigt. Daher wäre es mir aufgefallen, wenn sie in der Nähe gewesen wäre." Sie schüttelte den Kopf. „Wenn er ihr etwas angetan hat, dann weit weg von meinen Grundstücken."

Zwanzig Minuten später gingen Duncan und Alistair wieder zum Pick-up. Karen Graham war einverstanden gewesen, ihnen die Finanzunterlagen mit den Daten, zu denen Dieter Pohl für sie gearbeitet hatte, per E-Mail zu senden. Außerdem hatte sie ihnen angeboten, das Fotoalbum mitzunehmen. Duncan hatte abgelehnt, aber einige Bilder mit seinem Handy abfotografiert. Soweit er das sagen konnte, war Isla zu seiner Enttäuschung auf keinem der Fotos zu sehen.

Nachdem sie in den Pick-up gestiegen waren, schaute Alistair ihn an. „Diese Chalets an der Küste sind ganz in der Nähe von Claigan."

„Ich weiß."

„Ich meine … das ist nur ein Weg von fünf Minuten …"

Duncan fixierte ihn. „Ich weiß."

„Er wäre ein Einfaches für ihn gewesen, sich nachts rauszuschleichen –"

„Verdammt noch mal, Alistair, ich weiß das. Lass gut sein!"

„Ich meine ja nur."

Duncan wollte es nicht zugeben, aber vielleicht waren Jameson und sein Team auf der richtigen Spur. Erst hatte er angenommen, dass die Hypothese des Einsatzteams die Ermittlungen mehr behindern als voranbringen würde. Er selbst hatte es immer vorgezogen, bei einem Fall offen für alle Richtungen zu sein. Das Problem an einer Ausgangshypothese war, dass für das Team das Risiko bestand, die Beweise zu sammeln, die zur Theorie passten, anstatt der natürlichen Spur der Beweise zu folgen. Allerdings hatte er in diesem Fall das Gefühl, dass sie damit richtig liegen könnten.

KAPITEL ZWEIUNDZWANZIG

ZURÜCK IN PORTREE parkte Alistair vor dem Polizeirevier. Als Duncan ausstieg, stellte er erfreut fest, dass es nicht mehr regnete. Allerdings war es noch ziemlich frisch, und nach der wohligen Wärme des Pick-ups fröstelte er, während er dem DS zum Abschied zuwinkte. Duncan zog die Jacke enger um sich und ging über den Platz zu seinem Auto. Eine Frau lehnte daran. Als er näher kam, drehte sie sich um. Es war Becky.

„Hallo, Duncan."

Er war überrascht, sie zu sehen. Sie sah völlig durchgefroren und blasser als sonst aus. Die feuchten Haare ließen erahnen, dass sie einen Regenguss abbekommen hatte.

„Hallo. Was … was machst du denn hier?"

„Auf dich warten, für den Fall, dass du bald zurück bist."

„Hast du Überstunden gemacht?", erkundigte er sich und schaute die Straße hinunter zu dem Kunsthandwerksladen, in dem Becky arbeitete. Kopfschüttelnd stampfte sie auf, um die Füße zu wärmen. Wie lange hatte sie auf ihn gewartet?

„Hatte nur was in der Stadt zu erledigen." Sie zeigte auf das Portree Hotel am anderen Ende des Platzes. „Hast du Lust, was zu trinken?"

Duncan schaute sich um. Da das Hotel, eines der größten und ältesten der Stadt, nicht allzu voll wirkte, stimmte er zu. „Ja klar."

„Wollen wir draußen sitzen?", fragte Becky, nachdem sie die Getränke geholt hatten. Sie hatte eine Limonade, er ein Pint Bier genommen. In der Lounge Bar saßen einige Gäste, und es sah so aus, als würde ein Geigenspieler heute Abend Musik machen. In einer Ecke der Lounge stellte er seine Instrumente auf. Sobald er loslegen würde, würde sich die Bar wahrscheinlich füllen, und er und Becky könnten einander kaum noch verstehen. Also nickte er.

Die Kurzzeitparkplätze von früher, an die sich Duncan erinnerte, waren nun abgesperrt und boten überdachte Sitzmöglichkeiten, die dieses Hotel und das daneben nutzen konnten. Verschiedene Outdoor-Tische und abgeschlossene Sitzmöglichkeiten in Glasgehäusen, die privaten Garten-Gewächshäusern erstaunlich ähnelten, wechselten sich ab. Touristen und Besucher wunderten sich wahrscheinlich, wie um alles in der Welt man in der Hitze des Sommers darin sitzen konnte. Aber jene, die Skye kannten, wussten, dass die Hitze kaum eine oder zwei Wochen anhielt. Die meiste Zeit des Jahres boten diese Glasgehäuse wertvollen zusätzlichen Platz, um Gäste geschützt unterzubringen.

Der Regen hatte aufgehört, und sie entschieden sich für einen Tisch zwischen den Glasgehäusen. Duncan und Becky zogen die Reißverschlüsse bis zum Kragen hoch und setzten sich. Die niedrighängende Lichterkette verbreitete ein angenehmes, warmes Licht. Da die meisten Läden inzwischen geschlossen hatten, gab es kaum Verkehr. Auch die letzten Busse des Tages waren bereits abgefahren. An der Bushaltestelle in der Nähe herrschte Stille.

„Hast du das Auto reparieren lassen?", erkundigte sich

Duncan, um das unangenehm werdende Schweigen zu durchbrechen.

Becky schüttelte den Kopf. „Das ist hinüber, ehrlich gesagt. Im Moment fahre ich Daveys Lieferwagen."

Etwas beschäftigte sie. Duncan konnte es ihr ansehen. Am ersten Abend, als Archie sie zusammengeführt hatte, war es noch nicht so gewesen, aber ganz bestimmt das darauffolgende Mal, als er sie nach Hause gebracht hatte. Da hatte er den Eindruck gehabt, dass sie mit den Gedanken ganz wo anders gewesen war. Auch jetzt machte sich dieses Gefühl breit.

„Du meintest, dass du deine Mum besucht hast. Was ist mit Roslyn?", erkundigte sich Becky. „Ich weiß nicht mehr, ob du gesagt hast, dass du sie besucht hast oder sie besuchen willst."

„Ich wollte", erwiderte Duncan. „Und ich habe …"

„Wie geht es ihr?"

„Mum … Mum ist, wie sie ist," er runzelte die Stirn. „Es ist schwierig. Aber Ros geht's prima. Ich habe nur die Befürchtung, dass ich sie verärgert habe."

„Das klingt ja gar nicht nach dir", meinte Becky und nippte an der Limo, um ihr Grinsen zu verbergen.

„Nein, so etwas würde ich ja nie tun, was? Wohin ich auch gehe, verbreite ich nichts als Freude."

„Wie ein Sonnenstahl", sagte sie und grinste jetzt breit. Duncan neigte den Kopf zur Seite und prostete ihr mit seinem Bier zu.

„Geht es dir gut?", erkundigte er sich. Er stellte das Glas auf den Tisch, hielt es aber weiterhin mit der Hand umklammert.

„Klar. Warum fragst du?" Sie klang vorsichtig. Typisch, dachte Duncan. Immer war er es, der die Leute dazu drängte, das preiszugeben, was ihnen im Kopf herumging. Meistens, bevor sie dazu bereit waren. Vielleicht kam das mit dem Dienstausweis.

Er zuckte mit den Schultern. „Du wirkst irgendwie ... gedankenverloren."

„Ach, tue ich das?"

In Beckys Tonfall schwang Arglosigkeit, fast schon Überraschung mit. Aber Duncan kannte sie besser. Becky war immer noch die Alte, und er war fast zwanzig Jahre mit ihr aufgewachsen, seit sie sich in der Grundschule kennengelernt hatten. Die fünfzehn Jahre dazwischen hatten nichts daran geändert, dass sie ein offenes Buch für ihn war.

„Du kannst mir ruhig sagen, wenn es mich nichts angeht."

Gerade als sie etwas erwidern wollte, hielt sie inne. Ihr Blick richtete sich auf etwas hinter ihm.

„Ach du lieber Gott", murmelte sie. Duncan drehte sich um. Archie Mackinnon wankte die Straße herunter und taumelte auf dem Gehweg von links nach rechts. Als er sie sah, stürzte er beinahe, schaffte es aber, sich an der Mauer des Hotels abzufangen. Ansonsten wäre er vorneübergekippt. Er stieß sich von der Mauer ab und schlurfte zu ihnen. Auf unsicheren Beinen kam er vor Duncan und Becky zum Stehen.

„Meine zwei liebsten Menschen auf der ganzen Welt!", sagte er grinsend. Offensichtlich hatte er ein paar Bier intus, war aber noch nicht sturzbetrunken.

„Auf der ganzen Welt?", hakte Duncan nach. Archies Grinsen verschwand. Mit nachdenklicher Miene schüttelte er den Kopf.

„Vielleicht nicht auf der ganzen Welt. Vielleicht nur auf der Insel."

„Oder nur von Portree?", schlug Becky vor.

„Aye ... aber Portree ist eine große Stadt", erwiderte Archie lächelnd. Er ließ sich auf den Stuhl neben Becky fallen und sah Duncan an. „Deine Runde, oder?"

Duncan runzelte die Stirn. „Ich glaube, du hattest genug für heute. Was denkst du?"

„Unsinn! Du klingst wie meine Fiona", sagte Archie missbilligend. „Ich nehme ein Pint, keine Eile ... aber ich habe einen riesigen Brand."

Duncan lachte verlegen.

„Nein, du bist voll wie eine Haubitze", gab Becky zurück. Archie reckte den Kiefer vor, dann musste er grinsen.

„Dann schieß mich doch nach Hause." Vorwurfsvoll schaute er Duncan an. „Du bist ja immer noch da."

Widerwillig stand Duncan auf und zeigte auf Beckys fast volles Glas. Als sie den Kopf schüttelte, ging er los zur Bar. Duncan hatte ein schlechtes Gewissen, weil er nicht nach Archie geschaut hatte. Er hatte es vorgehabt, allerdings hatte die Arbeit ihn völlig eingenommen. Archie und Fiona waren seit der Schule zusammen gewesen. Duncan konnte sich nicht daran erinnern, ob Becky ihm gesagt hatte, dass sie Kinder hatten oder nicht. Falls ja, fragte er sich, ob sein alter Freund sie nach der Trennung überhaupt zu Gesicht bekam. Nach der Schule war Duncan zur Universität gegangen und Archie hatte den Hof seines Vaters übernommen. Sie hatten sich aus den Augen verloren.

Der Geiger spielte, und wie erwartet, war es in der Bar voll geworden. Viele der Gäste hatten sich um den Tisch versammelt, wo er spielte. Eine Frau sang ein Lied zu der Musik, das Duncan bekannt vorkam, aber der Name fiel ihm nicht ein. Er umging den Großteil des Publikums und schlängelte sich zur Bar. Selbst hier musste er eine ganze Weile warten, so viele Leute hatten sich eingefunden.

Geistesabwesend schaute er durch den Raum. An einem offenen Kamin, in dem orange und rote Flammen um einen riesigen Holzscheit tanzten, blieb sein Blick hängen. Rechts davon, am anderen Ende des Raumes, saßen zwei Männer in einer Nische und unterhielten sich lebhaft. Der Mann, dessen Gesicht Duncan zugewandt war, argumentierte aggressiv, lehnte sich vor, fauchte beinahe, und fuchtelte mit den Händen herum. Die Körpersprache seines Gegenübers war ausdrucksstark, fast abwehrend, obwohl Duncan nur seinen Rücken sah. Anscheinend stritten sie sich nicht, aber das Gespräch wurde offensichtlich hitzig geführt.

Als das Lied schwungvoll endete, klatschte und jubelte das Publikum zur Freude der Musiker. In der kurzen Pause unterhielten sich die Leute. An der Bar teilte sich die Schlange, und Duncan trat vor. Nachdem er Blickkontakt mit der Bardame hergestellt hatte, bestellte er zwei Pint Bier, eines für sich und eines für Archie. Während er wartete, huschte sein Blick zurück zu den Männern, deren Gespräch offenbar ruhiger geworden war. Vielleicht lag es daran, dass die Musik zu Ende war, die sie bisher übertönt hatte.

Den Mann, den Duncan sehen konnte, schätzte er auf Mitte bis Ende vierzig. Er hatte eine beeindruckende Haarpracht, die er zweifellos mit einem Stylingprodukt nach oben und hinten gekämmt hatte. Duncan blieb nur zu hoffen, dass seine Hare in zehn bis fünfzehn Jahren auch noch so prächtig aussahen. Pechschwarz waren sie auch, keine Spur von Grau. Außerdem war der Mann gebräunt, was in diesem Teil der Welt eine beachtliche Leistung war. Vor allem, weil die Bräune nicht orange wirkte, also nicht aus der Tube oder einem Bräunungssalon stammte, wie sie in Glasgow inzwischen üblich waren. Duncan nahm an, dass er kein Einheimischer war, zumindest nicht von der Insel stammte, wenn dies sein natürlicher Hautton war.

Müsste er raten, würde er annehmen, dass er aus Südeuropa, vielleicht Spanien oder Italien, kam. Er hatte einen ähnlichen Stil wie die Männer, die Duncan auf seinen Urlauben in diesen mediterranen Ländern über die Piazzas und Plazas mediterraner Städte hatte flanieren sehen. Der Mann trug einen gepflegten Dreitagebart, eine maßgeschneiderte Lederjacke und einen Rollkragenpullover, die aus einem Modemagazin kommen könnten. Diese Kontinentaleuropäer wirkten so selbstbewusst, manche würden arrogant sagen, waren aber meistens absolut in Ordnung. Den meisten schottischen Männer fehlte dieses Flair im Allgemeinen.

Duncan sah zu, wie der Mann sich nach vorne lehnte und mit dem Finger in die Luft in Richtung seines Gegenübers stach, der die Hand zur Seite schlug, Coolio, wie Duncan ihn spontan taufte, sprang auf. Einen Moment lang dachte Duncan, dass er sich getäuscht hatte und es gleich rundgehen wurde. Stattdessen stand Coolio da und starrte seinen Freund wütend an. Dann verschwand der zornige Gesichtsausdruck, und er schüttelte den Kopf. Entschuldigend hob er die Hand.

„Ach, jetzt Mäuschen sein", flüsterte Duncan.

„Wie bitte?", fragte die Bardame, als sie zwei Pint vor ihn auf den Tresen stellte.

„Nichts, ich führe nur Selbstgespräche", meinte er und griff nach seinem Geldbeutel.

„Das erste Anzeichen für Wahnsinn", erwiderte sie zwinkernd. „Das macht sieben-zwanzig, bitte."

„Was ... Pfund oder Lira?", fragte er stirnrunzelnd. „Ich wollte zwei Pints, keine neue Hypothek. Ich wollte Ihnen eigentlich eins ausgeben, aber ich nehme an, ich müsste Gläser spülen, um es abzubezahlen." Als sie sarkastisch grinste, musste er lachen. „Wissen Sie, das zweite Anzeichen für Wahnsinn ist, auf ein Pint ins Pub zu gehen."

„Oder mit Kerlen zu reden, wenn man in einem ist", erwiderte sie und nahm dankend den Zehn-Pfund-Schein aus seiner Hand. Sie ging an die Kasse und tippte den Betrag ein.

„Sieben Mäuse", murmelte Duncan und nahm einen

Schluck vom Bier, während er auf das Wechselgeld wartete. „Und ich dachte, in Glasgow wäre es schlimm."

Die Musiker waren dabei, sich auf das nächste Stück einzustellen, und Duncan ging eilig um sie herum, bevor das Publikum wieder herbeiströmte. Ein schneller Blick auf die Nische verriet ihm, dass die beiden Männer gegangen waren. Als er nach draußen trat, kam ihm die kalte Luft entgegen, und er begann zu frösteln.

„Wird auch Zeit, Duncan. Ich wollte schon die Bergrettung rufen!", rief Archie ihm entgegen. Als sich mehrere Köpfe nach ihm umdrehten, wurde Duncan rot. Zwei davon, die zu ihnen herübersahen, waren die beiden Männer aus der Nische: Coolio und sein Freund. Duncan erkannte, dass es Roddy Mcintyre war. Mit nervöser Miene wandte er sich vom DI ab und lenkte seinen Freund mit einer Hand auf dessen Rücken zur nächsten Abbiegung. Obwohl sein Freund nur widerwillig reagierte, drängte er ihn zu einem schnelleren Tempo. Zufall? Duncan glaubte nicht an Zufälle. Seine Neugier war geweckt. Er stellte die beiden Pints ab und schaute sich über die Schulter nach den Männern um, die gerade um die Kurve außer Sicht verschwanden.

„Was hat da so lange –"

„Ich bin gleich zurück", unterbrach Duncan ihn, während er immer noch in die Richtung blickte, in die Roddy Mcintyre gegangen war. Duncan schaute zwischen Becky und Archie hin und her. „Ich bin gleich zurück", wiederholte er und lief schnell die Straße hoch, bevor einer der beiden etwas erwidern konnte.

Er schaute rasch um die Ecke. Rechts entlang der Einbahnstraße waren Autos geparkt, einige Leute befanden sich auf beiden Seiten der Straße, aber von Mcintyre und seinem Begleiter war keine Spur zu sehen. Aus einem der Parkplätze fuhr ein Auto los und beschleunigte langsam in seine Richtung. Für einen Moment blendeten ihn die Scheinwerfer, als sich die Front des Fahrzeugs hob. Als es an McAdam vorbeikam, warf er einen Blick hinein. Coolio saß hinter dem Steuer, aber der Beifahrersitz war leer. Anscheinend schaute der Fahrer heraus, und für einen Sekundenbruchteil trafen sich ihre Blicke im Vorbeifahren. Das Auto war ein silberner Mercedes, ein Coupe, und dem Kennzeichen nach nur ein paar Jahre alt. Duncan prägte sich die Nummer ein. Allerdings war Roddy Mcintyre nicht zu sehen.

Als Duncan zu seinen Freunden zurückkehrte, wirkte Becky verärgert. Archie hatte diese Wirkung auf andere. Man musste ihn kennen, um ihn zu mögen, und selbst dann war es nicht immer leicht. Wie er Fiona überzeugt hatte, ihn zu heiraten, wusste nur der Himmel. Archie saß zurückgelehnt und mit verschränkten Armen auf dem Stuhl. Sein Kopf war nach vorne gekippt, und er schnarchte.

„Ach, Archie", meinte Duncan.

Becky schüttelte den Kopf. „Was sollen wir nur mit ihm machen?"

„Ich bringe ihn nach Hause ... mal wieder", erwiderte Duncan und starrte sehnsüchtig die beiden Pints Bier an, die er nicht mehr trinken konnte. Zumindest nicht, wenn er seinen Führerschein behalten wollte. Archies Glas war leer. Anscheinend hatte er es in einem Zug ausgetrunken. Becky bemerkte seinen Blick.

„Mach dir keine Sorgen. Das geht schon seit Jahren so."

Duncan neigte den Kopf zur Seite. „Er hatte schon immer einen ordentlichen Durst, aber ich dachte, dass wir das inzwischen hinter uns gelassen hätten."

Becky lachte. „Du warst viel zu lange weg, Duncan McAdam." Sie sah auf die Uhr. „Hör mal, ich weiß, das war meine Idee, aber ich muss jetzt los."

Duncan war enttäuscht. Sie hatten kaum ein Wort gewechselt. Jedenfalls hatten sie nur über Nichtigkeiten geredet. „Ein anderes Mal?"

Sie schaute ihn an – bedrückt, wie er meinte – und nickte dann.

„Ja, ein anderes Mal."

Sie stand auf, tätschelte Archies Unterarm und ging auf Duncan zu. Als sie näherkam, zögerte sie. Er sah ihr in die Augen, und einen Moment lang war er wieder achtzehn, schaute in diese großen, blauen Augen und sehnte sich danach, Becky zu berühren. Duncan beugte sich näher, um ihr einen Kuss auf die Wange zu geben, doch sie drehte sich weg. Ob sie ihm bewusst ausgewichen war oder nicht, konnte er nicht sagen. Vielleicht war es nur schlechtes Timing gewesen.

„Bis bald, Duncan", meinte sie leise, drehte sich um und ging.

„Aye", seufzte er. „Bis bald." Er blickte ihr nach. Obwohl sie inzwischen ein bisschen zugenommen hatte, wie alle, hatte sie noch diesen Hüftschwung im Gehen, der ihre Kurven betonte und den er so hinreißend fand.

„Davey wird dich KO schlagen, das ist dir klar, oder?"

Als er sich umdrehte, sah er, dass Archie ihn mit einem Auge anschaute.

„Äh ... wovon redest du?"

„Von dir ... und ihr", erwiderte Archie und zeigte auf Becky. Auch wenn sie das Gespräch nicht mehr hören konnte, fuchtelte Duncan mit den Armen, damit Archie leiser sprach. „Hör auf mich", meinte Archie. „Das endet nur mit Tränen."

„Nichts endet in Tränen", protestierte Duncan. „Da gibt es nichts ... was enden könnte."

„Aye, wie du meinst."

Plötzlich wurde Duncan etwas bewusst. Mit zusammengekniffenen Augen starrte er seinen Kumpel an. „Hast du ... nur so getan, als ob du schlafen würdest?"

Archie grinste.

„Verdammt, du hast das wirklich getan, oder?"

„Und dich vor dir selbst gerettet, kleiner Duncan."

„Ich muss nicht gerettet –"

„Du bist impulsiv", fuhr Archie vorwurfsvoll dazwischen. „Das war schon immer dein Problem, du hast deine Impulse nicht im Griff. Und letztens, als du Murdo ausgeschaltet hast – er ist übrigens immer noch sauer deswegen, damit ich das auch gesagt habe – ist mir klar geworden, dass sich daran nichts geändert hat."

„Tatsächlich?", erwiderte Duncan entrüstet. „Und was ist mit dir? Du ersäufst lieber in einem See aus Fusel, anstatt dich der Realität zu stellen."

„Und was ist die Realität?", gab Archie zurück.

„Zum Beispiel, dass du deine Stromrechnung zahlen musst."

Archie winkte die Bemerkung ab. „Ich habe meine Windturbine ... sie muss nur repariert werden. Ich kümmere mich darum. Mein alter Hof ist der windigste Ort Europas. Wer braucht schon die verdammte Hydro?"

„Nun, du zum Beispiel, wenn deine Turbine repariert werden muss."

Stirnrunzelnd blies Archie die Luft aus. „Aye. Das stimmt."

KAPITEL DREIUNDZWANZIG

DUNCAN LIEF durch das Einsatzzimmer auf der Suche nach einem der einheimischen Beamten. Welcher war ihm egal. Fraser MacDonald war der Erste, den er erspähte, und er ging direkt zu ihm.

„Morgen, Fraser. Haben Sie viel zu tun?"

Stirnrunzelnd sah dieser von seiner Ausgabe des *The Herold* hoch. „Bis zum Umfallen, Boss", erwiderte er, faltete die Zeitung in der Mitte zusammen und legte sie auf den Tisch, nachdem er die dampfend heiße Tasse Kaffee beiseitegeschoben hatte. „Tut mir leid, ich habe mir nur gerade einen Moment genommen –"

„Schon gut, Fraser. Alles in Ordnung." Duncan gab ihm ein Blatt Papier. Fraser klappte es auf und las das darauf geschriebene Kennzeichen. „Können Sie für mich nachsehen, wem das Auto gehört?"

„Aye, kein Problem", sagte Fraser, lehnte sich vor und konzentrierte sich auf den Bildschirm. Inzwischen ging Duncan zu einer jungen DC. In den letzten Tagen hatten sie in der Kantine ein paar Worte gewechselt. Sie wirkte nett. Offenbar wusste sie nicht, dass sie sich von den einheimischen

Beamten fernhalten sollte, wie es die meisten ihres Teams taten. Vielleicht verwirrte sie die Tatsache, dass er aus Glasgow kam.

Er näherte sich dem Tisch, an dem sie saß. Als sie zu ihm hochsah, lächelte sie. „Guten Morgen, DI McAdam. Was kann ich für Sie tun?"

Vielleicht wusste sie es inzwischen doch.

„Gute Morgen, Lesley." Auch er lächelte. „Wie kommen Sie darauf, dass ich etwas brauche?"

Lächelnd, aber mit hochgezogenen Augenbrauen schaute sie ihn an. McAdam lenkte ein und lehnte sich an die Tischkante.

„Na gut, wie kommt das Verhörteam mit Dieter Pohl voran?"

Lesley sog scharf die Luft ein und schaute sich um, um sicherzugehen, dass niemand sie belauschen konnte. Da einige Leute in Hörweite waren, bat sie den DI, sich näher zu ihr zu beugen. Er kam der Bitte eifrig nach.

„Sage ich nicht, ich will meinen Job behalten", flüsterte sie.

Grinsend hob Duncan McAdam den Kopf. „Wie gemein!"

Sie lächelte. „Aber im Ernst, Pohl weigert sich, ohne seinen Anwalt etwas zu sagen. Deshalb haben sie noch nicht angefangen."

„Können wir davon ausgehen, dass er ein Geständnis ablegt?", fragte McAdam, auch wenn es das für unwahrscheinlich hielt. Im Allgemeinen hatten Vergewaltiger und Mörder einen verzerrten moralischen Kompass, wenn sie überhaupt einen besaßen. Es kam so gut wie nie vor, dass sie ein Verbrechen gestanden, wodurch sich ihre Gefängnisstrafe verlängerte. Außer natürlich, sie wurden mit so vielen Beweisen konfrontiert, dass leugnen zwecklos war. Und selbst dann gestanden Mörder meist nicht und zogen es vor, durch Schweigen eine gewisse Macht und Kontrolle über die Situation zu behalten. In solchen Fällen, wenn wissenschaftliche Beweise allein ausreichten, war es egal, ob sie redeten oder nicht. Aber was ihren Fall betraf, so hatten sie nur seine Anwesenheit um die Zeit, als Isla Matheson verschwunden war, und seine Strafakte.

Sie würden es schwer haben, ihn mit diesem Verbrechen in Verbindung zu bringen, und Duncan wusste das.

„Jameson ist zuversichtlich, aber das ist er meistens."

„Er hält viel von sich, was?", meinte McAdam. Sie nickte. „Besteht die Chance, dass Sie mir Bescheid sagen, wenn Sie etwas hören?"

Lesley sah ihn an, lächelte und nickte. Plötzlich verschwand das Lächeln. „Nie im Leben, DI McAdam."

„Ach, kommen Sie. Was kann er Ihnen schon antun?"

„Sie meinen abgesehen davon, meine Karriere zu zerstören, indem er mir eine schlechte Beurteilung gibt und mich wieder auf Streife schickt?

„Ja, abgesehen davon."

„Rein gar nichts", sagte sie freundlich lächelnd.

„Danke, Lesley", sagte McAdam und stand auf, als er sah, dass Fraser ihm zuwinkte.

„Gern geschehen."

Duncan lief zu Frasers Tisch, stützte sich mit einer Hand an der Stuhllehne ab und schaute über die Schulter des Mannes auf den Bildschirm.

„Was haben wir, Fraser?"

„Das Auto gehört einem Carlos Moreno", sagte Fraser und schaute hoch zu Duncan. „Spanischer Staatsbürger, seit zweiundzwanzig Jahren wohnhaft im Vereinigten Königreich."

„Aha ... Carlito ...", meinte Duncan ruhig in einem versuchten, aber kläglich gescheiterten mediterranen Akzent. „Gute Arbeit, Fraser."

„Das war einfach. Er hat eine Aufenthaltsgenehmigung

beantragt, um nach dem Brexit im Land bleiben zu dürfen. Im Sommer letzten Jahres ist die Genehmigung durchgegangen, deshalb musste ich nicht groß nachforschen."

„Und was macht Mr. Moreno in Portree?"

„Er ist Arzt. Das Auto ist auf eine Adresse hier in der Stadt zugelassen, also nehme ich an, dass er im Krankenhaus arbeitet."

„Verdammte Ausländer, die herkommen, und sich um unsere Kranken und Verletzten kümmern", meinte Duncan und klopfte Fraser auf die Schulter. „Wirklich gute Arbeit. Wir machen schon noch einen Detective aus Ihnen."

„Soll ich noch mehr über diesen Typ zusammentragen? Wer ist er eigentlich?"

„Das weiß ich nicht, ehrlich gesagt. Ist er polizeibekannt?"

Fraser schüttelte den Kopf. „Nicht einmal einen Strafzettel für Falschparken, soweit ich das sehen kann."

Duncan richtete sich auf und schaute hinüber zu den Informationstafeln, die im Moment voller Infos zu Dieter Pohl und diesem Ermittlungszweig waren.

„Sir?"

Duncan drehte sich wieder zu Fraser. „Was?"

„Soll ich ihn eingehender überprüfen? Und wenn ja, worauf soll ich mich konzentrieren?"

„Wissen Sie, was er im Krankenhaus genau macht?"

Fraser schüttelte den Kopf. „Ich kann es herausfinden."

„Das wäre gut, seien Sie aber diskret, ja?"

„Ich fliege wie ein Schmetterling und steche wie eine Biene", erwiderte er zwinkernd.

„Du trampelst wie ein Elefant und räumst die Verkaufsautomaten leer, das trifft es wohl eher", meinte Alistair, als er neben ihnen stehen blieb. Fraser grinste. „Was ist denn los?"

Duncan runzelte die Stirn. „Ich glaube nicht, dass Pohl irgendetwas damit zu tun hat. Irgendetwas daran stört mich."

„Warum? Er passt ins Bild."

„Sehr gut sogar, ja", erwiderte Duncan.

„Na, was stört Sie dann?"

Duncan schüttelte den Kopf. „Die Schwangerschaft ... besser gesagt, die Abtreibung. Das passt nicht."

„Was hat Pohl damit zu tun?", fragte Alistair.

„Genau darum geht es mir, Alistair. Pohl hatte nichts davon ... und wo hätte er Isla untergebracht in den Tagen, als die Blutvergiftung immer schlimmer geworden ist?"

„Vielleicht ist sie ein paar Tage mit ihm weg?", warf Fraser ein. „In seinem Bus, zum Beispiel."

Duncan schüttelte den Kopf. „Ohne jemanden etwas zu sagen? Das glaube ich nicht. Es macht keinen Sinn, und soweit wir wissen, besteht keine Verbindung zwischen ihm und Isla."

Alistair öffnete eine Papiertüte und zog ein Speckbrötchen heraus. Nachdem er es Duncan unter die Nase gehalten hatte, biss er hinein und redete weiter, während er kaute. „Nichts daran ergibt Sinn. Hat es von Beginn an nicht."

„Das ist auch so eine Sache, die mir nicht aus dem Kopf will", meinte Duncan. „Von Beginn an. Isla war auf der feucht-fröhlichen Party am Coral Beach. Jeder, der wollte, hatte Zugriff auf Alkohol und Drogen, und trotzdem war vorgesehen, dass sie ihren Vater anruft, um sie abzuholen. Und dessen Ruf ist auf der Insel weithin bekannt. Das war ein merkwürdiges Vorhaben."

„Stimmt", meinte Fraser. „Aber sein Junge, Donnie, ist trotz seiner Position in der Kirche auf Abwege geraten." Er zuckte mit den Schultern. „Vielleicht hatte Isla denselben Weg eingeschlagen?"

Duncan musste zugeben, dass das eine Möglichkeit wäre. „Ruaridh Matheson hat selbst gesagt, dass er dachte, seine Tochter würde bei Freundinnen übernachten, als sie ihn an jenem Abend nicht angerufen hat. Also muss er ein solches Szenario zumindest für möglich gehalten haben."

Nachdem Alistair mühsam ein besonders großes Stück Speck hinuntergeschluckt hatte, wischte er sich mit dem Handrücken das Ketchup von den Lippen. „Ich hoffe, Sie erwägen nicht ernsthaft, den Ruf eines so aufrechten Bürgers dieser Insel wie Ruaridh Matheson zu beschmutzen?"

Duncan, der den Sarkasmus heraushörte, warf ihm einen fragenden Blick zu. Er schüttelte den Kopf.

Alistair grinste. „Gut, denn wenn Sie das tun würden, hätte die Gemeinde bis Sonnenuntergang den Wicker Man aufgestellt, und Sie würden am Morgen mit ziemlich warmen Zehen aufwachen!"

Duncan lächelte. „Während wir auf Neuigkeiten aus Peterhead warten –"

„Das sehnlich erwartete Geständnis eines schuldigen Mannes?", fragte Alistair triefend vor Sarkasmus dazwischen.

„Genau. Wir werden uns weiter darauf konzentrieren, wo Isla in den Tagen war zwischen dem Zeitpunkt, als sie zuletzt gesehen wurde und bis sie gestorben ist. Wenn wir mehr über ihren medizinischen Zustand herausfinden, der zu ihrem Verschwinden geführt hat, dann bekommen wir vielleicht ein paar Antworten."

„Welcher von euch Idioten ist dafür verantwortlich?"

Alle Augen wandten sich DCI Jameson zu, der mit einer hochgehaltenen Zeitung in der Hand durch das Einsatzzimmer stiefelte. Alle Anwesenden tauschten besorgte Blicke aus, als Jameson vor ihnen stehenblieb. Entrüstet warf er die Zeitung hin.

„Ich habe klar und deutlich gesagt, dass die Tatsache, dass wir Dieter Pohl verhören, diesen Raum nicht verlässt", sagte er und starrte jeden, der es wagte, Blickkontakt herzustellen, wütend an. „Ich weiß, dass ich das klar und deutlich gesagt habe, weil ich genau an dieser Stelle stand, als ich es tat!"

Alistair neigte den Kopf zur Seite. „Er wirkt wütend."

„Da haben Sie verdammt noch mal recht, ich bin wütend!", schrie Jameson, dessen Zorn sich gegen den DS richtete. Dieser schloss die Augen und schürzte die Lippen. Er bereute es, so laut gesprochen zu haben. „Jetzt steht es in der Zeitung und wird wahrscheinlich innerhalb einer Stunde auf allen Fernseh- und Radiokanälen kommen."

Duncan runzelte die Stirn. Hatte Jameson tatsächlich angenommen, dass er es geheim halten konnte, dass sich die Ermittlung auf Pohl richtete? Soweit er wusste, war Dieter Pohl jemand, der die Aufmerksamkeit suchte. Daher war es durchaus möglich, dass er die Neuigkeit selbst in Umlauf gebracht hatte. Abgesehen davon konnte er unmöglich erwarten, dass ein Geheimnis ein Geheimnis bleibt, wenn eine Ermittlung Dutzende Beamte auf Trab hielt. Die Leute redeten, manchmal für Geld, und manchmal nur, um das eigene Ego aufzupolieren. Zumindest war das seiner Erfahrung in Glasgow nach so.

„Es ist unbegreiflich!", bellte Jameson und stürmte wieder in sein Büro. „Ich bin von jedem einzelnen von Ihnen enttäuscht", fügte er noch hinzu, bevor er die Tür zuknallte.

„Der ist heute Morgen mit dem falschen Fuß aufgestanden", meinte Fraser, zog die Nase hoch und wandte sich, erstaunlich ungerührt nach dem Ausbruch seines Vorgesetzten, wieder dem Bildschirm zu. In gewisser Weise hatte er recht, denn diese Ermittlung würde zu einem Ende kommen und damit auch Jamesons Anwesenheit in Portree. Dann würden die Dinge wieder ihren normalen Lauf nehmen, zumindest wie sie bei diesem Beruf üblich waren.

„Gut, dann mal zurück an die Arbeit", sagte Duncan. Alle Köpfe wandten sich wieder den Schreibtischen zu.

„Da haben wir es", sagte Fraser und zeigte auf den Bildschirm. Duncan drehte sich zu ihm, und Alistair, der den letzten Bissen des Speckbrötchens hinunterschluckte, stellte sich neben ihn. „Das ist Dr. Carlos Moreno … Pädiater im Krankenhaus von Portree."

„Arzt der Pädiatrie", korrigierte Duncan.

„Füße?", fragte Fraser.

Alistair gluckste. „Nein, Kinder."

„Ach, richtig, klar", erwiderte Fraser und lief rot an.

„Das war schnell, Fraser", lobte Duncan ihn, während er über seine Schulter schaute.

„Mit den sozialen Medien geht es heute schneller als mit einem Anruf", meinte Fraser. „Online steht so viel." Er scrollte durch den Verlauf des Arztes. „Schaut alles ganz normal aus. Es überrascht mich immer wieder, dass Leute ihren Feed nicht absichern." Anscheinend enttäuscht schüttelte er den Kopf. „Wie ich sehe, war er oft in Sieben-Meilen-Stiefeln unterwegs in diesem Jahr."

„Sieben-Meilen-Stiefel?", hakte Duncan nach.

Fraser sah zu ihm hoch. „Aye, er war in Sieben-Meilen-Stiefeln unterwegs … er ist viel gereist und umhergekommen, wissen Sie, was ich meine?"

„Und wo ist er gewesen?"

„Mal sehen … Spanien – wahrscheinlich hat er zu Hause vorbeigesehen – und er war in Italien … Paris im Februar. Den Bildern nach in einem netten Restaurant. Und mit einer hübschen Begleitung … Beziehungsstatus … in einer Beziehung mit Jojo Moreno. Ich nehme an, das ist seine Frau", zählte Fraser auf.

Duncan sah ihn an. „Wenn es nicht gerade seine Schwester ist, dann ja."

Fraser neigte den Kopf zur Seite. „Ach, Sie wissen ja, wie

die Menschen aus dem Mittelmeerraum sind. Es muss alles in der Familie bleiben."

Alistair verpasste ihm einen Klaps auf den Hinterkopf. „Nein, nicht in der Art."

„Sonst noch etwas?", erkundigte sich Duncan. „Mit wem verbringt Moreno seine Zeit?"

„Hm ... Moment, ich sehe nach", erwiderte Fraser zögernd. „Nun ... zumindest sichert er seine Freunde. Solange wir nicht offiziell Freunde sind, habe ich keinen Zugriff. Er ist also zumindest zu einem gewissen Grad in Sicherheitsfragen bewandert. Ich könnte ihm eine Freundschaftsanfrage senden."

„Das würde aber einer verdeckten Ermittlung widersprechen, Fraser", warf Alistair ein. „Ich kann mir nicht vorstellen, dass ein Mann wie er mit einem Polizisten mittleren Alters und mit einem ausladenden Bauch befreundet sein will, oder?"

Fraser winkte die Bemerkung ab. „Nein, natürlich nicht. Aber ich könnte ein falsches Profil erstellen ... als Arzt aus ... Buenos Aires oder so?"

Duncan klopfte ihm auf die Schulter. „Ganz ruhig, 007 ... übertreiben wir mal nicht."

„Wer ist dieser Kerl eigentlich?", fragte Alistair.

„Ich habe ihn gestern gesehen, wie er mit Roddy Mcintyre gestritten hat."

„Weswegen?"

Duncan schüttelte den Kopf. „Keine Ahnung, aber es ist eine hitzige Diskussion gewesen. Ich bin sicher, dass Mcintyre mich gesehen hat, denn dann hatte er es plötzlich ganz eilig." Er zuckte mit den Schultern. „Das hat mich ins Grübeln gebracht. Roddy Mcintyre verschweigt etwas."

„Er verschweigt eine ganze Menge", meinte Alistair leise.

„Fraser, können Sie Roddy Mcintyres Profil in den sozialen Medien aufrufen?", bat Duncan.

„Aye, das kann ich." Fraser tippte los und rief eine Liste mit allen Roddy Mcintyres auf den weltweiten Seiten der sozialen Medien auf. Duncan war überrascht, wie viele es gab. Ein schnelles Überfliegen der Liste zeigte, dass die meisten davon anscheinend in Nordamerika lebten. „Da ist er, unser Mcintyre."

Fraser öffnete den Verlauf von Roddy Mcintyre. Auf seinem Profil gab es keine Sicherheitsmaßnahmen. Jeder konnte es sich ansehen. Es enthielt zahlreiche Fotos von den Schiffsfahrten, von lachenden Touristen, die mit Walen und Delfinen oder vor der schönen Landschaft posierten.

„Wonach genau halten wir Ausschau?", erkundigte sich Fraser.

„Irgendwelche Verbindungen zu Carlos Moreno?"

Wieder tippte Fraser los, konnte aber keine Fotos auf Roddy Mcintyres Profil finden, auf denen der Arzt getaggt war. Als Freund war er auch nicht aufgelistet. Obwohl er einige Minuten konzentriert arbeitete, konnte er nichts finden, und schüttelte entschuldigend den Kopf. „Tut mir leid, nichts zu machen."

Trotzdem fand Duncan das interessant. „Verquerer und verquerer, sagte Alice."

„Hm, dieser Mann ist also ein Freund von Roddy Mcintyre und er ist Arzt?", hakte Alistair nach. „Und er war da, als Isla Matheson verschwunden ist?"

Duncan nickte. „Wahrscheinlich ist da nichts dran."

„Zufall", meinte Alistair.

„Höchstwahrscheinlich."

„Ich weiß, das ist weit hergeholt ... aber sollen wir ihn trotzdem fragen, ob er Isla kannte?"

Duncan runzelte die Stirn. „Schaden könnte es nicht, oder?"

KAPITEL VIERUNDZWANZIG

DAS ALLGEMEINE KRANKENHAUS Portree befand sich südlich von The Lump, einer Landzunge, die in Loch Portree ragte. Auf der Nordseite davon war der Hafen mit dem Kai und den berühmten bunten Reihenhäusern. Alistair parkte seinen Pick-up auf einem der letzten Parkplätze. Er musste sein riesiges Fahrzeug zwischen zwei Kleinwagen manövrieren, sodass Duncan Schwierigkeiten beim Aussteigen hatte.

„Machen Sie sich keine Sorgen, dass jemand Ihr Auto verbeult beim Einsteigen?", fragte Duncan und zeigte auf die beiden Fahrzeuge rechts und links.

„Nö. Schauen Sie sich mal die Tritthilfen an." Als Duncan hinuntersah, bemerkte er, dass eine Tritthilfe aus Edelstahl die Fahrerkabine säumte. „Ich bin im Wagen gesessen, während sich die Leute über die Größe meines Pick-ups beschwert haben. Ein Mädchen hat sogar die Tür gegen den Pick-up geknallt, um mir eine Lektion zu erteilen. Dabei hat sie nur ihre Tür verbeult."

„Eine Lektion erteilen?"

Alistair zuckte mit den Schultern. „Dass ich nicht ein so

großes Auto haben sollte, nehme ich an. Hat gut funktioniert für sie."

Sie liefen über den Parkplatz zum Eingang des Krankenhauses. Nachdem sie Dr. Moreno nicht zu Hause angetroffen hatten, erfuhren sie von einem Nachbarn, dass seine Familie Verwandte besuchte und nicht da war, und Carlos Moreno ins Krankenhaus zur Arbeit gegangen war. Also waren Duncan und Alistair direkt dorthin gefahren.

Das städtische Krankenhaus hatte einen wunderbaren Ausblick über Loch Portree. Duncan, der zwei Wochen im Krankenhaus in Glasgow gelegen hatte und dabei aus dem Fenster nur auf eine Backsteinwand hatte sehen können, hätte diesen Anblick bei seiner Genesung genossen.

„Was wissen wir über den guten Doktor, abgesehen davon, was sein Fachgebiet ist?", fragte Duncan.

„Seit neunzehn Jahren verheiratet … ein Kind, eine Tochter … und er hatte nie Schwierigkeiten mit der Polizei oder einer anderen Regierungsbehörde", erwiderte Alistair. „Die Ärztekammer hat bestätigt, dass gegen ihn nie eine Beschwerde eingereicht wurde. Er ist blitzsauber. Ein vorbildhafter Bürger."

„Niemand ist blitzsauber, Alistair. Das sollten Sie wissen."

„Ich bin so rein wie frisch gefallener Schnee", sagte er grinsend, als sie die Eingangstür erreichten.

Die elektrische Schiebetür öffnete sich mit einem mühsamen Zischen. Duncan McAdam hielt direkt auf den Informationsschalter rechts von ihnen zu. Im Eingangsbereich liefen einige Leute herum, andere kamen ins Krankenhaus oder gingen hinaus, oder standen am Kiosk an, wo man Erfrischungen, Magazine oder Zeitungen kaufen konnte. McAdam fragte nach, wo sie Dr. Moreno finden könnten, und schon waren sie auf dem Weg durch das Gebäude.

„Es überrascht mich, dass es das Krankenhaus überhaupt

noch gibt", meinte Alistair, während sie an Patienten, Mitarbeitern und Besuchern vorbeiliefen.

„Wie viele Betten gibt es?"

„Weniger als zwanzig, soweit ich das letztens gehört habe. Seit Jahren droht die Schließung, trotzdem wird es weitergeführt."

Sie brauchten nur wenige Minuten bis zu ihrem Ziel. Der Zugang zur Station war mit PIN gesichert. An der Wand daneben war eine Gegensprechanlage angebracht. Als McAdam den Knopf drückte, hörte er das Geräusch in der Schwesternstation dahinter. Die Gegensprechanlage knisterte, und sie gaben ihre Namen an. Alistair MacEachran schaute grinsend hoch zur Kamera über der Tür. Als sie das Klicken hörten, traten sie durch die Tür.

In der Schwesternstation, die sich einige Schritte entfernt befand, wartete eine streng dreinblickende Frau auf sie. „Was kann ich für Sie tun?", fragte sie.

McAdam zeigte ihr den Dienstausweis. Sie warf kaum mehr als einen beiläufigen Blick darauf. „Wir möchten mit Dr. Moreno sprechen. Ist er hier?"

„Ich bin Dr. Moreno."

Als sie sich umdrehten, kam ein Arzt mit fragendem Gesichtsausdruck auf sie zu. Erstaunt stellte McAdam fest, dass er Englisch mit schottischem Akzent sprach. Er hatte einen spanischen Akzent erwartet, wie bei den Fußballern, die er im Fernsehen gesehen hatte, wenn sie nach dem Spiel Interviews gaben. Allerdings war das nicht verwunderlich, schließlich lebte und arbeitete Carlos Moreno seit Jahrzehnten in Schottland.

„Dr. Moreno", sagte er, „DI McAdam und DS MacEachran von der Kripo Portree."

Als der Arzt vor ihnen stehenblieb, lächelte er die Schwester an, die sich zurückzog. „Wie kann ich Ihnen helfen?"

Falls er McAdam von letztem Abend erkannte, ließ er sich nichts anmerken.

„Wir möchten mit Ihnen über Isla Matheson sprechen", erwiderte McAdam.

Verblüfft kniff Moreno die Augen zusammen. „Über wen?"

„Isla Matheson", wiederholte MacEachran. „Bestimmt haben Sie von ihr gehört, ihr Name war in den letzten Tagen ständig in den Nachrichten."

„Ach, richtig, ja, natürlich. Das Mädchen, das vermisst wurde ..."

„Und gefunden wurde", fügte McAdam hinzu.

„Ja, ja ... was hat das mit mir zu tun?", erkundigte er sich und schaute sich um. Einige Mitarbeiter liefen an ihnen vorbei, ohne auf sie zu achten. Trotzdem signalisierte Moreno den beiden Detectives, ihm in ein Zimmer zu folgen. Es war ein Büro, das von den jeweiligen diensthabenden Ärzten benutzt wurde. Persönliches war kaum zu sehen, dafür eine unglaubliche Menge Papierkram. Dr. Moreno schloss die Tür. Zu dritt war das Büro ziemlich beengt. Zwar war MacEachran nicht muskulös, dafür aber groß. Und McAdam und Carlos Moreno, die beide eher stämmig waren, standen so eng nebeneinander, dass sich ihre Schultern beinahe berührten.

„Wie kann ich helfen? Ich fürchte nur, mein Wissen über forensische Pathologie beschränkt sich auf das dritte Semester im zweiten Jahr an der medizinischen Hochschule", meinte Moreno lächelnd.

„Sie sind Oberarzt der Pädiatrie, richtig?", erkundigte sich McAdam.

„Ja ... nun, das war ich. Das war meine vorherige Stelle drüben in Broadford. Hier bieten wir eher eine fachärztlich geführte Pflegeeinrichtung für stationäre Patienten und einige Dienste für ambulante Patienten ... zum Beispiel Audiologie.

Vor kurzem haben wir allerdings das Notfallzentrum reaktiviert, deshalb haben wir viel mehr zu tun. Und das ist auch der Grund, warum ich hier bin."

„Reaktiviert?", hakte McAdam nach.

„Ja, einige Zeit hatten wir Personalprobleme."

„Ist das nicht überall so?", fragte MacEachran rhetorisch.

„Das ist wahr", erwiderte Moreno. „Ich wurde nur vorübergehend hierher versetzt."

„Das Gefühl kenne ich", meinte McAdam und winkte ab, als der Arzt ihn ansah. „Danach gehen Sie nach Broadford zurück?"

„Das ist der Plan."

„Nun, wie gut kannten Sie Isla Matheson?"

Verwirrt schaute der Arzt zwischen den beiden hin und her.

„Sie kennen?" Stirnrunzelnd schüttelte er den Kopf. „Ich kenne … ich kannte sie nicht."

„Aber Sie waren auf der Insel, als sie verschwunden ist", meinte McAdam.

Moreno atmete tief auf. „Vielleicht … wahrscheinlich … ja und? Viele Leute leben auf der Insel … damals und heute."

„Stimmt", erwiderte der DI. „Ich dachte nur, dass Sie sie eventuell über Ihren Freund Roddy Mcintyre kennen."

Moreno blieb der Mund offen stehen. Er schaute den DI an. Dieser schwieg und ließ die Stille wirken.

„Roddy?", brachte Moreno schließlich hervor. Er nickte. „Ja, ich kenne Roddy."

„Wie lange sind Sie schon befreundet?"

Die Miene des Arztes verdüsterte sich. „Tatsächlich schon eine Weile."

„Er war eng mit Isla Matheson befreundet. Ich nehme an, dass er in letzter Zeit von ihr geredet hat, da ihre Leiche gefunden wurde."

„Nein ... hat er nicht."

„Tatsächlich?"

Der Arzt neigte den Kopf zur Seite. „Nicht, dass ich mich erinnern könnte ... aber ich habe Roddy in der letzten Zeit nicht so oft gesehen."

„Wann haben Sie ihn zuletzt gesehen?", erkundigte sich McAdam. Moreno starrte ihn an und schluckte mühsam. Anscheinend war sein Mund ausgetrocknet.

„Ich ... habe ihn gestern Abend getroffen. Warum fragen Sie?"

„Aha, verstehe ... ein paar Drinks, ein bisschen plaudern ... in der Art?"

Morenos Geduldsfaden war zum Zerreißen gespannt. „Worauf wollen Sie hinaus, Detective Inspector ...?"

Die nächsten Worte wählte der DI sehr sorgfältig.

„McAdam. Duncan McAdam. Isla Matheson starb nach einem medizinischen Eingriff ... und dieser könnte ausschlaggebend für ihren Tod gewesen sein. Wir versuchen festzustellen, wer den Eingriff durchgeführt hat."

DS MacEachran atmete scharf ein und fixierte den Arzt. „Das Problem ist, dass sie nicht in ein Krankenhaus auf der Insel eingewiesen wurde. Sie war auch in keinem, das eine Tagesreise entfernt liegt. Deshalb ... ist jeder, mit einer medizinischen Ausbildung in ihrem Umfeld ... von Interesse für uns. Ist das nicht so, DI McAdam?"

„Von großem Interesse", bekräftigte McAdam.

„Und Sie denken, dass ich das war? Lächerlich", zischte Moreno.

„Wirklich?"

„Ja, wirklich!"

„Sind Sie eng mit Roddy Mcintyre befreundet?"

Carlos Moreno, der sich noch nicht von der vorherigen

Frage erholt hatte, starrte ihn mit aufgerissenen Augen an. „Tut mir leid … was?"

„Wie würden Sie Ihre Beziehung zu Roddy Mcintyre beschreiben?"

„Wir … wir sind Freunde. Gute Freunde."

„Er postet viel in den sozialen Medien", meinte McAdam, als ihm der Feed einfiel, den Fraser ihm gezeigt hatte.

„Ach? Davon weiß ich nichts."

„Wirklich?"

Stirnrunzelnd blickte der Arzt McAdam an. „Nein."

„Stimmt, Sie beide sind auf den sozialen Medien nicht befreundet."

„Tja … da haben Sie es. Wie sollte ich dann davon wissen?", hinterfragte der Arzt den Gedankengand des DI.

„Merkwürdig ist es aber schon", meinte McAdam. „Sie haben dreihundert Freunde auf ihrem Profil, Mcintyre sogar noch mehr. Und trotzdem sind Sie einander fremd … zumindest in der digitalen Welt."

Moreno zuckte mit den Schultern. „Ich habe fast acht Jahre lang Medizin studiert … ich bin oft umgezogen, um verschiedene Stellen anzunehmen. Was ist dabei? Ich kenne viele Leute. Ist das ein Verbrechen?"

McAdam schüttelte den Kopf. „Trotzdem ist es merkwürdig, oder? Dass Sie beide vorgeben, als würden Sie sich nicht kennen."

„Ich gebe überhaupt nichts vor."

Jemand klopfte an, und die Tür öffnete sich. Gereizt schaute der Arzt hin. Eine Krankenschwester steckte den Kopf herein und lächelte verlegen.

„Es tut mir leid, Sie zu stören, Dr. Moreno, aber die anderen warten schon, um mit der Visite anzufangen."

„Ich bin gleich da!", schnauzte er sie an. Sie zog sich zurück und schloss die Tür hinter ihr. Moreno atmete tief durch und schloss die Augen, um die Fassung wiederzuerlangen. Als er die Augen wieder öffnete, hatte sein Blick eine eisige Entschlossenheit angenommen. „Gibt es sonst noch etwas, das Sie mich fragen möchten, oder sind Sie nur hergekommen, um über meine Gewohnheiten in den sozialen Medien zu reden? Wollen Sie auch noch wissen, was ich zum Frühstück hatte? Ein großes, nicht getoastetes Brötchen mit Würstchen, falls Sie das interessiert."

Alistair MacEachran nickte. „Mit Lorne oder Link?"

„Was?", fragte Moreno.

„Wegen der Würstchen … war es die rechteckige Lorne-Wurst oder waren es die langen, dünnen Frühstückswürstchen?"

Entnervt seufzte der Arzt auf. Schulterzuckend schaute der DS McAdam an. „Das macht einen Unterschied. Lorne ist immer die erste Wahl."

Der DI wandte sich wieder Carlos Moreno zu. Einen Moment lang trafen sich ihre Blicke. „Darf ich fragen, ob Sie bei einer Ihrer früheren Stellen auf der Geburtenstation beschäftigt waren?"

Bei der Frage zögerte Moreno und runzelte die Stirn. „Nein, war ich nicht. Warum zum Teufel wollen Sie das wissen?"

McAdam lächelte. „Danke für Ihre Zeit, Dr. Moreno."

Der Arzt ging zur Tür, blieb jedoch stehen, bevor er sie öffnete. Er blickte zum DI zurück, als wollte er noch etwas sagen. Seine Miene verriet Wut und Frust. Offenbar überlegte er es sich anders, trat nach draußen und hielt die Tür für die Detectives auf. Nachdem sie an ihm vorbei waren, schloss er die Tür und marschierte wortlos davon. Als Duncan Alistair ansah, zog dieser die Augenbrauen hoch.

„Ganz schön reizbar, was?"

„Aye", meinte Alistair nickend. „Ich verstehe, was Sie meinen. Irgendetwas stimmt nicht mit ihm."

„Kommen Sie, fahren wir zurück aufs Revier."

„Tut mir leid wegen der Sache mit den Würstchen", sagte Alistair, als Duncan den Knopf drücke, damit sich die Tür öffnete und sie die Station verlassen konnten. „Aber ich hatte das Gefühl, dass es wichtig war. Lorne-Wurst ist ein Grundpfeiler der Nation."

Mit einem Seitenblick auf den DS schüttelte Duncan den Kopf.

Während Alistair um einen älteren Mann, der mit Gehhilfe langsam den Flur entlangschlurfte, herumging, breitete er die Arme aus. „Merken Sie sich meine Worte. Sollte sie jemals verschwinden, *dann wird Blut fließen.*"

Duncan musste lachen.

KAPITEL FÜNFUNDZWANZIG

DIE FAHRT zurück zum Revier dauerte nur ein paar Minuten. Überrascht stellte McAdam fest, dass Karen Graham im Empfangsbereich saß. Als die Detectives durch die Lobby liefen, winkte der Bedienstete hinter dem Tresen sie heran.

„Sie wartet auf Sie, Sir", meinte er, während er über den Brillenrand blickte und mit dem Stift auf die Frau zeigte. „Sie möchte mit niemandem sonst reden."

Duncan sah zu ihr hinüber. Mit im Schoß gefalteten Händen saß sie da und starrte ihn an. Sie wirkte blass und etwas verloren. Der DI signalisierte Alistair, dass er vorgehen sollte. Er selbst trat zu Karen Graham. Nervös stand die Frau auf und rang die Hände, als sie sich begrüßten.

„Hallo, Mrs. Graham. Was kann ich für Sie tun?"

Angespannt schaute sie an ihm vorbei und betrachtete den Eingangsbereich. Als der Bedienstete hinter dem Tresen zu ihnen blickte, verschlimmerte sich ihre Unruhe.

„Möchten Sie ein paar Schritte gehen?", erkundigte sich McAdam. Sie nickte, und zusammen verließen sie das Revier.

Der DI zog die Jacke enger um sich. Vom Meer wehte eine kräftige Brise herüber. Obwohl der Tag wolkenverhangen begonnen hatte, war der Himmel nun klar. Wunderschön, aber kalt. McAdam und Karen Graham ließen den Somerled Square hinter sich, überquerten die Hauptstraße und liefen die steilen Stufen hinunter zum Ufer, wo die vielen Reisebusse für Touristen anhielten, damit sie bequem in die Stadt spazieren konnten.

Da Ebbe herrschte, lagen viele kleine Segelboote und Fischerboote mit geringem Tiefgang vor Anker. Manche waren für Wartungsarbeiten an Land gezogen worden. Allerdings war an diesem Tag kaum eine Menschenseele unterwegs. Nur das Kreischen der Möwen, die über ihnen kreisten, begleitete sie.

„Es ist wunderschön hier, nicht?", meinte Karen Graham im Gehen. Die Hände hatte sie tief in den Taschen ihres schwarzen Wollmantels vergraben. Das Rot des Schals leuchtete im Kontrast dazu.

„Ja, ist es wirklich. Manchmal vermisse ich es", erwiderte McAdam.

Fragend sah sie ihn an. „Wo leben Sie?"

„Glasgow."

„Pff … Großstädte", sagte sie. „Ich kann sie nicht leiden. Die vielen Menschen, der Verkehr … und der Lärm."

McAdam lächelte. „Sie haben auch ihre guten Seiten."

„Wahrscheinlich … aber nicht für mich."

Schweigend gingen sie weiter um die Bucht bis zu den Felsen, die bei Ebbe sichtbar waren.

„Sie sind nicht den ganzen Weg nach Portree gekommen, um mir zu sagen, wie sehr Sie Glasgow hassen", meinte McAdam und hielt an.

Auch die Frau blieb stehen und starrte über das Wasser zum Ben Tianavaig in der Ferne.

„Nein … das war nicht der Grund, DI McAdam."

Er wartete, doch sie starrte einfach nur geradeaus. Erst

wollte er sie drängen, spürte aber, dass es sie viel Überwindung gekostet hatte, zu ihm zu kommen. Also übte er sich in Geduld. Nach einer Minute schaute sie ihn verzagt an.

„Stimmt es?", fragte sie. „Was in den Nachrichten heute Morgen über Dieter berichtet wurde?"

McAdam neigte den Kopf zur Seite. „Er ist eine Person von Interesse, ja."

„Und er sitzt im Gefängnis?"

Der DI nickte.

„Weil ... er diese Frauen vergewaltigt hat?"

Wieder nickte McAdam. „Aye, auch wenn er die Taten nie zugegeben hat."

Mit geschürzten Lippen betrachtete Karen Graham ihre Stiefel. „Aber er hat es getan, oder?"

„DNA lügt nicht."

Sie lächelte, allerdings sarkastisch und humorlos. „Ich kann es kaum glauben. Dieter war so ...", sie blickte den DI an, „... er war nicht so, als ich ihn kennengelernt habe."

„Sie haben sich nie von ihm bedroht gefühlt? Sie hatten nie ein instinktiv ungutes Gefühl in seiner Nähe?"

Sie schüttelte den Kopf. „Wie ich letztens schon gesagt habe, eigentlich war genau das Gegenteil der Fall. Damals fand ich es beruhigend, ihn in meiner Nähe zu haben."

McAdam nickte. „Während Ihr Mann fort war."

Als sie ihn ansah, hielt er abwartend den Blickkontakt. Sie schaute zur Seite. „Sie haben mir gar nicht gesagt, dass Dieter im Gefängnis ist."

„Das brauchten Sie nicht zu wissen."

Seufzend sah sie den DI wieder an.

„Und wenn ich es Ihnen gesagt hätte, wären Sie dann jetzt hier?"

Leise lachend schüttelte sie den Kopf. „Nein, vermutlich nicht."

McAdam wurde kalt. Zitternd spannte er sich an, um noch tiefer in die Wärme der Jacke einzutauchen. „Aber Sie sind hier."

Die Spur eines Lächelns huschte über ihr Gesicht. „Ja, da bin ich", sagte sie leise.

McAdam stellte sich neben sie und zusammen blickten sie über Loch Portree. Wegen der reflektierenden Sonne auf dem Wasser musste er die Augen zusammenkneifen.

„Wie lange haben Sie mit Dieter Pohl geschlafen?", fragte er.

Falls Karen Graham von der Frage schockiert war, ließ sie sich nichts anmerken. Ihre Augen blieben unverändert auf die Landzunge in der Ferne gerichtet. Allerdings stritt sie es auch nicht ab.

„Zwei oder drei Monate ... immer mal wieder", flüsterte sie, während ihr Blick zwischen dem DI und der Landzunge hin und her huschte.

McAdam holte tief Luft. „Während Ihr Mann auf dem Meer war?"

Sie nickte. „Er arbeitet schwer ... wie alle Fischer. Es ist ein hartes Leben, nicht nur für die Männer. Als Frau bleibt man alleine zurück und muss sich um alles kümmern. Das Haus, das Geschäft ... und dann kommen sie alle paar Wochen für einige Tage zurück, nur um wieder fortzufahren."

„Muss einsam sein."

Die Frau nickte und lächelte schwach. „So abgelegen zu leben ist eine Sache ... aber wenn man allein ist, dann wird es wirklich einsam." Sie warf ihm einen Seitenblick zu. „Nicht, dass ich um Mitleid heische. Ich war ja nicht die Einzige." Sie atmete tief ein und schüttelte nachdenklich den Kopf. „Die meisten Leute, die heutzutage auf dem Wasser arbeiten, auch damals, befischen das Binnenmeer. Aber nicht mein Ian. Er musste ja zu den Hochseefischern. Das Geld war die Mühe wert, oder das größere Risiko. So oder so ähnlich hatte er es formuliert."

„Und dann war da Dieter Pohl."

Ihr Lächeln verschwand. „Ja, und dann war da Dieter. Er war so anders als Ian. Jünger, charmant ... ein verwegener junger Mann, und so unglaublich witzig. Wie kein anderer konnte er alle zum Lachen bringen." Wieder schaute sie auf ihre Stiefel und trat gedankenverloren einen Kieselstein ins Wasser. „Ich weiß wirklich nicht, wie es passiert ist." Sie blickte den DI an. Falls sie ihre Affäre bereute, verriet ihre Miene nichts davon. „Wenn Ian vom Schiff zurückkam, haben Dieter und ich Distanz gehalten ... er konnte gar nicht wissen, was zwischen uns gelaufen ist. Nicht, dass ich davon ausgegangen wäre, dass es etwas Fixes hätte werden können. Ich meine, was hätte ein Mann wie Dieter an mir finden können? Ich war beinahe zwanzig Jahre älter als er."

McAdam fragte sich, ob die Selbstabwertung nur gespielt war oder ob sie unter geringem Selbstvertrauen litt. Es lag nicht an ihm, über sie zu urteilen. Was die Menschen in ihren eigenen vier Wänden taten, hatte selten Relevanz für ihn. Und er war in keiner Position, in der er sich ein moralisches Urteil über andere erlauben konnte.

„Was ist mit dem Abend, an dem Isla Matheson verschwand?", erkundigte sich McAdam. „Waren Sie mit Dieter zusammen?"

Sie lachte schnaubend. „Kann sein ... vielleicht, wer weiß?"

„Es wäre möglich?"

„Wenn Ian weg war, habe ich die meisten Nächte mit ihm verbracht, manchmal auch die Tage, und Ian war ganz sicher nicht da, als die Sache am Coral Beach passierte."

„Aber Sie erinnern sich nicht an genau jenen Abend?", hakte McAdam streng nach. „Es ist wichtig, Mrs. Graham."

Seufzend schüttelte sie den Kopf. „Ich weiß es nicht. Wirklich nicht."

Nachdenklich ließ der DI die Stille zwischen ihnen fortbestehen.

„Wenn Pohl die Nacht mit Ihnen verbracht hat, ist er die ganze Nacht geblieben?"

Sie nickte. „Nur wenn die Reinigungskräfte oder jemand anderes geplant vorbeikamen, achteten wir darauf, dass er in aller Frühe wieder weg war. Ansonsten ja, er blieb die ganze Nacht." Sie zuckte mit den Schultern. „Ian und ich hatten keine Kinder, uns hätte niemand überraschen können." Bei der Erinnerung verklärte sich ihre Miene. „Es war so … schön", meinte sie düster. „Und jetzt …"

„Wo Licht ist, ist auch Schatten", erwiderte McAdam.

„Mein Mann … Ian, er darf davon nichts erfahren, Detective Inspector."

Der DI runzelte die Stirn. „Er wird es herausfinden." Als sie ihn flehend anschaute, zuckte er mit den Schultern. „Ich werde es nicht wie die Spatzen vom Dach pfeifen, aber was wird Dieter Pohl wohl tun, wenn man ihn des Mordes beschuldigt?" Sie war entsetzt. „Wahrscheinlich wird er sagen, dass er mit Ihnen zusammen war, selbst wenn es nicht so war."

Karen Graham ging zu einer Bank mit Blick über den Loch und ließ sich darauf sinken. Die Hände behielt sie in den Taschen. Mit versteinerter Miene wiegte sie sich langsam vor und zurück. McAdam setzte sich neben sie.

„Da habe ich ganz schön was angerichtet, nicht wahr?", meinte sie ruhig.

„Das passiert", erwiderte er. Als sie ihn ansah, neigte er den Kopf zur Seite. „Jeder macht Fehler. Zeigen Sie mir jemanden, der keinen gemacht hat, und ich zeige Ihnen einen Lügner."

Sie lächelte herzlich und nickte. „Danke."

Es war die Wahrheit, und keiner wusste das besser als Duncan McAdam selbst. Allerdings war er nie in der Situation gewesen, ein Alibi für einen verurteilten Vergewaltiger und Verdächtigen in einem Entführungs- und Mordfall zu liefern.

„Glauben Sie, dass er mich zu seiner Verteidigung einbringen wird?"

„Ich würde es tun", meinte McAdam. In dem Moment dachte er, er hätte einen Delphin im Loch erspäht. Es könnte auch nur eine Woge an der Oberfläche oder eine optische Täuschung gewesen sein. „Aber ich weiß nicht, ob er überhaupt schon etwas gesagt hat. Trotzdem sollten Sie darauf gefasst sein."

Beunruhigt schaute sie ihn an. „Worauf gefasst sein?"

„Die Presse wird sich über jeden Aspekt dieses Falles hermachen. Er hat alles, was sich gut verkaufen lässt."

Sie senkte den Kopf. „Oh … mein Gott."

Karen Graham tat ihm leid. „Können Sie bei Bedarf bei jemandem unterkommen und für eine Weile untertauchen?"

Sie runzelte die Stirn. „Ich habe eine Schwester in Edinburgh."

„Es wäre vielleicht gut, wenn Sie sie anrufen und vorwarnen."

„Das werde ich tun."

„Aber fahren Sie nicht weg, ohne uns vorher eine Kontaktmöglichkeit mitzuteilen", meinte er und schaute ihr in die Augen.

„In Ordnung", murmelte sie. Wieder stockte das Gespräch, während die Frau ihren düsteren Gedanken nachhing, wie der DI annahm.

„Sagen Sie, könnte er es Ihrer Meinung nach getan haben?", fragte McAdam.

„Dass er dem Mädchen wehgetan haben könnte?"

„Ja."

Sie überlegte eine Weile und kämpfte offensichtlich mit ihren Gedanken.

„Wenn Sie mich das irgendwann in den letzten zwanzig Jahren gefragt hätten, dann hätte ich nein gesagt. Ich hätte nicht geglaubt, dass er dafür verantwortlich sein könnte."

„Und jetzt?"

Sie zögerte. „Dieter war … aggressiv. Nicht körperlich gewalttätig, das nicht …"

„Aber sexuell aggressiv?", hakte McAdam nach.

Sie nickte. „Aber immer mit Einverständnis."

„Ich weiß, das ist reine Spekulation, aber hat es rückblickend Anzeichen dafür gegeben, dass er auch ohne Einverständnis so handeln würde?"

Mit geschürzten Lippen schaute sie ihn kurz an, bevor sie wieder wegsah. Diese Situation war für sie in vielerlei Hinsicht schwierig. „Ich weiß es nicht. Wirklich nicht. Aber bin ich mir nun unsicher, weil ich jetzt weiß, dass er im Gefängnis sitzt?"

Mit einem knappen Nicken bestätigte er ihre Bedenken.

„Die Beziehung zwischen Dieter und mir, wenn man das eine Beziehung nennen kann, war … keine Liebesbeziehung oder eine echte Romanze"; sagte sie und blickte den DI an. „Wir haben keine romantische Komödie gelebt. Wir waren einfach zwei Leute, die … zum beiderseitigen Nutzen zusammengekommen sind. Mir fällt keine bessere Beschreibung ein." Ihr Gesicht wurde rot. „Ich bereue es nicht. Bin ich deshalb ein schlechter Mensch?"

McAdam atmete durch und zog die Augenbrauen hoch. „Nein, natürlich nicht." Allerdings konnte er sich nicht des Gedankens erwehren, dass sie deshalb eine miserable Ehefrau war.

Als sein Telefon klingelte, entschuldigte er sich und ließ

Karen Graham, die weiter über das Wasser starrte, allein zurück. Alistair rief an.

„Schieß los, Alistair."

„Du wirst nie erraten, was der Vergewaltiger zu sagen hatte."

Duncan betrachtete die niedergeschlagene Frau, die allein auf der Bank saß. „Ach, ich denke, ich weiß es."

Nachdem er das Gespräch beendet hatte, ging er zurück und stellte sich neben Karen Graham.

„Ich muss zurück aufs Revier, Mrs. Graham", sagte er. „Wir müssen eine offizielle Aussage aufnehmen von dem, was Sie mir gerade erzählt haben. Mir ist klar, dass das Probleme für Sie bedeutet, aber wenn ich Ihnen einen Rat geben darf … Sie müssen selbst entscheiden, ob Sie ihn annehmen oder nicht." Erwartungsvoll sah sie ihn an. „Egal, wie schwer es ist, sprechen Sie mit Ihrem Mann über all das, bevor er es aus der Zeitung erfährt."

Kurz hielt sie den Blickkontakt, dann wandte sie sich ab und schaute wieder über das Wasser.

Sie sagte kein Wort.

KAPITEL SECHSUNDZWANZIG

DUNCAN LEGTE die Aussage auf den Tisch und lehnte sich im Stuhl zurück. Um die Verspannung loszuwerden, kreiste er mit den Schultern. Es funktionierte nicht. Während er mit den Fingern auf den Schreibtisch trommelte, versuchte er zu ergründen, was ihn so beschäftigte. Er hatte die damaligen Aussagen von Isla Mathesons Freunden und ihrer Familie, die nach ihrem Verschwinden aufgenommen worden waren, noch einmal durchgelesen und sie mit den Befragungen der letzten Tage abgeglichen.

Im Wesentlichen gab es nur wenige Unterschiede. Vielleicht wurden ein paar Details vergessen oder waren anders im Kopf geblieben, aber es war nichts Weltbewegendes, das für den Fall wichtig gewesen wäre. Er seufzte. Vielleicht hatten Jameson und sein A-Team recht und Islas Schicksal war von jemandem besiegelt worden, der nicht von der Insel stammte. Statistisch gesehen war das höchst unwahrscheinlich. In neun von zehn Fällen kannte das Opfer den Angreifer. Entweder war es ein Ehepartner, der Ex-Freund oder die Ex-Freundin, Freund oder Freundin oder ein Familienmitglied.

Selbst Kollegen waren weit hergeholt, wenn man sich die Zahlen anschaute.

Warum versteifte er sich also so auf diese Menschen?

„Beschäftigt Sie etwas?", erkundigte sich Alistair, der zu ihm herüberkam und sich auf die Kante des daneben stehenden Schreibtisches setzte.

Seufzend rieb sich Duncan das Gesicht. „Viel, Alistair."

„Schon was Neues zum Verhör von Dieter Pohl?"

Duncan schüttelte den Kopf. „Wir würden es als Letzte erfahren. Jameson hat es nicht gut aufgenommen, dass Karen Graham ihm ein Alibi liefern könnte. Ganz und gar nicht gut."

„Tja, sehen Sie es doch positiv. Wenn Jameson recht hat, dann sind Sie im Handumdrehen wieder zu Hause."

„Auch wahr", erwiderte Duncan lächelnd. Allerdings wusste er, um ehrlich zu sein, nicht mehr, wo sein Zuhause war. Die Aussicht, nach Glasgow zurückzukehren, erfüllte ihn mit Schaudern, wenn er an die Reaktion seines DCI dachte. Vor allem, wenn er daran dachte, wo er wahrscheinlich leben müsste, wenn er zurückkam. Die Ein-Zimmer-Wohnung, die er im West End gemietet hatte, war nur ein Unterschlupf, kein Zuhause. In den letzten paar Jahren hatte er sich bei Natalie zu Hause gefühlt, doch das hatte er vergeigt. „Wissen Sie, was mich wirklich stört?"

Alistair neigte den Kopf zur Seite. „Was?"

„Die Abtreibung."

„Isla Mathesons Schwangerschaft?"

„Aye", meinte Duncan stirnrunzelnd. „Wir haben noch keinen Beweis dafür gefunden, wo der Eingriff vorgenommen wurde."

„Vielleicht ist sie weiter weggefahren, als wir angenommen haben … oder sie hat einen falschen Namen verwendet, oder den Namen einer Freundin … da gibt es viele Möglichkeiten."

„Ne", erwiderte Duncan, setzte sich auf und stützte das

Kinn auf der geballten Faust auf. „Krankenhäuser haben eine Fürsorgepflicht, außerdem sind solche Eingriffe dort Routine. Fehler, die zu einer Blutvergiftung führen, sind möglich … aber statistisch –"

„Sie und Ihre Zahlen", unterbrach Alistair ihn. „Sicher, dass Sie im richtigen Beruf sind? Vielleicht hätten Sie Buchhalter werden sollen."

„Ich zeige Ihnen meinen Kontoauszug zum Beweis, dass das eine fürchterliche Idee ist", meinte Duncan mit einem schiefen Grinsen. „Nein, die Abtreibung … falls wir keine Beweise finden, dass sie in einem Krankenhaus und nach der üblichen Vorgehensweise durchgeführt wurde, dann bleibt nur noch, dass sie wo anders abgetrieben hat."

Alistair runzelte die Stirn. „Sie meinen, so wie früher … von einer Engelmacherin? So etwas ist hier wohl kaum nötig, meinen Sie nicht auch? Ich weiß, dass wir für Leute von außerhalb der Insel ein wenig zurückgeblieben wirken, aber wir reden nicht von den Fünfzigern. Vor zwanzig Jahren war es nicht so anders als heute."

„Ich weiß … und ich bin ja der gleichen Meinung, aber bleiben wir kurz dabei. Wer hätte es machen können?"

Alistair atmete durch und verschränkte die Arme. „In Ordnung … Roddy Mcintyres Freund, zum Beispiel."

„Dr. Moreno", bestätigte Duncan nickend. „Ja, das klingt plausibel. Nicht sein Fachgebiet, aber er ist Chirurg … er war auf der Insel und hätte das Wissen dafür."

„Aber es gibt keinen Hinweis darauf, dass er Isla damals gekannt hat, und er ist älter als sie … um zehn Jahre oder mehr?"

„Stimmt, und wieso er seine Karriere als Arzt wegen einer illegalen Abtreibung aufs Spiel setzen sollte, leuchtet mir nicht ein", meinte Duncan. Dann kam ihm ein Gedanke. „Wann hat er geheiratet? Wissen wir, ob er damals noch Single war?"

Alistair schüttelte den Kopf. „Keine Ahnung. Natürlich lässt sich leicht nachprüfen, ob er im Vereinigten Königreich geheiratet hat. Falls nicht, können Sie Spanisch?"

Duncan lächelte. „So gut wie Sie Gälisch."

„Also gar nicht."

„Setzen wir ihn trotzdem auf die Liste."

„Diese *hypothetische Liste*", meinte Alistair mit Blick auf Jamesons Büro. „Der DCI ist so schon schlecht gelaunt, ohne dass Sie ihm noch mehr in die Suppe spucken. Wen haben wir sonst noch?

„Den Tierarzt", sagte Duncan.

„Ah ja … James Turnbull. Nicht schlecht, an ihn habe ich gar nicht mehr gedacht", erwiderte Alistair.

Duncan breitete die Arme aus. „Er kennt sich mit medizinischen Eingriffen aus. Viele der Medikamente, die bei der Behandlung von Tieren eingesetzt werden, sind auch für Menschen geeignet, wenn auch in anderen Formen und Dosierungen. Er ist klug genug, nachzuforschen, und er hat Zugriff auf eine sterile medizinische Einrichtung, Geräte …"

„Motiv?"

„Um zu verhindern, dass seine Frau die Affäre mit einem blutjungen Mädchen entdeckt, … dass sein Geschäft und Ruf Schaden erleiden. Ich habe ihn getroffen, und er hat einen arroganten Eindruck gemacht."

„Aber er hatte ein Alibi, oder?"

„Für das Wochenende, an dem Isla Matheson verschwunden ist, ja", erwiderte Duncan. „Aber eine Blutvergiftung ist eine Infektion, die sich erst entwickeln muss und die den Körper über einen gewissen Zeitraum hinweg schwächt. Und selbst wenn dieser Zeitraum kurz war, hätte Isla ihn kontaktieren … nach Uist fahren können …"

„Und er könnte versucht haben, die Infektion selbst zu behandeln", überlegte Alistair laut. „Vielleicht hat er versagt.

Interessante Theorie. Allerdings höchst spekulativ. Was ist mit der Frau?"

„Laut eigenen Angaben war Andrea Turnbull nicht zu Hause, weil sie ihre kranke Mutter in Five pflegen musste. Er hätte Isla ohne ihr Wissen tagelang bei sich verstecken können. Eventuell hat er unterschätzt, wie krank sie war. Ich habe über Sepsis nachgelesen, es ist möglich, dass ein Mensch innerhalb von zwölf Stunden von einem leichten Unwohlsein mit leicht erhöhter Temperatur in ein hohes Fieber und sogar ins Koma fallen kann."

„Der gute Tierarzt schätzt die Situation falsch ein ... Isla fällt ins Koma –"

„Oder stirbt", warf Duncan ein.

„Oder sie stirbt ...", Alistair nickte ihm zu, „... ganz plötzlich. Was also macht er? Er könnte gestehen und das Risiko eingehen."

„Und seine Ehe, Karriere ... ein ganzes Leben ruinieren? Oder ..."

„Er bringt sie zurück auf die Insel", setzte Alistair fort. „Und begräbt sie nicht allzu weit entfernt von dem Ort, an dem sie zuletzt lebend gesehen wurde." Er zog die Augenbrauen hoch. „Gute Theorie."

„Aye, aber eine ohne auch nur einen einzigen Beweis, um sie zu stützen", meinte Duncan. „Isla hatte niemandem davon erzählt, ansonsten hätte es jemand erwähnt."

„Und wenn Turnbull wusste, dass sie es nicht verraten hat, dann hätten die Chancen nicht schlecht gestanden, damit durchzukommen. In Ordnung", sagte Alistair nachdenklich. „Gehen wir das mal durch, als ob das nicht nur eine Theorie wäre. Was hat Turnbull gesagt, wo er war, als Isla nach der Party an jenem Abend verschwunden ist?"

„Auf der jährlichen Konferenz der BVA", erwiderte Duncan. Fragend schaute Alistair ihn an. „British Veterinary

Association, der Tierarzt-Verband. In dem Jahr fand die Konferenz in Glasgow statt. Turnbull ist über die gesamte Dauer geblieben, drei bis vier Tage, und ist nach Abschluss zurückgefahren."

„Also wäre er am Samstagabend nicht hier gewesen?"

Duncan schüttelte den Kopf. „Anscheinend nicht."

„Vielleicht ist er früher abgereist?"

Duncan neigte den Kopf zur Seite. „Wäre eine Überprüfung wert, aber wer erinnert sich nach so langer Zeit noch daran?"

„Ich sage Russell, dass er nachforschen soll. Er ist gut in solchen Dingen."

Duncan nickte. „Das wäre die Liste ... zwei Männer, und soweit ich das sehe, hat nur einer ein Motiv."

„Falls er eine Affäre mit Isla hatte, was wir nicht beweisen können", warf Alistair ein.

Nachdem sich Duncan umgeschaut hatte, senkte er die Stimme. „Es wäre gut für uns, wenn wir das hier im Büro nicht allzu laut besprechen. Wenn das vor bestimmten Personen laut wird, dann wäre das nicht so gut für uns."

„Diskretion ist mein zweiter Name."

Duncan war skeptisch. Unter all den Adjektiven, mit denen er Alistair beschreiben würde, war diskret nicht dabei.

Als Alistair seine Skepsis bemerkte, grinste er. „Na schön, mein zweiter Name ist *Falcon*, aber wenn Sie das jemandem verraten, mache ich Sie fertig."

„Im Ernst?"

„Aye", sagte Alistair und schaute sich um, ob auch wirklich niemand in Hörweite war. „Meine Mutter hatte ein Faible für Entdecker ... Columbus, Marco Polo und so weiter."

„Robert Falcon Scott", sagte Duncan leise. „Passt zu Ihnen."

„Aye, wie die Faust aufs Auge!" Alistair stand auf und

stach mit dem Finger in Duncans Richtung. „Ich meine es ernst. Wenn Sie es jemandem verraten, suche ich Sie bis zu Ihrem Tod heim … und darüber hinaus."

„Meine Lippen sind versiegelt, Alistair."

Nachdem Alistair losging, um nach Russell zu suchen, war Duncan wieder allein mit seinen Gedanken. Roddy Mcintyre fiel ihm ein. Etwas, das er gesagt hatte, ging ihm nicht aus dem Kopf. Er blätterte durch die Akte vor sich und suchte nach Erwähnungen von Islas bestem Freund. Die Beschreibungen des jungen Roddy Mcintyre, die den damaligen Beamten gegeben worden waren, standen in starkem Kontrast zu dem Mann, den er letztens kennengelernt hatte. Da es sonst nichts Dringliches zu tun gab, beschloss Duncan, sich um diese Auffälligkeit zu kümmern.

Er warf die Akte hin, nahm sein Telefon, tippte die Nummer des Bootsunternehmens der Mcintyres ein und rief dort an.

„Guten Morgen", ertönte eine barsche Stimme. Das war nicht die freundliche Begrüßung, die McAdam erwartet hatte.

„Mr. Mcintyre?"

„Am Apparat."

„DI McAdam hier. Wir haben uns gestern kurz getroffen, als ich vorbeigeschaut habe, um mit Ihrem Sohn Roddy –"

„Ich erinnere mich. Was kann ich für Sie tun?"

Duncan McAdam musste nicht sonderlich empathisch sein, um zu spüren, dass der Mann ihn nicht mochte.

„Ich hatte gehofft, noch einmal mit Ihrem Sohn sprechen zu können wegen einiger Punkte, die im Gespräch aufgekommen sind. Ist er da?"

„Nein, er hat sich heute krank gemeldet."

„Nichts Ernstes, hoffe ich?"

„Nein … ich denke nicht. Nur ein bisschen kränklich, also

bleibt er im Bett. Es ist nicht gut fürs Geschäft, wenn er die Kunden auf ihrem Urlaub ansteckt."

„Nein, das verstehe ich. Ist heute viel los?", erkundigte sich McAdam im Plauderton, während er sich den nächsten Schritt überlegte.

„Heutzutage ist immer viel los, selbst wenn es ein ruhiger Tag ist, ist viel zu tun."

„Glauben Sie, dass es Ihrem Sohn gut genug für einen Anruf geht? Ich müsste wirklich mit ihm sprechen."

„Schätze schon. Ich kann Ihnen seine Handynummer durchsagen, wenn Sie möchten. Gibt es ein Problem?"

„Nichts, worüber Sie sich Sorgen machen müssten, Mr. Mcintyre. Reine Routine."

Dankbar für die Hilfe schrieb sich der DI die Handynummer auf. Bevor der Mann auflegte, murmelte er noch etwas Unverständliches. Aus irgendeinem Grund glaubte McAdam nicht, dass es etwas Nettes gewesen war. Er rief Roddy umgehend an. Nach drei Mal Klingeln wurde er zur Sprachbox weitergeleitet. Als er es erneut versuchte, wurde der Anruf sofort beendet.

Vielleicht ging Roddy Mcintyre bei Anrufen von unbekannten Nummern grundsätzlich nicht ran, viele machten es so, auch Duncan selbst. Er stand auf, schnappte sich seine Jacke und signalisierte Alistair, dass er eine Weile fort sein würde.

KAPITEL SIEBENUNDZWANZIG

DIE FAHRT RICHTUNG Süden nach Broadford, wo Roddy Mcintyre lebte, dauerte nur knapp eine Dreiviertelstunde. Duncan fand das Haus, ein weißes Gebäude am Standrand mit Blick über die Inner Sound vor Scalpay, problemlos. Das Auto parkte er am Straßenrand hinter einem silbernen Mercedes. Als er die Einfahrt entlang zur Haustür ging, erfasste ihn ein böiger Wind.

Duncan McAdam betätigte die Klingel und wartete. Währenddessen drehte er sich um und genoss die Aussicht. Aus der Ferne brachte der Wind das leise Brummen des Verkehrs heran. Da sich im Haus nichts regte, trat er zurück und schaute hoch zu den Fenstern im ersten Stock. Er fragte sich, ob Roddy Mcintyre schlief. Allerdings waren die Vorhänge nicht zugezogen. Er klingelte noch einmal.

„Bin gleich da!"

Mit den Händen in den Taschen vergraben wartete McAdam. Kurz darauf wurde ein Schlüssel im Schloss umgedreht und die Tür ging auf. Roddy Mcinyres Lächeln verschwand, sobald er den DI erkannte.

„Hallo, Mr. Mcintyre", begrüßte McAdam ihn, während

er ihn musterte. Der Mann trug Jeans und einen Strickpull-over. Die sorgfältig gestylten Haare wirkten noch feucht wie von einer Dusche. Sein Gesicht hatte eine gute Farbe. Insgesamt machte er einen erholten Eindruck. „Wie fühlen Sie sich?“

Roddy Mcintyre wandte den Blick ab. „Äh … ganz gut, eigentlich.“

Der DI lächelte. Auch er hatte früher manchmal blau gemacht.

„Es tut mir leid, so unangekündigt hereinzuschneien, aber ich habe angerufen.“

Roddy, der sich erst nach hinten umschaute und dann wieder den DI anblickte, lächelte nervös.

„Schon in Ordnung, ehrlich. Ich … habe anscheinend mein Telefon ausgeschaltet oder muss es aufladen.“

„Ach, ich wollte ohnehin ein bisschen aus dem Büro kommen“, log McAdam. „Darf ich reinkommen? Ich hätte da noch ein paar Fragen an Sie. Nichts, was beunruhigend wäre. Dauert auch nur eine Minute.“

Der Mann wirkte angespannt. „Äh … ja, sicher.“ Er trat zurück und stieß die Tür weiter auf. „Kommen Sie herein, Inspector“, forderte er ihn unnötig laut auf.

Nachdem McAdam höflich die Schuhe auf der Fußmatte abgewischt hatte, trat er ein, damit Roddy Mcintyre die Tür zu machen konnte.

„Schönes Haus haben Sie da“, meinte McAdam. „Wunderbare Aussicht.“

„Danke. Ja, es ist nicht gerade nahe an unserem Anleger. Dad will ständig, dass ich in die Nähe ziehe, aber ich möchte noch nicht weiter außerhalb leben. Mein Leben soll sich nicht nur um das Geschäft drehen.“

„Wie bei Ihrem Vater?“

Schweigend zog der Mann die Augenbrauen hoch und

führte den DI weiter in das Haus in eine offene Küche mit Essbereich.

„Wollten Sie schon immer in das Familiengeschäft einsteigen?", erkundigte sich McAdam, während Roddy Mcintyre ihn bat, Platz zu nehmen. McAdam lehnte ab, er zog es vor, zu stehen. Roddy Mcintyre tat es ihm gleich und verschränkte die Arme vor der Brust.

„Ich würde lügen, würde ich behaupten, dass es so war, aber eine Wahl hatte ich nicht. Außerdem würde es mein Dad ohne mich kaum schaffen."

„Er könnte eine Crew anheuern, oder?"

Der Mann lachte. „Ach, ja, das könnte er. Allerdings würde keiner lange bleiben. Sie halten es einfach nicht durch."

„Wegen der Arbeit oder des Chefs?"

„Definitiv wegen des Chefs", erwiderte Mcintyre verlegen lächelnd. Er holte tief Luft. „Es ist nicht einfach, für Dad zu arbeiten."

„Sie schaffen es."

Er lächelte schief. „Aber er ist auch mein Vater."

„Ich dachte, das würde die Sache eher erschweren", meinte McAdam, dem es bei dem Gedanken, mit seinem Vater arbeiten zu müssen, schauderte.

„Der Familie gegenüber verhält man sich anständig, nicht wahr?" Er zuckte mit den Schultern. „Das Geschäft läuft gut, aber die Konkurrenz ist hart. So war es schon immer. In schlechten Zeiten, wenn es mal nicht so läuft, kann eine Familie immer mal auf den Lohn verzichten, oder? Eine solche Loyalität kann man von anderen nicht erwarten." Wieder zuckte er mit den Schultern. „Ich hatte nie die Möglichkeit, etwas anderes zu machen, und was man nie hatte, kann man auch nicht vermissen, oder?"

„Nein, schätze nicht."

„Also, was führt Sie zu mir?", erkundigte sich Roddy

Mcintyre, dessen Blick vom DI in den Flur huschte. Neugierig, was es da zu sehen gab, drehte McAdam sich um. „Anscheinend muss es wichtig genug sein, dass Sie extra hergefahren sind."

„Ich habe mir die alten Aussagen von damals, als Isla als vermisst gemeldet wurde, noch einmal durchgelesen. Wie die Leute Sie beschrieben hatten, hat mich aufmerksam werden lassen."

„Tatsächlich?", fragte Mcintyre überrascht. Er lächelte nervös. „Inwiefern?"

„Alle haben Sie als unbekümmert beschrieben, als jemanden, der immer lachte und nichts ernst nahm."

Roddy Mcintyre zuckte mit den Schultern. „Aye ... na und?"

„Verzeihen Sie, wenn ich das frage, aber was hat Sie so verändert?"

Er klappte den Mund auf und runzelte die Stirn. „Was meinen Sie damit?"

„Zugegeben, ich habe Sie erst kennengelernt, aber ... Sie wirken abgestumpft, vielleicht ist zynisch passender." McAdam ließ ihn nicht aus den Augen. „Die damaligen Beschreibungen stimmen nicht mit meinem Eindruck überein. Haben Sie eine Erklärung dafür?"

Mit versteinerter Miene hielt Mcintyre den Blickkontakt. „Tja, vielleicht waren die Dinge damals einfach anders."

„Was ist passiert?"

Er zuckte mit den Schultern. „Ich bin erwachsen geworden. Und weiter?"

„Ich war nur neugierig."

Der Mann schnaubte spöttisch. „Wie auch immer. Sie sind den ganzen Weg hierher gefahren, nur um mich zu fragen, warum ich nicht mehr so bin wie vor zwanzig Jahren? Verzeihen Sie mir, aber dafür werden Sie bezahlt?"

„Nein, natürlich nicht. Es geht um etwas, das Sie gesagt haben, als wir uns letztens getroffen haben."

„Ach, aye, und was war das?"

„Sie sagten, dass nichts Gutes dabei herauskommt, wenn ich alles wieder ans Licht zerre", erwiderte McAdam. Stirnrunzelnd lehnte sich Mcintyre an den Frühstückstresen. „Was meinten Sie damit?"

Einen Moment lang sah er den DI ungerührt an, dann zuckte er mit den Schultern. „Nichts, schätze ich. Nur das … es wird sich existenziell nichts ändern.

„Existenziell?"

„Ja … genau, es wird nichts ändern."

„Zuvor dachte ich mir, dass Sie das meinten", sagte McAdam. Mcintyre nickte. „Aber dann kam ich ins Grübeln … und je mehr ich darüber nachdenke, desto eher klang es so, als wüssten Sie genau, was die Konsequenzen wären."

Mcintyre kniff die Augen zusammen. „Aha. Wovon zum Teufel reden Sie da?"

„Ich glaube, Sie wussten es", sagte McAdam. „Sie wussten von der Schwangerschaft."

Der Mann schnaubte. „Jetzt ist mir klar, dass Sie keine Ahnung –"

„Das glaube ich nicht, Mr. Mcintyre. Wie Sie darauf reagiert haben, als ich die Schwangerschaft erwähnte, hatte ich so interpretiert, dass es Sie gestört hat, dass Ihre Freundin sich Ihnen nicht anvertraut hat. Aber es steckte mehr dahinter, nicht wahr? Sie waren *überrascht*, dass ich davon wusste, nicht, weil Sie es nicht wussten."

Kopfschüttelnd blickte der Mann zur Seite, allerdings wirkte er nicht überzeugend.

„Also habe ich noch mehr nachgedacht", sprach McAdam weiter. „Ich überlegte, an wen sich Isla von allen Leuten, die sie kannte, Familie und Freunde, wohl um Rat oder für eine Schulter zum Ausweinen wenden würde. Der einzige Name, der mir immer wieder dazu einfällt, ist der ihres besten Freundes." Er zeigte mit dem Finger auf ihn. „Und das sind Sie, Roddy Mcintyre."

Der Mann schwieg und biss die Zähne zusammen.

„Deshalb habe ich mich gefragt, warum Sie so überrascht waren, dass ich davon wusste."

„Und ich nehme an, Sie haben auch schon die Antwort darauf, was?", fragte Mcintyre empört.

McAdam nickte. „Zufälligerweise ja. Das ist mein Job. Sie wussten es, weil Sie von der Abtreibung wussten. Das ist der einzige Grund, warum Sie überrascht gewesen sein konnten."

Roddy Mcintyre holte tief Luft. Offensichtlich wollte er nichts dazu sagen, doch sein Schweigen bestätigte im Großen und Ganzen den Verdacht des DI.

„Sie können jetzt Ihr bestes Pokergesicht aufsetzen und mich einen Lügner nennen", forderte McAdam ihn auf.

Mit geschlossenen Augen schürzte Mcintyre die Lippen. Langsam schüttelte er den Kopf, während er den Tresen vor sich betrachtete. „Das kann ich nicht."

„Sie wussten es, nicht wahr?"

Er hob den Kopf und sah McAdam nickend in die Augen. „Ich wusste es ... danach."

„Nach der Abtreibung?"

Wieder nickte er. „Aye. Sie hat mir erzählt, dass ihre Periode nicht eingesetzt und sie einen Test gemacht hat. So einen, den man rezeptfrei bekommt." Er gluckste humorlos. „Sie ist über die Brücke nach Kyle gefahren, so paranoid war sie. Sie hatte Angst gehabt, dass jemand sie dabei sehen würde, wie sie den Test auf der Insel kauft, und es ihrem Vater sagt."

„Aber davor hat sie nicht mit Ihnen darüber gesprochen?"

Niedergeschlagen schüttelte Mcintyre den Kopf. „Nein."

„Ganz sicher?"

„Selbstverständlich bin ich mir sicher, Himmel noch mal!"

„Wo hat sie den Eingriff vornehmen lassen?"

„Das weiß ich nicht", erwiderte der Mann ruhig. „Sie meinte nur, dass die Sache erledigt ist." Er breitete die Arme aus. „Sie hatte sich darum gekümmert und die Sache war erledigt."

„Hat sie gesagt, wann das war?"

„Nein, aber ich nahm an, dass es erst kürzlich gewesen sein musste. Sie wirkte ... neben der Spur."

„Inwiefern?"

Roddy Mcintyre wirkte zurückhaltend. „Beunruhigt von der ganzen Situation ... vielleicht eher besorgt? Aber das ist nur meine Einschätzung. Isla wollte nichts Genaueres sagen."

„Hat es Sie überrascht, dass sie sich nicht gleich Ihnen anvertraut hat?"

„Ach, aye ... ehrlich gesagt, hat es mich verletzt", meinte er stirnrunzelnd. „Wir standen uns so nahe, wissen Sie? Ich habe ihr alles erzählt, und ich dachte, sie wusste, dass sie auch immer zu mir kommen konnte."

„Dieses Mal allerdings nicht."

Der Mann machte einen niedergeschlagenen Eindruck. „Anscheinend nicht, nein." Er fuhr sich mit einer Hand über das Gesicht und kniff mit Daumen und Zeigefinger die Nasenwurzel zusammen. „Ich schätze, sie hat sich nicht sicher gefühlt."

„Das ist eine interessante Bemerkung."

Er sah den DI an. „Tatsächlich?"

„Sicher vor wem? Dem Vater des Kindes?"

Roddy Mcintyre atmete tief aus. „Das weiß ich nicht."

„Wissen Sie es nicht oder wollen Sie es nicht verraten?"

„Was zum Teufel wollen Sie von mir?"

„Die Wahrheit, verdammt noch mal. Das wäre ein guter Anfang!", erwiderte McAdam gereizt. „Hören Sie auf, mich zu veralbern!"

„Dachte ich mir doch, dass ich Stimmen gehört habe."

Als McAdam sich umdrehte, stand ein Mann an der Schwelle, der genauso überrascht war, ihn in der Küche zu sehen, wie umgekehrt.

„DI McAdam", sagte der Mann leise. Roddy Mcintyre schaute ihn an und der Blick des DI huschte zwischen den beiden hin und her. Der Mann hielt ein feuchtes Handtuch in der Hand. Seine Haare waren nass und nach der Dusche noch ganz verstrubbelt.

„Dr. Moreno", sagte McAdam mit Blick auf Roddy Mcintyre. „Machen Sie auch Hausbesuche? Ich dachte, die gehören der Vergangenheit an."

Als Carlos Moreno die Küche betrat, lächelte Roddy Mcintyre ihn entschuldigend an. Nun ergab es Sinn, warum er vorhin so laut gesprochen hatte. Er hatte Moreno warnen wollen, dass sie nicht mehr allein waren.

„Hausärzte machen sie schon noch, abhängig von der Situation", erwiderte Moreno, während er das Handtuch ordentlich zusammenfaltete und über einen Stuhl im Essbereich legte. Zögernd stützte er sich mit beiden Händen an der Stuhllehne ab und schaute den DI an. Der Arzt trug eine hellbraune Chino-Hose und ein blassblaues Hemd, das er nicht zugeknöpft hatte. Darunter war das weiße Unterhemd sichtbar. Er bedachte McAdam mit misstrauischen Blicken. „Was führt Sie nach Broadford, Detective Inspector?"

„Das wollte ich Sie auch gerade fragen", erwiderte McAdam, während er abwechselnd beide Männer betrachtete. „Aber ich glaube, das geht mich nichts an."

Obwohl Roddy Mcintyre schwieg, wirkte er aufgewühlt.

Carlos Moreno ging zu ihm und legte ihm sanft eine Hand auf die Schulter.

„Das geht niemanden außer uns etwas an", bekräftigte er. Bei dieser Bemerkung hob Mcintyre den Kopf.

„Ich nehme an, Ihre Frau ist also nicht auf Reisen, um Freunde zu besuchen", stellte McAdam fest.

Moreno schüttelte den Kopf. „Nein. Sie ist mit unserer Tochter zurück nach Spanien gegangen. Sie wohnt bei der Familie." Sein Ton verriet, dass er traurig darüber war. „Ob sie zurückkommt … nun, das bleibt abzuwarten." Er blickte den DI an, wahrscheinlich, um ihn abzuschätzen. „Es hat lange gedauert, bis mir klar wurde, wer ich war, Detective Inspector. Ich habe jung geheiratet, noch bevor ich das Medizinstudium abgeschlossen hatte." Er schüttelte den Kopf. „Das Leben ist zu kurz, um eine Lüge zu leben."

„Wie gesagt … Ihre Beziehung geht weder mich noch die Polizei etwas an, trotzdem muss ich fragen, wie lange Sie beide sich schon kennen."

Roddy Mcintyre sah seinen Freund an und zuckte mit den Schultern. „Achtzehn Monate … vielleicht zwei Jahre."

„Dr. Moreno, Sie haben auf Skye gearbeitet, als Isla Matheson verschwunden ist", sprach McAdam weiter.

„Ja, ja, das habe ich … aber ich habe Ihnen die Wahrheit gesagt. Ich kenne dieses Mädchen nicht. Überhaupt nicht." Kurz warf er einen Blick auf Mcintyre, bevor er wieder den DI ansah. „Ich habe nichts vor Ihnen zu verbergen."

„Und was ist mit Ihnen, Mr. Mcintyre?", erkundigte sich McAdam. „Was haben Sie zu verheimlichen?"

Verzweifelt schüttelte dieser den Kopf. „Sie verstehen das nicht, Mr. McAdam, aber wie könnten Sie auch?"

„Dann erklären Sie es mir."

„Meine Eltern … vor allem meine Mutter ist …"

„Bigott", vervollständigte Carlos Moreno den Satz, was

ihm einen wütenden Blick seines Freundes einbrachte. „Entschuldige."

„Was das angeht, ist sie altmodisch", erklärte Mcintyre. „Sie hasst Homosexuelle nicht, aber ... ihr fällt es schwer, mit den Werten zu brechen, mit denen sie aufgewachsen ist. Ich bin nicht wie Carlos", sagte er lächelnd. „Ich weiß, wer ich bin, das habe ich schon immer, allerdings konnte ich es nicht zeigen."

„Du willst nicht, das trifft es eher", erwiderte Moreno verbittert.

McAdam spürte die Spannung, die bei diesem Thema zwischen den beiden hing. Anscheinend war Moreno bereit, seine Gefühle offen zu zeigen. Roddy hingegen, der seine sexuelle Orientierung lange akzeptiert und kein Problem damit hatte, wollte die Beziehung vor seinen Eltern geheim halten. Er beneidete keinen der beiden Männer.

„Es ist nicht so, dass ich nicht will. Ich kann es jetzt einfach noch nicht", protestierte Mcintyre. „Ich brauche noch etwas Zeit."

„Es wird nie einen guten Zeitpunkt geben", erwiderte Moreno. „Glaub mir, ich weiß, wovon ich rede."

„Es tut mir leid, ich wollte keinen Streit heraufbeschwören", sagte McAdam. „Aber ich muss wissen, was Sie mit ,alles wieder ans Licht zerren' meinten. Ich glaube keine Sekunde, dass Sie damit die Konsequenzen für Sie persönlich meinten, auch wenn ich weiß, wie die Presse so drauf ist. Die Medien würden nur zu gern eine Nebenstory veröffentlichen, um ihre Leser zu unterhalten."

„Genau davor habe ich Angst", meinte Roddy Mcintyre erleichtert, dass der DI ihn endlich verstand. „Sie werden mit angeblichen schmutzigen Details kommen ... die Wahrheit verdrehen. Darum ..."

„Darum was?"

„Darum möchte ich nichts damit zu tun haben", schloss Mcintyre.

„Aber Sie stecken da mit drin, Mr. Mcintyre." McAdam zuckte mit den Schultern. „Ob es Ihnen gefällt oder nicht."

„Tja, mir gefällt das ganz und gar nicht, ja? In meinem Leben geht es so schon rund, dass ich kaum damit fertigwerde", erwiderte er und warf einen schmerzlichen Blick auf Moreno. „Und ich brauche nicht noch mehr."

„Wenn Sie von der Schwangerschaft wussten, warum haben Sie damals nichts davon gesagt?", erkundigte sich McAdam.

„Weil ich *damals* nicht dachte, dass Isla etwas zugestoßen war. Ich nahm an, dass sie eine Weile abgehauen war, um den Kopf freizubekommen." Er fuhr sich durch die Haare. „Ich dachte nicht … niemand dachte, dass sie gestorben war oder Ähnliches. Ich wusste, dass ihr irgendetwas im Kopf herumspukte, und ich dachte, dass sie zurückkommen würde."

Obwohl er mit überzeugender Leidenschaft sprach, runzelte McAdam die Stirn, weil er es verschwiegen hatte. Mcintyre fasste es als Kritik auf.

„Hören Sie, je länger Isla fortblieb, desto mehr Zweifel kamen in mir auf –"

„Warum haben Sie dann nie irgendjemandem etwas gesagt?", erkundigte sich McAdam.

„Weil die Polizei meinte, dass alles in Ordnung wäre", gab Mcintyre zurück. „Soll ich dann der Einzige sein, der anderer Meinung ist? Sollte ich aufstehen und allen verraten, dass sie schwanger war? Sie machen wohl Witze."

Der DI musste zugeben, dass er damit Recht hatte.

„Wer war der Vater?"

Kopfschüttelnd biss er sich auf die Unterlippe. „Das hat sie nie verraten."

„Auf wen würden Sie tippen?"

„Damals ... dachte ich, dass Alex der Vater war. Sie hatten gerade erst Schluss gemacht, es hätte gepasst."

„Hat sich diese Meinung später geändert?"

„Ja", sagte Mcintyre düster. „Aber bevor Sie fragen, ich weiß es wirklich nicht. Weder damals noch heute."

„Warum haben Sie dann Alex Macrae ausgeschlossen?"

„Habe ich nicht. Ich würde ihn nicht von der Liste streichen. Damit wollte ich nur sagen, dass ich mir nicht mehr sicher war, dass er der Vater hätte sein können."

„Warum?"

Roddy Mcintyre zuckte mit den Schultern. „Die ganze Sache ... die Schwangerschaft, wie Isla damit umgegangen ist und ihre Reaktion, als sie es mir erzählt hat. So kalt und nüchtern. Das sah Isla gar nicht ähnlich, wissen Sie. Es machte einfach einen seltsamen Eindruck."

Als McAdams Handy klingelte, fischte er es aus der Tasche und entschuldigte sich. Da Alistair dran war, ging er in den Flur.

„Alistair, was ist los?"

„Russell hat es mal wieder geschafft, und Sie werden begeistert sein."

„Turnbull war nicht auf der Konferenz?"

„Ach, das war er schon. Sie wurde, wie er gesagt hat, in Glasgow abgehalten"; sagte er.

Duncan war enttäuscht. „Hm. Bitte sagen Sie mir, dass es noch mehr gibt."

„Aye, sie hat in Glasgow stattgefunden, aber nicht im August. Wegen eines Ausbruchs der Vogelgrippe auf dem Kontinent im Winter hat die BVA die Konferenz vorverlegt. Sie wollte sich mehr Zeit verschaffen und einen Schritt voraus sein, weil erwartet wurde, dass die Vogelgrippe über den Kanal schwappt."

„Also hat Turnbull doch kein Alibi?"

„Aye, wir haben ihn, glauben Sie nicht auch?"

Duncan bemühte sich, die aufkommende Aufregung herunterzuschrauben. Erst war er so enttäuscht gewesen wegen dem, was Roddy Mcintyre verschwiegen hatte, und jetzt, zehn Minuten später, war ihnen ein Hauptverdächtiger in den Schoß gefallen.

„Ja, Alistair", erwiderte Duncan, dessen Magen nervös flatterte. „Ich denke, wir haben ihn."

„Sollen wir ihn verhaften?"

Das konnte Duncan nicht veranlassen, ohne es vorher mit DCI Jameson abzusprechen. Und das war eigentlich das Letzte, was er jetzt wollte.

„Nein, aber wir werden mit ihm reden. Er ahnt nicht, dass wir sein Alibi widerlegt haben, und ich will nicht, dass er genug Zeit hat, sich eine Ausrede einfallen zu lassen. Wir fahren zu ihm."

„Wir?", hakte Alistair nach. „Wie in Sie und ich ... mit der Fähre?"

„Außer, Sie haben einen Freund, der uns hinfliegen kann. Wäre das in Ordnung?"

„Schätze schon."

Duncan hörte Widerwillen in seiner Stimme.

„Was ist los?"

„Nichts ... ich mag nur Schiffe nicht sonderlich", erwiderte Alistair. „Ich war in der Army, nicht der Navy."

„Sie leben auf einer Insel, Alistair, umgeben von Wasser. Gelegentlich werden Sie also ein Schiff brauchen."

„Das heißt nicht, dass ich gerne ertrinken würde, oder?"

„Reservieren Sie uns bitte einen Platz auf der ersten Fähre."

„Mache ich."

„Und Alistair ... das bleibt zwischen uns, verstanden?"

„Na klar."

KAPITEL ACHTUNDZWANZIG

DUNCAN MCADAM KEHRTE in die Küche zurück, in der Carlos Moreno gerade Kaffee aufbrühte. Er hob eine Tasse in Richtung des DI, der dankend ablehnte. Roddy Mcintyre saß am Esstisch.

„Ich muss zurück nach Portree", sagte McAdam zu ihm. „Falls es noch etwas gibt, von dem Sie glauben, dass ich es wissen sollte, dann sagen Sie es mir jetzt."

Kopfschüttelnd zog Mcintyre die Nase hoch.

„Ganz sicher? Ich will nicht den ganzen Weg hierher noch einmal zurücklegen müssen, nur weil ich noch etwas herausgefunden habe, was Sie mir bereits hätten verraten können."

„Nein", erwiderte er kopfschüttelnd. „Da gibt es wirklich nichts mehr, ich schwöre es."

„Gut. Da wir uns jetzt endlich etwas vertrauen, würde ich Ihnen gerne ein paar Fragen zu Islas Leben stellen. Ich verstehe, warum Sie der Aufmerksamkeit entgehen möchten", dabei schaute er Moreno an, „aber wenn es darum geht, nicht alles ans Licht zerren zu wollen … da gibt es Bereiche in Islas Leben, die mir verschwiegen werden. Ich glaube, Sie wissen, wovon ich rede, also raus mit der Sprache."

Roddy Mcintyre seufzte. „Himmel noch mal", sagte er und vergrub das Gesicht in den Händen.

„Was es auch ist, ich muss es wissen."

„Inoffiziell?", fragte Mcintyre.

„Aye, wenn Sie das möchten."

Als Roddy Mcintyre zu seinem Freund schaute, nickte der beinahe unmerklich zur Zustimmung. Mcintyre holte tief Luft.

„Ihr Vater hat sie oft geschlagen."

McAdam zog die Augenbrauen hoch. „Ruaridh Matheson ... hat seine Tochter oft geschlagen?"

Der Mann nickte. „Und seinen Sohn. Seit sie klein waren, hat er Donnie und Isla verprügelt. Hauptsächlich Donnie ... bis er an die Universität ist, hat er das meiste abbekommen. Dann hat Ruaridh mit Isla weitergemacht." Roddy Mcintyre setzte sich auf, atmete durch und schaute hoch zur Decke. „Und ihre Mutter hat er auch geschlagen."

Scharf sog McAdam die Luft durch die Zähne ein. „Das ist eine höllische Anschuldigung."

„Und genau da hin, zur Hölle, wird dieser Mann fahren, wenn es in dieser Welt oder der nächsten Gerechtigkeit gibt."

„Können Sie das beweisen?", erkundigte sich McAdam. Er zog einen Stuhl heran und setzte sich Mcintyre gegenüber. Eigentlich hatte er gleich losfahren wollen, doch das war nun eher unwahrscheinlich. Carlos Moreno kam zu ihnen und stellte eine Tasse schwarzen Kaffee vor seinen Freund. Als dem DI das Aroma in die Nase stieg, wünschte er sich, nicht abgelehnt zu haben. Roddy Mcintyre umfasste die Tasse mit beiden Händen und genoss die Wärme.

„Nur, was Isla mir erzählt hat ...", sagte er und warf einen Seitenblick auf Moreno, „... und die blauen Flecke, die ich selbst gesehen habe. Er hat sie mit einem Stock oder Gürtel geschlagen, auf die Rückseite der Oberschenkel und den unteren Rücken. An Stellen, die andere Leute nicht sehen würden." Er lachte nervös. „Auf Skye hat man nur selten die Gelegenheit, einen Bikini zu tragen, nicht wahr? Manchmal war es wegen ihres Verhaltens, das hat er zumindest behauptet, oder weil der Teufel in ihr steckte. Sadistischer alter Bastard. Er hat sie ins Plumpsklo gesperrt, manchmal den ganzen Tag oder die ganze Nacht lang, wenn es ihm so gefiel. Sie durfte keinen Ton von sich geben, sonst würde er sie zur Buße schlagen."

Ungebeten blitzten Bilder in Duncans Geist auf. Sie lenkten ihn ab. Er versuchte, sie zurückzudrängen. Plötzlich wurde ihm heiß, er spürte, wie sein Gesicht rot anlief und er immer schneller atmete.

„Sie hatte schreckliche Angst vor dem Mann", sprach Mcinytre leise weiter. „Er hatte die ganze Familie eisern im Griff ..."

Die Gedanken kamen aus dem Nichts und drohten Duncan zu überwältigen. Verwirrt schloss er die Augen. Ihm wurde übel. Er versuchte, die Gedanken wieder zu ordnen. Das Schlimmste hatte er überstanden.

„Geht es Ihnen gut?"

Endlich gelang es McAdam, sich von den Bildern zu befreien. Als er die Augen öffnete, schauten Mcinytre und Moreno ihn besorgt an. Der Arzt hatte ihm eine Hand auf die Schulter gelegt und starrte ihm in die Augen. Offenbar untersuchte er ihn. Mit einer Taschenlampe leuchtete er ihm abwechselnd in die Augen. Bei dem grellen Licht musste McAdam blinzeln. Carlos Moreno hatte doch gerade erst Kaffee gemacht.

„Wie fühlen Sie sich, DI McAdam?", erkundigte sich der Arzt. „Atmen Sie ganz ruhig."

Für einen Moment wurde Duncan McAdam schwindelig. Er holte zweimal tief Luft, und das Gefühl verschwand schnell wieder. Als er Nacken und Wangen anfasste, fühlten sie sich warm an. Er hatte Sorge, sich übergeben zu müssen, und unterdrückte das Würgen. Das passierte nicht zum ersten Mal, allerdings war es schon lange her. Verlegen drängte er das Gefühschaos zurück und versuchte, sich zu konzentrieren.

„Tut mir leid … ich muss wohl eine Sekunde lang abgeschaltet haben", entschuldigte er sich. Als er die Hand auf die Stirn drückte, fühlte er kalten Schweiß auf der Haut. „Hätten Sie ein Glas Wasser für mich?"

Umgehend kam Roddy Mcintyre mit dem Gewünschten zum Tisch zurück. McAdam hatte gar nicht bemerkt, dass er schon aufgestanden war. Dankbar nahm er das Glas und trank es in einem Zug aus.

„Wie fühlen Sie sich?", erkundigte sich der Arzt erneut. Inzwischen hielt er das Handgelenk des DI, drehte die Hand um und drückte die Finger sanft dagegen. Auch das hatte McAdam nicht mitbekommen.

„Es … es geht mir gut. Glaube ich."

„Ihr Puls ist unregelmäßig", stellte Moreno fest. Verlegen zog McAdam die Hand zurück. „Ist das schon einmal vorgekommen?"

„Manchmal, ja."

„Standen Sie in letzter Zeit stark unter Druck oder Stress?"

Beinahe musste der DI lachen. Stattdessen schüttelte er nur den Kopf. Es ging ihm besser, auch wenn der Moment erschreckend gewesen war, um es milde auszudrücken. Wäre es das erste Mal gewesen, dass er das erlebt hätte, hätte er sich mehr Sorgen gemacht. Eine Weile waren diese Anfälle regelmäßig vorgekommen, wie auch die Schlaflosigkeit, die ihn mehrere Tage begleitet hatte, bis er seinem Hausarzt eine Verschreibung für Schlafmittel abgerungen hatte. Allerdings hatte er geglaubt, es inzwischen überwunden zu haben.

Vielleicht hatte er sich nur etwas vorgemacht.

„Es geht mir gut, wahrscheinlich habe ich nur etwas

Schlechts gegessen. Vielleicht die Lorne-Wurst zum Frühstück."

Obwohl Carlos Moreno nicht überzeugt war, zog er sich ein paar Schritte zurück und stützte das Kinn mit Daumen und Zeigefinger ab. Er ließ den DI nicht aus den wachsamen Augen. „Sie sollten sich gründlich untersuchen lassen, Detective Inspector."

McAdam nickte. „Sobald ich die Gelegenheit dazu habe, mache ich das."

„Ich meine es ernst", erwiderte Moreno und stellte sich in das Blickfeld des DI. „Was es auch ist, das ist nicht –"

„Normal?", beendete McAdam den Satz lächelnd. Der Arzt nickte. „Das höre ich nicht zum ersten Mal. Ich verstehe, keine Sorge." Er blickte Roddy Mcintyre an, der sich wieder gesetzt hatte. „Wo waren wir stehengeblieben?"

„Ruaridh Matheson", antwortete dieser und sah den DI mit gemischter Miene an, „und der Tatsache, dass er ein kompletter Bastard ist."

Duncan McAdam rieb sich die Schläfe. „Ja, genau, da waren wir." Dass Reverend Matheson Gewalt gegen seine Familie, vor allem seine Kinder, angewendet hatte, überraschte ihn nicht. Vielleicht hätte er überrascht sein sollen, aber Eltern eines gewissen Alters oder einer gewissen Generation sahen körperliche Züchtigung als Charakterbildung und tatsächlich etwas Notwendiges an. Man musste sich nur ansehen, welchen Aufschrei es in einem großen Teil der Bevölkerung gegeben hatte, als das Maß an Gewalt, das Eltern gegen ungezogene Kinder einsetzen durften, beschränkt worden war. Auf jemanden, der keine solche Ansichten über Disziplinarmaßnahmen pflegte, konnte die Gewalt leicht als übertrieben oder sogar sadistisch wirken.

„Isla wollte weg von zu Hause, weg von *ihm*, aber sie hatte keine Ahnung, wie sie das anstellen sollte."

„Deshalb haben Sie gedacht ..."

„Dass Sie eine Weile untergetaucht ist?", meinte Roddy Mcintyre nickend. „Aye, genau deswegen. Ich habe immer damit gerechnet, dass sie irgendwann zurückkommt. Ich dachte, dass sie nicht wüsste, wie man ohne Hilfe ein neues Leben aufbaut, und ich konnte ihr nicht helfen. Ich wünschte, ich hätte es können. Je länger das so weiterging – je länger sie fortblieb – desto eher nahm ich an, dass alles in Ordnung war. Vor allem, weil die Polizei nichts Verdächtiges herausgefunden hatte."

McAdam zog die Augenbrauen hoch. Er fühlte sich wieder völlig normal. Zumindest so normal, wie es für ihn möglich war. „Sie dachten, Isla hätte es geschafft, wegzugehen und sich woanders ein Leben aufzubauen?"

„Genau", erwiderte Mcintyre bedrückt. „Ich nahm an, dass sie bei Donnie in Glasgow lebte. Als er nach dem Unfall seines Vaters nach Hause kam, um zu helfen, wollte ich ihn fragen, habe es mir aber anders überlegt. Ruaridh lag tagelang im Koma, und es hieß, dass er vielleicht nicht mehr aufwachen würde. Falls Isla bei Donnie war, dann würde sie wegen der familiären Situation schon zurückkommen, dachte ich mir. Als sie nicht kam, wollte ich nicht mehr mit Donnie reden. Als er zurück nach Skye gezogen war und wie sein Vater den Glauben an Gott gefunden hatte, wollte ich ihn wieder fragen. Aber Donnie ... hatte sich verändert."

„Verändert? Inwiefern?"

„Er war von einem Möchtegern-Rockstar zu einem Mann der Kirche geworden. Das war vielleicht eine Überraschung. Der alte Donnie ... der Partylöwe, war gestorben", sagte Roddy Mcintyre. Das flüchtige Lächeln verschwand rasch wieder. „Er war nicht mehr so zugänglich. Nicht wie früher. Und jetzt ... wurde Isla draußen im Torf gefunden." Sein Blick ging ins Leere. „Ich war schockiert."

„Warum haben Sie uns das nicht gleich erzählt, als sie identifiziert wurde?"

Mcinytre schnaubte. „Ja, klar. Und wem würde man eher glauben? Mir oder ihm? Dem angesehenen Pastor oder dem verkappten Schwulen aus Elgol?"

„Wir leben nicht in den fünfziger Jahren", erwiderte McAdam. „Die Art und Weise, wie man sein Leben lebt, ist heute nicht mehr so stigmatisiert."

Wieder schnaubte der Mann. „Das glauben Sie? Vor ein paar Jahren wäre ich Ihrer Meinung gewesen, aber haben Sie gesehen, was heutzutage abläuft? Sind Sie überhaupt in sozialen Netzwerken unterwegs?"

„Ehrlich gesagt, versuche ich, mich von ihnen fernzuhalten. Nicht gut für den Kopf."

„Tja, die heutige Welt ist nicht so fortschrittlich, wie Sie denken, DI McAdam."

Nicht zum ersten Mal musste er sich eingestehen, dass Roddy Mcintyre recht hatte.

KAPITEL NEUNUNDZWANZIG

Als Duncan wieder in Portree war und das Einsatzzimmer betrat, wartete Alistair schon auf ihn. Er murrte wegen irgendetwas, und alle machten einen großen Bogen um ihn.

„Können wir los?", erkundigte sich Duncan.

„Aye", brummte Alistair. „Ich habe die Fähre um sieben Uhr dreißig gebucht. Plätze gibt es genug, weil niemand, der richtig tickt, mit der letzten Fähre rüber will."

„Es ist ein Männerabend, Alistair", erwiderte Duncan lächelnd. „Die meisten Männer würden sich über einen kostenlosen Abend im Pub freuen."

Alistair warf ihm einen ungläubigen Blick zu. „Ein kostenloser Abend, aye! Einer auf Uist ... nicht so gern. Außer, Sie möchten auf den Sunset Strip und mit mir durch die Casinos ziehen?"

Bei dem Sarkasmus musste Duncan grinsen. Russell, der bisher mit einem Telefon am Ohr an seinem Tisch gesessen hatte, legte auf und wandte sich ihnen zu.

„Gute Arbeit mit Turnbulls Geschichte", sagte Duncan.

„Vielen Dank, aber das war nicht schwer." Nickend zeigte er auf das Telefon. „Das war der Feuerwehrkommandant von

Dunvegan. Sie mussten zu einem Hausbrand drüben in Geary." Geary war ein kleines Dorf an der Ostküste der Halbinsel Waternish. „Er denkt, dass wir uns das ansehen sollten. Er hat einen Spezialisten vom Festland angefordert für ein zweites Gutachten, aber er glaubt, dass es wahrscheinlich Brandstiftung war."

„Brandstiftung?", fragte Duncan überrascht. „Was hat gebrannt?"

„Ein alter Hof. Er denkt, dass er unbewohnt war, ist sich aber ziemlich sicher, dass ihn jemand angezündet hat."

Duncan und Alistair, der die Stirn runzelte, schauten sich an.

„Wer würde etwas anzünden, was so weit abseits liegt?"

Duncans Blick huschte zu der Uhr an der Wand. „Wir können es uns ansehen", meinte er sehr zu Alistairs Verdruss. „Kommen Sie schon, wir haben noch stundenlang Zeit, bis wir heute Abend auf der Fähre sein müssen. Sonst haben wir ja nicht viel zu tun, daher können wir hinfahren."

Widerstrebend willigte Alistair ein. Russell nahm wieder sein Telefon.

„Soll ich anrufen und Bescheid sagen, dass Sie auf dem Weg sind?"

Duncan nickte und signalisierte Alistair, dass er seine Jacke holen sollte. Nachdem Alistair sie geholt hatte, lief er murrend neben Duncan her.

„WIE LIEF es eigentlich mit Roddy Mcintyre?", fragte Alistair. Seit sie Portree verlassen hatten, hatte er kaum ein Wort gesprochen.

Da Duncan weder Mcinytre noch Moreno Schwierigkeiten machen wollte, überlegte er, wie viel er verraten sollte.

„Er hat etwas verschwiegen, aber nicht das, woran wir dachten."

„Aha, aye", erwiderte Alistair und schaute ihn an. Duncan konzentrierte sich weiter auf die Straße vor ihnen in der Hoffnung, dass Alistair es ihm gleich tun würde. Sie kamen nämlich in eine Schlechtwetterfront. Eine Nebelbank driftete von Loch Snizort heran, und die Sicht wurde dadurch immer schlechter.

„Mcintyre hat mir erzählt, dass Ruaridh Matheson seine Familie misshandelt hat. Er hat die Kinder geschlagen … und auch seine Frau."

„Was?", brachte Alistair verblüfft hervor. „Reverend Matheson? Das glaube ich nicht."

„Ich weiß", meinte Duncan mit einem schiefen Lächeln. „Mcintyre meinte, dass die meisten Leute so reagieren würden … und deshalb hat er nichts gesagt. Anscheinend hatte er damit recht gehabt."

Alistair, der sich beleidigt fühlte, murmelte etwas Unverständliches.

„Er meinte, dass Isla ihm öfter die blauen Flecken gezeigt hat."

„Da hol mich doch der Teufel."

„Wenn das stimmt, dann soll er lieber Ruaridh Matheson holen."

„Glauben Sie ihm?", erkundigte sich Alistair. „Also Roddy Mcintyre."

Einen Moment lang dachte Duncan nach, auch wenn er das schon die ganze Fahrt von Broadford zurück gemacht hatte. Er nickte. „Ja, meiner Meinung nach ist er glaubwürdig."

„Normalerweise sagen wir das den Journalisten."

Duncan lachte. „Ja, ich glaube ihm." Er neigte den Kopf in die Richtung seines Kollegen. „Aber es nach all den Jahren zu beweisen, wird schwierig. Irgendwie bezweifle ich, dass Donnie es bestätigen wird, oder was denken Sie?"

„Nö ... und da Isla und ihre Mutter tot sind, warum sollte er den Rest seiner Familie ruinieren? Glauben Sie, dass es relevant ist?"

„Für Islas Tod?", hakte Duncan nach. Alistair nickte. Wieder nahm sich Duncan Zeit und überlegte. „Einerseits ja, man kann es nicht einfach abtun. Falls Isla vorhatte, ihren Vater bloßzustellen, dann hätte er ein Motiv gehabt, um sie zum Schweigen zu bringen. Aber es gibt keine Beweise dafür, dass Isla so etwas geplant hatte. Zumindest hatte sie niemandem derartiges erzählt. Mcintyre dachte, dass sie einfach weg wollte, aber keine konkreten Pläne hatte. Zumindest hat sie ihm keine anvertraut. Himmel noch mal, passen Sie auf die Straße auf, Alistair!"

Alistair schwenkte zur Seite, um einem Schaf auszuweichen. Es wanderte ziellos auf der Fahrbahn herum, wie es in diesem Teil der Welt öfter vorkam. Mit einer lässigen Handbewegung winkte Alistair seine Bedenken ab.

„Entspannen Sie sich. Ich bin schon gefahren, als Sie noch in der Unterwäsche Ihres Vaters herumgeschwommen sind", meinte er kopfschüttelnd. Allerdings achtete er ab da tatsächlich mehr auf die Straße. „Und andererseits?"

Duncan hatte kurz den Faden verloren. „Ach ja ... andererseits nein, es hat keine Relevanz. Wir gehen davon aus, dass sie die Abtreibung hat vornehmen lassen, bevor sie verschwunden ist. Es gibt also keinen Grund dafür zu glauben, dass die Schwangerschaft mit ihrer Entführung zu tun hat, verstehen Sie?"

„Vielleicht hat es dem Vater des Kindes nicht gefallen, dass sie abgetrieben hat, und ist deswegen wütend geworden?", warf Alistair ein.

„Kann sein. Aber wir wissen immer noch nicht, wer der

Vater war. Mcintyre nahm an, dass es Alex Macrae war, weil er bis kurz vor der Party mit Isla zusammen war."

„Sie hören sich an, als würden Sie etwas anderes denken."

Duncan seufzte. „Ich bin mir bei nichts davon sicher, ehrlich gesagt. Jedes Mal, wenn wir einen Faden auflösen, finden wir nur noch mehr Fragen und noch weniger Antworten. Wenn es jemand gewesen wäre, der bei der Party dabei war, dann war es wahrscheinlich jemand, der mehr von ihr wollte und den sie zurückgewiesen hat … eines hat zum anderen geführt …"

„Aber das passt nicht zum Autopsiebericht und auch nicht zu den Zeugenaussagen."

„Deshalb ergibt ja nichts Sinn", meinte Duncan trist.

Ihr Weg führte sie ab Edinbane quer über die untere Hälfte der Halbinsel Waternish und dann die westliche Seite entlang durch Waternish selbst, dann Lusta und Hallin, bis sie in Lower Halistra ankamen. Von dort fuhren sie durch einen trostlosen Sumpf zu beiden Seiten der einspurigen Straße hinüber zur Ostküste.

Am höchsten Punkt mit Blick auf Aros Bay gabelte sich die Straße. Links befand sich das Dörfchen Geary, die rechte Straße würde sie hinunter nach Gillen führen. Alistair fuhr die Küste hoch Richtung Geary, dem nördlichsten bewohnten Teil der Halbinsel. Ab da kamen nur noch Wanderer und die Bauern mit Geländefahrzeugen voran. Die Straße war eine Sackgasse, und keiner von ihnen wusste, welcher Hof genau gebrannt hatte. Allerdings befanden sich alle Häuser an der linken Seite, auf der anderen Straßenseite fiel das schmale Ackerland sanft bis zum Wasser und den Klippen in einer Entfernung ab.

Sie kamen rasch am Tatort an. Ein Streifenwagen parkte quer über der Straße, um den wenigen Verkehr, den es hier gab, aufzuhalten. Als der Constable ausstieg, erkannte er sofort Alistair und zeigte auf den Pfad, wo der Löschzug stand. Aus dem Haus stieg noch Rauch auf. Obwohl die Flammen längst gelöscht waren, durchnässten die Feuerwehrleute noch die verkohlten Überreste. Im Gegensatz zu den benachbarten Häusern, die mehr oder weniger in einer schnurrgeraden Linie gebaut waren, lag dieser Hof hinter den anderen und etwa dreißig Meter von der Straße entfernt. Die Zufahrt war von Gras überwuchert und war anscheinend seit einiger Zeit kaum benutzt worden.

Alistair parkte den Pick-up entlang einer Steinmauer, die den Hof vom angrenzenden Nachbargrundstück trennte. Er und Duncan stiegen aus. Glücklicherweise trug der vorherrschende Wind den Rauch von ihnen weg und über das Moor dahinter. Duncan, der die Jacke enger um sich zog, lief neben Alistair her, dessen langer Nylonmantel im Wind raschelte. Der Feuerwehrkommandant kam ihnen zur Begrüßung entgegen und schüttelte Alistairs Hand.

„Lange nicht gesehen, Al", meinte er und nickte McAdam zu.

„Tommy, das ist Duncan McAdam", stellte Alistair ihn vor, wobei er wie üblich auf Formalitäten verzichtete. Dann drehte er sich zu Duncan. „Das ist Tommy Muir. Konstrukteur in Rente bei Tag und Feuerwehrmann im Einsatz bei Nacht … oder wann immer er gebraucht wird."

Tommy und Duncan schüttelten sich die Hände. „Schön, Sie kennenzulernen, McAdam."

„Was haben Sie für uns, Mr. Muir?", erkundigte sich Duncan.

„Ein ordentliches Chaos, das haben wir", sagte er und zeigte hinter sich auf das rauchende Steinhaus. „Kommen Sie und sehen Sie selbst."

Er ging die paar Schritte zum Gebäude voraus. Drei Männer der Freiwilligen Feuerwehr sorgten dafür, dass das

Feuer nicht erneut aufloderte. Sie durchtränkten den glosenden Dachstuhl und die Deckenbalken, die wegen des wütenden Feuers in das Haus gestürzt waren.

„Ich fürchte, wir haben Ihnen nicht mehr viel übrig gelassen", sagte Tommy und zeigte auf einen Pfad, auf dem sie sicher näher an den Tatort gelangen konnten. „Das Feuer war so heiß, dass wir, als wir ankamen, nicht mehr tun konnten, als sicherzustellen, dass es nicht wegen des Windes auf die Nachbarhäuser übergreift. Nur gut, dass der Wind nach Westen abgedreht hat, sonst hätten wir Schwierigkeiten gehabt, es einzudämmen."

Als Duncan nach links blickte, bemerkte er, dass das Haus daneben traditionell mit Stroh gedeckt war, eine Seltenheit heutzutage. Bei den meisten war das Stroh durch importierten Schiefer oder Metallplatten aus Stahl, Aluminium oder Zink ersetzt worden. Der alte Hof war völlig ausgebrannt. Abgesehen von den Giebelwänden und der Steinumrandung an der Dachgaube rauchte der ganze Rest in einem verkohlten Holzhaufen auf dem Boden.

An der Rückseite des Gebäudes schmiegte sich ein alter Wohnwagen an die Hauswand. Auch dieser war völlig ausgebrannt, nur das Chassis und die Reifen waren noch erkennbar. Die dünnen Plastikwände und der Metallrahmen waren in der extremen Hitze geschmolzen. Ausgehend von der Größe hatte er wahrscheinlich Platz für zwei geboten.

„Wissen Sie zufällig, was der Auslöser war?", erkundigte sich Duncan, während er die Ruinen des Hauses und die Reste des Wohnwagens betrachtete.

„Der Brandherd war da drüben, an der Rückseite", erwiderte Tommy und zeigte auf einen Teil der Mauer zwischen Wohnwagen und dem Haus. „Das erkennen Sie daran, dass es dort schwärzer ist als wo anders. In diesem Bereich hat sich der Ruß weit stärker abgelagert. Es ist offensichtlich, wo das

Feuer ausgebrochen ist. Entweder im Wohnwagen oder er wurde in Brand gesteckt. Dann, als die Gaskanister, die außerhalb des Wohnwagens gelagert waren, Feuer gefangen haben, ist es erst richtig losgegangen."

„Eine Explosion?"

„Hat man noch in Gillen gehört", sagte Tommy. „Aber ich glaube, es war glücklicherweise nur noch wenig Propan übrig, ansonsten hätte die Sache wirklich schlimm ausgehen können. Die Explosion hat ein Loch in den Wohnwagen gerissen, als wäre er aus Papier gewesen, dann haben die Flammen auf das ganze Haus übergegriffen."

„Wer hat dich gerufen?", erkundigte sich Alistair.

„Willy Robertson. Kennst du ihn?"

Alistair schüttelte den Kopf. Duncan schaute sich um. „Die Nachbarn haben nichts gehört oder gesehen?"

Tommy verzog das Gesicht. „Inzwischen sind das größtenteils Selbstversorger-Ferienhäuser. Ein paar der Männer bewirtschaften das Land noch, aber keiner war da, als es losging. Aber seit wir hier sind, haben alle kurz vorbeigeschaut."

Alistair und Duncan sahen sich kurz an. „Also gibt es keine Zeugen?", fragte Alistair.

„Das ist dein Job, nicht meiner", erwiderte Tommy zwinkernd.

Duncan blickte sich um. „Wie hat es Ihrer Meinung nach angefangen?"

Tommy Muir schaute ihn ernst an. „Morgen kommt ein Ermittler auf die Insel, aber ich würde darauf tippen, dass es mit dem Wohnwagen angefangen hat. Dann haben die Flammen auf das Dach übergegriffen. Bei einem so alten Hof ... da brennt das Holz wie Zunder."

Duncan betrachtete die Rückseite des Hauses, wo die Steine tatsächlich stark verbrannt waren.

„Und Sie meinen, es ist hier ausgebrochen?“

„Das nehme ich an, aye. Außerdem hat da jemand meiner Meinung nach Brandbeschleuniger verwendet.“

„Was könnte das gewesen sein?“

Tommy zuckte mit den Schultern. „Nichts Außergewöhnliches. Ich würde auf gutes altes Benzin oder vielleicht Farbverdünner tippen, wenn die Person ausreichend davon hatte.“

Als der Wind die Richtung änderte, wehte er ihnen eine Wolke beißenden Rauches ins Gesicht. Als Duncan der Gestank in die Nase stieg, bedeckte er sein Gesicht. Er war froh, dass die nächste Böe die Rauchwolke fortblies. Er schaute zum Wasser. Da sich der Nebel inzwischen verdichtet hatte, konnte er das Land auf der anderen Seite des Lochs nicht mehr sehen.

„Lebt hier jemand?“, erkundigte er sich, auch wenn er wegen des allgemein erbärmlichen Zustands des Hofs sicher war, dass Haus und Wohnwagen unbewohnt gewesen waren.

„Nein, Willy meinte, dass niemand hier lebt, soweit er sich erinnern kann“, erwiderte Tommy. „Das Land wird verpachtet, aber die Gebäude selbst sind eigentlich verlassen, soweit er weiß. Und das schon seit Jahren.“

„Könnten es Kinder gewesen sein?“, fragte Duncan, woraufhin Alistair nur spöttisch gluckste.

„Sie sind zu lange in Glasgow gewesen!“ Alistair schüttelte den Kopf. „Die Jungen machen Lagerfeuer am Strand, sie brennen nicht die Häuser anderer nieder“, sagte er und zeigte demonstrativ auf das Haus und den Wohnwagen. „Die toben sich nicht hier draußen aus, schon gar nicht an einem Abend wie diesem.“

Duncan lächelte. „Nein, wahrscheinlich nicht.“ Niemand war verletzt worden, und das war die Hauptsache. Allerdings fand er die Aussicht auf einen Brandstifter, der abgelegene Gemeinden unsicher machte, ziemlich beunruhigend.

Auf der Insel gab es drei Feuerwachen, nach der Brücke in Kyle noch eine, aber die Insel war groß und die Straßen oft nur schwer befahrbar. Dieses Haus war nicht bewohnt, aber vielleicht ist es ein anderes, wenn dies noch mal passieren sollte. Duncan konnte sich an keinen Fall von Brandstiftung auf der Insel erinnern, vor allem nicht an so einen. „Vielleicht war es Versicherungsbetrug. Wissen Sie, wem das Land gehört?"

Tommy schüttelte den Kopf. „Nein, tut mir leid."

„Wir sollten los, wenn wir die Fähre noch erwischen wollen", meinte Alistair.

Duncan schaute auf die Uhr. Alistair hatte recht. Es würde so schon knapp werden, und er wollte unbedingt heute noch mit James Turnbull reden.

„Können Sie dem Ermittler ausrichten, dass er sich morgen bei mir melden soll?", bat Duncan und reichte Muir eine seiner Visitenkarten mit seiner Handynummer. Der Feuerwehrkommandant nickte, während er einen Blick auf die Karte warf. Nachdem Duncan sich bedankt hatte, gingen er und Alistair zum Pick-up zurück.

„Sieh einer an", meinte Alistair, während er die Tür öffnete. Fragend schaute Duncan zu ihm. „Richten Sie dem Ermittler aus, dass er mich anrufen soll."

Duncan zuckte mit den Schultern. „Und weiter?"

„Klingt fast so, als würden Sie eine Weile bleiben wollen."

Duncan schüttelte den Kopf. „Unsinn", erwiderte er leise. Alistair stieg ein, doch er hielt noch kurz inne und betrachtete das heruntergebrannte Haus. Er bat den Constable, der an seinem Streifenwagen lehnte, zu sich herüber.

„Wenn Sie schon da sind, gehen Sie von Tür zu Tür und fragen Sie nach, ob heute Abend jemand Unbekanntes gekommen oder weggefahren ist. Oder ob jemandem etwas aufgefallen ist, egal, wie unbedeutend es erscheinen mag."

Der Constable nickte. „Mache ich, aber heute sind kaum Leute da."

„Dann reden Sie eben mit allen, die da sind."

Als Duncan in den Pick-up stieg, grinste Alistair. Duncan beschloss, es zu ignorieren. Als er auf die Straße zeigte, von der sie gekommen waren, startete Alistair den Motor.

KAPITEL DREISSIG

DIE ÜBERFAHRT von Uig nach Lochmaddy wurde aus einem unbekannten Grund verzögert. Deshalb kamen sie eine Stunde später, erst kurz vor zehn Uhr abends, auf North Uist an. Sobald sie den Hafen hinter sich gelassen und durch die Stadt gefahren waren, befanden sie sich auf dem offenen Land. Wolken bedeckten den nächtlichen Himmel. Abgesehen vom Licht der Scheinwerfer durchdrang nur gelegentlich ein Leuchten aus den Häusern in der offenen Landschaft – winzige leuchtende Stecknadelköpfe in der Dunkelheit.

Als sie nach Carinish kamen, verlangsamte Alistair die Fahrt, und Duncan dirigierte ihn durch die Finsternis. Über dem Machair lag dichter Nebel, der das Scheinwerferlicht zurückwarf. Sie kamen nur langsam voran. Selbst Alistair mit seinem Bleifuß musste zugeben, dass die Fahrt gefährlich war, wenn man die Strecke nicht kannte.

Als sie die Einfahrt zum Haus der Turnbulls erreichten, hielt Alistair gleich nach dem Viehgitter an. Fragend schaute Duncan zu ihm hinüber.

„Was wird Ihrer Meinung nach passieren?", fragte Alistair.

„Wir haben keine Beweise, und ohne ein Geständnis ist nichts davon haltbar."

Daran hatte Duncan auch schon gedacht.

„Wenn er halbwegs schlau ist, dann wird er sich weigern, die Fragen ohne einen Anwalt zu beantworten."

„Das würde den Spaß verderben", meinte Alistair trocken. „Aber er würde dann wirklich den Eindruck geben, schuldig zu sein. Ich habe ihn noch nicht kennengelernt, aber denken Sie, dass er sich aus der Affäre ziehen wird?"

„Mal sehen."

Alistair fuhr weiter und hielt vor der Haustür an. Im Haus brannte Licht. Duncan klopfte an, Alistair blieb hinter ihm sehen. Drinnen bellte ein Hund, und gleich darauf schaltete sich die Außenbeleuchtung über der Tür ein. Duncan musste blinzeln, so hell war sie. James Turnbull öffnete die Tür und war sichtlich überrascht, dass die beiden Polizisten vor seinem Haus standen.

„Mr. Turnbull", sagte McAdam. „Das ist DS MacEachran. Es tut uns leid, Sie noch so spät zu stören, aber wir haben noch einige Fragen an Sie."

Der Blick des Tierarztes huschte zwischen den beiden hin und her. Er nickte und bat sie herein. Von irgendwo im Haus kam ein Spaniel heran und wedelte heftig mit dem Schwanz, während er sie beschnupperte. Allerdings schien er bezeichnenderweise einen weiten Bogen um MacEachran zu machen. Irgendwie wussten Hunde anscheinend, wem sie sich sicher nähern konnten und wen sie meiden sollten.

Turnbull führte sie den Flut entlang in eine Küche mit offenem Ess- und Wohnbereich. Durch die gläserne Schiebetür am anderen Ende hatte man eine ungehinderte Aussicht über den Machair bis zur Baile Sear, einer Gezeiteninsel direkt vor der Küste, die langsam vom Meer zurückerobert wurde. Im Moment war allerdings nichts außer tiefschwarzer Nacht zu sehen. Im Haus war selbst der Wind kaum zu hören. Die Renovierungsarbeiten waren so gut gelungen, dass selbst die atlantischen Winde kaum eine Chance hatten.

Hinter ihnen betrat Andrea Turnbull die Küche. „Dachte ich mir doch, dass ich jemanden gehört habe", sagte sie und schaute zwischen McAdam, ihrem Mann und MacEachran hin und her.

„Die Polizei hat noch ein paar Fragen, Schatz", sagte der Tierarzt.

„Um diese Uhrzeit?", meinte sie erstaunt, schien sich aber nicht daran zu stören.

„Tut mir leid deswegen, aber die Fähre hatte Verspätung", erklärte McAdam.

„Das macht nichts", erwiderte James Turnbull. „Möchten Sie eine Tasse Tee oder etwas anderes?"

Der DI lehnte ab. Obwohl sie gebeten wurden, Platz zu nehmen, blieben sie stehen.

„Nun ... was können wir für Sie tun?", erkundigte sich Turnbull.

Als MacEachran auf Turnbull zutrat und links von ihm stehenblieb, verfolgte Andrea Turnbull misstrauisch jeder seiner Bewegungen. Der DI hatte den Eindruck, dass ihre Anwesenheit vielleicht nicht ganz so unerwartet kam.

„Als wir letztens miteinander geredet haben, hatte ich noch nicht alle Ergebnisse der Autopsie. Anscheinend ist Isla Matheson schwanger gewesen", sagte McAdam.

James Turnbull öffnete den Mund, sagte aber nichts. Heimlich warf er einen Blick auf seine Frau, die unerschütterlich und ungerührt auf einem Stuhl am Frühstückstresen saß.

„Ich ... ich hatte keine Ahnung, dass Isla ein Kind erwartete."

„Sind Sie sich dessen ganz sicher?", hakte McAdam nach.

In diesem Moment huschte ein unvermittelter Ausdruck über das Gesicht Andrea Turnbulls, der dem DI auffiel.

„Nein ... Ich meine ja", sagte der Tierarzt. „Ich hatte keine Ahnung. Warum auch?"

MacEachran räusperte sich. „Isla Matheson hat sich also in der Woche, in der sie verschwunden ist, nicht hilfesuchend an Sie gewandt?"

Ungläubig runzelte der Mann die Stirn und schaute den DS an. „Nein, ich habe die ganze Woche nichts von ihr gehört, warum sollte sie mich anrufen? Was für ein absurder Gedanke."

„Sie hätte Sie in der Nacht anrufen können, in der Sie verschwunden ist, um darüber zu reden, während Sie in Glasgow waren", meinte McAdam.

„Nein. Warum hätte sie das tun sollen?"

„Vielleicht, um medizinischen Rat zu holen?"

Als James Turnbull den Kopf zum DI herumriss, war der Schock in seiner Miene nicht zu übersehen.

„Nein!", rief der Tierarzt. „Natürlich nicht."

„Während Sie in Glasgow waren, hat Isla Sie nie kontaktiert?", hakte McAdam nach, um ganz sicher zu gehen. Aus den Augenwinkeln sah er, wie Andrea Turnbull den Kopf senkte.

„Nein", erwiderte Turnbull nachdrücklich. „An diesem Wochenende war ich nur unter Kollegen. Eine Konferenz ist kein Vergnügen, DI McAdam. Ich habe gearbeitet."

„Ach ... haben Sie, aye?", warf MacEachran ein.

Als Turnbull den Sarkasmus bemerkte, der so vielen entging, starrte er den DS wütend an.

„Ja", knurrte er. Turnbull wandte sich wieder dem DI zu. Dann warf er einen Seitenblick auf seine Frau, die das Gesicht in den Händen vergraben hatte.

Beiläufig zeigte McAdam auf sie. „Ich denke, sie weiß es, Mr. Turnbull."

„Was weiß sie?", fragte der Mann verwirrt.

„Sie weiß, dass sich Ihre Geschichte in Luft auflöst", erwiderte McAdam. „Nicht wahr, Mrs. Turnbull?"

Sie hob den Kopf und blickte Duncan McAdam an. Mit geschürzten Lippen atmete sie tief durch die Nase aus und nickte.

„Wie wäre es, wenn wir von vorne anfangen und Sie beide diesen Unsinn sein lassen?", schlug McAdam vor.

„Das Spiel ist aus, Mr. Turnbull", meinte MacEachran freundlich. James Turnbull, dessen Gesicht schlagartig alle Farbe verlor, schaute seine Frau an. Sein Blick wirkte hilfesuchend. „Es ist an der Zeit, die Sache richtigzustellen. Wann immer Sie bereit sind, lassen Sie sich Zeit ... allerdings ist es schon spät, also beeilen Sie sich bitte."

Da James Turnbull einen verlorenen Eindruck machte, übernahm der DI die Initiative.

„Wir wissen, dass Sie nicht an einer Konferenz in Glasgow teilgenommen haben, Mr. Turnbull. Wir haben es nachgeprüft."

Mit einer Hand bedeckte der Tierarzt Mund und Nase und stützte sich mit der anderen an der Kücheninsel ab. Entmutigt schüttelte er den Kopf. Entweder lag es daran, dass er bei einer Lüge erwischt wurde, oder weil er erleichtert war, dass er sie nicht mehr aufrechthalten musste.

„Nein ... Sie haben recht, ich war nicht in Glasgow", sagte er leise. „Es gab keine Konferenz. Die wurde vorgezogen."

„Jetzt kommen wir voran", meinte McAdam. „Sie waren also doch die ganze Woche hier."

„Nein, war er nicht", brachte sich Andrea Turnbull ein, bevor ihr Mann etwas sagen konnte. „Er war bei mir."

„Sie haben Ihre Mutter besucht, oder?", erkundigte sich

McAdam. Sie schüttelte den Kopf. „Bitte überlegen Sie sich genau, was Sie gleich sagen werden, Mrs. Turnbull. Ein neues Alibi zu fälschen, weil das erste aufgeflogen ist, funktioniert nur in den seltensten Fällen. Hatten Sie das vor?"

„So ist es nicht", erwiderte sie und schaute nach unten. Ihr Mann ging zu ihr und legte ihr sanft eine Hand auf die Schulter. Als sie sie abschüttelte und ihn so zurückwies, machte Turnbull ein trauriges Gesicht.

„In Ordnung", sagte McAdam gereizt. „Mr. Turnbull, verraten Sie mir endlich, was los ist, oder ich bringe Sie mit der nächsten Fähre nach Skye. Sie werden so lange in einer Zelle schmoren, bis Sie endlich die Wahrheit sagen."

James Turnbull trat von seiner Frau weg und verschränkte die Arme vor der Brust. Andrea, die noch immer zu Boden starrte, weigerte sich, den stummen und beinahe verzweifelten Versuchen ihres Mannes, ihr in die Augen zu sehen, nachzugeben.

„Fangen wir doch mit Ihrer Beziehung zu Isla Matheson an, ja?", bat McAdam.

Während Turnbull nickte, schloss er kurz die Augen. „Isla war ein so … geistreiches Mädchen", sagte er mit einem aufrichtigen Lächeln auf den Lippen. „Sie war bezaubernd. Intelligent, witzig … viel reifer, als ihr Alter vermuten ließ. Wenn man sie kannte, spürte man das sofort."

Bei der Beschreibung verdrehte MacEachran die Augen, was McAdam bemerkte. Er wusste auch, warum. Zu behaupten, dass minderjährige oder gerade so volljährige Mädchen *reifer waren, als ihr Alter vermuten ließ,* war die übliche Rechtfertigung älterer Männer, die es eigentlich besser wissen sollten, und von Pädophilen, denen völlig egal war, ob die Mädchen alt genug waren.

„War es Ihr Kind?", fragte McAdam geradeheraus.

„Nein!", erwiderte der Mann scharf. Er schaute zu seiner

Frau, die den Kopf gesenkt hielt. „Es war nicht meines ... ich glaube nicht, dass es meines gewesen sein konnte."

Alistair MacEachran schnaubte. „Sie glauben nicht ..."

Wütend starrte der Tierarzt ihn an. „Es war nicht meines", knurrte er.

„Aber Sie hatten eine Affäre mit ihr, oder?", hakte McAdam nach.

James Turnbull sah ihn an. „Nicht in der Art, wie Sie zweifellos denken, nein." Andrea Turnbull weigerte sich weiterhin, irgendjemanden anzusehen. „So war es nicht."

„Dann verraten Sie uns, wie es war."

„Es war ... eine ... eine Schwärmerei."

„Auf wessen Seite?"

„Ihrer!", antwortete Andrea Turnbull, die den Kopf hob und den DI wütend anstarrte, weil er die Frechheit besaß, überhaupt zu fragen. „Sie war besessen von James. Sie hat geflirtet ... sich aufreizend angezogen ... an die niedersten Instinkte der Männer appelliert."

Als MacEachran eine Augenbraue hochzog, nahm McAdam an, dass er *nicht von allen Männern* dachte, doch glücklicherweise sprach er die Worte nicht aus. „Ach, aye ...", sagte er und verbarg kaum ein ungläubiges Lächeln.

„Es stimmt ... in einem gewissen Maß", bestätigte James Turnbull. „Als Isla kam, um mit mir zu arbeiten, hat sie einen frischen Wind ins Haus gebracht." McAdam bemerkte, dass seine Frau bei dieser Bemerkung zusammensank. „Wissen Sie, Andrea und ich ... wir hatten Probleme." Als er zu ihr schaute, erwiderte sie den Blick nicht. „Wie in jeder Ehe, nehme ich an. Wir ... wir hatten vor kurzem erfahren, dass wir keine Kinder bekommen können. Dabei wollten wir unbedingt eine Familie gründen. Mehr als alles andere."

„Und du gibst immer noch mir die Schuld", flüsterte Andrea Turnbull.

„Das tue ich nicht … und habe ich auch nie", erwiderte ihr Mann emotionsgeladen. Trotzdem sah sie ihn nicht an.

„Es muss fürchterlich für Sie gewesen sein, als Sie erfahren haben, dass Isla schwanger war", meinte MacEachran.

„Ich wusste es nicht!", rief Turnbull. „Wie oft muss ich Ihnen das noch sagen?"

MacEachran zuckte mit den Schultern. „Bis Ihnen jemand glaubt."

James Turnbull schüttelte widerwillig den Kopf. „Und Sie wundern sich, warum ich nicht die Wahrheit gesagt habe."

„Das frage ich mich noch immer", meinte McAdam. „Sie waren dabei, Ihre Beziehung zu Isla zu beschreiben. Machen Sie bitte weiter."

Turnbull atmete durch. „In Ordnung … wie gesagt, Isla liebte Tiere, die Natur … sie konnte es sich vorstellen, selbst Tierärztin zu werden, oder Tierarztassistentin, um in irgendeiner Form in diesem Beruf zu arbeiten. Ich glaube, deshalb hat sie sich zu mir hingezogen gefühlt." Verlegen schaute er zwischen McAdam und MacEachran hin und her. „Sie hat in mir und in meinem Leben das gesehen, was sie auch für sich wollte."

„Und was haben Sie in ihr gesehen?", erkundigte sich McAdam. Als der Mann antworten wollte, zeigte er mit dem Finger auf ihn. „Und darf ich vorschlagen, dass Sie die Wahrheit sagen? Es war nämlich ein verdammt langer Tag und ich habe es satt, dass ich ständig belogen werde."

„Ich habe … Aufmerksamkeit gesehen. Bei Isla fühlte ich mich …", er blickte zu seiner Frau, „… wie damals, als ich Andrea kennenlernte. Wichtig, als etwas Besonderes … und geliebt." Mit Tränen in den Augen schaute Andrea Turnbull ihren Mann an. „Zwischen uns war es so gemäßigt, so kalt. Wir sind wie auf rohen Eiern um uns herumgetänzelt aus

Angst, etwas Falsches zu sagen. Es war schrecklich ... für uns beide."

„Und Isla?", hakte McAdam nach.

„Die Flirts waren ... berauschend, das muss ich zugeben." Resigniert schüttelte er den Kopf. „Ich war so gern in ihrer Gegenwart. Unsere gemeinsame Zeit wurde nicht vom Gepäck des Lebens erschwert. Es war einfach, rein und ... leidenschaftlich."

MacEachran verzog das Gesicht, sagte aber nichts.

„Und wie weit ging Ihre Beziehung?", hakte McAdam nach.

„Wie gesagt, für sie war es eine Schwärmerei und für mich ein Flirt", antwortete Turnbull. „Weiter ging es nicht."

„Damit das klar ist", sagte McAdam. „Sie streiten ab, dass es eine sexuelle Beziehung zwischen Ihnen und Isla Matheson gab?"

„Ich hatte *keine* Form einer physischen Beziehung mit Isla, die dazu geführt haben könnte, dass sie mit meinem Kind schwanger wurde", bestätigte Turnbull und sah den DI an. Dann wandte er sich MacEachran zu und neigte den Kopf zur Seite. „Ist das klar genug?"

„Tja, vorhin sagten Sie aber, dass Sie nur *denken*, dass es nicht Ihres sein konnte", erwiderte dieser ungerührt. „Jetzt sind Sie sich sicher. Sie sind ein studierter Mann, also nehme ich an, dass Sie wissen, woher Kinder kommen."

„Es war nicht meines", zischte Turnbull. „Es konnte nicht meines sein."

„Warum haben Sie uns belogen?", fragte McAdam. James Turnbulls Miene wurde weicher und er schüttelte seufzend den Kopf. „Warum haben Sie gelogen, wenn Sie doch nichts zu verbergen hatten?"

„Weil ... ich konnte es nicht sagen und ich ... bekam Panik."

„Panik?", fragte MacEachran. „Warum hatten Sie Panik bekommen?"

„Weil ich wusste, wie es aussehen könnte. Isla … hat einen Annäherungsversuch gestartet, als sie das letzte Mal hier war, und …"

„Sie sind darauf eingegangen", beendete McAdam den Satz.

Er nickte. „Es war nur ein Kuss … Himmel noch mal, nur ein kleiner Kuss."

„Ein Kuss ist etwas Physisches", erwiderte MacEachran trocken.

„Ach, kommen Sie …", meinte Turnbull aufgebracht. „Das wohl kaum."

„Wenn es nur ein Kuss war, warum haben Sie dann gelogen?", hakte MacEachran nach. „Wegen eines Kusses lügt man doch nicht. Kommen Sie, halten Sie uns für blöd?"

„Weil er keine Wahl hatte", fuhr Andrea Turnbull dazwischen. Schwer atmend rieb sie sich das Gesicht. „Weil ich gesagt habe, er soll das sagen." McAdam und MacEachran tauschten einen Blick aus. Der DS blieb auf der anderen Seite der Kücheninsel gegenüber der Frau stehen und forderte sie auf, weiterzureden. „Weil es mir so schlecht ging. Ich brauchte … Hilfe. Hilfe, die wir hier auf der Insel nicht bekommen konnten. Wir mussten auf das Festland."

„Nach Glasgow", fügte James Turnbull widerwillig hinzu. „Ich war in Glasgow, nur eben nicht aus dem Grund, den ich Ihnen genannt hatte."

„Ich habe mich freiwillig in eine psychiatrische Klinik einliefern lassen, DI McAdam", sagte sie und sah ihm ins Gesicht. „Bestimmt gibt es Unterlagen dazu im Krankenhaus Leverndale."

„Andrea musste auf die Akutstation und verbrachte dann vier Tage auf der Beobachtungsstation und eine weitere

Woche in Behandlung, bevor sie entlassen wurde", erklärte James Turnbull. „Ich habe sie täglich besucht. Selbst als ich nicht zu ihr gelassen wurde, war ich da, wie ein schlechter Geruch bin ich nicht weggegangen." Er sah den DI an. „Höchstwahrscheinlich ist auch meine Gegenwart in die Unterlagen aufgenommen worden. Es stand damals so schlimm um mein geistiges Wohl, dass ich eine psychologische Beratung erhalten habe. Der ganze Stress ... ich bin fast daran zerbrochen." Er schaute seine Frau an. „Wir beide sind fast daran zerbrochen." Andrea Turnbull lächelte ihn schwach an.

„Wir werden das alles überprüfen", sagte McAdam. „Und sollte sich herausstellen, dass Sie mich wieder belogen haben, dann können Sie sich auf etwas gefasst machen."

James Turnbull breitete die Arme aus. „Das können Sie gerne machen. Wir haben die Wahrheit gesagt." Er zuckte mit den Schultern. „Wir haben nichts mehr zu verbergen."

„Wann wurde Ihre Frau im Krankenhaus aufgenommen?"

Turnbull überlegte. „Ich kann mich nicht an das genaue Datum erinnern ... aber ich habe an einem Montag im Krankenhaus angerufen und wir sind am Dienstag hingefahren ... und sind die ganze Zeit über in Glasgow geblieben."

Duncan dachte eingehend nach. Isla Matheson war zuletzt am Samstagabend darauf bei der Party am Coral Beach gesehen worden. Hätte James Turnbull die Abtreibung vor ihrer Abreise durchführen können? Möglich wäre es gewesen, aber unwahrscheinlich.

„Wir glauben, dass Isla in der Woche ihres Verschwindens nach Uist gefahren ist, also bevor Sie nach Glasgow aufgebrochen sind."

„Das weiß ich", erwiderte Turnbull. „Das haben Sie letztens erzählt, als Sie hier waren. Und ich bleibe bei dem, was ich Ihnen da gesagt habe. Wenn sie in dieser Woche auf der

Insel war, dann hat sie mich nicht besucht. Ich hatte sie schon eine Weile nicht mehr gesehen, nicht, seitdem ... seit sie sich mir angenähert hat. Warum sollte sie zu mir kommen, nachdem ich sie zurückgewiesen habe?"

„Weil sie schwanger war und in der Woche, in der sie laut unseren Annahmen gestorben sein muss, eine illegale Abtreibung hat machen lassen. Darum", erwiderte McAdam.

„Und Sie glauben ...", James Turnbull starrte in an, „Sie glauben, dass ich so etwas tun würde? Haben Sie beide komplett den Verstand verloren?"

„Sie haben eine Klinik, chirurgische Instrumente und eine sterile Arbeitsumgebung", zählte McAdam auf. „Und Sie hätten viel zu verlieren gehabt, wenn herausgekommen wäre, dass sie von Ihnen schwanger war."

„Sie sind verrückt", meinte Turnbull und schüttelte ungläubig den Kopf. Er schaute seine Frau an. „Das ist Wahnsinn. Ich bin nicht der Vater ... ich habe nichts davon getan."

„Wissen Sie, wenn das der Fall ist, hätten Sie sich viel Kummer ersparen können, wenn Sie das damals schon alles erzählt hätten", sagte McAdam anschuldigend.

„Eine späte Einsicht ist etwas Wunderbares, DI McAdam", erwiderte Turnbull. „Und wenn mir jemand verraten hätte, dass Isla mutmaßlich entführt oder ermordet worden ist, dann hätte ich das vielleicht auch. Aber die Polizei meinte, dass sie nur weggelaufen sei. Warum sollte ich also mein Leben und meine Ehe nur für Tratsch und Klatsch ruinieren?"

Der DI neigte den Kopf zur Seite. „Aye ... aber wenn man das alles berücksichtigt, dann war es nicht die beste Entscheidung, ein Netz aus Lügen zu ersinnen."

„Dabei ... stimme ich Ihnen zu", meinte Turnbull niedergeschlagen. „Aber wir haben auch ein Recht ... meine Frau hat auch ein Recht auf Privatsphäre, DI McAdam. Sie wissen doch, wie die Leute sind. Die Gesellschaft hat in vielerlei

Hinsicht Fortschritte gemacht, aber als eines möchte man noch immer nicht abgestempelt werden: *als verrückt*. Es wird über fast alles hinweggesehen, aber ein angeschlagener Geisteszustand gilt für die meisten immer noch als Charakterschwäche. Und wir leben in einer kleinen Gemeinde … hilfsbereit, ja, aber jeder weiß, wer man ist."

Duncan McAdam biss sich auf die Unterlippe und nickte langsam. „Das verstehe ich." Er schaute Alistair MacEachran an, der so enttäuscht aussah, wie er sich fühlte. Die Reise hatte nicht die Ergebnisse geliefert, die sie so halb erwartet hatten, und schon gar nicht die, auf die sie gehofft hatten. Als er eine Handbewegung Richtung Tür machte, nickte der DS und machte sich auf, zu gehen.

„Das … das war es?", fragte James Turnbull überrascht.

Duncan McAdam neigte den Kopf zur Seite. „Für den Moment. Aber wir werden im Krankenhaus nachfragen … und wenn Ihre Angaben nicht richtig waren, dann kommen wir bestimmt wieder."

„Und dann werden wir nicht mehr so nett sein", fügte MacEachran hinzu.

James Turnbull schluckte mühevoll.

„Wir finden selbst hinaus", meinte McAdam und warf einen Blick auf Andrea Turnbull, die am Boden zerstört war. „Danke, dass Sie sich die Zeit genommen haben."

Zusammen mit Alistair, der ihm dichtauf folgte, ging Duncan hinaus in die Nacht. James Turnbull begleitete sie trotzdem, und schloss die Tür, noch bevor sie den Pick-up erreicht hatten. Alistair hatte sich nicht die Mühe gemacht, ihn abzuschließen. Tief in Gedanken versunken stieg Duncan ein. Ihm wurde bewusst, dass Alistair etwas gesagt hatte, aber er war so gedankenverloren gewesen, dass er es nicht gehört hatte.

„Tut mir leid, was haben Sie gesagt?"

„Ich meinte, dass es plausibel klang." Er nickte in Richtung des Hauses. „Was Ihr Mann da erzählt hat. Es klang plausibel."

„Aye", erwiderte Duncan. „Das ist richtig."

„Ich dachte wirklich, wir hätten ihn", meinte Alistair und drehte den Zündschlüssel um. „Ich dachte, wir hätten den verlogenen Bastard."

„Aye, ich auch", erwiderte Duncan.

„Verzeihen Sie mir, wenn ich das sage", fuhr Alistair fort und betrachtete Duncan nervös, „aber Sie scheinen nicht so deprimiert deswegen zu sein."

„Nein, das nicht notwendigerweise ... aber ...", Duncan seufzte. „Irgendetwas an der ganzen Angelegenheit übersehe ich. Alle Puzzleteile sind da oder so ziemlich alle, aber ich kann sie nicht zusammensetzen. Und inzwischen nervt es mich."

„Machen wir, dass wir ins Hotel kommen, bevor die Bar schließt", erwiderte Alistair, drehte den Pick-up um und beschleunigte die Einfahrt hinunter. „Ein paar ärztlich verordnete Biere werden Sie schon klarer sehen lassen."

Duncan bezweifelte das ganz stark. Vom Lochmaddy Hotel aus waren sie in Sichtweite des Fährhafens, und sie hatten Plätze auf der ersten Fähre am folgenden Morgen gebucht. Er war sich so sicher gewesen, dass sie etwas auf der Spur waren, doch nun hatte er das Gefühl, dass sie weiter entfernt davon waren, den Fall zu lösen, als je zuvor.

DUNCAN WACHTE nach einem unruhigen Schlaf auf, warf die Bettdecke von sich und tapste durch die Dunkelheit ins Badezimmer. Da er so üble Kopfschmerzen hatte, dass ihm der Schweiß auf der Stirn stand, wollte er nicht das Licht einschalten. Die Helligkeit würde das Hämmern im Kopf nur noch schlimmer machen.

Duncan drehte den Wasserhahn auf und spritzte mit den Händen das eiskalte Wasser der Hebriden in Gesicht und Nacken. Durch diese Schockbehandlung wurde er nicht nur wacher, die Schmerzen legten sich auch etwas. Nachdem er das Wasser aus den Augen geblinzelt hatte, starrte er auf sein Abbild im Spiegel vor sich. Die Gedanken, die sich ständig im Kreis drehten, kamen endlich etwas zur Ruhe. Aus den finsteren Tiefen der Erinnerung stiegen Bilder von Ereignissen hoch, verschwanden und wiederholten sich immer wieder. In seinem Kopf brannte es so schlimm, dass er dachte, sein Schädel würde unter dem Druck zerbrechen.

Alles hatte sich so real angefühlt, so lebendig, als würde es gerade passieren und nicht vor Jahren geschehen sein, als er kaum über zehn gewesen war.

Er legte die Handflächen auf die Schläfen und drückte so fest zu, wie er konnte. Er spürte einen scharfen Schmerz. Diese Technik hatte er vor Jahren in einem Meditationskurs gelernt. Der Kurs selbst war umsonst gewesen, Duncan hatte nie lange genug stillhalten können, um etwas zu erreichen. Aber einer der Kurskollegen hatte ihm das als Hilfe gegen Kopfschmerzen beigebracht. Normalerweise musste das eine zweite Person machen, allerdings war er allein und tat eben, was er konnte. Kurz bevor der Druck unerträglich wurde, nahm er die Hände herunter. Das Pochen in seinem Schädel ließ nach.

Der Schmerz kam bald wieder zurück, aber weniger intensiv als zuvor. Zumindest ein Teilerfolg.

Als Duncan zurück ins Schlafzimmer ging, schaute er zum Fenster. Die Vorhänge waren noch offen. Er zog sie nie zu, wenn er sich schlafen legte, da er gerne im Morgengrauen aufwachte. Noch war es draußen dunkel. Er hörte das Heulen des Windes, der über das Land fegte und das Hotel durchrüttelte. Eine Minute lang blieb Duncan mitten im Zimmer stehen und starrte auf das Wasser des Lochmaddy. Mit dem aufkommenden Wind in der Nacht hatte sich der Nebel aufgelöst. Er sah die weiße Gischt der Wellen, die gegen die verstreuten Inseln im South Basin donnerten. Die Rückfahrt nach Uig am Morgen würde rau werden.

Duncan suchte nach der Uhr und warf einen Blick darauf. Beinahe vier Uhr morgens. Mit der Uhr in der Hand ließ er sich auf das Fußende des Bettes sinken. Die verstörenden Bilder aus seinen Träumen verblassten allmählich, aber er wusste, dass sie zurückkommen würden, sobald er wieder einschlief. So war es bei Alpträumen. Anscheinend wurden sie durch seine Rückkehr nach Skye nur lebendiger und intensiver. Vielleicht hätte er nicht kommen sollen.

Isla Matheson tauchte vor seinem inneren Auge auf.

Duncan dachte lieber über den Fall nach als sein eigenes Leben. Deshalb ging er noch einmal das Gespräch mit James und Andrea Turnbull vom Vorabend durch. Sie hatten einen überzeugenden Eindruck gemacht, und wenn sie wirklich nicht die Wahrheit gesagt hatten, dann würde das Leverndale Krankenhaus die Beweise liefern. Allerdings bezweifelte Duncan, dass sie gelogen hatten. Er spürte, dass James Turnbull eine Sackgasse war. Er hatte sich dabei geirrt, warum Isla in jener Woche nach Uist gefahren war. Oder doch nicht?

Er lief zu dem Stuhl, auf den er vor dem Schlafengehen die Kleider geworfen hatte und zog sich an. Alistair hatte sich tatsächlich an die Bar begeben, sobald sie eingecheckt hatten. Duncan hingegen war auf sein Zimmer gegangen, um in Ruhe nachdenken zu können. Gegen ein Uhr morgens hatte er aufgegeben, war zu Bett gegangen und in einen von Alpträumen gequälten Schlaf gefallen.

Nachdem Duncan die Jacke angezogen hatte, trat er in den Flur und lief die paar Schritte zu Alistairs Zimmer. Er klopfte an und wartete. Es brauchte einige Versuche, doch schließlich öffnete sich die Tür. Aus verquollenen Augen schaute Alistair ihn an. Er trug nur eine Boxershorts und ein ehemals weißes, jetzt gräuliches Unterhemd.

„Was zur Hölle wollen Sie?", fragte Alistair.

Duncan konnte sich ein Grinsen nicht verkneifen. Alistairs Stirnrunzeln schien noch missbilligender zu werden.

„Ich muss mir Ihren Pick-up ausleihen."

„Sie wollen wa ...?"

„Den Schlüssel für Ihren Pick-up. Ich muss wohin fahren."

„Wissen Sie, wie spät es ist?"

„Weiß ich", erwiderte Duncan. „Trotzdem muss ich mir Ihren Pick-up ausleihen."

Leise fluchend verschwand Alistair wieder in seinem Zimmer und kam mit dem Schlüssel zurück. Er drückte sie

Duncan in die Hand und knallte die Tür zu. Als Duncan sich zum Gehen wandte, wurde die Tür erneut aufgerissen und Alistair trat hinter ihm in den Flur.

„Ich muss aber nicht mit, oder?"

Duncan schüttelte den Kopf. „Nein, außer –"

„Nein!", unterbrach Alistair ihn, zog sich ins Zimmer zurück und schloss die Tür. Grinsend lief Duncan weiter den Flur entlang.

———

So FRÜH AM Morgen auf den Inseln unterwegs zu sein, hatte etwas seltsam Spirituelles an sich. Der Anblick, der sich Duncan auf dem Weg nach Benbecula bot, die schier endlose, beinahe trostlose Landschaft, die sich im ersten Licht des Morgens zu beiden Seiten der Straße erstreckte, und die Wellen, die sanft gegen den Damm schwappten, waren magisch.

Seit er erfahren hatte, dass Isla Matheson nach Uist gefahren war, hatte er einen Gedanken nicht mehr aus dem Kopf bekommen. Die Schwangerschaft, die Beziehung zu James Turnbull und die anscheinend illegal vorgenommene Abtreibung deuteten allesamt darauf hin, dass der Tierarzt der Grund für ihren Besuch auf der Insel war. Allerdings hatte sie sich nicht ihrem engsten Freund, Roddy Mcintyre, anvertraut. Das konnte Duncan nicht verstehen. Mcintyre kannte sie besser als irgendwer sonst, tatsächlich wusste er auch von ihrem dunkelsten Geheimnis.

Also hatte sich Isla in traumatischen oder schlimmen Situationen an ihn gewandt, nur in diesem einen Fall nicht. Hatte sie dieses Mal einfach das Geheimnis für sich behalten? Duncan glaubte das nicht. Etwas, das so wichtig war, das sich so stark auf ihr Leben auswirkte, musste sie jemandem anvertraut haben. Und wegen dieses Gedankens saß er im Pick-up und fuhr im Morgengrauen über die Insel. Wem hatte Isla noch mehr vertraut als Roddy Mcintyre? Zu wem wäre sie gegangen, wenn sie wirklich in Schwierigkeiten gesteckt hätte?

Das Tor zur Einfahrt zum Haus stand offen. Duncan McAdam fuhr die bekieste Einfahrt entlang und stellte den Motor des Pick-ups ab. Aus dem Kamin stieg eine dünne Rauchfahne hoch, die der Wind rasch verwehte. Inzwischen war es fünf Uhr morgens. McAdam stieg aus und lief zur Haustür. Er musste nicht lange warten, bis sie sich öffnete und Iona Sutherland ihn musterte.

„Detective Inspector McAdam", sagte sie lächelnd. „Was für eine nette Überraschung."

„Guten Morgen. Tut mir leid, dass ich so früh –"

„Das macht nichts, kommen Sie doch herein."

Sie öffnete die Tür, sodass er eintreten konnte, und führte ihn dann bis ins Wohnzimmer. Dort brannten schon die aufgeschichteten Holzscheite im Kamin und der Fernseher lief in der Ecke. Allerdings war der Ton ab-, aber die Untertitel eingeschaltet. Iona Sutherland bemerkte McAdams Blick.

„Ich ertrage die schrillen Stimmen nicht, wenn ich mich fertig mache. Und wenn nötig, sehe ich ja, was sie sagen. So habe ich etwas Gesellschaft, für mehr brauche ich den Fernseher nicht. Ich setze nur schnell Wasser auf."

„Wegen mir müssen Sie sich keine Umstände machen", sagte er. Sie winkte ab und schlurfte in die Küche. „Als ich letztens hier war, meinten Sie, dass Sie Ihren Mann verloren haben. Wann war das?", erkundigte sich McAdam, während er zum Kamin ging und die am Sims aufgereihten Fotos betrachtete.

„Wie bitte?", fragte Iona Sutherland und steckte den Kopf aus der Küche.

„Ihr Mann. Wann ist er gestorben?"

„Ach … das war vor fast siebenundzwanzig Jahren", erwiderte sie und verschwand wieder außer Sicht.

McAdam entdeckte ein grobkörniges Foto einer jungen Iona, die neben einem Mann in einem grauen Tweed-Anzug stand, der ihr den Arm um die Schulter legte. Sie grinste breit, sein Lächeln hingegen war verhaltener. Er stand kerzengerade da. Als Iona Sutherland zurückkam, drehte er das Bild so hin, dass sie es sehen konnte.

„Ist das Ihr Mann?"

„Ja, das ist mein Ian. Ein prächtiges Exemplar eines Mannes."

„Wie haben Sie sich kennengelernt?"

„Bei der Arbeit", antwortete sie.

„Ich dachte, er war Kleinbauer und Sie wären deswegen nach Benbecula gezogen?", hakte McAdam nach. „Eigentlich stammt Ihre Familie ja von Stornoway, richtig?"

„Das stimmt", erwiderte sie. „Als mein Vater nach dem Tod unseres Onkels dessen Hof übernahm, sind wir von Stornoway weggezogen. Aber Ian war nie Bauer. Unser Haus war eines der ersten in diesem Teil von Benbecula, das den Hof aufgegeben hat. Ian ging es so schlecht, deshalb brauchten wir einen Ort, an dem wir nach der Pensionierung leben konnten. Und es gibt keinen schöneren Flecken Erde. Tee oder Kaffee? Ich habe aber nur Instantkaffee."

„Dann Tee bitte", erwiderte McAdam und stellte das Foto an seinen Platz zurück. Während er aus der Küche hörte, wie Iona Sutherland den Tee richtete, betrachtete er die anderen Bilder. Er fand ein Familienfoto von Ruaridh Matheson und – wie Duncan annahm – seiner Frau Èibhlin und zwei Kindern, vermutlich Donnie und dessen Schwester Isla. Anscheinend fühlten sich die beiden nicht wohl, vor allem Isla nicht mit den Händen ihres Vaters auf ihren Schultern. War das tatsächlich so oder projizierte er nur die von Roddy Mcintyre wachgerufenen Emotionen auf das Bild? Er war sich unsicher.

Dann entdeckte er ein Foto von Iona Sutherland mit ungefähr einem Dutzend Menschen vor einem nichtssagenden Gebäude mit Betonplattenfassade. Vermutlich war es in den Sechzigern erbaut worden. Da fast alle Personen ein Umhängeband trugen, nahm er an, dass sie alle Kollegen waren. An der Wand im Hintergrund hing ein Schild. McAdam nahm das Foto, um es genauer anzusehen. Die Details waren so verschwommen, dass er nicht feststellen konnte, wo es gemacht worden war.

„Wo, sagten Sie, hat Ihr Mann gearbeitet?"

„Wie bitte, mein Lieber?", fragte Iona Sutherland, als sie mit einem Tablett samt kleiner Teekanne und zwei Tassen in das Wohnzimmer kam. McAdam stellte das Bild beiseite und eilte ihr entgegen, um ihr das Tablett abzunehmen. Allerdings scheuchte sie ihn beiseite und stellte es auf einen kleinen Tisch mitten im Zimmer.

„Ich fragte, was Ihr Mann gearbeitet hat. Sie meinten, Sie hätten sich bei der Arbeit kennengelernt."

„Ach, er war Chirurg", erwiderte sie, während sie sich setzte. McAdams Neugier war geweckt. Ohne sich allzu interessiert zu geben, sah er sie an. „Ein Gefäßchirurg, aber er hätte jedes Fachgebiet wählen können. Ian war so talentiert."

Der DI nickte und legte sich die nächsten Worte sorgfältig zurecht. „Wann ist er gestorben?"

„1994", antwortete sie und schaute wehmütig aus dem Fenster. McAdam schluckte seine Enttäuschung hinunter. „Und es fühlt sich so an, als wäre erst ein Monat vergangen. Ich vermisse ihn jeden Tag."

Als Iona Sutherland den Tee einschenkte, setzte sich der DI ihr gegenüber hin. Sie reichte ihm Tasse und Untertasse, die er sofort auf den Tisch neben sich stellte.

„Sie haben auch im Gesundheitswesen gearbeitet?"

Als sie ihn anblickte, änderte sich etwas in ihrer Miene. Sie nickte knapp. „Ja, eine kurze Zeit lang."

Beiläufig zeigte McAdam auf das Bild, das er vorhin betrachtet hatte. „Ich bin zwar kein Fotograf, aber das sieht nach einem Abschiedsbild aus."

„Aye ... das war mein letzter Tag. Ich bin in Frührente gegangen, damit Ian und ich nach Benbecula ziehen konnten."

McAdam ließ sie nicht aus den Augen. Anscheinend bemerkte Iona Sutherland seinen wachsamen Blick nicht, aber er spürte, dass es ihr widerstrebte, weiterzusprechen. Bis zu diesem Zeitpunkt hatte sie kaum einer Aufforderung bedurft, um über ihre Vergangenheit zu sprechen.

„Und in welcher Position waren Sie tätig?", erkundigte er sich.

„Ach ... Sie sind doch nicht den ganzen Weg hierhergekommen, um sich meine Geschichten aus uralter Vergangenheit anzuhören –"

„Nein, nein, ich höre gerne zu, wenn Menschen über ihre Leben reden. Das ist ein großer Teil meiner Arbeit", schmetterte er ihren Einwand ab und zwang sich zu einem Lächeln, um sie zu beruhigen. Sie wirkte nicht überzeugt. „Waren Sie Krankenschwester?"

Nickend nippte sie an ihrem Tee und vermied jeglichen Augenkontakt.

„Wir haben etwas über Isla erfahren, was wir bisher nicht gewusst haben", sagte er.

Lächelnd schaute Iona Sutherland ihn an. „Und das wäre, mein Lieber?"

„Isla war schwanger." Sie schürzte die Lippen und wandte sich unter dem Blick des DI ab. „Und wir glauben, dass sie abgetrieben hat, kurz bevor sie verschwunden ist."

Mit offenem Mund warf Iona Sutherland ihm einen kurzen Seitenblick zu. Noch immer sagte sie kein Wort.

„Das ist erschütternd, oder?"

Ängstlich sah sie ihn an. „Ja", erwiderte sie leise.

„Isla war schwanger und hat es niemandem gesagt. Erst nach dem Eingriff hat sie sich ihrem engsten Freund anvertraut", sprach McAdam weiter. „Sie war ziemlich durcheinander. Ein junges Mädchen ... mit emotionalen Problemen ..." McAdam schüttelte den Kopf, „... würde zu jemandem gehen, dem sie vertraute. Würden Sie das nicht auch sagen?"

Iona Sutherland schwieg und nippte demonstrativ an ihrem Tee, doch der DI sah, dass sie nur mühsam schlucken konnte.

„Und wem hatte Isla mehr als allen anderen vertraut, mehr als ihrem engsten Freund?" Duncan McAdam lehnte sich vor, sodass sie ihm in die Augen sehen musste. „Und Sie haben mir gesagt, *Sie hätten alles für Ihre Nichte getan, wirklich alles.*"

KAPITEL ZWEIUNDDREISSIG

Mit entschlossenem Blick begegnete Iona Sutherland dem seinen. Langsam stellte sie die Tasse und Untertasse auf den Tisch. Mit jeder Sekunde bröckelte die Fassade einer freundlichen, alten Dame.

„In unserer Familie kümmern wir uns umeinander", sagte sie gemessen. „Das ist der Lauf der Dinge ... so war es immer und wird es immer sein."

Sie vermied den Blickkontakt.

„Schließt das eine illegale Abtreibung mit ein?", fragte McAdam kühl.

„Isla steckte in Schwierigkeiten, und sie ... hat mir genug vertraut, mit ihren Problemen zu mir zu kommen."

„Es gibt Mittel und Wege, um –"

„Bei allem Respekt, junger Mann, halten Sie mir keine Vorträge über richtig und falsch bei –"

„Bei dem Eingriff wurde die Uteruswand verletzt ...", sagte McAdam. Iona Sutherland schnappte nach Luft und presste eine Hand auf den Mund. „Und wahrscheinlich hat das zu einer Infektion geführt, an der sie letztendlich gestorben ist."

„Ich ... haben Sie nicht gesagt, dass sie ... von jemandem ermordet wurde?"

Der DI schüttelte den Kopf. „Als ich Ihnen das sagte, wussten wir es noch nicht, aber wir denken, dass sie an einer Blutvergiftung starb."

Iona Sutherland schüttelte den Kopf. Sie war nicht mehr auf der Hut, sie hatte Angst. „Aber ich war so vorsichtig ... Ich schwöre, das war ich wirklich. E-es l-lief so gut", stammelte sie. „Natürlich hatte sie etwas geblutet, aber das war normal."

McAdam unterdrückte die aufsteigende Wut. „Mrs. Sutherland, wer wusste, was Sie getan haben?"

Nachdrücklich schüttelte die den Kopf. „Niemand wusste davon. Überhaupt keiner, nur Isla und ich."

„Niemand? Was ist mit der Familie?"

Den Blick abwendend schüttelte sie den Kopf. „Niemand."

„Ich glaube Ihnen nicht, Mrs. Sutherland."

Wütend starrte sie ihn an. „Ich sagte doch, niemand wusste davon."

„Und wer war der Vater –"

„Das weiß ich nicht", unterbrach sie ihn und schüttelte wieder den Kopf, während sie die Hände im Schoß wrang.

„Haben Sie nicht gefragt?"

„Nein ... ich weiß es nicht. Es ging mich nichts an."

Der DI atmete tief durch und betrachtete sie. Iona Sutherland sah zu ihm hoch, dann huschte ihr Blick zu den Fotos am Sims und wieder weg.

„Ich weiß es nicht", wiederholte sie schnell.

„Und als sie verschwunden ist, was haben Sie da gedacht?"

„Ich wusste nicht, was ich denken sollte ... ich weiß nicht", meinte sie und schaute zur Decke und zum Fenster hinaus, nur um nicht in die Augen des DI sehen zu müssen.

„Irgendetwas müssen Sie sich gedacht haben. Vielleicht, dass sie weggelaufen ist? Dass ihr etwas zugestoßen ist? Hat sie es ihrem Vater erzählt und er ist böse geworden?"

„Ich weiß es nicht", wiederholte sie kopfschüttelnd. „Wirklich nicht."

Gereizt lehnte der DI sich zurück. Einige Minuten lang saßen sie schweigend da und lauschten dem Knistern des Feuers. Als McAdams Handy klingelte, nahm er den Anruf an. Die Verbindung war schlecht, wahrscheinlich war er weit weg vom nächsten Funkmast. Er stand auf und ging auf der Suche nach einem besseren Empfang in Richtung Haustür. Neben einem Fenster ging es.

„Tut mir leid, wiederholen Sie das bitte", sagte er. „Die Verbindung war unterbrochen."

„Russell Mclean hier, aus Portree. Tut mir leid, Sie so früh zu stören, Sir –"

„Schon in Ordnung. Schießen Sie los."

„Es geht um die vorgebliche Brandstiftung von gestern Abend. Ich habe den DS angerufen, aber sein Telefon ist ausgeschaltet."

„Was haben Sie herausgefunden", erkundigte sich Duncan, während er sich fragte, ob Alistair einen Kater hatte oder ob er noch tief und fest schlief, nachdem er ihn so früh geweckt hatte.

„Das ist ein bemerkenswerter Zufall, aber der Hof, der in Brand gesteckt wurde, gehört –"

„Den Mathesons", beendete Duncan den Satz und blickte über die Schulter. Iona Sutherland stand mit dem Rücken zu ihm am Kamin und griff nach einem Bilderrahmen.

„Aye … stimmt. Schon komisch, was?", sagte Russell. „Woher wussten Sie das?"

„Deshalb bin ich der Detective Inspector", erwiderte er und legte auf.

McAdam steckte das Telefon ein und ging zu Iona Sutherland. Sie schaute von dem Foto, das sie anblickte, hoch. Es war das eine von Ruaridh Matheson und seiner Familie. Auf diesem Bild war Isla kaum älter als zehn oder elf gewesen. Zum ersten Mal fiel McAdam der Hintergrund auf. Es musste an einem Campingplatz gemacht worden sein. Links hinter der Familie standen Zelte. Die Mathesons selbst hatten sich neben einem Wohnwagen platziert. Auf dem Foto sah er neu aus.

„Ruaridh hat uns in dem Jahr auf eine Reise nach Gairloch mitgenommen", erklärte sie und drehte das Foto zum DI hin. „Ian hatte so viel zu tun in dem Jahr ... also bin ich allein von Glasgow hingefahren und habe mich dort mit Ruaridh und der Familie getroffen."

„Wunderschönes Plätzchen."

„Aye, nicht wahr?", sagte sie und sah ihn lächelnd an. Langsam zeichnete sie mit den Fingerspitzen Islas Umrisse nach, dann stellte sie das Bild zurück auf den Sims. Von den Emotionen überwältigt biss sie sich auf die geballte Faust. Sie zitterte. „Ich wusste es nicht ...", sagte sie leise. „Ich wusste nicht, was vor sich ging. Ich habe sie ein, vielleicht zweimal im Jahr gesehen und gelegentlich mit ihnen telefoniert. Alles wirkte ... in Ordnung."

„Aber es war nicht so, oder?"

Sie schüttelte den Kopf. „Nein, ganz im Gegenteil."

„Wann haben Sie es herausgefunden?", erkundigte sich McAdam. Ihr Blick schweifte zu ihm. „Das mit Ihrem Bruder."

Unergründlich starrte sie ihn an. „Ruaridh?"

Er nickte. „Ja. Wann wurde Ihnen bewusst, dass Ihr Bruder seine Familie misshandelte?"

Sie wirkte nachdenklich. Vielleicht versuchte sie zu ergründen, wie viel er wusste, oder sie überlegte, wie viel sie verraten sollte.

„Ich verstehe, dass Sie Ihre Familie schützen möchten, Mrs. Sutherland … aber das ist nicht richtig." Streng schaute er sie an. „Wirklich nicht."

Nachdem sie tief Luft geholt hatte, nickte sie widerwillig. „Ich wusste immer, dass er ein strenger Vater war … aber ich nahm an, dass es an seinem Glauben lag. Wegen der unerbittlichen protestantischen Arbeitsmoral und so weiter. Schließlich wurden wir selbst so erzogen, und glauben Sie mir, unser Vater hatte eine lockere Hand und nahm auch öfter den Gürtel, wenn er meinte, dass es nötig war."

„Aber es steckte mehr dahinter als nur Ruaridhs religiöser Eifer?"

„Aye … viel mehr. Ich erinnere mich, dass der kleine Donald – Islas Bruder – einmal dabei erwischt wurde, wie er Kekse, die Èibhlin am Morgen frisch gebacken hatte und am Gitter abkühlen ließ, genommen hat." Sie winkte das Vergehen mit einer Handbewegung ab. „Es war keine große Sache, aber Ruaridh … ach … er hat aus einer Mücke einen Elefanten gemacht. Etwas viel Schlimmeres, als es eigentlich war. Der arme Junge wurde richtiggehend verprügelt. Und das nicht zum ersten oder letzten Mal, nehme ich an."

„Was haben Sie gemacht?"

„Ich?", fragte sie erstaunt. Er nickte. „Was hätte ich denn tun sollen? So war es nun einmal. Elterliche Züchtigung ist eine persönliche Entscheidung, jemand außerhalb der Familie sollte sich da nicht einmischen."

„Das Gesetz sagt etwas anderes."

„Heutzutage vielleicht, ja, aber nicht damals. Und selbst jetzt weiß keiner, was hinter verschlossenen Türen passiert."

Duncan spürte, wie sich die vertraute Mischung aus Angst und Hass in seinem Magen umdrehte. Warum schauten die Menschen lieber weg, wenn doch klar war, dass sie etwas unternehmen mussten? War es aus Angst vor einer Konfrontation, dass man Grenzen überschritt? Oder war die eigene Weltanschauung so verzerrt, dass so ein Verhalten als akzeptabel durchging?

Diesen Schweigekodex verstand er beim besten Willen nicht. Er hatte kein Verständnis für diejenigen, die davon wussten und nichts dagegen unternahmen.

„Sie verurteilen mich, nicht wahr?", fragte Iona Sutherland und riss den DI damit aus seinen Gedanken. „Ich kann es Ihnen ansehen."

Er zuckte mit den Schultern. „Es liegt nicht an mir, über Sie zu urteilen."

„Und trotzdem tun Sie es."

„Es waren Kinder."

„Und Ruaridh ist mein Bruder."

„Und das rechtfertigt Ihr Nichtstun?", fragte McAdam verärgert wegen ihrer Begründung.

„Sie denken, ich hätte ihn deswegen bloßstellen sollen?"

„Ja. Ich hätte es getan."

„Ach, tatsächlich?", erwiderte sie verächtlich. „Selbst wenn es bedeutet hätte, die Familie zu stören? Die Leben aller zu zerstören?"

„Es gibt Mittel und Wege –"

„Das behaupten Sie immer wieder ... und trotzdem passieren solche Dinge ständig ... und passierten auch immer in den Familien. Blut ist dicker als Wasser, Detective Inspector McAdam, so war es schon immer."

Genau wegen dieser Denkweise, die so viele vertraten, konnte sich dieses Muster ständig wiederholen. Deshalb mussten Kinder, Ehepartner ... ganze Familien in Angst und Leid leben, nur um den Zorn der Täter zu beschwichtigen und in der Öffentlichkeit die Fassade aufrechtzuerhalten. Diese

Haltung ekelte ihn an. Als ihm Roslyn einfiel, verbannte er das Bild seiner Schwester in die hintersten Winkel seiner Gedanken und konzentrierte sich wieder auf Isla.

„Ruaridh war der Vater des Kindes, nicht wahr?", fragte McAdam. Iona Sutherland schaute weg. „Nicht wahr?", wiederholte McAdam lauter. Sie sank in sich zusammen und nickte. „Hat er sie zu Ihnen geschickt?"

„Nein", antwortete sie schnell und schüttelte den Kopf. „Nein, er wusste nichts davon … erst danach. Er hätte es nie geduldet, ein Leben zu nehmen."

„Sparen Sie sich die religiöse Moral", zischte McAdam. „Der Mann hat seine Tochter vergewaltigt!"

Iona Sutherland blinzelte die Tränen weg, senkte den Kopf und faltete die Hände vor sich. „Es tut mir so leid."

„Was tut Ihnen leid? Dass Sie einen Täter geschützt haben oder dass die Wahrheit ans Licht kommt?"

„Es tut mir leid", flüsterte sie. Als McAdam einen Schritt auf sie zu trat, wich sie zurück. Offensichtlich fühlte sie sich bedroht und schutzlos. Das Entsetzen stand ihr ins Gesicht geschrieben. McAdam hielt inne. Ihm wurde bewusst, dass er die Fäuste geballt hatte. Verlegen und verwirrt wegen seiner Reaktion trat er zurück. Iona Sutherland fürchtete sich vor ihm, sie hatte Angst.

McAdam wurde klar, dass Ruaridh Mathesons Arm weiter reichte als nur über seine Frau und Kinder, er reichte bis Benbecula. Iona Sutherlands Verhaltensmuster war das Ergebnis ihrer Erziehung. Sie hatte sich nicht bewusst dazu entschieden, Ruaridh gewähren zu lassen, sondern weil sie ihr Leben lang nichts anderes erfahren hatte. Im Erwachsenenalter konnte man sich dessen ohne Hilfe etwa so leicht entledigten wie eines Fingers. Je nach Sichtweise waren alle in der Familie Opfer.

„Nachdem Ihr Vater gestorben ist, haben Sie den Hof draußen in Geary behalten, nicht wahr?"

Sie nickte. Nachdem McAdam sich zurückgezogen und einen gemesseneren Tonfall angeschlagen hatte, hatte sie sich beruhigt.

„Wir haben das Land verpachtet und den Vertrag mit der Crofting Commission alle fünf Jahre verlängert."

„Und dorthin hat Ruaridh Isla gebracht, als klar wurde, dass es ihr schlecht ging?", fragte er.

Nickend biss sie sich auf die Unterlippe. „Ich wusste es nicht, ich schwöre. Erst viel, viel später hat er mir davon erzählt."

„Was hat er Ihnen über Isla gesagt?"

„Er hat mich an jenem Abend angerufen ... er sagte, Isla wäre krank geworden ... dass er sie wie vereinbart von der Party abgeholt hat – auch wenn sie das nicht gewollt hatte – und dass sie krank geworden war. Isla hatte ihm erzählt, was ich getan hatte, und hatte ihn gebeten, sie ins Krankenhaus zu bringen. Er hat sie weder dorthin noch nach Hause gebracht. Èibhlin hätte darauf bestanden, sie zu einem Arzt zu bringen, und ... das konnten wir nicht zulassen."

„Weil Sie wussten, was dann passiert wäre."

„Ja. Ärzte stellen Fragen ... viele Fragen. Ruaridh meinte, dass er sich um sie kümmern würde ... dass alles in Ordnung kommen würde", sagte sie und schaute vorsichtig hoch, wie er reagierte. „Er war so wütend auf mich ... wegen dem, was ich getan habe. Ich traute mich nicht, ihm zu widersprechen", sprach sie weiter und schüttelte heftig den Kopf. „Ich konnte nicht. Er ... ist weggeblieben. Am nächsten Tag habe ich mehrmals angerufen und immer nur Èibhlin erreicht, die sich solche Sorgen darüber gemacht hat, wo Isla war. Je länger sich die Sache hinzog, umso verzweifelter wurde sie, das arme kleine Ding."

McAdam verkniff sich die sarkastische Bemerkung, die ihm auf der Zunge lag.

„Èibhlin dachte im Ernst, dass Isla verschwunden war?"

„Aye, Ruaridh hat ihr nie davon erzählt. Irgendwann hat er mich angerufen … das muss am zweiten oder dritten Tag gewesen sein. Er meinte, dass es Isla gut ginge und sie sich nur etwas einfallen lassen mussten, wie sie sie nach Hause bringen und mit dem ganzen Zirkus rund um ihr Verschwinden umgehen sollten. Zu dem Zeitpunkt hatte sich die Polizei schon bei mir gemeldet … und natürlich musste ich sagen, dass ich Isla nicht gesehen hatte. Was sonst sollte ich sagen? Und dann hatte Ruaridh den Unfall."

„Den Autounfall?"

„Ja. Mindestens zwölf Stunden lag er bewusstlos im Auto, während der ganzen Nacht. Anscheinend hat der Herr über ihn gewacht."

„Aye, anscheinend war er nicht darauf erpicht, dass Ruaridh vor ihn tritt."

Iona Sutherland schaute weg.

„Bitte, reden Sie weiter."

„Tja, wir wussten nicht, ob Ruaridh durchkommen würde. Er fiel ins Koma … Èibhlin hat Donnie gebeten, nach Hause zu kommen. Da Isla vermisst wurde und dann die Sache mit Ruaridh … sie brauchte die Familie um sich."

„Sind Sie zu Ihr rübergefahren?"

Mit geschürzten Lippen nickte sie. „Es war fürchterlich. Ich konnte kein Sterbenswörtchen verraten. Ich wusste nicht, wo Isla war. Ich rechnete damit, dass sie jede Sekunde hereinkam, vor allem, nachdem sie vom Unfall gehört haben musste. Die Aufregung rund um sie würde bald nachlassen, da ihr Vater nun im Koma lag. Ich dachte, es wäre nur eine Frage der Zeit."

„Aber sie kam nicht, oder?", meinte McAdam. „Sie kam nicht zurück."

Iona Sutherland runzelte die Stirn. „Nein. Ich war ... verwirrt. Ich hatte angenommen, dass Isla irgendwohin geschickt worden war, vielleicht um sich in Ruhe zu erholen, bis sie kräftig genug war, um zurückzukommen. Erst als Ruaridh wieder das Bewusstsein erlangte, vertraute er mir an, wo sie wirklich gewesen war."

„Auf dem Hof der Familie", sagte McAdam.

Sie nickte und setzte sich. „Ich wollte sofort hinausfahren, aber Ruaridh rang mir das Versprechen ab, das Donnie zu überlassen."

„Donnie?"

„Aye." Sie schüttelte den Kopf. „Nun, Ruaridh war noch im Krankenhaus, er war gelähmt, also musste er Donnie schicken. Èibhlin kam ja nicht in Frage, nicht wahr?"

„Und?"

„Donnie konnte sie nicht finden. Isla hatte die Gelegenheit, da Ruaridh im Krankenhaus lag, genutzt und war gegangen, bevor er sie hatte holen können. Er hätte ihr nie erlaubt, die Insel zu verlassen. Diese Schlacht hatte er mit Donnie verloren", sagte sie kopfschüttelnd. „Er hätte sie nie gehen lassen." Sie setzte eine gedankenverlorene Miene auf. „Ich schäme mich, es laut auszusprechen, aber ich kann es seit Jahren nicht vergessen ..."

„Was genau?", erkundigte sich McAdam.

„Isla ... ich war so wütend auf sie, dass sie einfach so weggelaufen ist. Ich konnte nicht glauben, dass sie sich bei niemanden aus der Familie gemeldet hat, um zu sagen, wie es ihr geht. Ich meine, dass sie uns nicht verrät, wo sie ist, wenn sie das nicht wollte, ist eine Sache, aber ihre arme Mutter nicht Bescheid geben, dass sie in Sicherheit war, das ist eine andere ... ich war so fürchterlich wütend."

„Aber sie war nicht in Sicherheit", sagte McAdam.

Die Hände im Schoß ringend schaute sie nach unten.

Schweigend saßen sie beisammen, während McAdam die nächsten Schritte plante.

„Sie müssen mit mir mitkommen", meinte er. „Nach Portree."

„Heute?"

„Ja", erwiderte er und griff nach dem Handy, um Alistair anzurufen. „Heute."

KAPITEL DREIUNDDREISSIG

Duncan öffnete die Tür und ging hinaus ins Einsatzzimmer. Er spürte die Anspannung im Raum und sah, wie ihm heimlich alle Augen folgten. Als er sich über die Schulter umschaute, bemerkte er den harten Blick, mit dem DCI Jameson ihm nachsah. Alistair kam zu Duncan.

„Sicher, dass Sie es so aufziehen wollen?", fragte er.

„Ja. Jameson hat grünes Licht gegeben."

Alistair senkte die Stimme. „Das hat ihm sicher nicht gefallen, oder?"

„Nein, aber er hat zugestimmt, dass wir es so machen."

„Gut", erwiderte Alistair. „Sie warten am Empfang auf uns, und Russell hat alles vorbereitet."

Duncan und Alistair gingen nach unten. An der Sicherheitstür hielt Duncan inne und holte tief Luft, bevor er auf den Türöffner drückte.

„Noch können Sie sich umentscheiden", sagte Alistair.

„Nein, dafür ist es zu spät", erwiderte er mit einem schiefen Lächeln. „Die Samthandschuhe sind nicht mehr angebracht."

Als er auf den Knopf drückte, sprang die Tür zum

Eingangsbereich auf. Sowohl Ruaridh Matheson als auch sein Sohn, Donnie drehten sich zu ihnen um. Donnie lächelte freundlich, sein Vater hielt die Sauerstoffbrille in der Hand bereit, sollte er seine Atmung beruhigen müssen.

Donnie kam ihnen entgegen, um sie zu begrüßen und streckte McAdam die Hand entgegen. Da dessen Hand und Handgelenk bandagiert waren, hielt McAdam inne und betrachtete den Verband.

„Guten Morgen, Reverend Matheson", sagte McAdam. Donnie Matheson zog die Hand zurück, schaute darauf und nickte verlegen.

„Ich hatte einen kleinen Unfall, als ich etwas in der Kapelle repariert habe."

McAdam neigte den Kopf in Richtung der Hand. „Hoffentlich nicht allzu schlimm."

„Tut ein wenig weh, aber es wird schon wieder werden."

Der DI blickte an Donnie vorbei und begrüßte dessen Vater, der im Rollstuhl hinter ihm saß.

„Danke, dass Sie beide so kurzfristig bereit waren, herzukommen."

„Gern geschehen, DI McAdam", erwiderte Donnie. „Ich nehme an, Sie haben Neuigkeiten für uns?"

Als McAdam an ihm vorbeiblickte, sah er draußen eine Frau, die die Straße überquerte und sich dem Eingang des Reviers näherte.

„Vielleicht sollten wir an einen privateren Ort gehen", meinte McAdam und machte eine einladende Geste zur Sicherheitstür, die zum Revier führte.

Als Donnie nickte, tippte MacEachran den Türcode ein, trat hindurch und hielt die Tür auf. Donnie ging als erstes hindurch gefolgt von seinem Vater im motorisierten Rollstuhl. Der DI bildete den Abschluss. So liefen sie die Flure entlang bis zu den Verhörräumen. Als McAdam um die Ecke kam, sah er, dass Russell an einer der Türen stand. Er nickte Alistair zu, der vorausging, dann betrat er das Zimmer zu seiner linken und ließ die Tür offen.

Als ihr Grüppchen an der Schwelle vorbeikam, wurde Alistair langsamer. Ganz dem menschlichen Instinkt folgend wurde Donnie neugierig und sein Blick huschte in das Zimmer. Iona Sutherland, seine Tante, saß mit im Schoß gefalteten Händen allein darin. Bei ihrem Anblick hielt Donnie inne und riss den Mund auf. Schnell schaute er zu Ruaridh Matheson, dessen Miene sich nicht veränderte, und dann wieder zu Iona Sutherland. McAdam hielt neben ihm an und nickte kurz in Richtung der Frau.

„Ihre Tante war äußert mitteilsam", sagte er. „Sie hat viele der Lücken rund um das, was Isla zugestoßen ist, geschlossen."

„Lücken?", fragte Donnie mit zusammengekniffenen Augen. Die Anspannung in seiner Stimme war kaum zu überhören.

„Es tut mir so leid, Donnie", sagte Iona Sutherland, rang die Hände und schaute zwischen ihrem Bruder und ihrem Neffen hin und her. „Es ist nur … Ruaridh … was hätte ich denn sagen sollen?"

Mit offenem Mund warf Donnie einen Blick auf den DI und dann auf seinen Vater. Inzwischen atmete Ruaridh Matheson schneller und war gezwungen, die Sauerstoffbrille aufzusetzen, um die Atmung zu beruhigen. Nachdem er tief eingeatmet hatte, schaute er seine Schwester wütend an.

„Sag nichts, Iona!", befahl er zornig. „Hast du verstanden?"

„Dafür ist es etwas zu spät, Mr. Matheson", meinte McAdam kopfschüttelnd. „Wir haben alles, was wir brauchen."

Dieser riss die Augen auf, sog scharf die Luft ein und

nestelte am Sauerstoffkanister herum. Als der Husten einsetzte, hob und senkte sich sein Brustkorb. Verspätet besann Donnie sich darauf, ihm zu helfen, und griff nach den Ventilen. Allerdings schlug er die Hand seines Sohnes grimmig beiseite.

„Sag ... kein ... Wort!", bellte er in Richtung Iona Sutherland, die den Blick senkte.

„Es tut mir leid", flüsterte sie nur.

„Kein Wort!", wiederholte Ruaridh Matheson zwischen den abgehackten Hustern. Widerwillig nahm er die Hilfe seines Sohnes an, der inzwischen entsetzt und nach einer Erklärung suchend seine Tante ansah.

„Die Abtreibung war der Grund, Donnie", meinte McAdam. „Die Notwendigkeit, das Kind loszuwerden, hat mich auf die richtige Spur geführt. Warum konnte Isla für den Eingriff nicht den normalen Weg nehmen? Vor allem, warum wollte sie das nicht? Sobald ich das enträtselt hatte, setzte sich das Puzzle wie von allein zusammen."

„Wovon zum Teufel reden Sie?", fragte Donnie ohne wirkliche Überzeugung. Ruaridh Matheson atmete schwer, mit jedem Atemzug hob und senkte sich seine Brust merklich. Selbst wenn er etwas zu dem Gespräch beitragen wollte, wäre er dazu nicht in der Lage, nahm der DI an.

„Als Ihr Vater mit dem Auto von der Straße abkam, war er nicht unterwegs, um nach seiner vermissten Tochter zu suchen. Er war auf dem Weg nach Hause, nachdem er Isla am Hof Ihrer Familie zurückgelassen hatte –"

„Also ... hören Sie mal –", setzte Donnie Matheson an McAdam gewandt an, doch dieser ließ sich das nicht bieten.

„Allerdings wusste nur Ihr Vater, wo Isla war ... vielleicht auch Ihre Mutter, aber das werden wir wohl nie erfahren, nicht?"

Bei der Erwähnung seiner Mutter, Èibhlin, zerplatzte die

moralische Entrüstung und Donnie konnte nur noch stammeln. „Ich ... ich ... verstehe nicht, worauf Sie hinaus wollen ...“

„Tatsächlich? Sie wollen die Scharade noch ein wenig länger aufrechterhalten?“, meinte McAdam. Donnie Matheson warf MacEachran einen Blick zu. Der DI fragte sich, ob er von ihm Unterstützung erwartete, doch der DS stand ungerührt mit verschränkten Armen da und sah den Mann an. „Vielleicht wurde Ihre Mutter im Ungewissen gelassen ... zumindest die erste Zeit. Wusste sie von dem Kind? Wusste sie, dass ihr Mann nicht nur ihre Kinder schlug, sondern auch seine Tochter vergewaltigte?“

„Wie können Sie es wagen ...“, sagte Donnie. Im Verhörzimmer weinte Iona Sutherland. Ruaridh Matheson starrte den DI aus aufgerissenen Augen mit kaum verhohlener Wut an.

„Ihr Vater wusste nichts von dem Riss an der Uteruswand, der bei der Abtreibung durch Ihre Tante entstand. Und ohne medizinische Kenntnisse bemerkte er die einsetzende Blutvergiftung wahrscheinlich nicht, die durch die von diesem Riss ausgelöste Infektion verursacht wurde.“

Donnie Matheson schaute auf seinen Vater und zurück zum DI.

„Er hat Isla am Hof zurückgelassen ... eventuell eingesperrt im Wohnwagen an der Rückseite“, fuhr McAdam fort. „Allerdings hat er den Unfall und das Koma nicht vorhergesehen ... und auch nicht die Tatsache, dass niemand wusste, wo sie war, bis er wieder aufwachte. Da hat er es Ihnen erzählt, Donnie.“

Als Donnie Matheson ihn anschaute, konnte der DI beinahe sehen, wie dessen Kampfeswillen sekündlich schwand.

„Und Sie haben sie gefunden, nicht wahr, Donnie?“, fragte

McAdam. „Als Ihr Vater es Ihnen gesagt hat, sind Sie hingefahren und haben sie gefunden ... eingesperrt im Wohnwagen." Dabei schaute er auf Ruaridh Matheson, der sich weigerte, seinen Blick zu erwidern. „In dem Wohnwagen, den Sie gestern Abend in Brand gesetzt haben."

Donnie riss den Kopf hoch und starrte den DI mit offenem Mund an. Als McAdam nach Donnies bandagierter Hand griff, stöhnte der Reverend auf.

„Sind Sie zu großzügig mit dem Benzin gewesen, weil Sie sichergehen wollten, dass wir niemals beweisen könnten, dass Isla dort gewesen ist?", fragte McAdam. „Sie müssen komplett paranoid gewesen sein, um das zu tun."

Verzagt schüttelte Donnie Matheson den Kopf und zog vorsichtig die Hand aus McAdams Griff.

„Das war ein gewaltiges Risiko", fügte MacEachran hinzu. „Wenn Sie jemand gesehen hätte, dann hätte das viele Fragen nach sich gezogen", meinte er.

Schwer atmend hob Donnie Matheson das Kinn und sah den DI direkt ins Gesicht.

„Mein ganzes Erwachsenenleben habe ich in den Dienst Gottes gestellt", sagte er herausfordernd. „Ich habe der Gemeinde gedient und sie auf den rechten Pfad geführt."

„Weil Sie sich von Ihrer Schuld reinwaschen wollten", erwiderte McAdam anklagend. „Und ich sage Ihnen eines: Es wird nicht reichen."

Mühsam schluckend brach er den Blickkontakt. Donnie Matheson sank zusammen, sein Atem ging stoßweise. Ruaridh Matheson schlingerte in seinem Rollstuhl nach vorne und tastete nach dem Arm seines Sohnes. Mit Tränen in den Augen riss dieser sich los.

„Was hätte ich denn tun sollen?", fragte er den DI. „Was hätte ich tun können? Ich hatte bereits meine Schwester verloren ... sollte ich auch noch den Rest meiner Familie verlieren?

Meine Mutter in dem Wissen zurücklassen, was … was mein Vater –"

„Donald!", rief Ruaridh Matheson, brachte aber nicht mehr heraus, als er von einem weiteren Hustenanfall gebeutelt wurde. Beinahe entschuldigend schaute Donnie auf seinen Vater hinunter. Verzweifelt wandte er sich wieder an den DI.

„Hat sich Ihre Mutter das Leben genommen, weil sie nicht mit diesem Geheimnis leben konnte?", erkundigte sich McAdam.

„Meine Mutter wusste es nicht … sie durfte es nicht erfahren", erwiderte Donnie und schüttelte nachdrücklich den Kopf. „Es hätte sie …"

„Umgebracht?", beendete McAdam den Satz. Nickend sah Donnie ihn an. „Und trotzdem hat es sie umgebracht, gerade weil sie nichts wusste, nicht wahr?"

Wieder nickte Donnie. Inzwischen umklammerte sein Vater Donnies Ärmel und zupfte daran so stark, wie er konnte, was nicht viel war. Donnie ignorierte ihn.

„Hätte ich gewusst, dass sie das in Erwägung zog …, dass sie so zu kämpfen hatte, ich hätte etwas unternommen", sagte Donnie Matheson. „Ich schwöre, dass ich etwas getan hätte. Ich habe meine Mutter geliebt."

„Komische Art, das zu zeigen", erwiderte McAdam bitter.

„Sie lag mir sehr am Herzen", protestierte der Reverend.

„Ach, tatsächlich? Tat sie das?", brachte MacEachran sich ein.

„Tat sie, aye", erwiderte Donnie Matheson wütend wegen des Sarkasmus.

„Haben Sie auch an sie gedacht, während Sie Ihre Schwester drüben in Trumpan begraben haben?", fragte McAdam spitz. Der Reverend senkte den Blick. „Sie können es drehen und wenden, wie Sie wollen, aber das, was Sie getan haben, war schrecklich, Donnie. Isla hatte etwas Besseres verdient."

„Ich denke oft an sie ... an Isla", flüsterte Donnie. „Wie es ihr ergangen sein muss da draußen ... ganz allein ... darauf wartend, dass jemand kommt. Es quält mich ... zu wissen, dass ich eines Tages, trotz der Buße, die ich seither tue ...vor meinem Richter stehen werde und es nicht genug sein wird." Er blickte McAdam an. „Es wird nicht reichen, oder?"

McAdam holte tief Luft und atmete kopfschüttelnd aus. „Mit spirituellen Dingen kenne ich mich nicht aus ... für mich ist das nur fauler Zauber, deshalb weiß ich nicht, ob Sie je vor Ihren Richter treten werden. Vielleicht endet es für Sie mit dem Tod, und alle Ihre Sünden sterben mit Ihnen. Was ich aber weiß", streng fixierte er den Reverend, „ist, dass Sie zuerst in dieser Welt Rechenschaft ablegen müssen." Er schaute zu Ruaridh Matheson, der seinem Blick noch immer auswich. „Und ich werde alle Mittel nutzen, die mir zur Verfügung stehen, um das durchzusetzen."

RUSSELL STELLTE zwei Tassen Kaffee auf den Tisch und schob eine zu Duncan hin, der in Gedanken verloren war. Alistair nahm die andere und bedankte sich zwinkernd bei Russell. Die Tür zum Büro öffnete sich, DCI Jameson trat ein und schloss sie wieder. Russell stand auf, Alistair MacEachran hingegen lehnte sich zurück und machte es sich auf seinem Stuhl bequem.

„Wegen mir muss keiner gehen", meinte der DCI. MacEachrans überraschtes Gesicht verdeutlichte, dass er ohnehin nicht vorgehabt hatte, sich zu erheben. „Duncan ...", sprach Jameson den DI an.

„Sir?"

Der DCI nickte anerkennend. „Gute Arbeit ... und gut gemacht."

„Vielen Dank", erwiderte McAdam liebenswürdig.

„Allerdings weiß ich nicht, was der Staatsanwalt daraus machen wird", sprach Jameson stirnrunzelnd weiter. Duncan nickte nur. Es war schwierig. Weswegen die Familie angeklagt werden würde, hing davon ab, was sie ausgehend von Iona Sutherlands Geständnis beweisen konnten. Donnie Mathesons offenkundige Bereitschaft, die Scharade fallenzulassen, würde die Sache erleichtern. „Jedenfalls", meinte DCI Jameson und schaute alle drei nacheinander an, „solide Leistung. Gut gemacht."

„Vielen Dank, Sir", sagten MacEachran und Russell im Chor. Nachdem sich Jameson umgedreht hatte, wandte er sich noch einmal an McAdam. „Ich nehme an, dass Sie bald wieder nach Glasgow zurückkehren werden?"

McAdam zog die Augenbrauen hoch und atmete aus. „Ich ... nehme an. Eigentlich habe ich noch nicht darüber nachgedacht. Ich hatte nicht erwartet, dass es so schnell zu Ende geht."

„Nun ...", Jameson blickte MacEachran und Russell an, „ich denke nicht, dass wir mit der Tür ins Haus fallen sollten, aber ... ich hatte von DI Johnston gehört. Sie wissen ja, dass er eine Weile außer Dienst war ..."

„Ja, Sir, er ist krank."

„Ja, und er wird so schnell nicht zurückkommen. Die Leitung sucht einen Ersatz für ihn ... als eine Art dienstliche Entsendung. Hätten Sie Interesse?"

„Ich?", fragte McAdam.

Jameson zuckte mit den Schultern. „Mir fällt niemand Passenderes ein. Sie haben sich als fähig erwiesen, diese Gemeinde einzuschätzen. Die Leute hier ... und auch Sie könnten es viel schlechter treffen."

„Ich … werde es mir überlegen, Sir."

„Wenn Sie möchten, lege ich ein gutes Wort für Sie ein", sagte Jameson und wandte sich wieder ab. Duncan McAdam bedankte sich nickend für das Angebot. „Jedenfalls, gute Arbeit. Gut gemacht."

Nachdem Jameson gegangen war, herrschte einige Momente lang Schweigen. Alistair lehnte sich zurück und verrenkte sich den Nacken, um nachzusehen, ob der DCI tatsächlich fort war, bevor er sprach.

„Das muss wehgetan haben", meinte er kichernd.

„Was?"

„Dass er nett zu Ihnen sein musste!"

Duncan lachte. Russell mampfte weiter seine Chips und kramte am Boden der Tüte nach den letzten Bröseln.

„Das ist es …", sagte Duncan und schaute ihn an.

„Was ist was?", erkundigte sich Alistair und kniff die Augen zusammen.

„Warum Sie ihn alle *Russell* nennen. Weil er immer diese Russell-Chips isst."

Alistair und Russell tauschten einen wissenden Blick aus.

„Hm … ich glaub's nicht", sagte Alistair. „Er hat es schon wieder geschafft." Seufzend stützte er den Kopf auf die Hände. Grinsend führte Russell einen Freudentanz auf seinem Stuhl auf. Alistair verzog kopfschüttelnd das Gesicht. „Das wird mich ein Vermögen kosten …"

Duncan lachte, und Russell rieb sich vergnügt die Hände. Dann schnappte er sich sein Handy, wahrscheinlich, um die anderen über die Neuigkeit zu informieren. Alistair lehnte sich vor.

„Die Getränke gehen auf dich, DS MacEachran!", sagte Russell mit unverhohlener Begeisterung.

„Was denken Sie?", fragte Alistair Duncan.

„Was denke ich worüber?"

„Noch eine Weile hierzubleiben?"

Duncan atmete durch. „Ich weiß es wirklich nicht. Drüben in Glasgow bin ich …"

„Ungefähr so beliebt wie eine Kackwurst, die in einem Swimmingpool treibt", meinte Alistair und neigte wissend den Kopf zur Seite. Duncan runzelte die Stirn. „Ich weiß, dass es so ist. Ich habe es überprüft … ist ein offenes Geheimnis."

„Ach … ist das so?", fragte Duncan etwas beleidigt.

„Aye, ist es … Komm schon, nichts ist schöner, als unter seinesgleichen zu sein … zumindest eine Zeit lang", sagte Alistair. „Wer weiß, vielleicht gefällt es Ihnen ja hier. Sie brauchen keinen Kaffee mit fettarmer Milch in einem biologisch abbaubaren Becher auf dem Weg zur Arbeit. Die Stadt ist überbewertet, sie stinkt … und ist laut. Ständig haben es die Leute eilig."

Duncan grinste und schaute Alistair anerkennend an. „Ich verspreche …, dass ich darüber nachdenken werde."

Alistair sah ihn an und nahm seine Tasse Kaffee. Beiläufig prostete er ihm damit zu. „Aye, als ob!"

KAPITEL VIERUNDDREISSIG

DUNCAN STAND im Flur vor dem Zimmer seiner Mutter und wich den Blicken der Pflegekräfte aus, die gelegentlich vorbeikamen, um ein Gespräch um jeden Preis zu vermeiden. *Was mache ich eigentlich hier?* Der Knoten in seiner Brust, der sich immer bemerkbar machte, wenn er an seine Mutter dachte, schnürte sich immer enger zusammen. Er wollte sie sehen, musste es beinahe. Er fühlte sich hin und her gerissen zwischen dem Bedürfnis nach mütterlicher Liebe und dem Weglaufen vor den Erwartungen, die er bestimmt enttäuschen würde.

„Das ist doch lächerlich", murmelte er.

Als Roslyn aus dem Zimmer kam, blieb sie überrascht stehen.

„Duncan?"

„Oh … hallo, Ros. Wie geht's?"

Freundlich lächelnd kam sie zu ihm. „Das kommt unerwartet."

„Ich hatte Zeit, deshalb dachte ich mir, ich schaue vorbei."

Wohlwollend musterte Roslyn sein Gesicht. „Ich dachte, du wärst viel zu sehr mit deinem Fall beschäftigt."

„Aye, wir haben ihn gelöst ... deshalb ...“

„Ihr habt den Kerl erwischt, der dafür verantwortlich war?“, fragte sie und kniff die Augen zusammen. Roslyn spürte seine Zurückhaltung.

Duncan schnitt eine Grimasse. „Aye ... je nach Sichtweise.“ Er zuckte mit den Schultern. „Es ist kompliziert.“

„Wenn du involviert bist, dann ist es das meistens, Duncan“, meinte sie grinsend.

„He! Das war unter der Gürtellinie.“

„Hat aber den Nagel auf den Kopf getroffen“, erwiderte sie. Zustimmend nickte er. „Zumindest kann die Familie damit abschließen.“

„Aye, in gewisser Weise.“

Roslyn neigte den Kopf zur Seite, fragte aber nicht weiter. Dafür war Duncan dankbar, denn wenn es öffentlich bekannt wurde, dann würde innerhalb der Gemeinde wahrscheinlich die Hölle losbrechen.

„Du fährst also wieder zurück?“

Er zog die Augenbrauen hoch, bestätigte sie aber nicht in ihrer Annahme. „Ich dachte, ich schaue bei Mum vorbei ... um zu sehen, wie es ihr geht.“

Roslyn runzelte die Stirn. „Heute hat sie keinen guten Tag, Dunc.“

„Hm, verstehe.“

„Aber vielleicht kannst du sie aufheitern“, meinte sie, als sie seine Enttäuschung sah. „Manchmal lösen vertraute Gesichter Erinnerungen aus und sie kommt eine Weile zu uns zurück.“

Duncan schnaubte. „Oder treibt sie noch weiter weg.“

Roslyn zuckte mit den Schultern. „Einen Versuch ist es wert.“

„Wahrscheinlich, aye.“

Als er zögernd einen Schritt auf das Zimmer zu ging,

schüttelte Roslyn den Kopf. „Sie beißt nicht." Er lächelte schwach. „Ich hole nur einen Tee. Willst du auch einen?"

Er nickte, und Ros lief den Flur hinunter. Als Duncan das Zimmer betrat, hielt er einen Moment inne, als er die alte Frau in einem Stuhl am Fenster sitzen sah. Über ihre Knie hatte sie eine Decke gelegt und die Hände im Schoß gefaltet. Duncan ging zu ihr und betrachtete ihr Gesicht. Anscheinend bemerkte seine Mutter seine Anwesenheit nicht. Mit leerem Blick schaute sie weiter aus dem Fenster und über Loch Portree. Der Regen über dem Festland driftete über den Horizont und hinter einer Wolke brach Sonnenschein hervor.

Seine Mutter wirkte so zerbrechlich, blass und ausdruckslos. Duncan setzte sich auf den Stuhl ihr gegenüber, auf dem vermutlich Roslyn vorhin gesessen hatte.

„Hallo, Mum", begrüßte er sie lächelnd. „Wie geht es dir heute?"

Sie sah ihn nicht an. Es war, als wäre er unsichtbar für sie. Dieses Gefühl kannte er aus seiner Kindheit. Allerdings war sie heute ein ganz anderer Mensch. Die Frau aus seinen Erinnerungen mit den harten Kanten und der rasiermesserscharfen Zunge war im Laufe der Zeit verblasst. Wegen der Krankheit hatte sie ihre Persönlichkeit, Erinnerungen und viel von ihrer Würde eingebüßt. Sie war nur noch ein Schatten ihrer selbst.

Die Anspannung, die ihn auf dem Weg hierher begleitet hatte, dasselbe Gefühl, das er verspürt hatte, seit er zurück auf die Insel gekommen war, verschwand und wurde von Traurigkeit abgelöst, von einem Verlangen nach dem, das er früher in den dunklen Tiefen seines Denkens herbeigesehnt und erhofft hatte: Versöhnung. Dazu würde es nicht mehr kommen. Wie auch? Sein Vater war lange tot … nicht, dass es mit ihm je eine Aussöhnung gegeben hätte. Aber mit seiner Mutter … bei ihr hatte es immer Hoffnung gegeben. Allerdings wusste er, dass sein Sehnen niemals erfüllt werden würde.

Im Laufe der Jahre hatte er ihr einen Spiegel vorgehalten, aber das, was sie darin gesehen hatte, hatte sie so sehr gehasst, dass sie sich geweigert hatte, sich damit auseinanderzusetzen. Es war eine Art Pattsituation, aus der sie nie mehr herauskommen würden.

Mit den Händen im Schoß zusammengefaltet saß Duncan da und schaute zur Tür, als draußen eine Pflegerin vorbeilief. Sie achtete nicht auf ihn. Duncan kam sich vor wie ein nicht gebrauchtes Teil bei Wartungsarbeiten. *Vielleicht sollte ich einfach gehen.*

„Willst du zu meinem Jungen?"

Als er hochblickte, sah er, dass seine Mutter ihn misstrauisch betrachtete.

„Mum?", fragte er und lehnte sich vor. „Ich bin's, Duncan."

Sie öffnete leicht den Mund, doch in ihrem Gesicht keimte kein Erkennen auf. Dann huschte die Spur eines Lächelns über ihr Gesicht und ihre Miene hellte sich auf.

„Duncan", sagte sie. „Du solltest dein Werkzeug in den Schuppen bringen, bevor der Regen kommt", meinte sie und zeigte mit einem knochigen Finger auf die Regenwolken, die östlich von ihnen in Richtung Raasay trieben.

„Mache ich, Mum", erwiderte er leise.

„Ich muss den kleinen Duncan und Roslyn gleich von der Bushaltestelle abholen", sprach sie weiter. „Dein Sohn hat seine Jacke vergessen ... schon wieder. Er wird komplett durchnässt sein."

Während sich Duncans Augen mit Tränen füllten, atmete er tief durch. „Aye ... ich habe ständig meine Jacke vergessen, nicht wahr, Mum?"

„Dieser Junge ist so töricht. Er sieht dir so ähnlich,

Duncan", sagte sie und griff nach ihm. Duncan rutschte vom Stuhl und kniete sich vor sie hin, damit sie sein Gesicht berühren konnte. Sie legte ihm eine Hand auf die Wange. „So ein hübscher Mann, Duncan McAdam. Du hättest jedes Mädchen haben können … trotzdem hast du dich für mich entschieden."

Weinend schmiegte sich Duncan in ihre Hand. Sie war kalt und die Haut fühlte sich rau an.

„Weil du wunderschön bist, Mhari", erwiderte er. „Warum sollte ich eine andere haben wollen."

Lächelnd neigte sie den Kopf zur Seite und betrachtete ihn liebevoll.

„Du bist einfach ein großer Junge, nicht wahr?"

„Das bin ich", erwiderte er. Sie zog ihre Hand zurück. Das Gefühl, als dieser innige Moment endete, war niederschmetternd. Obwohl er ihn zurückhaben wollte, lächelte er.

Seine Mutter kniff die Augen zusammen und das Lächeln verschwand. Allerdings schaute sie ihn unverwandt an.

„Du bist mein Junge … nicht wahr?"

Duncans Lächeln wurde zu einem Grinsen. Die Sicht verschwamm. Er nickte. „Aye, ich bin's, der kleine Duncan."

Ihr Gesichtsausdruck veränderte sich, beinahe, als fiele ein Schleier über ihre Augen, und ihr Blick wanderte wieder zum Fenster. Leise summte sie vor sich hin und starrte auf einen Punkt in der Ferne. Kurz war Duncan verwirrt, doch als sie weitersummte, kam ihm die Melodie bekannt vor. Er nahm ihre Hand und drückte sie sachte in der Hoffnung, sie aus den Erinnerungen zu reißen und weiter mit ihr reden zu können. Es gab noch so viel, was er ihr sagen wollte … so viel, was sie zu bereden hatten. Doch die Melodie endete und sie blieb für ihn verloren.

Duncan stand auf und legte ihre Hand neben die andere

im Schoß. Er beugte sich vor und drückte ihr einen Kuss auf die Stirn. Sie reagierte nicht. Wieder war er unsichtbar.

„Ich liebe dich, Mum", flüsterte Duncan, dann trat er langsam zurück.

Er hatte nicht bemerkt, dass Roslyn an der Schwelle stand. Eine Hand hatte sie über die Brust gelegt, die andere auf ihren Mund. Auch sie weinte. Duncan hatte nicht das Bedürfnis, seine Gefühle verstecken zu müssen. Ros kam zu ihm, und sie umarmten sich. Keiner der beiden sprach. Eine Zeit lang hielten sie einander fest. Duncan konnte sich nicht erinnern, dass sie das je gemacht hatten.

Als er sich von ihr lösen wollte, spürte er, dass sie nicht bereit war, ihn loszulassen. Trotzdem ließ sie nach ein paar Sekunden seine Hand los. Er betrachtete ihre Mutter.

„Passiert das oft? Dass sie einfach so weggleitet?"

Roslyn nickte. „Ja, wenn sie ihre wacheren Momente hat … dann passiert es. In letzter Zeit werden solche Momente immer seltener."

„Sie hat wieder gedacht, dass ich Dad bin."

„Ich weiß … ich habe zugehört", erwiderte sie, wischte sich die Tränen aus den Augen und zog sachte die Nase hoch. Duncans Blick verweilte auf der Frau im Stuhl, die über die Insel blickte, die sie so sehr liebte. „Du solltest deinen Frieden mit ihr machen, Duncan."

Fragend schaute er sie an. „Wie meinst du das?"

„Du musst darüber hinwegkommen … all den Ballast, den du seit dreißig Jahren mit dir herumschleppst. Ansonsten wird es dir nur noch mehr wehtun."

Er zuckte mit den Schultern. „Ich weiß nicht, wovon du redest. Mir geht es gut."

Sie lachte trocken und humorlos. „Komm schon, Duncan. Ich kenne dich, schon vergessen? Seit Jahren läufst du davon … aber egal, wie weit du rennst oder wie lange du wegbleibst, wenn du innehältst, holt es dich ein." Sie schüttelte den Kopf. „Ich weiß, dass du Dad nie verzeihen wirst –"

„Nein, das werde ich nicht. Es war ein richtiges Ekel –"

„Weiß ich", unterbrach sie ihn und drückte seinen Arm. „Ich weiß, was er war, das wissen wir alle, aber du musst gut sein lassen."

„Ich hasse ihn … für das, was er mir … dir, uns allen angetan hat", sagte er und warf einen Seitenblick auf seine Mutter. „Aber ich bin darüber hinweg."

Wieder lachte sie. „Nein, Duncan, bist du nicht. Ich sehe es dir an."

„Wirklich? Hast du Einblick in meine Psyche oder was?"

„Nein, natürlich nicht", erwiderte sie und senkte den Blick. „Aber ich kann dir verraten, was ich sehe."

„Bitte, gern", meinte er mit einem aufrichtigen Lächeln. Roslyn nahm seine Hände und drückte sie.

„Ich sehe einen Mann, der allein … und verloren ist …"

Als Duncan die Hände zurückziehen und abwinken wollte, sprach sie weiter. Sie ließ nicht zu, dass er sich zurückzog.

„Fragst du dich nicht, warum du allein bist, Duncan? Warum keine deiner Beziehungen lang hält –"

„Unsinn", unterbrach er sie. „In Glasgow habe ich mit jemandem zusammengelebt. Wir waren seit ein paar Jahren zusammen …"

„Und was ist passiert?", fragte sie. Er wendete den Blick ab.

„Du schaffst es nicht, Duncan", flüsterte sie, hob seine Hände an die Brust und zog sie zu sich. „Du läufst immer noch davon … und es ist Zeit, damit aufzuhören."

Als er den Kopf hob und sie ansah, bemerkte er das Glitzern in ihren Augen. Sie schürzte die Lippen. Duncan wusste genau, was sie meinte. Dieselben Gründe, weswegen er all das Gute sabotiert hatte, was ihm über den Weg gelaufen war, wie Becky, Natalie und ein Dutzend andere dazwischen, waren dieselben Gründe, weswegen er nie zur Ruhe kam. Es lag daran, wer er war, wie er auf dieser Insel aufgewachsen war.

„Ich sollte los", sagte er.

„Wenn du das Bedürfnis hast, dann ja", erwiderte Roslyn und ließ seine Hände los. Als er seine Schwester anschaute, spürte er die Liebe in ihrem Blick. „Aber ich meinte es ernst. Du musst darüber hinwegkommen, sonst wird es dich auffressen ... und es wird dein ganzes Leben zerstören." Bittend zupfte sie an seinen Händen. „Finde einen Weg, um damit fertigzuwerden, Duncan. Bitte."

Duncan nickte ernst und ließ sich von Roslyn umarmen. So lange hatten sie sich noch nie umarmt. Als sie sich voneinander lösten, mussten beide die Tränen aus den Augen wischen. Duncan ging noch einmal zu ihrer Mutter und küsste ihren Scheitel. Wieder regte sie sich nicht.

„Ros", sagte er an der Tür und schaute zu ihr zurück. Sie setzte sich auf den Stuhl, auf dem er vorhin gesessen hatte. „Ich habe nachgedacht ... über den alten Hof –"

Kopfschüttelnd hob sie eine Hand. „Ich sagte doch, dass ich nicht vorhabe, ihn zu verkaufen."

„Nein, nein", winkte er ihre Bedenken ab. „Ich dachte ... vielleicht könnte ich ihn herrichten? Wieder bewohnbar machen. Was sagst du dazu?"

„Du meinst, um ihn zu einer Ferienwohnung zu machen? Den Stress kann ich wirklich nicht gebrauchen. Ich habe so schon genug zu tun."

„Nein, ich meinte ... für mich ..."

„Für dich? Um da zu wohnen?"

Er neigte den Kopf zur Seite. „Aye ... tja, vielleicht. Was denkst du?"

Sie lächelte ihn freundlich an. „Ich denke, das wäre eine großartige Idee."

„Gut ... ich kümmere mich darum."

Ohne ein weiteres Wort verließ Duncan das Zimmer. Zum ersten Mal seit gefühlt einer Ewigkeit war er positiv gestimmt. In seinem Kopf gingen Alistairs Worte herum.

„Bleib eine Weile unter deinesgleichen, Duncan", sagte er leise zu sich.

EXKLUSIVES ANGEBOT

Wenn Sie die KOSTENLOSE Novelle aus der Hidden-Norfolk-Reihe erhalten möchten, die exklusiv für Mitglieder meines Leserclubs verfügbar ist, rufen Sie den untenstehenden Link auf

Das rebellische Mädchen
– eine Geschichte aus der Hidden-Norfolk-Reihe

http://readers.jmdalgliesh.com/kostenlose-buch

Verpassen Sie keine Neuerscheinung.
Garantiert ohne Spam. Sie können sich jederzeit abmelden.

**Ihnen hat das Buch gefallen? Sie könnten einen großen
Unterschied machen**

Da Rezensionen für die erfolgreiche Karriere eines Autors
entscheidend sind und falls Ihnen dieses Buch gefallen hat,
bitte ich Sie um einen großen Gefallen: Schreiben Sie eine
Rezension auf Amazon.

https://geni.us/JMD-mistyisle-buch1

Rezensionen erhöhen die für Autoren lebenswichtige
Sichtbarkeit. Wenn Sie eine Rezension über eines meiner
Bücher schreiben, macht das einen großen Unterschied.

Vielen Dank, dass Sie sich die Zeit genommen haben, meine
Arbeit zu lesen.

www.jmdalgliesh.com/startseite/deutsch

Der Tote am Storr
Ein Misty-Isle-Krimi Buch 2

PROLOG

Sechs Stunden. Wenn sie jetzt einschliefe, dann hätte sie sechs Stunden Schlaf, bevor der Wecker klingelte. Obwohl sie den Zeigern der Uhr gefühlt für nur einen Moment zusah, wie sie weitertickten, war in Realität fast eine Stunde vergangen. Wieder eine Stunde, seit sie zuletzt nachgerechnet hatte.

Wie lange ist es her, dass ich durchgehend sechs Stunden geschlafen habe?

In Wahrheit hatte sie keine Ahnung. In letzter Zeit war das nicht der Fall gewesen, und heute Nacht würde es bestimmt nicht passieren. Ihr Blick wanderte zum Erkerfenster, wo der warme orangene Lichtschein der Straßenlaternen durch die Vorhänge drang. Sie schwangen in der sanften Brise, die kaum half, in dieser seltsamen Sommernacht die schweißbedeckte Haut zu kühlen.

Sie warf die Bettdecke über der nackten Haut von sich und ging in das Badezimmer, ohne das Licht einzuschalten. Zu dieser Jahreszeit wurde es selten richtig dunkel, selbst wenn der nächtliche Himmel bewölkt war. Das hereindringende Licht erhellte das gesamte Schlafzimmer bis zum angrenzenden Bad.

Sie sah sich im Spiegel an, der die gesamte Breite der Badezimmerwand über den beiden Waschbecken einnahm, und betrachtete die dunklen Augenringe. Alles, was sie in den letzten achtzehn Monaten durchgemacht hatte, war in ihrem Gesicht erkennbar, jede Falte, jeder verkrampfte Gesichtsmuskel … und alles würde in dem kurzen Gang enden, den sie morgen vor den Augen der versammelten Presse und

Kollegen zurücklegen musste ... und natürlich vor der Polizei. Bei dem Gedanken an den morgigen Tag machte ihr Magen einen nervösen Satz, und sie schauderte. Bisher war ihre Anonymität gewahrt geblieben ... zumindest vor der Öffentlichkeit. Andere wussten Bescheid ... und das schon länger, obwohl kaum jemand glaubte, dass es stimmte oder überhaupt möglich war.

Die werden ein blaues Wunder erleben.

Sie hielt die Hände unter das kalte Wasser, lehnte sich vor und spritzte es vorsichtig ins Gesicht. Mit den kalten Händen fuhr sie die Wangen hinunter und massierte fest den Nacken. Sie hatte pochende Kopfschmerzen, und kurz dachte sie an die Medikamente, die man ihr zuvor angeboten hatte. Schmerzmittel und ein leichtes Beruhigungsmittel, um vor dem großen Tag besser schlafen zu können.

So hatte es der Anwalt bezeichnet: *ihren großen Tag.* Nur wenige Menschen, denen sie begegnet war, waren derart arrogant gewesen und hatten sich so auf ihre fünfzehn Minuten Ruhm gefreut. Sie war dabei nur eine Requisite für seinen Auftritt, den er zweifellos vor einem Spiegel wie diesen hier geprobt hatte. In ihrer Vorstellung stand der Anwalt splitterfasernackt in seinem Badezimmer und studierte seinen Text ein wie ein erfahrener Theaterschauspieler, der sich auf seinen Bühnenauftritt im *Royal Lyceum* vorbereitete. Wäre er nervös? Sie bezweifelte es. Er war nicht der Typ dafür. Schaffte man es nicht als Musiker oder Stand-up-Comedian, dann wurde man eben das Nächstbeste, hieß es oft. Solche Leute wurden Anwälte. Sie standen im Zentrum der Aufmerksamkeit, und alle Anwesenden mussten sich auf sie konzentrieren, während sie das Gericht bearbeiteten.

Ach, wie sehr sie doch hoffte, dass das morgen so sein würde ... auch das bezweifelte sie. In einer nahegelegenen Straße ging eine Autoalarmanlage an, und der schrille Ton durchbrach die Stille, die über der Stadt hing. Eigentlich würde sie dieses Geräusch nicht aus der Ruhe bringen, heute aber war das anders. Sie wusste, dass sie angespannt war, dass sie den Alarm einfach als etwas abtun sollte, das in einer Stadt dazugehörte. Normalerweise dachte sie sich nichts dabei, aber heute ging sie hinüber zum Fenster und verbarg sich hinter der relativen Sicherheit des Vorhangs, während sie die Straße darunter betrachtete.

Die Pflastersteine glänzten nass, früher am Abend war Regen durchgezogen. Ein kurzes Gewitter, von dem sich bestimmt alle eine Verschnaufpause von der Hitze erhofft hatten. Allerdings war es zu kurz gewesen, um groß einen Unterschied zu machen. Unten regte sich nichts, wie meistens in den frühen Morgenstunden in diesem Teil der Stadt, der so weit von der *Prince's Street* entfernt war. Ein Aufjaulen hinter ihr ließ sie zusammenfahren. Als sie sich umdrehte, sah sie, dass ihr Hund auf der Liege am Fuß des Bettes schlief. Da sie ihn nicht gehört hatte, wie er ins Zimmer gekommen war, musste sie doch geschlafen haben, zumindest für eine Weile.

Sie trat vom Fenster zurück, setzte sich vorsichtig neben den Hund und streichelte seinen Kopf. Er schien zu träumen, die Vorderpfoten und die Nase bewegten sich. Als sie ihn berührte, hörte das Zucken auf. Er öffnete die Augen einen Spaltbreit und beobachtete sie argwöhnisch. Sie lächelte.

„Schlaf nur weiter, Schätzchen", sagte sie und kraulte ihn hinter den Ohren, bevor sie wieder aufstand. Der Vorhang bauschte sich nach innen durch den stärkeren Wind, und von irgendwo im Haus kam ein Knarren. Sie fuhr herum zur offenen Tür und starrte in Richtung Treppenabsatz. Vielleicht war es kein Wind gewesen, sondern Zugluft. Hatte sie sich das eingebildet? Alle Türen und Fenster im Erdgeschoß waren geschlossen. Sie hatte nachgesehen, und das nicht nur einmal. Der Hund rutschte von der Liege und blieb mit aufgestellten

Ohren neben ihr stehen. Es konnte keine Einbildung gewesen sein, nicht, wenn er es auch gehört hatte.

Sie lauschte angestrengt und verrenkte den Hals, um selbst das leiseste Geräusch von unten hören zu können. Doch alles, was sie vernahm, waren die nächtlichen Geräusche der Stadt vor dem Fenster.

„Was ist los, Großer? Hast du auch etwas gehört?", flüsterte sie.

Der Hund schaute zu ihr hoch und trottete dann hinaus. Am Treppenabsatz blieb er stehen und blickte hinunter in den Flur. Als ihr auffiel, dass sie den Atem anhielt, atmete sie aus und sog scharf die Luft ein. Dann hielt sie wieder den Atem an und beobachtete den Hund. Er knurrte. Der tiefe, raue Ton hieß, dass er sich auch nicht sicher war. Als er losbellte, schrak sie zusammen. Dann raste er die Treppe hinunter und verschwand außer Sicht.

Sie wartete. Dabei hörte sie nichts außer ihre eigenen Atemzüge, die immer schneller wurden, je mehr Angst sie bekam. Wäre jemand da, würde der Hund doch bellen, oder? Er mochte Fremde nicht, und bellte immer die Leute auf der Straße an, wenn sie zu nahe kamen oder ihn erschreckten. Wenn er den Eindruck hätte, dass sie in Gefahr war, dann würde er sicher angreifen.

Nichts. Von unten war kein Laut zu hören.

Sie zog den Morgenmantel über und schlich zum Treppenabsatz. Ihre Haut prickelte, entweder vor Hitze oder Angst. Sollte sie nach dem Hund rufen? Wenn niemand da war, würde er kommen, aber wenn sie nicht allein war, dann wüsste die Person, wo sie war. Das Handy lag neben dem Bett … man hatte ihr gesagt, dass sie anrufen sollte, wenn es ein Problem gab. Allerdings bildete sie sich das nur ein. Es musste so sein. Der Schlafmangel, mehr nicht. So nervös zu sein, sah ihr gar nicht ähnlich. Es war achtzehn Monate her.

Das war eine lange Zeit. Und niemand hatte etwas gesagt oder getan. Warum bis jetzt warten? Es war dämlich.

Sie ignorierte ihre Ängste und trat auf die erste Stufe. Das Geländer fest umklammert ging sie langsam nach unten. Auf halbem Weg bewegte sich unter ihr ein Schatten. Sie kreischte auf, bevor ihr bewusst wurde, dass nur der Hund zum Fuß der Treppe zurückgekommen war.

„Ach ... du verflixter ... Hund!"

Als er zu ihr hoch lief, setzte sie sich hin, sodass er die Schnauze in ihren Bauch vergraben konnte. Er wedelte heftig mit dem Schwanz.

„Du hast mich zu Tode erschreckt, weißt du das?", sagte sie und streichelte ihn.

Beinahe entschuldigend schaute der Hund sie an. Erleichtert stand sie auf und ging hinunter ins Erdgeschoß. Da sie ohnehin wach war, wollte sie sich einen Drink holen. Ein Gin Tonic würde ihr vielleicht beim Einschlafen helfen. Ihr vierbeiniger Schatten folgte ihr. Als sie ins Wohnzimmer ging, bog er allerdings in die Küche ab. Wahrscheinlich hatte er Durst oder wollte sich ein ruhiges Plätzchen suchen.

Sie goss sich einen doppelten Gin ein. Auf Eis oder frische Zitrone verzichtete sie, stattdessen wollte sie das Glas bis zum Rand mit Tonic auffüllen. Allerdings reichte der Rest in der Flasche kaum bis zur Hälfte. Da sie mitten in der Nacht nicht in der Vorratskammer nach einer neuen suchen wollte, beschloss sie, dass sie ihn so trinken würde. Wer braucht schon Tonic, dachte sie, während sie einen Schluck nahm. Der Gin Tonic war stark, viel zu stark. Beinahe musste sie husten. Sie drückte den Handrücken auf den Mund, während ihr Tränen in die Augen schossen.

Als sie mühsam schluckte, fiel ihr Blick auf das gerahmte Foto über dem viktorianischen Kamin. Irgendetwas stimmte nicht ... es sah anders aus. Selbst in der Dunkelheit war erkennbar, dass es schief hing. Sie umklammerte das Glas und ging langsam auf das sepiafarbene Foto zu. Es zeigte sie beide nebeneinander, sie hatte die Arme um seine Taille geschlungen, beide lächelten in die Kamera … nur … ihre Augen … fehlten. Sie waren plump herausgeschnitten worden, bevor das Bild wieder an die Wand gehängt worden war. Sie drehte sich auf dem Absatz herum und schaute zur gegenüberliegenden Wand. Dort stand ein Bild von ihnen stolz auf einem Tisch unter einer Lampe. Auch in diesem fehlten ihre Augen.

Als der Hund in der Küche bellte, ließ sie das Glas fallen. Es zersplitterte auf dem lackierten Eichenboden. Sie ging rückwärts aus dem Zimmer in den Flur. Dabei ignorierte sie den stechenden Schmerz in den Fußsohlen von den Glasscherben. Als sie sich umdrehte, sah sie eine Silhouette an der Schwelle zur Küche stehen. Von ihrem Hund keine Spur. Der Mann war groß … muskulös. Langsam hob er eine Hand und legte stumm den Zeigefinger auf die Lippen.

Sie schrie.

J M Dalgliesh

Der Tote am Storr
Misty-Isle-Krimi - Buch 2

October 2024

ÜBER DEN AUTOR

Jason Dalgliesh wurde an der Südküste Englands geboren und wuchs in Hampshire, GB, auf. Er arbeitete in der Energieübertragungsbranche, im Einzelhandel, in Callcentern und für die Nachtschicht einer Bäckerei. Zudem hat er einen Hochschulabschluss in Geschichte.

Die Hidden-Norfolk-Reihe mit Detective Tom Janssen ist ein weltweiter Bestseller, das fünfte Buch der Reihe schaffte es im Jahr 2020 sogar auf die Shortlist für den begehrten Kindle Storyteller Award UK von Amazon.

DI Janssen und sein Ermittlerteam sind an der windgepeitschten Küste im Norden Norfolks zuhause. Die Handlung spielt in einer der schroffsten und schönsten Landschaften im Vereinigten Königreich. Für Leser, die große Freude an atmosphärischen Kriminalromanen haben, ist diese Serie ein Muss.

Jason Dalgliesh hat einige Zeit im Ausland verbracht und in verschiedenen Teilen Englands und der schottischen Highlands gelebt und gearbeitet. Derzeit lebt er mit seiner Frau und seinen beiden kleinen Kindern in Norfolk.

Sie erreichen ihn über seine Website jmdalgliesh.com/start seite/deutsch